大方
sight

直

Straight Man

人

by

Richard Russo

［美］理查德·拉索　著

姜小瑁　译

中信出版集团 | 北京

图书在版编目（CIP）数据

直人 /（美）理查德·拉索著；姜小瑁译 . -- 北京：
中信出版社 , 2025. 5. -- ISBN 978-7-5217-7385-9

I . I712.45

中国国家版本馆 CIP 数据核字第 2025M8P377 号

直人

著者：　　［美］理查德·拉索
译者：　　姜小瑁
出版发行：中信出版集团股份有限公司
　　　　　（北京市朝阳区东三环北路 27 号嘉铭中心　邮编　100020）
承印者：　　河北鹏润印刷有限公司

开本：880mm×1230mm　1/32　　　印张：17.125　　字数：353 千字
版次：2025 年 5 月第 1 版　　　　印次：2025 年 5 月第 1 次印刷
京权图字：01-2025-0488　　　　　书号：ISBN 978-7-5217-7385-9
　　　　　　　　　　定价：69.00 元

版权所有·侵权必究
如有印刷、装订问题，本公司负责调换。
服务热线：400-600-8099
投稿邮箱：author@citicpub.com

序　言

有它们很好。养只狗很好。

—— F. 斯科特 · 菲茨杰拉德，

《了不起的盖茨比》

说实话，我这个人并不好相处。我可以跟别人逗乐子，虽然照我的经验来看，大多数人并不想从别人身上找乐子。他们只想从别人那里找安慰。当然了，我认为的乐子与你认为的可能并不一样。在电影的问题上，我完全同意一部分人的说法："我只是想找点乐子。"我的学术同行对这种带着民粹意味的立场嗤之以鼻，认为这种想法非常幼稚、缺乏深度，认为这证明我的分析及批判能力是否过硬还有待商榷。但我同意上面的说法，而且我也只是想找点乐子而已。其他 [1] 只想找乐子的人找到的乐子几乎从不是我想要的乐子，但这并不意味着我们在哲学层面水火不容。这仅仅意味着我们不该一起去看电影。

据最了解我的那些人讲，我是总会把别人惹急眼的那类人。在我父母看来，我也是个总会把别人惹急眼的孩子。他们在我上初中时离了婚，这两个没什么共同语言的人只在一件事上达成了

1　书中所有特殊字体、标点、格式均按原文调整，并非讹误。——编者注

共识，那就是我这个孩子根本没法管教。关于小威廉·亨利·德弗罗和他养的第一条狗的故事，不论这故事由他们两个当中的谁来讲，最终的事实、结论甚至叙事风格都会相似到让人毛骨悚然。以下就是他们讲述的故事。

那年我九岁，当时我们住的那个房子是归学校所有的，它是我住过的第四个家。我的父母是学术领域的游牧民。我父亲是个学术投机分子，文学批评领域流行什么，他就冲在什么的最前沿，直到现在他也还是这副老样子。那时正值二十世纪五十年代，可对我父亲来讲，新批评已经过时了。他前脚刚迈入中年就当上了正教授，还出版了若干著作，每本都是"热门"，是英语系鸡尾酒派对上的热议话题。他比较青睐"杰出客座教授"这类教职。这职位通常是为他量身定制的，客座时长至多一至两年，也许是因为你很难在认识你的人里面一直保持杰出吧。通常来讲，他的教学任务很轻松，每年教一两门课就可以了。此外的时间他要读书、思考、写作、出书，并在下一本书的前言部分感谢教学机构慷慨大方地让他过上了优渥的学术生活。我母亲也是英文教授，她是和我父亲一起被打包聘用的。她的时间被教学任务填满了，这样才能平衡我父亲写书用掉的那些时间。

我们住过的房子都很雅致，也很古旧；它们的吊顶很高，四面漏风；要么在校园里面，要么就在附近。这些房子全都铺着硬木地板、装了壁炉，而这些壁炉只有在我父亲接受八方来客的膜拜时才会添上柴火、冒起灰烟。膜拜仪式有时会在周五下午举行，那时，我家宽敞的房间里会挤满阿谀奉承的初级教员和紧张兮兮的研究生;有时会在周六晚上进行,这时我母亲会为系主任、院长或某位客座诗人举办晚宴。在所有这些场合中,小孩都只有我一个。那时的我一定很孤单,因为大千世界中我最想要的竟是一条狗。

毫不意外的是,我父母并不想。也许学校分配房的居住条款对养宠物这件事做了明文规定。九岁时,为了养狗我已经辛辛苦苦地做了一两年的游说工作。我父母本以为假以时日,我会把这个心愿忘在一旁。我能从他们的眼神中读出这种渴望,但这却更加坚定了我的信念,燃起了我的欲望。圣诞节我想要什么礼物?狗。生日想要什么礼物?狗。火腿三明治里想加点什么?狗。在这样的时刻,他们望向对方的神情里除了愤怒以外什么都没有,这让我得意坏了。如果我养不成狗的话,这也不赖。

生活就这样继续着,直到我母亲终于犯了错,一个她在身心俱疲、绝望无助的情况下犯下的荒谬大错。她远比我父亲更希望孩子过得快乐,所以春日的某一天,在我没完没了地对她进行完狂轰滥炸之后,她领着我坐下并说:"要知道,养狗这件事你要自己争取才行。"听到这番话后,我父亲起身离开了房间,神色凝重地接受了一个事实,那就是我母亲刚刚在这场战争里投降了。她的想法是,我要在满足某些要求以后才能养狗,而她强加给我的要求会很多,也会很苛刻,我是不可能达标的。这样一来,即便我没养成狗,那也是我自己的问题。这就是她的逻辑,而她竟然觉得这计划能把我难倒。这件事也说明有些人这辈子就不该当父母,而她就是其中之一。

我马上便执行起自己的计划来，准备挫一挫我母亲的斗志。不同于她的计划，我的计划简单易行，而且毫无破绽。早上醒来时我嘴里念叨的是狗，晚上睡觉前我嘴里念叨的还是狗。当我父母转移话题的时候，我会再把话题转移回来。"说到狗啊。"说这话时我会将满满一叉我母亲做的烤肉停在嘴边，然后我的话匣子就又打开了。也许大家根本就没在聊狗的事，但没关系，现在我们在聊了。每两周，我都会去图书馆借五六本关于狗的书，把它们摊开摆在家里各处。大街上的狗、电视里的狗、我母亲订的杂志里的狗，我都会一一指出来。每顿饭间，我都会比较一下不同品种的狗各有什么优点。我父亲很少会拿我说的话当回事，不过我却发现了一些迹象，证明在我潮水般猛烈的不懈努力之下，支撑我母亲人格的那些基建工程已经快被咸水泡烂了。在我觉得她马上就要全盘崩溃的时候，我拿出了自己攒下的每一分零花钱，在街角那个贵得要命的宠物店里买了一个光彩夺目、镶着珠宝的项圈加牵引绳套装。

　　在我们频繁"说到狗"的这个时期，我并不是个乖孩子。我本该"为自己争取一条狗"的；我不停地问母亲我表现得怎么样，狗我争取下来多少了，但我怀疑自己的行为其实并没有丝毫改善。我不是真正意义上的坏孩子。我只是个聒噪、忙叨、需求很多的孩子。我母亲管我叫"进进出出先生"，因为我总在进出房间、进出家门、进出冰箱。"亨利，"我母亲会恳求我，"找个地方定住别动吧。"我经常需要的一样东西就是信息，在我母亲看书或改论文的时候，我会不停地打断她以获取信息。我父亲大多数时候待在学校里，在他那间摆满了书的办公室里，他这样做的部分原因是为了避免不得已回答我的问题。他只有在吃饭的时候才会跟我和我母亲在一起，这样我们一家人就能一起聊狗的事情了。之后他会再次走出家门，完全不知道在自己离开后的好几分钟时间里，我母亲会一直杀气腾腾地盯着他刚才坐的那张椅子看。那时候我觉得他的造化可真是不浅。但他宣称自己一直在写的那本书马上就要收尾了，而对我母亲这种对图书和知识等抽象概念尊重有加的女性来说，这是个非常强有力的借口。

慢慢地，她明白了自己正在打一场没有胜算的仗，而且她是在孤军奋战。如今我知道了，这只是关于婚姻她所意识到的一大堆苦涩真相的一部分，但在当时，我在空气中嗅到的只有胜利的味道。八月末，在人们所谓的"三伏天"[1]里，她提出了最后一个不堪一击的要求，而这也是我为自己争取到了一条狗的终极证明。我收敛了一些，也真的试着去改过自新了。于我，这真的就是举手之劳。

我母亲对我的要求是别再摔纱门了。有必要说一下，我们住的那栋房子就是个声效奇观，有点类似于圣保罗大教堂的耳语画廊。在那个大教堂里，多轻柔的声音都可以穿透巨大的开阔空间，清晰无损地传到大拱顶的另一端。在我家，拉拽纱门使其闭合的那根弹簧特别紧，因此当纱门笔直的木质围边撞上门框时，那感觉就像有人把吉他放大器调到了击晕档并用它轰了一炮似的。撞

---

1 三伏天在英文中为 dog days。——译者注，下同

击声会完美地传送到楼上楼下的每一间屋子里，其威力及清晰度不会有半点损耗。那年夏天，我每天都要进出那扇门好几十次，我母亲说她觉得自己像是住进了射击场里一样。她真希望那扇门没有一直射空。如果我能记住别再摔那扇门了，那么她就去把狗的事办妥。速速办妥。

我的表现有所改善，在约一半的时间里都能想起来别去摔那扇门。如果我忘了，那么我会回到屋里道歉，可出去的时候我有时又会忘记别去摔门。尽管如此，我的努力还是明显打动了我的母亲，更何况我不论走到哪都要带着那个贵得要死的项圈和牵引绳。摔门频率降低后的第一个周六，我父亲一早就出了门，却拒绝透露他要去哪，可我当然知道答案。"是什么品种的呀？"父亲离开后我苦苦哀求母亲告诉我，但她却声称自己并不知情。"你父亲去办了。"她说。我觉得我在她的神情中看到了一丝不安。

等他回来的时候，我知道母亲为什么会不安了。我父亲把狗放在了后座上。他把车顺着房子停好，这时我从厨房的窗户里看到那条狗正用下巴顶着后座的靠背。我觉得它也看到我了，可即便如此，它也没有任何反应。它好像也没有注意到车已经停了下来，没有注意到我父亲已经下了车，放倒了前排座椅。我父亲只好把手伸进车里，抓住狗脖子上的项圈，把它拉了出来。

那家伙伸直了大长腿，像有关节炎一样小心翼翼地从车里迈了下来。这时，我明白自己不仅遭遇了背叛，而且还被算计了。在我们"说到狗"的那段日子里，我脑海里浮现的一直都是小奶狗。小柯利、小比格、小拉布拉多、小牧羊犬。但如今我却意识到，这些都没有在任何地方得到正式的确认。如果小奶狗不行的话，来条岁数小的狗也行啊。一个活力满满、潜能无限的小淘气鬼，一条有新花样可学的狗子。而这条狗连路都快走不动了。它低着头站在那里，像是在为很久以前自己在小奶狗时期做的某些事感到惭愧一样，而当我父亲在它身后关上车门时，我发觉它全身都激灵了一下。

我猜，这家伙曾经也算是一条帅气的狗。它是一条铁锈色的纯种爱尔兰塞特猎犬，毛发经过了精心的修理，而且无比守规矩。这种狗你可以放心大胆地带进学校分配的房子里；这种狗违反不了不能养宠的规定；这种狗，我算是看明白了，是你真心不想养狗或不想为狗操心的时候才会养的那种狗。后来我才知道，这条狗是学校里一位荣誉退休教授养的。当周早些时候，这位教授被送进了养老院，于是这家伙就成了孤儿。它就像是画里的狗，或是你雇来给肖像画当模特的狗，你大可放心，因为它是绝对不会动的。

我父亲和那家伙一起心不甘情不愿地进了厨房，之后我父亲无比小心地关上了身后的纱门。在我的想象中，他在回家途中肯定担惊受怕了一整路，虽然我看得出他是铁了心要英勇地跟我死磕到底。我母亲一眼就看出了我的绝望，她先是端详了我一阵，然后又端详起了我父亲。

"怎么了？"他问道。

我母亲只是摇了摇头。

我父亲看了看我，又看了看她。那条狗的四肢像中了风一样剧烈地颤抖了起来。那家伙似乎想躺在凉飕飕的油毡地板上，却忘了该怎么躺。它发出了深深的叹息，似乎说出了我们所有人的心声。

"他是条好狗。"我父亲冲我母亲说道，语气尖锐得很，"有点神经质，但纯种塞特犬都这样。它们全都紧张兮兮的。"

这种事并不在我父亲的认知范畴里。很明显，他只是在重复刚刚接狗时别人解释给他听的话。

"他叫什么？"我母亲开口了，明显是在没话找话。

我父亲忘了问。他检查了一下那条狗的项圈，想看看上面有没有线索。

"老天爷啊。"我母亲说，"老天爷啊，老天爷啊。"

"我们又不是不能自己给一条公狗起名字。"说这话时我父亲已经恼羞成怒了，"我觉得这种事咱们自己可以搞定，你说呢？"

"你可以用一个过时的文学批评流派给他命名。"我母亲建议道。

"它是母的。"我说，因为它就是母的。

这似乎让我父亲振作了起来，至少让他振作了一点点，因为我竟允许自己被拉入了这场对话。"你说什么，亨利？"他想知道，"我们管这条公狗叫什么？"

这已经是他第二次弄错公母了，我忍不了了。"我想出去玩。"说完我就冲出了纱门，根本没给他们反对的机会。纱门在我身后重重闭合，炮弹般的爆炸声比以往还要响亮。我一跃迈下了所有台阶，此时我觉得自己听到厨房里传出了"咚"的一声，好像纱门发出的沉闷回响一样。之后我听到父亲说："什么意思？"我沿着台阶走了回去，步伐十分谨慎，想要为摔门的事道歉。透过纱门，我能看到我父母正站在厨房中央，低头看着那条狗。它似乎睡着了。我父亲用他脚上那双马臀革乐福鞋的鞋尖顶了顶那条狗的大腿根。

他从邻居那里借了把铁锹，在我家后院挖了个坟。我父亲的手很嫩，很快就起了水疱。我自愿上去帮忙，但他只是看了看我。他挖的这个洞已经快到他的大腿根了。他站在里面，最后一次不可思议地摇了摇头。"就这么死了。"他说，"我们还没来得及给这条公狗起名字呢。"

我不会傻到这种时候还去纠正公母，于是便站在一旁，思忖着他刚才说的那番话。他从坑里爬了上来，到后院的门廊上去取盖在旧毯子下面的那条狗。他小心翼翼地将毯子披进那家伙的身下，从这点上我就能看出他并不想碰任何死掉的东西，就算刚死的也不行。他抓着毯子，将那条狗送进了坑里，但最后十几厘米的高度他只能松手将它扔下去。那家伙重重地砸到了地上，一动也不动。这时我父亲回过头来望着我，摇了摇头。他拾起铁锹，靠着它站了一会儿，然后便开始填土。他好像在等着我说些什么，于是我便说："小红。"

我父亲眯起了眼睛，好像我在说外语一样。"什么？"他问道。

"我们叫她小红。"我解释道。

在他离开我们之后的那几年里，我父亲的名气越发高涨。他被人们奉为"美国文学理论之父"，如果"奉为"这个词足够准确的话。除了众多学术书籍外，他还写了一本文学回忆录。这本回忆录让人们看到了如今已经过世的几位二十世纪重量级文学人物的真性情，并一路闯进了某个大奖的短名单中。他的照片常常会为一些文学评论锦上添花。有一段时间，他总会穿圆领毛衣，戴大金链子，外面还会再套一件粗花呢外衣。但现在拍照的时候，他一般都会穿扣领牛津布衬衫，搭配领带与夹克，拍照地点则是他在学校里那间摆满了书的办公室。但在我这个当儿子的眼中，老威廉·亨利·德弗罗最真性情的一刻，就是他穿着破破烂烂的高级皮鞋靠在借来的铁锹上的那一刻；他盯着自己那双磨出了水疱的脏手，听我讲着我们该给一条死去的老狗起什么名字。我猜，为我家那条狗挖坟是他一生中为数不多并非来自书本的经历之一（肉体的经历除外）。可当我提议为那条死去的老狗取名小红时，他看我的眼神仿佛我是从某本书里走出来的一样，这本书他很多年前就已经翻开了，但后来却因为被别的什么分了神而搁置在了一旁。"什么？"说着他松开了铁锹，导致铁锹的手柄砸向了我两脚之间的地面，"什么？"

这种时刻对任何做父母的人来说都不好过。这一刻，你意识到自己生出来的这个东西永远都不可能像你那样思考问题，尽管在你离去后，它还会顶着你的名字继续生活下去。

卷一

奥卡姆剃刀定律

我所期待的，是
雷鸣，是纷争的
久执不散
与勇攀高峰。

——斯蒂芬·斯彭德

第一章

在我终于止住了鼻血、扔掉了血淋淋的纸巾后，泰迪·巴恩斯坚持要用他那辆老本田思域载我回家。这辆车死活不坏，泰迪这个小气鬼也死活不肯用它去置换一辆新车。他的妻子茱妮，一个自我价值感并不会被外物轻易左右的人，开的则是新款萨博。"这个座椅能往后调。"泰迪之所以说这话，是因为他发现我的膝盖都快顶到下巴了。

我们在路口停下，让对面的车先过。这时我在座椅边上摸索了一圈，想找到释放座椅的按钮。"能调是吗？"

"按理说是。"说这话时他一股学究做派，很无助的样子。

我知道按理说是，但我放弃了尝试，宁愿维持这种遭罪的假象。我不是故意非要惹别人愧疚的那种人，但我可以假装是。我夸张地叹了口气，想表达一下这事有多蠢，因为在我自己开的那辆林肯里，我的大长腿可以舒舒服服地在方向盘下面伸直。我的林肯和泰迪的思域一样老，但它的大小却更适合这世界上的长腿威廉·亨利·德弗罗们。这些人中有两个尚未入土，那就是我和我的父亲。

泰迪开起车来谨慎得令人发狂，他不愿意在对面有来车的情况下给脚油门，让自己的小思域抢在这些车前面完成左转。"他们的跟车距离有问题，我也没办法。"见我正咧嘴冲他笑，他连忙解释道。泰迪四十九岁，与我同岁。虽然他的容貌比我稚气，但他也已经显露出了衰老的迹象。他素来不算强壮，可他的胸膛似乎凹陷得更厉害了，这也使得他的小肚子更加明显了。他的手又细又嫩，和女性的手几乎没什么两样，上面也没有汗毛。他的腿细细的，套上裤子后似乎就没了影。打量他的时候我突然想到，若要让泰迪重新来过，那他的日子肯定会很艰难——比如了解自己不熟悉的事物是如何运作的，比如与他人竞争，还有寻找伴侣，也就是小伙子们热衷的那些事情。"我为什么要重新来过？"他想要知道，惊恐的神情令他的鱼尾纹显得更深了。

从他望向我的表情来看，我肯定是把刚才那些想法说了出来，虽然我自己并没有意识到。"你从来不希望自己能重新来过吗？"

"能什么？"说这话时他的注意力被分散了。他在对面的来车中发现了一个空隙，于是便将脚从刹车踏板上挪开，还把身子往前凑了凑。他的脚悬在油门上方，但并没有踩下去。最后，他发现那两辆车之间的距离并没有自己想象的大，于是便懊恼地叹了口气，瘫回了座位上。

这一举动令我不禁好奇，我从别人那里听到的一个传言会不会就是真的。那个传言是关于泰迪的妻子茱妮的——说她与我们系的一个初级教员有染。此前我一直没怎么拿那个传言当回事，因为泰迪和茱妮维系着一段完美的合作互利关系。他们是英文系的弗雷德和金格尔[1]，因为他们朝共同的目标前进时非常优雅，没

1　影史最深入人心的舞蹈搭档之一。

有一丝激情。在一个充满了疑心、猜忌与复仇的环境中，两个携手共进的人就代表着一种权力基础，没有人比泰迪和茱妮更清楚这个可悲的学术事实。很难想象他们中的谁会拿这件事冒险。可从另一个角度来讲，嫁给泰迪这样的男人肯定不好受，一个永远满怀期待地倾着身子、脚永远悬在油门上方但就是不敢往下踩的男人。

我们行驶在教堂街上，这条街与将雷尔顿市一分为二的那个调车场是平行的。分出来的两个部分全都脏兮兮的，谁也没比另一个好看到哪去。这是调车场里最宽敞的区域，大概有二十条铁轨那么宽，且大多数铁轨上停了一两节已经生锈的货车车厢。一个世纪以前，整座调车场都会停得满满当当；那时的雷尔顿市欣欣向荣，市民们期盼着一个稳固可靠的未来。今非昔比了。我们还在教堂街的左转道上磨蹭；如今，这条街上一座教堂也不剩了，虽然我听说这里曾有五六座。最后一座教堂是用红砖垒的，破破烂烂；它一直备受诟病，也早就被封了起来。去年，几个小孩闯进教堂，一脚踩空摔了下去，之后这地方就被夷为平地。它曾经栖息的那一大片土地如今已经变得空空荡荡。雷尔顿市有很多杂乱无章的空地，比如调车场车厢中间那些漏风的空隙，而这样的事实总会给人希望破灭之感。我们坐在车里，等待时机拐到欢愉街上去，而就在我们目之所及的地方，一个名叫威廉·谢利的人不久前趁夜深人静时卧轨自杀了。自杀时，他已经在联合铁路公司干了一辈子。起初，大家都以为他是前一周惨遭裁员的员工之一，但后来人们发现事实正好相反。实际上他刚刚退休，领着退休金和全额奖金。电视上，那些不及他幸运的邻居都无法理解他的行为。他已经是人生赢家了，他们说。

我们安全了，因为对面的所有车都已经开走了，于是泰迪便拐到了欢愉街上。这是雷尔顿市所有街巷中让人最不欢愉的一条。欢愉街两旁，破破烂烂的单层或双层办公楼鳞次栉比；冬天下雪的时候，这条街陡到车子根本就爬不上坡去。现在是四月初，可我怀疑对泰迪的思域来说，这条街还是太陡了。车子挂着低挡，发出了英雄般的低吼，以二十多公里的时速全力冲刺着。坡爬到一半的时候，我们到达了一片设有红绿灯的平地。车子停下后我问道："需要我下去推吗？"

"就是天冷闹的。"泰迪对我说，"真的。没事。"

毫无疑问他是对的。我们能行。可我想知道为什么我们能行这件事会令我如此沮丧。我不禁好奇，威廉·谢利是不是也曾担心如果自己不做点极端的事情阻挠一下的话，那么一切就会好起来呢？

"我一定能行，我一定能行，我一定能行。"我不停地念叨着，因为变灯后泰迪努着劲要让自己这辆一定能行的小思域继续前行。几个月前我干了件傻事，竟想在下小雪的时候开车爬上这个山坡。那时夜色已深，我正从学校往家赶。我不想绕远，因为那样要多开十分钟。在宾夕法尼亚州的漫长冬日里，夜间道路停车是不被允许的，所以这条街会给人一种既荒凉又不祥的感觉。这段斜坡覆盖了五个街区，上面只有我这一辆车，而我也不出意外地到达了我和泰迪目前驻足的这片平地。我的保险代理就在转角的地方办公，我记得当时我无比希望他就在办公室里，眼睁睁地看着我在他承保的这辆车里干如此鲁莽的一件事。变灯后，我的轮胎先是空转了几下，然后抓住了地面，于是我吃力地爬上了最后两个街区。在我离山顶只有不到十米的时候，我感觉轮胎又开始空转了，车尾也漂移了起来。车子熄火后，我意识到踩刹车已经无济于事。于是，我瘫回到座位上，眼睁睁地看着自己干的好事。发动机已经停止了工作，落雪也让其他的一切都消了音，这时我发现自己上演起了一场无声的芭蕾。我优雅地滑下了山坡，像是在高山滑雪一样，一直后退到了半山腰的平地。我本以为我会在保险代理的办公室大门口停下，可我却滑出了这片平地的边缘，打着转地冲下了最后三个街区。撞上人行道后，我像撞球游戏里的母球一样被反弹了回来，最后终于在调车场的入口处停住了，虽然没了平衡感，但其他都无大碍。我的朋友博迪·派伊就住在山脚附近某座公寓楼的二层，她声称自己目睹了我芭蕾般滑降的全程。她还发誓说她听见我发出了歇斯底里的笑声，但我已经没有印象了。我只记得自己当时的心情与此刻和泰迪一起重爬这个山坡的感觉很像，就是这么夸张的一件事竟没有引起什么后果，这多少让人有点失望。泰迪有信心我们能爬上去，我也是。反正我们已经拿到终身教职了，我俩都是。

出了城后，恢复了元气的思域在柏油双车道上飞奔了起来，就像动画片里咧嘴怪笑的卡通车一样（我就知道我能行，我就知道我能行），宾州的乡间景致也从我们身边飞驰而过。路边的树木大多已经开始抽芽。树林更深处的空地上也许还有脏兮兮的积雪，但春天的气息无疑已经弥漫在了空气中，于是泰迪便把车窗摇下了一条小缝，想要物尽其用。他日渐稀疏的头发在微风中飘摇，而我竟有点希望能在他的秃头上看见浓密的新发。我知道他一直在考虑要不要用生发液。"你送我回家就是想跟莉莉打情骂俏。"我对他说。

这话让泰迪红了脸。他已经清清白白地单恋了我妻子二十多年。如果真有单恋这么一说的话。如果真有清白这么一说的话。自从我们乡下的房子建好以后，泰迪与莉莉见面的机会就变少了，所以他总在找各种借口。极其偶尔，我们会在周六上午约着一起打篮球，这时他会开车过来接上我一起走。我们打球的那个球场和他家只隔了几个街区，可他却坚称驱车六公里来乡下一趟并不会让他绕远太多。十年前的一个晚上他喝多了，错误地向我坦白了他对莉莉的心意。秘密刚说出口他就开始威胁我，要我发誓不把这件事抖出去。"如果你跟她说了，我可怎么办啊……"他不停地念叨着。

"别犯傻了。"我给他吃了颗定心丸，"我当然会跟她说了。一到家就跟她说。"

"那这朋友还怎么当啊？"

"什么朋友？"

"咱俩啊。"他解释道，"你和我是朋友啊。"

"什么怎么当？"我说，"又不是我看上了你老婆。别跟我提朋友什么的。我还是带你出去吧。"

他醉醺醺地冲我笑了起来。"你就是不想挑事，你还记得吗？"

"这并不代表我不能威胁你。"我对他说,"这只代表你不是非得拿我当回事。"

但他很拿我当回事,他拿一切都当回事。我看得出来。"你爱她爱得不够深。"说这话时眼泪真的涌上了他的眼眶。

"你怎么知道?"小威廉·亨利·德弗罗说这话时眼里可没有一滴泪水。

"就是不够深。"他坚称道。

"如果我发誓到家就把她好好宠幸一番,你会好受点吗?"

我只是觉得这个场景特别荒诞。两个中年男人——那时我们就已经算是中年人了——坐在宾州雷尔顿市的一间酒吧里,讨论着爱到多深才算足够,还有多少爱是别人应得的。不过,泰迪并没有感受到这种荒诞,而有那么一瞬,我真的以为他要打我了。他要明白,我只是在开玩笑而已,但泰迪同大多数人一样,觉得爱这种事是不该被拿来开玩笑的。可我不明白,如果你不能拿爱这种事开玩笑的话,怎么还能说自己有幽默感呢。

那晚之后,只有我还会提起泰迪表白这件事。他从未收回自己说的那些话,但整件事还是会让他尴尬无比。"我真希望你能对茱妮有点想法。"此刻他说了这样一句话,并露出了沮丧的笑容,"我们可以约定好相互远观而不亵玩。"

"你多大了?"我问他。

他沉默了片刻。"总之,"最后他终于开了口,"我想送你回家的真正原因是——"

"天呐。"我说,"又来了。"

我知道他要说什么。过去几个月，谣言一直满天飞，说学校马上要进行一场大清洗，而且会牵连到有终身教职的人。如果这种事真的要发生的话，那么英语系的每个人都有被解雇的可能。据传，校园执行官在与各位系主任开年终总结会的时候就已经透露了这个消息。系主任要起草裁员名单，将本系可有可无的教职工列出来，有人说这是要求，有人说这是命令，具体取决于你听到的谣言是哪一种。据说资历的深浅并不是评判依据。

"好吧。"我对泰迪说，"跟我说实话，你又和谁瞎聊去了？"

"心理系的阿尼·德伦克尔。"

"阿尼·德伦克尔的话你也信？"我问道，"他脑子可不正常。"

"他对天发誓有人命令他列名单。"

见我没有立刻接这个话茬，他将视线从公路上挪开了一小会儿，扭头看了我一眼。我的右鼻孔在他的凝视下突突跳着，它肿得特别厉害，我已经能用余光清楚地看到它了。"你为什么不拿这当回事呢？"

"因为现在是四月，泰迪。"我解释道。这已经是老生常谈了。四月，学术圈的人格外容易发神经，并不是说他们平时发起神经来威力不足，换个季节就毁不掉原本完美的一天了。但四月的情况向来是最糟的。不论别人要给我们使什么幺蛾子，这些事都是在四月谋划出来，然后再趁夏天我们天各一方时逐步实施的。到了九月，一切为时已晚，缩水的绩效工资和大幅削减的差旅费都已无法补救，就连现代语言学大楼的停车证都会贵上一倍。过去五年，经费将大幅缩减、每位教职工都会受到影响的谣言每到四月就会甚嚣尘上，只不过今年的谣言尤为没完没了，也尤为恶毒。话虽如此，但实情却是议会每年都扬言要大幅削减高等教育的开支，而每年，被派遣到议会大厦的高等教育特别工作组也都会重拳出击，游说议会增加这方面的经费。每年，工作组都会对议会进行控诉，还会发表社论对其进行抨击。每年，扬言要被削减的经费也真的都会被砍掉，可在拨款的最后关头，钱总会有的，经费——大部分经费——也总是会回来的。所以，每年我都会与奥卡姆的威廉（第一位伟大的现代威廉，一个既属于他那个时代又属于我们这个时代的威廉，我们需要的所有威廉；他给了我们那把伟大的剃刀，令我们得以衡量简单的真理；他惨遭流放并撒手人寰，令我们犯下的学术罪孽得以被宽恕）得出同样的结论——今年不会有教职工大清洗，正如去年也没有，正如明年也不会有。明年可能会有的是我们要把裤腰带勒得更紧一点，休假不被批的情况会多一点，不进新人的情况会一直持续，复印材料的经费会减少一些。而明年一定会有的则是另一个四月，以及新一波谣言。

泰迪又快速地偷瞄了我一眼。"你知道同事们都是怎么说的吗？"

"不知道。"语毕我又接了一句，"知道，我的意思是我了解跟我共事的这些人，所以我想象得出他们会说些什么。"

"他们觉得你辟谣这件事显得很可疑。他们想知道你是不是已经列好了名单。"

我夸张地叹了口气。"如果真是这样的话，那这个名单会很长。如果哪天我们真的开始清理系里的枯枝烂叶了，那么我们是不会刚清理掉百分之二十就收手的。"

"这种话特别容易让人紧张。现在不是开玩笑的时候。如果你相信我的话，就把你知道的都告诉我，至少我能给咱们的朋友宽宽心。"

"要是我什么都不知道呢？"

"行吧，随你便。"说这话时，泰迪看上去就像被我伤了感情一样，"我当系主任的时候也没什么都跟你说。"

"没有，你说了。"我提醒他，"我记得很清楚，因为那些事我一件都不想知道。"

我看出我伤到了他的感情，于是便做出了一点让步。"这周晚些时候我会去和迪基开会。"我把这件事告诉了他，同时也一直在想这个会到底是明天开还是周五开。

听到这句话后，泰迪并没有什么反应。实际上，他好像根本没听见我在说什么。要不说他发神经呢。他紧盯着后视镜，好像怀疑有人跟踪我们似的。我转过身去，发现的确有一辆红色的跑车跟在我们身后，实际上它都快要撞上来了。那辆车猛地拐到了超车道上，动作相当危险。它从我们身边呼啸而过，然后又猛地别了回来，逼得泰迪不得不踩了刹车。我意识到那是保罗·洛克的红色科迈罗。它停到了路肩，泰迪也跟了上去，因无能的狂怒而面红耳赤。开车的是洛克的妻子，但很明显她这样做是得到了丈夫的授意。这个洛夫人是洛克的第二任妻子，她的名字我永远记不住。虽然平时她总是一副睡不醒的样子，话也不多，可一旦她坐到了方向盘后面，她就会展现出颇具攻击性的一面。保罗与第二任洛夫人成婚已经有年头了，对她已经没有了任何幻想。据他所言，这是她唯一清醒的时刻。在这条通往阿勒格尼泉的路上，她总会从我旁边呼啸而过，而且总会赏脸盯着我看很久，然后才会把视线移到别处，显然对我很是失望。她脸上永远挂着一副厌世的表情，就算认出了别人也不会发生变化。

"如果咱们打起来了，把她交给我。"在我说这话时，泰迪依然紧紧地握着方向盘。

"这他妈——你看见了吗——"他气急败坏地说道。他扭过头来看着我，想证实一下刚才发生的事。泰迪始终拿不准自己该不该生气，面对其他几种情绪他也是如此。他想确认自己在这个场合发火是情有可原的。

洛克慢吞吞地下了车，然后又俯下身去，把头伸进了车里，对第二任洛夫人说了些什么。大概是让她待在原地别动吧。这件事不会拖太久的。如果我们真的打了起来，很快就会完事的。保罗·洛克是个大块头，一想到我那个千疮百孔的鼻子可能又得挨拳头，我就恶心不已。

我费了好大的劲才从泰迪的思域里钻出来。洛克帮我扶着门，耐心地在一旁等待着。挺直身子后，我比他高出了一截，这可以算是不幸中的万幸了，虽然这也并没有什么用吧。几年前，在英语系的圣诞派对上，正是这个人把我扔到了一面墙上，而今天令我格外心虚的是，四周并没有墙。如果现在他把我扔出去的话，我就要掉进臭水沟里了。好在光是研究我那个没形的鼻子并冲我傻笑，就似乎已经令他心满意足了。

泰迪下了车，他已经开始语无伦次了。"刚才差点就出事了。"

他冲洛克发着火，可到目前为止，洛克都没正眼瞧过他。

"你好啊，神父。"我的语气非常友善。在保罗·洛克年纪尚浅且还没成为无神论者的时候，他是个神学生。

"疼吗？"他端详着我的大鼻子，表示出了好奇。

"当然疼了，保罗。"我顺着他往下说，迫不及待想要讨好他。

他煞有介事地点了点头。"不错。"他说，"我就爱听这个。"

他抬起手，我赶忙往后退了退，尽可能不把身子缩起来。他手里有台相机，很贵的那种，我还没来得及把没受伤的那半边脸对准他，他就已经自动连拍了八张相片。

"你走以后我会这样铭记你的。"说完他又朝泰迪的方向微微点了下头，"至于那家伙，我打算直接忘了他。"

语毕他回到了他那辆科迈罗里，那车猛地一转，冲回了路面，走时还溅起了很多小石子。"真是够了。"泰迪说道。说这话时我们已经安全了，而他也终于确认了自己在这个场合发火是恰如其分的。"我要投诉他。"

我们沿着弯弯曲曲的公路回到了我和莉莉的住处，一路上我一直在哈哈大笑，笑到需要用外套的袖子擦眼泪的地步。至于泰迪，我看得出他很尴尬，还有点生我的气，因为我把他那些情绪的合理性都笑没了。"我说真的呢。"他向我保证。听到这里，我又控制不住了。

听到有陌生的车子停在了房子周围，莉莉出现在了后院露台上。她穿着慢跑服，脸红扑扑的，好像刚跑完步一样。她冲我们挥了挥手，于是泰迪迫不及待地下了车，好冲她也挥挥手。我们离得太远了，她看不到我歪七扭八的鼻子，可我妻子双手插在她那苗条的小腰上，摆出的架势意味着她已经准备好要听听我干的好事了。

"实际情况并没有看上去那么糟。"泰迪大声嚷着。

我们往房子的方向走去，而莉莉则仔细地打量着我们，想看看泰迪这句话指的是什么。二十年来，我每天回家时身上都会带着点小伤，但一般它们都在脖子以下的位置——脚崴了，膝盖肿了，弯不下腰了，类似这种。以前，系里会在周六上午办篮球赛，那时大家相互之间还会说话。比赛时，受伤是常有的事，而且那些伤往往都是拜保罗·洛克所赐，他对输赢的理解好像与我们不太一样。

所以说，莉莉在看我哪里瘸了，看我是不是要歪着身子进家门、是不是直不起腰了。当然，她是看不到我的鼻子的，因为朝她走过去时我故意把头扭到了一边，用好的那个鼻孔对着她。这可不是件容易的事，因为坏掉的那个鼻孔太大了。走到露台下面后，泰迪看穿了我的心思，于是他抓住我的下巴，把我的头扭了过来，让莉莉好好欣赏一下我这张毁了容的脸。我好奇泰迪是不是和我一样，对她的反应大失所望，因为她不过挑了下眉而已，好像是在说即便这么离奇的伤也完全在她的意料之中，毕竟我就是这样一个人。

"这家伙失控了。"泰迪的语气里透着一股钦羡。

我们进了屋，因为四月中旬的天气依旧寒冷刺骨，而且气温
还在随着日落持续降低。我听见奥卡姆哼哼唧唧地想让人把他从洗
衣间里放出来：这狗不听话的时候，莉莉就会把他发配到那里去。
我打开洗衣间的门，狗兴奋得不能自已，直接从我身边冲了过去，
发了疯似的绕着厨房的中岛转了一圈，伸出指甲抓挠着地面的瓷
砖，好增加摩擦力。这时他看到了泰迪，泰迪的脸瞬间吓得煞白。
奥卡姆是大型犬，是条几乎已经成年的白色德国牧羊犬。一年前，
他出现在了我家的车道上。那时莉莉听到他在叫，于是我们便走
到了屋外的露台上，准备好好研究一下这狗呈现在我们面前的奇
异景象。他站在车道中央，好像有人命令他这样做，可他又不确
定这指令是否明智一样。他好像想让我们给他点建议。"我觉得他
好像想让咱们跟他走。"莉莉说，"你觉得他是从哪儿来的？"

"如果他想让咱们跟他走，那他就是从电视机里来的。"虽然我
嘴上这么说，可实际上他站在那里的样子真的就是这样。他冲我们
叫着，却并没有迈步向前。实际上，他朝我们迈了几步，然后好像
突然想起了一些可怕的事情，于是便发出了与之前的吠叫完全不
同的尖叫，随后又退了回去，之后继续重复起上面的过程来。

我们小心翼翼地走上前去，在距他一米多的地方停了下来。
这家伙现在疯狂地摇着尾巴，撇着嘴对我们邪魅一笑。

"我从没见哪条狗这么笑过。"莉莉说，"他长得好像吉尔伯
特·罗兰[1]啊。"

1　Gilbert Roland，墨西哥裔美国演员。

这狗的嘴里有什么东西一闪而过，勾起了我的好奇。那样子像极了他有颗金牙。

"天呐，汉克。"莉莉说，"我觉得他可能被钩住了。"

问题就出在这。那个被我当成金牙的东西实际上是嵌进这条狗嘴里的一个三本钩。这条狗拖着一条长长的尼龙鱼线，只有当他与钩子较劲的时候，鱼线才会露出来，他那吉尔伯特·罗兰般的笑容就是这么来的。莉莉稳住了他，而我则咬断了鱼线。他拖的这条鱼线有九十多米长，明显他是从三公里外的小湖那里一路走来的。回到屋里后，莉莉边轻抚他边用温柔的声音安慰他，而他则安安静静地等着我去找钢丝钳。在我剪断钩柄、取下鱼钩的整个过程中，他也一动都没有动。"好了。"鱼钩取下来后他似乎在说，"现在怎么办？"

我们登了报，还在周围的街区贴了告示，但一直没有人来认领他，所以除了给他喂饭、眼看着他体形翻倍以外，我们别无他法。自从有了他，来我家做客的人就少了。奥卡姆显然不能理解这是为什么，因为他还是很喜欢和这些人打交道。看到今天家里来了人，他实在太开心了，开心到连莉莉的吼声都没有听到，而平时这个声音总会让他瑟瑟发抖。自从奥卡姆过了爱舔人脸的阶段以后，泰迪就没有再见过他了，此时他把两条胳膊都举了起来，想保护自己。不再执着人脸的奥卡姆使出了撒手锏，这大招他会用在所有陌生人身上，不论对方是男是女。泰迪举起胳膊后，奥卡姆将他又长又尖的狗嘴捅到了泰迪胯下，然后往上抬了抬，好像以为自己能把泰迪钉死在湿湿的鼻尖上一样。实际上，泰迪高高踮起的脚尖的确助长了奥卡姆的幻觉。

"奥卡姆!"莉莉怒吼了起来。这一次,她的声音刺破了这条狗的快乐泡沫。他放下泰迪,转过头来,这时一个报纸卷刚好对准他的鼻子抽了上去。乐极生悲的他可怜巴巴地尖叫了起来。他灰溜溜地拖着腿跑到了房间的另一头,好像受了多大委屈似的,每走一步就要尖叫一声。我的鼻子也随着他一起突突地疼了起来。

"真棒!"我说这话纯粹是为了让他搞不清楚状况。奥卡姆夹在双腿间的尾巴舒展了开来,前后摇摆着,把地都扫干净了。

莉莉扶着泰迪坐到了围绕厨房中岛摆放的某把高脚凳上,而我则带着奥卡姆来到了屋外的露台上。他哐当哐当地走下台阶,发出了好大的噪声。他准备怒气冲冲地围着房子跑上几圈,甩掉自己的耻辱感。我很了解自己的狗,我知道他在想什么。我们两个心里的许多深刻情感都是相通的。

屋内,泰迪的脸上渐渐有了血色。"那招是莉莉教他的。"解释完之后我又加了一句,"我也以为他学不会呢。"

"你就庆幸你已经挂彩了吧。"莉莉好像是认真的。泰迪的下身遭此对待让她觉得既不安又尴尬。她这个人天生就爱为别人疗伤,她在想要怎么疗泰迪的这个伤才好。

"我得让你知道,把我弄成这样的可是个大美女。"我对她说。

泰迪赶紧给她打起了小报告。"是格蕾茜。"他说。

"格蕾茜已经不算美女了。"我妻子提醒我们,"她胖了以后比我难看多了。"她从厨房的操作台上拿了一壶冒着热气的咖啡过来。

泰迪正在考虑要不要告诉莉莉她一直比格蕾茜好看。他那可怜巴巴、不知所措的神情暴露了一切。他已经张开了嘴，可后来又把嘴闭上了。说实话，我突然发现莉莉确实挺好看的。她苗条、健美、容光焕发，每天会跑好几公里。如果她像我一样跑完步以后也会肌肉酸疼的话，那她对这件事可谓守口如瓶，也许是觉得抱怨运动导致的疼痛这种事只有男的才干得出来。她对只有男的才干得出来的事评价都不高。

"她把什么东西杵到你脸上了。"这会儿她逮住了机会，能近距离端详我的大鼻子了，"剥虾用的叉子吗？"

泰迪告诉她格蕾茜是用线圈本露出来的那一截线圈戳的我，听到这话后莉莉撇了撇嘴，我就当这是我们之间温情尚存的证明吧。泰迪满腔热血地讲起了导致我毁容的那场人事会议，可他的描述竟寡淡出了新高度。他一直在强调我是如何惹恼格蕾茜的。他漏掉了所有就连我这种很久不讲故事、技艺已经生疏的人不仅不会忘记提及，而且还会放在前面突出强调的细节。他就像个五音不全可还非要唱歌的人一样；他游移在各个音符之间，毫无节奏感地用脚打着节拍，希望能用热情弥补自己找不着调的不足。听他讲这件事真是煎熬，所以我偷偷地修改了他的叙述——对各个要素重新进行了排列，加了些旁注，削弱、组合、打散，再次强调了某些情节。我甚至在考虑要不要自己亲自写一版，发表在《雷尔顿每日镜报》上（当地人亲切地称呼这份报纸为《马后炮》）。去年，我用"幸运汉克"这个笔名写了一系列题为"大学之魂"的讽刺特稿，煞有介事地记录了学术界的一些愚蠢行径。今天这场人事会议简直可以让这个系列重启了。

至于这个系列该不该重启，那就是另一码事了。往期文章令学校管理层及我的同事们对我心生嫌隙，这两拨人都指责我缺乏大局观，令高等教育本就不高的民众支持率雪上加霜，还指责我恩将仇报。我甚至不用添油加醋就可以把今天我被毁容这件事写得精彩、写出我想要的那种荒诞感，泰迪寡淡的叙述已经证明了这一点。可他的叙述却漏掉了一些非常重要的东西。我对学生们说过，所有好故事的立足之本都是人物描写，可泰迪在讲述那一连串事件的时候，完全没能描述出事件发生时，小威廉·亨利·德弗罗是什么感受。

　　事实是，那时的小威廉·亨利·德弗罗已经快要窒息了。这场人事会议的主持人菲尼亚斯（菲尼）·库姆选择在一间没有窗户的小会议室里与大家碰面。这可以理解，毕竟我们只有六个人。不过这六个人里有两个——菲尼本人及格蕾茜·杜波依——喷了太多香水，导致小威廉·亨利·德弗罗不得不三度起身去开一扇已经大敞的门。泰迪、泰迪的妻子茱妮和坎贝尔·惠默（我们这个老龄化日益严重的系里唯一一位尚未获得终身教职的成员）似乎都完美地压下了自己的呕反射，可小威廉·亨利·德弗罗却没有。

　　"你还好吗？"惠默打断了正在进行的会议，询问起我的状况来。他是在布朗大学读的研究生，毕业才四年；他日渐稀疏的头发仅剩的那几根毛被他扎成了一个马尾，用橡皮筋绑着。受聘之后，他令同事们都惊讶了一把，因为他在当年系里组织的第一次大会上宣称自己对文学本身毫无兴趣。女性主义批评理论和视觉文化才是他的学术兴趣所在。他将电视上播的情景喜剧录了下来，将它们纳入了课程体系之中，取代了男权味很浓的符号文本（也就是书）。他的学生绝不能写东西。他们的课程作业要用摄像机完成，并要以录影带的形式提交。系会上，只要有人用了阳性代词，坎贝尔·惠默就会纠正那个发言的人，加上一句"女性亦然"。泰迪的妻子茉妮早在十年前就拥抱了女性主义，她也差不多是从那时起不再拥抱泰迪的，可就连她也厌倦了惠默这装腔作势的嘴脸。最近，系里的人都开始管他叫"亦然"。

"我没事。"我请他放心。

"你一直在出怪声。"亦然说。

"谁？"

"你啊。"四个声音同时附和着我这位年轻同事的发言：菲尼的，泰迪的，茉妮的，格蕾茜的。

"你一直……咯咯地干呕。"亦然展开讲了讲。

"哦，那个啊。"话虽如此，但其实我并不知道自己刚才在咯咯干呕。我可能是在漱嗓子，因为格蕾茜身上的香水味甜得发腻，让人头脑发懵，但我肯定不是在咯咯干呕。是因为在这个不通风的小房间里她离我太近了，还是因为她早上不小心喷了两次香水？

看着格蕾茜现在的样子，你很难想象二十年前她刚来系里时的盛况。那时的她就像穿着网眼黑丝、甩着马尾巴、戴着高顶大礼帽演小品的舞女一样。全男班底的剧组将她举过头顶，用汗涔涔的手将她传来传去。彼时的系主任雅各布·罗斯如今已经当上了院长，那时他总说学校里的每个男人都想上她，只有菲尼是个例外。菲尼想成为她。但这已经是那时候的事了。很难说现在我们还能不能把她举过头顶。我们已经不是当年的壮小伙了，可格蕾茜却比当年那个小姑娘壮了一倍。可悲的是，大家只消看格蕾茜一眼（或像我一样，闻一下她身上的香水味）就会知道她还想做回当年那个小姑娘。哎，该死的是我们理解她的心情：我们也想做回当年的小伙子。

"你能不能别盯着我看了？"格蕾茜转过头来看着我，神情非常警觉，"还有，你能不能别闻了？"

"谁？"

"你啊！"四个声音异口同声。菲尼的，泰迪的，茱妮的，亦然的。

"系主任对于招新的进展有什么要汇报的吗？"菲尼问道。菲尼今天穿的是春假结束后他每天都会穿的那套行头，白色亚麻西装配粉色领带，因为这能最大限度地衬托他刚晒出来的地中海风情古铜肤色。几年前，他任由自己的满头白发尽情疯长，然后在办公室里挂了一幅马克·吐温的彩色肖像。他很喜欢站在那幅肖像旁边。

"毫无头绪。"我汇报道。寻找新系主任的工作跟我预想的差不多。九月，我们获得了批准，可以开始寻找新的人选。十月，我们得知这个职位的经费还没有批下来。十二月，我们勉强获得批准，可以开始草拟短名单，并在开大会的时候对这些人进行面试。一月，我们引进新人的申请遭到了拒绝。二月，我们得知招聘已全面暂停，学校也无法保证会为我们破格录用新人，就算是新系主任也不行。三月，应聘这个职位的人只剩下了六个，其他人要么已经找到了别的工作，要么就是明白了维持现状总比跟招新都招成这副德行的人为伍强。四月，院长建议我们将名单删减到三个人，并给这些候选人排个位。删名单这件事已经没什么必要了。到了那会儿，原先的二百个候选人就只剩下三个了。

"院长有在推这件事吗？"菲尼想要知道。他的言外之意是这种事我应该打听得到，毕竟我和雅各布·罗斯是朋友。在菲尼看来，若他需要证据的话，那么我没有实质信息可以汇报这件事就证明我是在有意妨碍系里寻找新的系主任，毕竟招新这件事我从一开始就不赞同。我的立场是，我们系实在是太分裂了，这些年来我们对彼此的厌恶也实在是太根深蒂固了，从外界引入一个新系主任纯粹是为了防止我们当中的任何一个人独揽大权。我们找的不是系主任，而是一个用来血祭的活人。由于我公开表达了自己的立场，所以菲尼怀疑我和院长背地里勾结，企图将寻找新人的工作和系里一直秉持的民主原则统统掀翻。

"我觉得与其说院长在推这件事，不如说他在这件事上一直被推来搡去。"我汇报说。

"那男的就是个懦夫。"茱妮附和道，虽然她和泰迪也是雅各布的朋友。

"女性亦然。"我冷不丁地冒出了这么一句。

亦然抬起头来，满脸疑惑。这是他的台词。他是漏掉了一个说这句台词的机会吗？

"我们来这是干吗的？"泰迪问道，他的问题一点哲学思辨的意味都没有，"为什么不等职位批下来以后再给候选人排名呢？这件事很可能会耗费好几个小时，而且我们也无法保证这个职位明天不会被撤销。万一撤销了，我们的时间不就白费了吗？"

"院长要求我们为剩余的候选人排名。"说这话时菲尼故意拖着长音，"那我们就必须排。"

常识就这样被迅速抛在了脑后，接着我们没完没了地讨论起余下三位候选人的排名来。我两度被勒令停止干呕，三度抢在坎贝尔·惠默之前说出了"女性亦然"这句台词。似乎没有人能想起当初我们相中了这三位候选人的什么。实际上，我都怀疑我们是否真的相中过他们。我们把对自己不利的申请函都剔掉了，这三位是留下来的那些人的代表。聘请杰出人才会招致我们这些不杰出的人被拿去做对比。这层逻辑当然没有人公开挑明，相反，我们一直在互相提醒，让大家别忘了想留住资质优秀的候选人是多么困难的事。更糟糕的是，我们对任何有意加入我们的优秀候选人都持怀疑态度。我们会怀疑他（女性亦然！）与自己目前受聘的机构在薪酬的问题上尚未谈拢，因此他（女性亦然！）可能想吸引一些其他的工作邀约，把它们当作与院长谈判的筹码。

格蕾茜迫不及待想把最后这三位候选人削减成两个，因为关于第三位候选人，她有了一些令她不安的新发现。"就我们目前的课程设置来看，斯雷坎教授雇不得。"她挑明了自己的观点。她边说边看着自己那本大大的线圈本，上面写着与聘不得的斯雷坎教授有关的笔记。开会的过程中，她把那根线圈抻直了，露出了线圈一头那个杀伤力巨大的钩子，用它刮掉了残留在粉红色大拇指指甲上的甲油斑块。"二十世纪文学这块已经超编了。"她提醒我们，"而且我们也没有再聘一位诗人的迫切需求。"她加了这样一句，因为这位候选人列出了自己在一些不知名的小期刊上发表过的几首诗歌作品。

雇不得的斯雷坎之所以还在我们的考虑范围内，是因为去年十一月格蕾茜得了流感，错过了一场能让我们将其清出候选人队伍的会议。她自己的研究领域就是二十世纪英国文学，而就在去年，她刚刚自费出版了个人的第二部诗集。如果我们聘了雇不得的斯雷坎，那么格蕾茜就要与他共同教授这些领域的课程，而她一直觉得这些课是自己的私人财产。

"我再补充一句，这个候选人又是个白皮男。"这就是她的结语。她合上笔记本，以示自己不想再继续讨论这个话题。

"系里已经有诗人了吗？"我听到小威廉·亨利·德弗罗天真地问道。泰迪和茱妮紧盯着自己的手，嘴角露出了一丝笑意。他们的政敌有长长一串，而格蕾茜又排在比较靠前的位置，因为她曾与别人勾结，颠覆了泰迪的系主任地位。

"这话太不得体了。"说这话时菲尼一点底气都没有。我闻到了他呼出的一丝薄荷味，这味道与格蕾茜的香水味危险地混合在了一起。

"我觉得我们应该把剩下的两个男性候选人都删掉。"亦然提议道。

"你的意思是我们不要再考虑男性候选人了？"泰迪很吃惊，"就因为他们是男的？"

"没错。"亦然回答。

"这是违法的。"虽然泰迪嘴上这样说，但他声音的落点却不太对，使得空气里悬着一句没有明说的"是吧"。

"这是符合道义的。"亦然坚称，"也是正确的。"

"但我们录用你的时候可不是按照这个流程来的。"菲尼提醒着他。菲尼几年前出了柜，后来又钻了回去，因此他比我们中的任何人都更有理由对这位年轻的同事表示失望。他曾是亦然最坚定的支持者，因为坎贝尔·惠默在面试时发表的一些言论显然让他误以为对方是个同性恋。可事实证明，亦然不过是想说明他对同性恋没什么意见，就像他对黑人、亚裔、拉丁裔和美国原住民也没什么意见一样。实际上，如果亦然有的选的话，他还真想加入这些人的行列，不论从政治还是道义的角度上来讲都是如此。只能说他不太走运。

"你们的确应该录用一位女性。"亦然继续说道。他好像快要哭出来了，因为他无比坚定地相信自己抢了某位完全有能力胜任这一职位的女性的饭碗。"等我申请终身教职的时候，你也应该投反对票。如果连我们英语系的人都不站出来反对性别歧视的话，谁还会呢？"

这时，就连我都意识到了自己在作呕。

"我不赞成把两个男性候选人都剔掉。"格蕾茜澄清了自己的立场，"只剔斯雷坎教授就行了。因为我们不需要再加个白皮男进来了。因为二十世纪文学这块不需要再加人了。因为我们不需要再进个诗人了。这可是三个足够有说服力的理由，不是一个。"

她发言的时候，我透过余光看到泰迪一直在摇头，也许是因为他了解我，也许是因为他了解格蕾茜，也许是因为他知道格蕾茜又会帮我把球架好，也许是因为他知道我会从包里一把扯出球杆，给她点颜色看看。

"我们这的第一个诗人是谁啊？"我并没有特意对任何人发问，"哪个好心人能告诉我一下？"

线圈本径直砸到了我的脸上，力量大到让泪水涌上了我的眼眶。每个人都瞪大了眼睛，完全看呆了，就连菲尼也不例外，而他在出席自己主持的会议时往往冷淡得很，与在惊涛骇浪里颠簸的软木塞子没什么两样。可令我不解的是，格蕾茜的线圈本为什么还莫名其妙地悬在我面前。有那么一刻，我的脑子完全乱掉了，竟以为她在本子的外皮上写了什么东西要让我看。我努力想看清自己鼻子前面的这个东西是什么，看得我都对眼了。这时我才意识到格蕾茜其实是在拔线圈本，而且她每试探性地拽一下，一股剧痛就会直冲我的脑门；这时我才意识到线圈带钩子的那一端钩住了我的右鼻孔，还把肉扎穿了；这时我才意识到我就像是被鱼叉叉住的青蛙一样，意识到我正隔着桌子往格蕾茜的身上倒，像个笨手笨脚但还非要向她索吻的追求者一样。

下一秒，我被大家包围了，虽然那时我泪眼婆娑，谁也看不清。"我的天呐。"语毕格蕾茜扔掉了线圈本，好像这样一来她就跟我两清了一样。如果我想要她那本线圈本的话，我大可以直接把它拿走。

"太可怕了。"亦然不停地重复着这句话，好像他被迫见证了自己并不希望看见的一幕似的，哪怕倒霉的是个白皮男也不行。

最后，在我自己的提议之下，泰迪被派遣出去找学校的管理员了。等这两个大男人带着能剪断铁丝的尖嘴钳回来的时候，其他与会人员都挤到了我身后的安全区中，因为我已经打了两次喷嚏，把血喷到了会议桌的另一头，还害菲尼的白西装染上了粉红色的血渍。

泰迪将所有这一切都汇报给了我的妻子，而厉害的是他并没有止步于此。他这个英语老师没白当，因为他对戏剧延展还是略知一二的。

"于是，我们又都坐回了桌边。"他咧着嘴冲莉莉笑了一下，"你丈夫开始对着一叠棕色的厕纸狂喷鼻血。格蕾茜一边啜泣一边说着自己多么抱歉。菲尼用手绢擦着他的白西装。可你绝对猜不到你丈夫接下来做了什么。"

看泰迪的表情我就知道此刻他信心十足，觉得世界上绝不可能有人猜得出小威廉·亨利·德弗罗接下来做了什么或说了什么。可他忘了自己是在跟谁说话。这个女人已经和小威廉·亨利·德弗罗一起生活了三十年，更何况她还声称自己比本尊更了解本尊。

"我猜他要大家表个态。"我妻子答道，显然她根本没费太大力气去想这件事。说这话时她直勾勾地看着我，好像是想看我敢不敢否认似的。

泰迪的脸耷了下来，仿佛他的下半身又被拱了一下。"是啊。"他的语气里充满了深深的失落，"他说，'咱们投票吧'。"

我妻子的神情也很失望，好像猜出我这种人下一步会做什么并不是一件很光彩的事一样。"你知道格蕾茜对自己写的诗有多敏感。你犯什么病呢？"

实话来讲，我不知道我在犯什么病。我并没有想诋毁格蕾茜的意思，至少在我向她开火之前没有。可一旦开始之后，我就觉得这是天经地义的事，虽然我也记不得个中原因了。我并不讨厌格蕾茜，至少想起她的时候我并不反感。只要我在一个地方，她在另一个地方就行。可当她近到我一个反手就能抢到她的时候，反手抢她一下似乎就变成了一个不错的选择。实际上，我对好几个同事都有这种感觉，虽然总的来讲他们并没有做过什么让我不爽的事。

"总之，"泰迪开口了，"我觉得我还是把他送回来比较好。到目前为止他都没跟我说声谢谢。"泰迪和莉莉都觉得我是个忘恩负义的人，他们的革命友谊有一部分就建立在这个共识之上。

在我看来，我不是个忘恩负义的人，但我可以假装是。"谢你干什么？"我问道，"就是因为你，我的车还在教职工停车场里。莉莉去费城之前还得先把我送到学校去。都是因为你想过来跟她打情骂俏。"

听到这些话后泰迪的脸变得通红，而莉莉则倚过身去亲了他的脸颊一下，让他的脸红得更厉害了。"偶尔有人跟我打情骂俏也不错。"莉莉对他说。如果我没弄错的话，这话其实是冲着我说的。

"去费城？"泰迪刚想起来问问这是怎么回事。

"去面试。"她解释道。

他的脸变得煞白，害羞时涌到他脸上的血色此刻全都流走了。

他先是看了看莉莉，然后又看了看我。"你们要搬走了？"

"没有。"莉莉拍了拍他的手，"但是你得保密啊。我们那所高中的校长明年就要退休了。我想逼学校理事会定下他的接班人。"

你能明显看出泰迪松了一口气。

"如果茱妮需要带什么东西回来的话，让她给我打电话就行。"

"她肯定想要那边的高质量橄榄油。"泰迪的语气很悲伤，好像他知道自己的妻子想要什么，却宁愿不去想这些东西一样。

泰迪从高脚凳上滑了下来，莉莉主动提出要送他到停车的地方。他们走后，我将空咖啡杯拿到了厨房的水池处。他们站在露台下方的车道上，我透过厨房的窗户便能看到他们的脑袋顶，还能听到他们含糊不清的说话声。他们站在那里的姿态，某种我至今都难以想象的若有若无的亲密，令我幻想起他们偷情的样子来。我想象着他们两个在床上的样子，我和莉莉的床，而且不知为何，处在上位的是莉莉。大概是因为我无法想象泰迪上位的样子吧。同莉莉，同他自己的妻子，同任何年龄超过十八岁的女性都不行。他这个人太客气了。更奇怪的是，在我的想象里，我自己也跟他们共处一室，见证着几个可能马上就要出现的情绪，这些情绪未必彼此兼容，甚至可能毫无存在的道理——惊讶、愤怒、嫉妒、好奇、兴奋。我告诉自己，如果这臆想的出轨并没有让我的内心起什么波澜的话，那是因为我知道泰迪和莉莉没有在偷情。在现实生活中，如果泰迪的幻想真的成真了，那么他会跟我坦白的。他会走进我的办公室，既憔悴又开心，脸上还会挂着一副半死不活的表情。他会告诉我他干了什么，然后会走出我的办公室，买把枪，照着自己的脚崩去，用这种搞笑的方式为自己赎罪。之后他又会开始道歉，嫌自己没有勇气下更狠的手。毕竟他与我们其他人一样，都是搞学术的。

他们简单地拥抱了一下，然后非常纯洁地分开了，看到这里我甚至有点失望。我觉得我听到莉莉要泰迪代她向茱妮问好，她不知道自己已经多久没有见过茱妮了。之后泰迪问了她一些什么，可起初我想不到他会问什么。他想知道，或说我认为他说的是，莉莉觉得我会不会有事。我突然有种强烈的感觉，认为他并不是在关心我的鼻子。我真希望我能听清莉莉是怎么回答的，但我听不到。

在道路的尽头，一座山正对着我们，保罗·洛克的卫星电视接收器就在那座山的山顶上。这个接收器的一部分被树枝挡住了，而我看到它恰好选择在这个时刻搜索起新的卫星信号来。洛克的接收器总是在动。作为一个不看球就难受的专业篮球观众，他总在找节目看。我知道这不过是我的幻觉，但这次当接收器停下来时，它好像正对着我。在科幻片里，此时一道光束会从它那黑黝黝的中心发射出来，而我则会化为一缕青烟。接收器与我之间只隔着我自己投射在玻璃上的模糊影像。我试着严肃思考泰迪的问题，可对我这样的人来说，这并非易事。我当然不会有事了。没错，透过厨房窗户回望我的这张脸已不再年轻，可这张脸上也就只有鼻子的地方不好看而已。

当莉莉的影像出现在我身后时，我还在聚精会神地盯着那块肿得发紫的地方看。她苦恼地说道："你可真够浑的。"

第二章

我习惯在吃晚饭前跑步，但因为泰迪非要送我回家，因为他非要在我家喝咖啡，要跟莉莉打情骂俏，所以一切都被打乱了。等我和我妻子安安静静地吃完晚饭后，天已经快黑了。不过今天正值满月，乡间小路上也没什么车，于是我便换上了运动服，来到露台上做起了准备活动。在这里，我可以审视一下长久以来一直被我们称作"生活"的这个东西。

这栋房子——这栋搬出雷尔顿后我们就一直在住的房子——位于一座山坡的顶端。这面山坡不仅很长，而且蜿蜒曲折、林木茂密。偎依在山坡脚下、半隐于树林之中的还有另外五六栋房子，它们都比我家的房子贵，也都是学校里的人在住——几位正教授，几位学校管理人员，还有一位教练。夏天，当四下绿意盎然时，我们这座山坡上的房子互相之间谁也看不见谁，于是便创造出了一种悠然独处的错觉。偶尔，当我们开着车在树林间穿梭时，车漆的颜色会一闪而过；夜晚，昏黄的窗户会在颤抖的树叶间闪闪烁烁；远处，发生在大敌的厨房窗边的争吵会乘着微风四处飘荡。只有在这样的时刻，独处的错觉才会被打破。不过，从晚秋开始，邻居的存在感就会变强。在宾州的漫长冬日里，这种情况会一直持续，因为树林变秃以后，我们在彼此眼里就变得若隐若现了。所以，在至少半年的时间里，每当我们上下车、倒垃圾或在露台上铲雪时，我们都会满怀歉意地对彼此招招手。如今，到了四月，我们全都焦急地等待着独处时刻的到来——毕竟这才是我们一股脑搬到阿勒格尼泉的初衷。

在近二十年前，我和莉莉买下了这个新小区里的第一块地皮。我们用我那本小说的预付金交了首付，然后便开始在这块地皮上建房子。与后来的那些人不同，我们砍掉了这块地皮上的大部分树木，改为铺草皮。莉莉是在费城一个阴冷、昏暗的街区长大的，所以她需要阳光，很多阳光，同时她还想弄一片又大又陡的草坪给我剪着玩。她还想要露台，屋前屋后都要，露台家具也不能少，好像夏日躺椅的存在能抵御宾州的寒冬一样。不用说，每年有整整七个月的时间，我们都要把户外家具存放在前院露台下方的车库里。但我家的露台是这一片最适合闲坐的。砍掉那么多树的结果就是昆虫的数量似乎也变少了，而且我们很少会被小虫子一类的东西困扰。住在山下和路对面的邻居怨声载道，说太阳一落到树林之下他们就会被虫子赶回屋里。而我们则会坐在露台上，听他们的电子灭虫器发出此起彼伏的声响。

夏日在露台上闲坐是我和莉莉和平共处的方式之一。短短几周的课程结束后，漫长且慵懒的夏夜就会在我们面前铺陈开来。我们会把冰镇后的白葡萄酒拿到屋外，要么看书，要么聊天，直到万籁俱寂的黑夜和葡萄酒把我们弄得昏昏欲睡为止。很多年前，在房子还很新的时候，我们偶尔还会在屋外的露台上做爱，但我们已经很久没有这样做了。户外性爱还是有独到之处的，因为激情总会伴着若有若无的风险出现，但理智的中年人难免会觉得在塑料质感的户外家具上云雨是件蠢事。你的皮肤会粘到上面，而你将自己从家具上剥下来时发出的声音就是愚蠢之音。很快，那种你可能会在兴头上被抓包的独特的兴奋感就会消散，因为你当然不可能被抓包了。在黑暗寂静的乡间夏夜，若哪位访客正驱车沿山下的小路向你靠近，那么在他距你不到一公里的时候你就会听到车子的声音。你会知道这辆车什么时候拐上了通往你家的支路，当它吃力地爬起坡并朝着你家房子驶来时，你还能掌握它的实时位置。不论来者何人，当他停好了车、沿着嘎吱作响的台阶爬上露台的时候，你已经洗完了澡、换好了衣服，煮上了咖啡并把饼干摆在了盘子里。对我们这个年纪的人来说，还有意外这一说吗？

　　当我在露台上做着必要的深蹲准备活动时，我不禁好奇，是不是这种对意外的隐秘渴望导致我今晚幻想起了妻子与朋友偷情的样子？最近，这样的画面已经不是第一次出现在我的脑海中了。几个月以前的某一天，我突然觉得莉莉可能与她学校里的某个男同事有染，也许是因为当时我听说那个人要离婚了。那个男的叫文斯，这些年我和莉莉一直有一搭没一搭地和他维持着交情。郁郁寡欢、一本正经、为人正直、不善交际——他似乎一直是会俘获莉莉芳心的那类男人，如果我这种轻浮、满嘴跑火车、皮肤细嫩的长腿男没有在这里碍手碍脚的话。不知为什么，为莉莉寻新欢这件事给了我一种奇怪的快感；要不是因为这种事意味着妻子会对自己不忠，那每个男人都巴不得自己的妻子能去外面拈花惹草呢。在一周左右的时间里，我一直在幻想莉莉身上的热恋迹象，可到头来这些幻想还是没能维系下去，虽然不知为何我努力维系过了。

从那时起，这些幻想就被莉莉与其他男性激情云雨的画面取代了，这些画面越来越荒唐，却无比生动，而我也不禁好奇它们到底意味着什么。因为从某些角度而言，它们一点都不荒唐。我妻子是个颇具韵味的女人，泰迪矢志不渝的爱并不是我能拿出手的唯一证据。我对她也爱慕有加。她无疑有引人上钩的能力，但我觉得她嫁给小威廉·亨利·德弗罗以后就不会再爱上别人了。我这样想会不会太自大了呢？好吧，确实挺自大的，但出于一些说不清道不明的原因（我知道有时候莉莉对我并不是很满意，比如今晚），我就是知道她除了我之外谁都不爱。可这份笃定却让那些不请自来的奇怪幻想变得更加令人不安了。许多男同事——已婚的也好，离婚的也罢——都坦言自己经常会有性需求。他们都想找个人滚床单。但据我所知，我是唯一一个经常幻想自己的妻子在跟别人滚床单的人。

不过，在我端详这些林中小屋时，我突然想到这些屋子里可能装着比我的幻想更为稀奇古怪的东西。大多数小屋中栖居着失望、不忠与各种混沌的情绪。许多小屋都处于待售的状态；自离婚一事将它们糟蹋得不成样子起，它们就一直待售着。比如，雅各布·罗斯的前妻依然住在离我家最近的那栋房子里。菲尼的前任依然住在山脚下。他家房子完工的那一天几乎就是菲尼发现自己真实性取向的那一天，虽然后来他背信弃义，宣称自己又回到了异性恋的阵营，只不过没有回到他妻子身边而已。我不信我的幻想会比菲尼前任的幻想更加古怪，毕竟她只有在万不得已的时候才会斗胆离开他们共同建造的那栋房子。

毫无疑问，我们当初都应该质疑一下这些新房究竟代表了什么，毕竟建房时我们的事业都处在某个关键节点上——升任副教授或正教授一两年后，虽未正式宣布却也算承认二胎或三胎的降生使得城里的房子已经住不下的时候，而大家也通过这种方式承认了一件事，那就是在宾夕法尼亚中西部大学这种机构里升职跟获得吃屎大赛的冠军有一点类似。取得这样的成就当然不意味着你在开放学术市场里的价值有了任何提升。如果想要跳槽到更好的学校，那我们就必须放弃点什么——终身教职或职称或薪水，或三者的某种结合。很少有人会走这条路。也许我和莉莉本该选择这条路的。在我出版了"那本书"之后，我们本可以用它的预付款搬到别处去的。但我们很快就知道了人若想住在自己真正想住的地方，那么需要多花多少钱。在阿勒格尼泉，那本书的预付款和宣传经费能请动一辆推土机，让它将山头上的树全都砍光，而在伊萨卡、伯克利或剑桥，这点钱连个家用电锯都搞不定。

谁知道呢？也许我们留在原地是个明智的选择。再过一个多月我就五十岁了，可我在二十九岁时出版的那本书，照保罗·洛克的说法，依然是小威廉·亨利·德弗罗的作品大全。《在路丧》护封上那个蓄着大胡子、顶着一头乱发、炯炯有神地低头望向镜头的作者与今天早些时候厨房窗户里映出来的那个没有一点胡子茬儿、头发日益稀疏、鼻子被戳了个大洞的正教授已经没有那么相像了。有时我会对自己说，如果我换到一个要求更高的环境里，一个学生更加优秀、同事更有野心的环境，一个大家公认艺术乃迫切之事并对精神生活抱有恰如其分的敬仰之情的环境，那么也许我还能再酝酿出一本书来。可说到这，我就又想起了奥卡姆剃刀定律，它强烈地暗示我就是一辈子只能写一本书的料。如果我能写更多书的话，我早就写了。就这么简单。

而莉莉也总是不厌其烦地提醒我，令我们惹祸上身的并不是建房子本身，而是我们为了不让别人住在我们旁边而买下了与我们相邻的那两块地。她声称正是这件事揭开了英语系内战的大幕，硝烟也正是从那时开始燃起，而且丝毫没有减退的迹象。莉莉会说在我们买下那两块地的时候我们便引起了连锁反应，这一连串事件势必会导致我走到被格蕾茜·杜波伊用线圈本捅鼻子这步田地。鉴于参与这一连串事件的众多玩家依然在世，其长远的因果链条肯定还没有完全延展，因此我们有充足的理由相信这些事件还会产生更多后果，即便它们的导火索离我们日益遥远。若不是因为奥卡姆剃刀定律始终要求我们化繁为简，那我难免会认为与发生在眼前的事相比，发生在过去的事对人类的影响更大一些。这对于读书读过头的人来说尤甚，因为他们不会只顾眼下，而是会对遥远的事物感到痴迷。偷偷挑起事端的是以往的一些过节，是那些我们一直没能解决的矛盾，那些快要被我们淡忘的往事执意要来一展雄威。我在今天这场会议中所说的话都不该惹得格蕾茜对我动粗的，虽然等我的这些挑衅行径过了十年或二十年的潜伏期后，它们可能会引起另一场冲突，前提是那会儿我们两个都还健在。如果哪天保罗·洛克真的想方设法干掉了我并让整件事看起来像个意外的话，那并不会是因为近期我做的某件事有点咎由自取的意味，引起了他的不满，而会是因为在将近二十年前，当他想从我手里买走一块地的时候，我没有答应。也许奥卡姆剃刀定律就是这么简单，它能将所有宿怨都解释通，尤其是我和洛克之间的过节——一切都是从很久以前我们播下的那粒种子中生发出来的。

实际上，许多人都曾出过价，想买下我们旁边的这两块地，洛克只是他们中的第一人而已。直到现在，出价也还在持续。当时的情况是，我们这座山清出了一条林中便道，导致一大批人蜂拥而至。这片地的所有者在好几年的时间里一直想把它开发出来，却一直没有成功。大家都觉得在这里建房子很不错，但没人想开这个先河。我们这栋房子的地基还没打完，半山腰处就又有三块地被卖了出去。那年秋天，雅各布·罗斯当上了院长。上任后，他买下了剩下那几块地中最大的一个，面积足足有八千平方米。他准备在上面盖一栋比我家大一倍的房子，毕竟这才符合他的院长身份，虽然他也就是个文学院院长吧。那年十一月，菲尼和他的妻子在山脚下买了块地。这件事传到我耳朵里后，我马上就去信用合作社申请了贷款。"我们当初就是为了躲开这些人才搬到这荒郊野岭来的。"莉莉不想为了这点事让我们的债台更高，所以我只好这样对她解释。

便道两旁，钉在树上的"已售"标志越来越多，可不知为什么，面对如此景象，莉莉并没有像我一样感到厄运将至。我不明白她怎么就理解不了事态的严重。我认为（不论过去还是现在）

两个相爱的人未必要有同样的梦想和志向，但他们的噩梦总得能做到一块去吧。"你看不出来吗？"我对她说，"整个英语系都搬到阿勒格尼泉来了。"

她盯着我看了很久，假装听不懂我在说什么，然后叫出了我的名字。每当她想暗示我已经不可理喻到超乎常理的地步了时，她都会用这种语气叫我的名字。"汉克。"她说，"雅各布·罗斯是你的朋友。菲尼和玛丽也没什么不好的。"

"菲尼没什么不好的？"我大喊着，装出一副不可思议的样子。实际上，我这副样子也不完全是装出来的。"天呐，这日子什么时候是个头啊？今天是菲尼，明天又会是谁啊？"

明天是保罗·洛克。那年十二月他给我打了个电话，那时距我们用信用合作社的贷款买下边上的两块地已经过去了三个月。"不卖。"我对他说。

"任何东西都可以拿来卖。"他这话立马就把我惹火了。他显然以为我就是想多要点钱而已。在我买下第一块地之后，余下的寥寥几块地的价格在一年的时间里翻了整整一倍。洛克提醒我，如果我把边上的两块地都按他说的价格卖给他的话，那我自己的那块地就相当于是白来的了。"少跟我摆谱。"他加了一句，"我听说他们要把公路那边也开发出来。那边动工以后，谁还会来求你啊？"

"你一辈子都得求着我。"印象中我是这样回答的，"别以为我不喜欢这种感觉。"

不过，他听到的风声确实是准的。当周晚些时候，一辆黄色的推土机、一辆平地机和一辆巨大的重型推土机就突然出现在了我们这条乡间公路的路肩上，而在接下来的两天里，空气中满是伐木扬起的碎末。在我们的前院露台上，我和莉莉将这一切尽收眼底。那时正值十一月下半旬，树枝光秃秃的，使得公路那边的山坡显露了出来。红色的标桩像寒冬里盛放的花朵一样，被安插得漫山都是。它们标记着不同的地皮所在的位置，以及新支路的各个拐点。

"我记得哈利跟咱们说过，路那边的地是归州政府所有的。"见莉莉也来到了白花花的露台上和我一起看热闹，我如是对她说。

"现在大家想住到路对面去你都不乐意了。"她说，"你的厌世情结真是每天都在加剧。"

"我每天都在变老。"我挑明了问题的关键。不论过去还是现在，我都不觉得自己是个脾气暴躁的人，但我可以假装是。"我对人性的感悟更广也更深了。"

"其实吧，"她说，"你只是更像你父亲了。"

如果吵架的时候莉莉把我的父亲搬了出来，那我是不会傻到继续去争辩什么的，因为这预示着她已经准备好要屈尊和我玩阴的了。更重要的是，她这是在勾引我主动提她的父亲，而我知道禁不住这个诱惑的后果是什么。"区别在于我父亲喜欢他自己的样子。"我对她说，"但我却讨厌那副样子。"

这话在她听来一定像是某种让步，因为她并没有继续乘胜追击。"现在你是不是巴不得当初把地卖给了洛克？"

"我的天，我才没有。"

"你早晚会的。他得恨你一辈子。"

在我看来，这并不是那种水晶球式的预言。我提醒她别忘了，早在我拒绝卖地给洛克以前他就对我恨之入骨了，他这辈子都注定要对我恨之入骨。我让她别忘了他归根结底是个精神错乱的理性主义者；别忘了他研究的领域（十八世纪英国诗歌）是漫漫文学史中最无聊的部分；别忘了洛克不仅是个刻薄的天主教叛徒，而且还挂掉了神学课；别忘了他并不能将自己无比鄙视的古老神学完全抛在脑后，因为他现在还用着耶稣会提供给他的天然气。如果当初我同意让他来当我们的邻居，那么近距离的接触会再给他十多个痛恨我的理由。而且，如果他住到了我们旁边，他就可以监视我的进进出出了，甚至这会儿他可能已经想方设法干掉了我，并让整件事看起来就像是一场意外一样。可现在如果他想干掉我的话，他就得穿过一整条街，还得穿过雅各布·罗斯的前妻、前足球教练的前妻和其他人的前妻的家，而她们都认识我。在我心里，这些前妻就是我的最后一道防线。

不过，在一段时间里，我甚至怀疑她们会不会愿意保护我，因为那个新小区——阿勒格尼地产二期——从最开始就命途多舛。虽然肉眼看上去我们这两座山没什么不同，像连体婴儿般由一条窄窄的柏油脊椎相连，但那边的房子却像中了诅咒一样。在那边，只要下雨，所有地下室都会被淹。淤泥沿着山体滑落，在小区入口处的石柱底部堆出了一个巨大的土堆。重压之下，石柱本身也开始向内发生肉眼可见的倾斜。小区里的每个木质露台都变了形。宁静的夏夜，在路的这一头，你会时不时听到路的那一头传来的木板断裂的声音。

如果如此种种还不够惨的话，那么某年夏天，舞毒蛾泛滥成灾，把阿勒格尼泉周围的树林全都搞秃了，不仅让我们在七月就拥有了冬景，也让我们这些住在美景一侧的人好好见识了一下灾厄一侧的生活。第二年夏天，新叶不仅重回了我们这一侧的山头，而且还变得加倍苍翠与茂盛。可在路的那一头，更为严重的伤害却已经在神不知鬼不觉中发生了。那边，很多树都死了，只得被砍掉，而这也使得泥石流变得越发严重。与此同时，寥寥几株苟活下来的树木费尽力气挤出的树叶就像贫血了一样，刚进入八月就变成了棕黄色。

所有这一切——淹水的地下室，起居室墙面上的裂缝，阿勒格尼地产二期入口处那两根歪歪扭扭的石柱，以及石柱中间那摊他不得不开车压过去的淤泥，甚至还有舞毒蛾——保罗·洛克都觉得是我一手造成的。我知道洛克是个极其虔诚的人，根本就不是他口中声称的无神论者，虽然他极力反对这种说法。洛克真正信奉的是一个邪灵，他认为这个神灵唯一的目的就是劳其筋骨，将命运本就不公的证据不断堆到自己面前，而我这个大活人则没完没了地印证着他的信仰。正是洛克给了我灵感，令我有了给《雷尔顿镜报》写稿用的那个笔名。幸运汉克，他是这样称呼我的。

我本人并不是信徒，但我可以假装是，且在与我这位闷闷不乐的邻居相处的这些年里，我还真没少装。我会把将我们这两座小区分隔开来的那条柏油路称作红海。我会对他说他住的那个地方就是埃及，还会问他觉得今年春天会闹哪种虫灾，上帝会如何显灵以表达自己的不满，以及他还要看上帝显灵多少次才能成为信徒。我对他说他老是让我担惊受怕的，毕竟他住的地方离我太近了。到目前为止，上帝倒是没有破坏将我俩隔开的这条马路，可在《旧约》里，罪人的邻居同罪人一起被铲掉的故事却比比皆是。我对他说，依我的看法，如果当初我把他看上的那块地卖给了他，那我现在肯定已经被铲掉了。

我尽可能麻利地做完了拉伸运动。我做这些运动完全是去年夏天在山脚下拉伤大腿肌腱后不得已的妥协。它像班卓琴的琴弦一样梆梆作响，导致我大半个夏天都一瘸一拐的，在夏季垒球联赛里只能打一垒，还导致我在第一学期里一直没能入选 NBA（教职工午间篮球协会）[1]。我还能感觉到伤痛，像是隐约有个残腿邪灵在作祟一样。我之所以纵容它继续为非作歹，是因为我知道美德偶尔会有好报，也是因为我下定了决心要在今年夏天夺回左外野手的位置，虽然我担心我的伤势可能让我永远都与这个位置无缘了。不幸的是，我已经证明了我是个出色的一垒手。对面的内野手投球时会觉得我这个靶子太高太瘦，同时我的手臂又很长，有助于伸展。菲尔·沃森既是我的医生又是我们的队长，仅仅一局过后，他便宣布一垒就是我的本位。

"你的意思是这是我的肉体本位。"我澄清了一下。

他皱了皱眉头，不知道这两者之间有什么差别。

"我的精神本位是外野手。"我解释道。没错，我可能很适合给负责扔球的那些游击手当靶子，但在外野追着飞球到处跑的时

1　原文为 Noontime Basketball Association for faculty。

候，我才是最自在的。虽然我跑步的速度已经大不如前，但我迈开大步的姿态依然优雅得很。我就是觉得自己是个外野手。"打左外野对我来说就像打坐一样轻松。"我继续说道，"硬让外野手打一垒会毁了他的。谁都不该被迫去打自己精神本位以外的位置。"

"精神本位是什么？"我妻子的声音突然从天而降。我抬起头，发现她正站在书房的窗前。很明显，她肯定一直从那个制高点观察着我。

我是自言自语来着吗？见我没有立刻回答她的问题，她继续说道："别告诉我天这么黑你是要去跑步吧。"

"最好的感情都是建立在坦诚的基础上的。"我答道，"我没法百分百坦诚地对你说我不会去跑步，但我可以保证不跑太快，如果你在意的话。"

"你的感冒还没好利索呢。"

"我已经好多了。"我让她放心。

"汉克。"她说，"你已经吃了一周的抗组胺药。"

"过敏，没办法。"我解释道，"到处都在开花。"我环顾四周，想找个正在开花的东西佐证我的说法。

莉莉只是摇了摇头。难道我今天遭的罪还不够多吗，她的症结在这里。我的鼻子已经毁了。这还不够吗？在她看来，这会儿沿着我们那条漆黑的乡间道路高速跑步简直就是变态，是故意要惹祸上身。她觉得自己的这条思路是跑得通的——觉得这个破鼻子会令我今晚尤其容易出车祸。我有点希望她能提醒我不要忘记，我已经走了一整年的霉运。最近的一桩倒霉事就发生在几周以前，那时我踩在折叠梯上，却忘了自己离车库的横梁有多近，结果脑袋径直撞上了硬邦邦的橡木椽子。十五分钟后，莉莉发现了坐在混凝土地面上的我，那时的我神情恍惚，一道细细的鲜血从发间一直歪歪扭扭地流到了运动衫的领口。从莉莉的表情里，我能看出她正在犹豫要不要在这个时候提起这件事，但她最后还是没有开口。我们这段婚姻的美妙之处之一，至少在我看来，就是我和我妻子再也不用遇事就掰扯一通了。我们都知道对方会说什么，所以说话这件事就变成了没有必要走的过场。怪不得婚姻咨询师会说我们两个的问题在于沟通不畅，但在我看来，我们发奋努力了很久才修炼出了这种沉默状态，我和莉莉都是，因为我们受够了相互理解。

"等你回来以后，咱们谈谈吧。"她的语气里透着一股不祥的气息，好像她又在窃听我的想法一样。

"没问题。"我努力想让自己听上去迫不及待。若我没能做到这一点的话，至少语气友善也行。

"我在想我是不是应该取消这趟行程。"她说。

"别取消。"我对她说，"你应该去一趟。"

"你行吗？"

"当然行了。为什么不行？"

但这一次，用沉默完美代替言语的是我的妻子。

"左外野。"我解释道，"我的精神本位。不是一垒。"

"我知道，汉克。"说这话时她似乎想让我明白，她知道的不止这些。

第三章

到了我们这边的山脚下后，同大多数夜晚一样，我左转朝与城镇相反的方向跑去，而莉莉则右转朝雷尔顿的方向去了，因为她觉得那条路风景更好，也更平坦。奔赴城镇就是莉莉的风格，而她也会说逃避城镇恰恰就是我的作风。我的逻辑很简单。斥巨资在乡下建房，然后又跑回你不久前才逃离的那个城镇，这没有道理。如果往反方向跑就是逃避，那就这样吧。

莉莉的逻辑一定比这复杂得多，可话说回来，她毕竟不是很信奉奥卡姆剃刀定律。公立学校的中学体系四面楚歌，作为其中的一名教师，她比我更有理由逃离城镇，可作为一名费城警察的女儿，她也会更倾向于原地掉头、奋争到底。莉莉并没有仗着自己拥有资历、终身教职和显而易见的教书天赋就去教那些优等生，借此提高自己在学校里的地位，也没有像我身边许多同事的配偶那样，蒙混过关进入大学里面，给自己搞一些比较轻松的教学任务。相反，她全身心地投入了社区教育的最底层，教着那些来自低收入家庭、被其他教师称作"顽石"的孩子。不，对莉莉而言，我们在阿勒格尼泉建这栋通风透亮的房子并不是在逃离城镇；对她来说，这栋房子不过就是个临时避难所，她可以撤退到这里，给自己好好充个电，以迎接第二天的战斗。虽然她跑步的速度比我慢，但她跑的距离却比我远。在她跑上最后一座山的山顶、动身返回阿勒格尼泉之前，雷尔顿会出现在她身下的山谷之中。那个地方被烟熏得黑黢黢的，杂乱无章但却有种自鸣得意之感；与此同时，她也多多少少会看到摆在自己面前的艰巨任务。实际上，我并不知道这些是不是真的。我不知道她会跑多远。这些都是我自己臆想出来的。

我猜，我往反方向跑这个行为承认了一个更为可悲的事实——那就是我们当初就该彻底离开雷尔顿，而不该像懦夫一样，刚向城外进军了寥寥六公里就停下了脚步。风向合适时，一缕缕沾满灰尘的黑色膜状物会如惨遭污染的雪花一样，乘着风从城里一路飘到乡下。这时，我会往青山绿林的更深处跑，因为我隐约感觉这些路或多或少都会绵延不绝地直通加拿大。啤酒广告告诉我们，加拿大的一切都是干净纯粹的。

柏油路往北不到两公里的地方有个小村庄，那里才是真正意义上的阿勒格尼泉。这个社区只有二十来栋房子，规模与两个阿勒格尼小区加起来差不多。这里的房子相对较小，大多是双层的两居牧场房，它们全都聚集在这座村庄唯一的交汇处—— 一座尖顶的长老会教堂。当我迈着吃力的步伐慢悠悠地跑进村里时，教堂的钟塔华灯初上。若教堂里没有礼拜仪式正在进行，那么它的大门就会一直上着锁，也许是在防备我这种跑步跑得饥寒交迫、上气不接下气的人临时起意改变信仰吧。我在考虑要不要绕着这栋建筑跑上一圈，庆祝一下再往回返，毕竟我来回这一趟有三公里远，而我重拾跑步不过就是几周前的事。我的鼻子突突地疼，呼出的气体也化为让人心安的白色气团，以肉眼可见的形态逃离着我的身体。可不知怎的，这些反而让我觉得士气大涨，于是我决定在交叉路口右转，跑过不到一公里长的上坡路，去我女儿朱莉和她爱人拉塞尔今年秋天刚建好的那栋房子里看看。我妻子可能觉得我总在逃避不愉快的事，但在我看来，罗盘所指的各个方向都挺不愉快的，包括眼前这一个。

朱莉的这栋房子是个禁忌话题。每当我提起它时，莉莉都会向我投来警告的目光，让我别忘了我们说好不去插手孩子的生活的。总的来讲，我同意她的说法。我不喜欢蹚他们的浑水，就算明摆着应该有人蹚一蹚。即便有人向我女儿朱莉挑明她和拉塞尔是负担不起建这栋房子所需费用的，也不会有太多回旋的余地。

这个简单的事实太显而易见了，就算朱莉素来对钱一无所知也不可能忽视它——钱是怎么来的，大概能用多久，钱去哪儿了，多久以后更多的钱才能进来，在那之前你需要做些什么。比她这种幼稚行为更让人头疼的是她并不觉得自己幼稚。如果你不自量力地去问她为什么要干这么愚蠢的一件事，那么她会给你解释得头头是道。那栋房子，她告诉我，不仅是她的家，也是一个避税利器。"你是在跟我开玩笑吧？"问这话时我寻找着各种蛛丝马迹，想证明她可能是在开玩笑，却反而找到了她被我激怒的证明。"避税利器是给那些挣钱太多的人预备的。"我解释道，"不是给挣钱太少的人准备的。不想交个税不意味着你要动用手腕避税啊。"这种理财智慧对我女儿产生的影响太好猜了，就连我都猜得出来。她的想法素来都不是建一栋房子那么简单，而是不论如何都要把它建起来——是赴汤蹈火在所不辞，是公然蔑视事实与常理，因为这些东西在朱莉看来不过就是需要克服的磨难罢了。朱莉喜欢看电影，我觉得她可能看了太多主人公在历经磨难后信仰得到回报的片子。由于我想要给她讲道理，所以我也成了她发誓要克服的那些已然成山的磨难的一部分。我女儿也喜欢看电视，我怀疑她的思维方式可能已经被广告腐蚀了。同许多美国人一样，她再也理解不了那些简单的话语意味着什么了。当"你今天理应休息一下"这种论断被无差别地用于整个社会时，她并不觉得这有什么荒唐的。她觉得自己配得上做头发时额外花的那些钱。她的几个朋友住着大房子，难道她不该也住进大房子里吗？难道她不配享受她朋友拥有的那些东西吗？

不过话说回来，当莉莉说我们不该去插手孩子的生活时，她的意思是面对他们的种种作为，我们有义务尽量摆出好脸色，哪怕在自己家这个私密空间里也一样。如果照我妻子的意思来的话，那么我们对孩子们偶发的疯狂举止就该永远只字不提，仿佛哪怕只是承认他们做了错误的决定都会为他们本就注定失败的计划蒙上新的阴影。说实话，莉莉就喜欢出谋划策。给他们一个栽跟头的机会吧。

我倒是没什么意见。让我百爪挠心的是此举连带的那种假惺惺的做派。他们犯傻的时候，我们必须假装他们很聪明。这种虚情假意，我曾试图让莉莉明白，是对奥卡姆剃刀定律的公然背叛。奥卡姆剃刀定律要求实体的增长不得超过必需值，而谎言与虚情假意呢，我解释道，总会需要用更多的谎言与虚情假意去圆。"发誓你会表现出很吃惊的样子"——这是莉莉最喜欢装的样子之一，据说这不会造成任何伤害，因此每当有人做了某件本该让我意外却完全在我意料之中的事情时，她都会要求我装出这副样子。在莉莉看来，装蠢从来不是件有失尊严的事，但在我看来却是，原因之一是今后总会有人拿这件事来揶揄你。（我们以为四十岁生日那天你看见外面停了那么多车会起疑呢。作家的观察力不都应该很敏锐吗？）莉莉也有她自己的理由，且这些理由往往与不伤害别人的感情有关。因此，当我们的某位共同好友在匆匆办完婚礼短短几周后便宣布自己怀孕的消息时，莉莉要求我表现得惊讶一点。"可装得这么蠢会伤害我的感情啊。"我对妻子说，"难道你不在乎别人怎么想我吗？"可她只是笑了笑。"他们不会发现的。"她总是这样打圆场，"这会与你真心迟钝的那些时候混在一起。"

关于朱莉与拉塞尔的那栋新房子，我接到的要求是假装最终的成果不会是场灾难。为了巩固他们的幻觉，让他们以为我们对他们的决定备感信心，我们还借了钱给他们。我对这件事是有保留意见的，这让莉莉非常恼火，有时也会让我自己感到些许悔意。如果这栋房子把他们搞破产了，那么错便错在我没有给他们心理上的支持。

这房子有五成概率会把他们搞破产。拉塞尔不久前辞去了一份好工作，因为他以为自己找到了更好的，可最后却发现启动自己牵头的那个项目所需的几笔大额政府贷款并没有如愿获批。如今他已经认清了形势，知道贷款可能要过好几个月才能批下来。没准要过一年。与此同时，我不知道他们的日子是怎么过的。他们不可能是靠朱莉在雷尔顿购物中心的百货大楼里当客服经理挣的那点工资过活的。拉塞尔是个电脑软件专家，他也会做一点自由撰稿的工作。

那栋房子本身也见证了他们远大抱负的轰然倒塌。从前面看过去，它简直就是我家那栋房子的翻版，而且这并不是什么巧合，毕竟他们用了我家的施工方，还有我家的图纸。莉莉说得没错，有时候我的脑子真是迟钝得要命。眼见他们的房子拔地而起，我总觉得有些不踏实，但好几周之后我才顿悟了个中原因——我家女儿建的不就是我们的房子吗？直到我看见那两个露台之后——一个前露台，一个后露台——我悟出的东西才变得清晰起来。"我想知道他们是怎么拿到咱家图纸的。"我对莉莉说。

"当然是从我这里拿到的。"我妻子的语气仿佛是在说这样的人生谜题就连我这种人也应该能够独立解开才对。

"你把咱家的图纸给他们了？"我的语气中，人生不可或缺的神秘感丝毫未减。

"这帮他们省了一大笔钱。"

据我女儿所言，好处还不止这一个。"卡尔，"解释好处时她提到了我家的工头，"说这次他会把所有事都处理好。他说他记得给你们盖房子时自己胡逼搞的所有小细节。我家的房子会是完美无缺的。"

让人摸不着头脑的事真是一件接一件。这个工头使唤我的时候就像在使唤自己手底下的工人一样，赚我钱的时候也从没跟我套过一丁点近乎，可我女儿怎么就跟他熟到能直呼其名了呢？还有，我这个小女儿是从什么时候开始当着我的面说"胡逼搞"这种话的？最重要的是，为什么朱莉想要复制她父母的房子呢（复制得再完美又能怎样）？

"这是不是意味着万一哪天我在自己那栋被胡逼搞坏的房子里住腻了，我就可以过来跟你住？"我问道。听到这话，我女儿将手插在了纤细的腰上。说实话，她这姿势跟她母亲真是一个模子里刻出来的。之后她说道："天呐爸，你用不着这么叽叽歪歪的。你知道我什么意思。"

叽叽歪歪？

"再说了。"她咧嘴一笑，"咱们两家的房子不会是一模一样的。我家的房子有游泳池和按摩浴缸。"

可她家的房子里并没有这些东西。至少目前还没有。他们暂时搁置了这些东西的施工工作。这还是莉莉告诉我的，她似乎是想说服我，让我觉得没什么可担心的，让我觉得虽然拉塞尔和朱莉搞了那栋房子，但他们还是比我想象得理智一些。

可当我呼哧带喘地跑到他家的邮筒前，仔细观察起他家的房子时，落魄的迹象却已经从刚挖了一半的大坑和坑边那个瘪下去的土丘里呼之欲出了。他们已经身无分文，银行对他们的信任也已轰然倒塌的证据比比皆是：弯弯曲曲的车道还没有铺砖，整块地毫无错落有致的感觉，窗户也都没有装百叶窗。一块亮蓝色的防水布像旗子一样，在烟囱洞口上方飘扬着。他家的这栋房子让我毛骨悚然，又因为这房子跟我和莉莉住的那栋很像，所以这种恐惧感就更容易被我放在心上。两个念头飞速从我脑海中掠过，第一个念头我还没来得及打消，第二个念头就接踵而至。第一个念头是：老天爷啊，他们完了。第二个念头是，从更深的层次来讲，我看到的不是他们的房子，而是我自己的，这也使我想起了我在厨房窗边看到泰迪向我妻子发问的那个场景。她觉得我会不会有事，泰迪想要知道。至少我觉得他是这样问的。

我知道在漫长的上山途中，有辆车一直跟在我身后。到了山顶后，它终于追了上来。我小跑着躲到了女儿家的车道上，想给那辆车让路。虽不知开车的是谁，但那个人还是减了速，要说这是出于对我人身安全的考虑，那也太搞笑了。那个人停了下来，打着灯，这时我意识到那是朱莉。她按着喇叭把我赶到了一旁，然后招手示意我跟着她沿车道往里走。我最不想做的事就是去她和拉塞尔家做客，但我现在进退两难，所以只好照她说的做。实际上，我跑出的距离已经超出了计划，所以在回程之前好好休息一下也不是什么坏事。

"看你的样子，我以为你翻不过那座山呢。"我小跑着追上来后，女儿对我说了这样一句话。她从后备厢里拿出一小袋从超市买的东西递给了我，然后砰地关上了后备厢的门。

"今年夏天我可就五十岁了。"我气喘吁吁地提醒着她，"总有一天你会发现我横在了路边。"

我这变态的幽默感往往会遭到朱莉的斥责，可这次她却看见了我的鼻子。"我的天呐，爸！"

我了解这个姑娘，所以当她抬起精心修剪并涂了亮色指甲油的纤细食指，想要碰碰我那个肿得发紫的鼻孔时，我非常及时地抓住了她的纤瘦手腕。跑完步后，这个鼻孔在我眼皮底下所占的空间似乎更大了。血液的快速流动导致鼻子随着我的脉搏突突跳了起来，在这个节骨眼上，就算力度再轻的触碰也会带来不堪设想的后果。"别。"我向她发出了警告。

她保证不去碰，但她却忍不住凑到我面前让我转个身，这样她就能借着门廊的灯光更加仔细地看看我的伤口了。"噫"是她在这个话题上发表的最终意见，但我看得出她多想用长长的小拇指指甲戳一戳我的伤口。"为什么这些恶心的东西总让人情不自禁想去碰一碰呢？"她自言自语道。

是啊，为什么呢？威廉·奥卡姆会怎么说？他肯定能用简单的方法解释清。

"拉塞尔呢？"问这话是因为我迫切地想要换个话题。我希望他不在家，虽然我还是挺喜欢拉塞尔的。

朱莉从我手中接过那个袋子，将它放在了餐桌上。"他就窝在某个角落里。"她大声喊出了他的名字，之后我们听到了微弱的应答声。

"在楼上。"朱莉说。

"在外面。"我说，"后院露台上。"他家这栋房子传声的方式与我家房子一样，虽然我家的房子是胡逼搞的。我听得出拉塞尔人在屋外的后院里。我猜不透的是为什么他会在那里。这会儿坐在露台上也太冷了。

"快出来。"拉塞尔的声音隐约传到了我们耳畔。

可我真正要做的，说来就来、急不可耐的，是尿尿，我估计这差不多是我今天尿的第十泡尿。一想到这可能意味着什么，我就浑身冒冷汗。不，我对自己说，想都别想。

我们走出房子，来到了后院的露台上。屋檐下放着一把活梯，拉塞尔正站在梯子最下方的踏板上，离我们有一两米的距离。他单手握着手电，向上照着一个附着在飞檐下的颇为壮观的马蜂窝。这周有那么几天的时间十分暖和，而这明显已经够用了。拉塞尔的另一只手里攥着一大罐雷达杀虫剂。看样子他已经保持这个姿势一动不动地站了很久。

"你觉得它们是在睡觉吗？"他问道。

我觉得这家伙就不该当房主。而我女儿呢，她看见马蜂窝后就退到了露台的推拉门附近，明显是想钻进门缝里逃走。

"我不确定马蜂会不会睡觉，拉塞尔。"我对他说。

手电的光照到了我脸上。显然，在我开口以前，拉塞尔根本没注意到他妻子不是一个人来的。"汉克。"看见我以后他高兴坏了，好像我来了他就有伴了一样。

"嗨，拉塞尔。"

"天呐。你的鼻子怎么了？"

"被马蜂蜇了。"我对他说。

"你逗我了吧？"

"我会逗你吗，拉塞尔？"这个反问句的答案显然是"会"，可拉塞尔已经在马蜂窝下面站了太久，而且其间他一直在给自己鼓劲，想要用雷达灭了那东西。对他来讲，此时已经没有比被马蜂蜇伤更真实的事情了，而我这鼻子遭遇的不测又恰好可以用马蜂解释得通。"它们总在我家同样的位置做窝。"我对他说，"所以我想过来给你们提个醒。我觉得咱们两家的马蜂可能是同一个品种的。"

在他终于放低了手电筒后，我看出他已经上了钩。"我肯定是不想跟你有同款鼻子的。"他说，"你那鼻子是我见过的最丑的鼻子。"

手电光又照回了我的脸上，他还想再看一眼。这次我举起了手；射进我眼里的光，还有拉塞尔的好奇心，都让我觉得有些不耐烦了。"我敢打赌，那个手电筒如果在我手上的话，我也能在你身上找到点丑得没法看的东西。"我对他说。

"小朱。过来拿着手电，我要喷雷达。"他提议道。

"做梦去吧。"朱莉对他说。

我走了过去，接过了手电，照着那个马蜂窝。

"准备好了吗？"拉塞尔问这话的语气既严肃又坚定，还充满了恐惧。

"你从没打过仗，是不是？"我说。

"你也没打过。"他说得没错，"你在越南当的是打字员。"

这话不完全正确。我在越战期间当的是打字员。"可我每年都教《红色英勇勋章》这本书。"我对他说，"赶紧喷了这群祸害，喷完咱们进屋去。"

拉塞尔对着那个灰不溜秋像纸一样的圆锥体一通猛喷，直到它泛起了光并开始往下滴水为止。里面一点动静都没有。我开始怀疑我们浇的是去年的马蜂窝。"这就是我理想中的死法。"拉塞尔说。完工后他立马就扬扬得意了起来。

"你想被杀虫剂闷死？"我问道。

"不是。"他回答，"我想在睡梦中死去。"

"就冲你这能睡劲。"朱莉说，"你很可能会美梦成真。"

进屋后我们来到了厨房，这是他家唯一一个已经装修完了的房间。我和拉塞尔都坐了下来。万幸的是，我女儿和女婿并没有打算照搬我家的内饰。也许是因为我家那些东西是胡逼搞的吧。也许在桌椅和沙发的问题上，朱莉的想象力是能正常工作的。在我家厨房中岛的位置，他们放了一张造价并不高的餐桌。这张餐桌一半是木头，一半是玻璃，两者组成了一个非常复杂的几何图案，令你很难看出洒在桌子上的麦片你到底有没有用抹布擦掉。

拉塞尔坐在了餐桌旁，朱莉煮上了一壶咖啡，而我则造访了他家的洗手间。我站在他们的马桶前，虔诚得像个中世纪的信徒。几分钟前我的感觉，那种憋得不行、膀胱快要炸裂的感觉，如今看来只是个假象，因为我这至多只能算是缓慢滴水的水龙头。我担心这个情况是结石导致的。我父亲成年后一直没能摆脱它们的困扰，虽然他起步也比较早，三十几岁时就开始了。他的父亲也没少受结石的折磨，而我曾祖父干脆就是被败血症害死的，因为一块芒果大小的膀胱结石堵住了他的尿道，把尿液一路推进了他的眼球里。我一直在推迟进行该做的检查，希望可以不必走到那一步。如今，我不得不去趟医院，照个 X 光片，确诊一下结石，听医生劝我做手术。

跟挨刀比起来，我更怕这个病滑稽的一面。同事们会觉得生一场会被当作笑柄的病完全就是我的风格。"这也会过去的。"他们会这样安慰我。一想到今天被毁了容，我就更加坚定了决心，要把得结石这件事保密好，先想方设法混过这学期再说。然后，趁大家都不在的时候，我再把它处理掉。说不定我可以去纽黑文做手术，正好我家女儿凯伦住在那里。在大城市的医院里，也许我根本就用不着做手术。据说在结石治疗领域，人们已经用到了全新的技术，包括用高密度的超声波将它们击碎。

在我那毫无尊严可言的滴滴答答终于停止了之后，一部分压力似乎得到了释放。我甩了最后一下，之后便回到了厨房，返回了我女儿和她丈夫的上流社会。

刚在桌边坐定，我就感觉到了空气里的火药味。朱莉和拉塞尔说过悄悄话了。我女儿眼角的那道疤像是着了火一样。那道疤之所以存在，是因为她在骑第一辆自行车的时候从车把那里摔了出去，栽到了地面上。每当看到那道疤的时候，我都会既难过又自责，觉得自己是个不称职的家长。那道疤并不大，只是眼角处的一点褶皱而已，而那小小的疤痕也提醒着我们，生活能做出比这糟得多的事情。我女儿开心的时候，那道疤会消失得无影无踪。可怒意、沮丧与疲惫却会拉扯她的眼角，让她偶尔看上去几乎可以用阴险来形容，比如此刻。如果莉莉在场——我的确很希望这会她能在场——那么她会想办法轻抚那道疤痕。这是多年来她一直在给朱莉传递的信号，提醒她笑一笑、让自己变美一些，提醒她这些都取决于她的意志。

如果我不在的这段时间有人说了难听的话，那么恶语相向的一定是朱莉，而不是拉塞尔。我只要看到他那副模样就知道实情定是如此。既然我逮住了机会，那么我就好好地看了看拉塞尔，结果发现他似乎胖了一点。他一直很苗条，看上去像个运动员一样，虽然他从没参与过什么体育运动。但失业后的这一两个月，他好像胖了十磅左右。而且他还有点不修边幅。以前，他的头发又短又时髦，他还会打摩丝，让它们竖起来。如果你恰好在他和朱莉正准备出门的时候碰见了他，那么他永远都会是一副湿哒哒的样子。到了晚上，他的头发就会变得更像人的头发，还会有点汤姆·索亚的感觉。而此刻，他的头发又长又塌，这时我才想起来虽然我们住得很近，但我已经一个月没有见过拉塞尔或朱莉了。他们生活里发生的事，我都是从莉莉那里听来的，我也以类似的方式了解着我家另外一个女儿凯伦的日子过得怎么样。凯伦比较讲求实际，她住在纽黑文某栋公寓的二楼，而且这栋公寓跟她父母的房子一点都不像。"说吧，"我对拉塞尔说，"最近有什么长进？好久没听到你的消息了。"

"这个吗，汉克，"拉塞尔坦言道，"我们欠你太多钱了，没法像没事人一样和你闲聊天。"

我不太确定这句话要怎么回，部分原因是我不知道我们到底借了多少钱给他们。此刻也许我应该说"别把这件事放在心上"，但我又不想让他们拿我的话当真，万一莉莉大方得超乎了我的认知呢。

"有长进的是房贷，"朱莉说，"没长进的是个人收入和存款。"

"还有某些自以为是的女青年的脾气。"说这话时拉塞尔的目光从我身上掠过，落到了正在收拾杯碟的朱莉身上。之后他加了一句，"抱歉，汉克。这话听着就好像我在指责你教女无方似的，是不是？"

"才不是呢。"我给他宽了宽心，"她是莉莉带大的。那会儿我正忙着教《红色英勇勋章》呢。"

"而我妈正忙着养家糊口。"朱莉说。她盛咖啡用的高级杯子我连见都没见过，"月经才是真正的红色英勇勋章。"

我和拉塞尔交换了个眼神。在德弗罗家的三位女权主义者中，朱莉向来是最不顾及他人感受又最敢说的那个。"我想我那会应该多关心你一下的。"我承认。我并不觉得自己是个沙文主义者，但我可以假装是。

朱莉同我们一起坐在了桌旁，然后往自己的咖啡里加了三勺糖。"现在说这话已经晚了，爸。"说着她拍了拍我的手。我希望她也能拍拍拉塞尔的手，就和拍我的手一样，告诉他"我是开玩笑的"。看到她的这一举动后，拉塞尔将目光投向了别处。

有那么一分钟的工夫，我们默不作声地喝着咖啡。我跑步时出的汗已经落了下去，鼻子里的咚咚声也没有那么响了。尽管周围的火药味比较浓，但我在他家的厨房里还是觉得很舒服，也许是因为这里与我家的厨房，我和莉莉的那个厨房，很像的缘故吧。我突然意识到，这会我们就缺一个莉莉。如果她在场的话，那么拉塞尔和朱莉因财务问题而煽起的火药味就能消散掉了。莉莉是个天生的加湿器，她总能想方设法告诉大家事情不会变得太糟，至少她在场的时候不会。哪怕在凯伦和朱莉还小的时候，她们也从未在她面前争吵过，好像她们觉得母亲情绪稳定对大家都好一样。听说，莉莉对她那些来自低收入家庭的学生，那些"顽石"，有同样的影响力。那群人中的大多数不是什么好鸟，而且相当一部分会把自己搞进监狱里去。进了监狱以后，他们会写信给莉莉道歉，说："我拿刀捅斯坦利的时候绝没想对你不敬，也绝不是拿你教导我们要做个好人的话当耳旁风。我知道你失望是因为我也一样。"莉莉是那种会因为别人的话有歧义而睡不着觉的人,比如最后一句话中的歧义。她教的那些孩子似乎都明白这一点。对有些人来说,即便巴哈马群岛免费游的奖励就摆在眼前,他们也不知道该去字典的什么位置找"歧义"这个词,可就连这些人也明白这一点。

"说吧,你这个鼻子到底是怎么弄的?"拉塞尔终于问出了这个问题。

我知道真相听上去很可能比我刚刚撒的那个关于马蜂的谎还要荒唐,于是便对他说:"是一个诗人弄的。"一想到我承认了格蕾茜是个诗人,我就忍不住咧嘴笑了起来。

"够狠的。"拉塞尔说。

"其实也就一般般吧。"我说,"他们会变得越来越狠。"

"小说家就不一样了。"这次,朱莉的话着实让我吃了一惊。毕竟,我唯一的一部小说就是在她出生那年出版的,而且虽然我们从未跟她提起过,但很可能我们就是在庆祝出版社接受了那本书时有的她。我女儿到底是在牵强附会,就像刚刚我勉强承认了格蕾茜的诗人身份一样,还是说尽管我封了二十年的笔,但她依然真心认为我是个作家呢?也许对她来说,我为报纸写的那些特稿也算数。也许她看不出写那些文章跟创作小说有什么本质的不同。说实话,我现在很少会把自己当作家看待,虽然我也算笔耕不辍——比如为《雷尔顿镜报》炮制一些影评和书评,顺便写点"大学之魂"主题的小文章。但在那本小说问世后的漫漫岁月里,我连一个短篇故事都没有出版过，甚至连写都还没有写出来。那本小说问世后在《纽约时报》上收获了一个很蠢的好评（后来我才知道那个好评是我父亲安排的，因为他认识报社的编辑），然后便径直跌入了书籍的无名坟冢，埋在这里的书都没有在文学的池塘里激起什么重要的涟漪。很明显，我并不是唯一一个不再拿自己当作家的人。去年圣诞节，我并没有收到经纪人温迪寄来的节日贺卡，《在路丧》出版后这还是第一次发生，虽然我失宠这件事可能是前年我给她寄的那张卡片造成的。她通知了自己的所有客户，说由于在纽约做生意的成本有所增加，所以她不得不将自己的佣金抽成从百分之十提高到百分之十五。我不无讽刺地拒绝从自己本就没有的收入里再多抽百分之五的佣金给她，可她似乎并没有看出我这句话里的幽默。认识我的人不拿我的话当回事，而近乎陌路的人却对我那些讽刺的俏皮话感到怒不可遏、义愤填膺——我不免好奇，这些都是我自找的吗？

不论如何，我女儿依然拿我当小说家看，这件事令我备受鼓舞，尽管这进一步证明了她有多么不谙世事。

"我发现网球场快要干了。"朱莉说。整个夏季，我们两个都会花很大力气在网球场上较劲，只要天气允许，入秋后我们也会尽量多打。她占了年龄和天赋的优势，并且打得出精彩且杀伤力十足的双手反击球。只要她能集中注意力，她就能把我打得屁滚尿流。可我就是她集中不了注意力的症结所在。我打比赛的部分要义——朱莉眼中我唯一擅长的部分——就是耍花招。她不喜欢比赛时有人跟她说话，于是我就找各种话题跟她聊。我会没完没了地说下去，直到她大喊"闭嘴，烦死了"为止，因为这标志着她的注意力已经被彻底捣毁，而我则可以单纯地打球了。我们打的这些比赛总是让拉塞尔摸不着头脑。总的来说，他这个人太和善了，理解不了体育或竞技的意义，而且他的身体太不协调了，就算给他讲规则也没用。他和朱莉刚开始正式交往的时候，他想给我留下个好印象，于是便提议我们打一场一对一篮球赛。莉莉和朱莉在一旁观战，可那场比赛太一边倒了，导致事后我的妻子和女儿都对我大发雷霆。"你没必要羞辱他吧。"莉莉说。

"我从没想羞辱他。"我向她保证，"我真的尽力不让他出局了。"

"你可以让他一个球的。"朱莉皱了皱眉头，"就一个球。让他一下你会少块肉吗？"

"他没完没了地把球往篮板上面扔。"我提醒她，"有四次我都得爬到房顶上去够球。"

"你就差把球扣在他的脑袋上了。"莉莉说。

"那也不是因为我没有机会。"

此时拉塞尔加入了我们的对话，而且还站在了我这一边。"汉克说得没错。"他沮丧地附和着我，"我打得确实烂。烂透了。贼烂。我就不该开口让你跟我打球。"

"咱们找个双方更势均力敌的比赛打一打吧。"我提议道。

"再说吧。"他不好意思地咧嘴笑了笑，"篮球一直都是我最擅长的运动。"

不打了，这是我们的第一场也是最后一场比赛。

"今年小心着点你家老爷子。"我提醒着我女儿，"我的大腿肌腱已经好了，而且我已经开始每天跑三公里了。"

"为什么你从来不和我妈一起跑步？"我女儿问这话的语气特别严肃，搞得我突然有点莫名其妙。我听到她说的话了，可我女儿的语气却暗示着另一类完全不同的问题，与"为什么你要和我妈分房睡"差不多。不知道什么天杀的东西在我女儿这个神婆的雷达显示屏上亮了一下。不同于她姐姐的地方是，朱莉的逻辑思维能力向来不强，可她打小就能凭直觉突然跳到别的话题上，让人脊背发凉。

也可能她只是纳闷为什么我从不和莉莉一起跑步。下面这个理由会让奥卡姆的威廉感到满意，应该也会让我满意。

"她不喜欢我的速度。"我边解释边喝完了咖啡，然后将瓷杯和咖啡碟推到了桌子中央。

拉塞尔又咧嘴坏笑了起来。"嫌你太快还是太磨叽？"

"她不告诉我。"我也冲他笑了笑。

"但你应该知道的。"朱莉说，"你应该多上点心。"

可能我猜得不对，但我感觉这句话更像是说给拉塞尔而不是我听的，从他的表情我也能看出他同样得出了这样的结论。又是一阵漫长的沉默。当铃声起、朱莉起身去接电话时，我松了口气，直到我听见她说："对，他在这呢。你想跟他说话吗？"一秒钟过去了。她显然不想。朱莉认真听着，脸色非常难看。"我跟他说一下。"语毕她挂掉了电话。拉塞尔一脸同情地冲我挑了挑眉毛。他还年轻，但他结婚已经有年头了，嗅得出不悦的味道。

"你得回家了。"朱莉说，"我妈说奎格利先生一直在找你。她说你知道这是什么意思。"

不幸的是,我确实知道,但如果比利·奎格利想找我的话,那我就有相当充分的理由待在原地不动。

"我妈说他不信你不在家。"

我站起身来,将椅子推回了桌边。"比利在家的时候,他就觉得别人也得在家。"我大略揣摩着我那位喝高了的同事的逻辑。比利的问题在于他足够聪明,知道我不想跟他说话,可他喝得实在太多了,不记得我总是会跟他说话的,不论我想还是不想。

"我开车送你回去。"拉塞尔主动请缨。

"没门。"说着朱莉举起了挂在她小拇指上的钥匙,"你这一天够辛苦的了。歇着吧。"

拉塞尔像个真汉子一样,毫不畏缩地挨了这句尖酸刻薄的道别。我都替他觉得害怕。"汉克,"说这话时他并未起身,"保重。"危机四伏,他似乎是这个意思。

我们上了朱莉那辆福特福睿斯。

我刚要打破自己信奉的几个简简单单的规则之一,问问朱莉她和拉塞尔之间是不是一切都好,她就开口了。"所以我妈那个费城面试是怎么回事?"

"她并没有在认真考虑那个职位。"我解释道,"不过,雷尔顿高中的校长明年再干一年就要退休了。如果学校理事会动力够足的话,那他们可能会明确一下继任的顺序。"

"如果他们不明确呢?她会接下另外那份工作吗?"

"你是不是问错人了?"

我们停在了长老会教堂所在的那个交叉路口。这个教堂的尖顶是个信号灯，周遭的树木也都光秃秃的，只要再来点雪，这里就会变成从柯里尔与艾夫斯[1]作品里径直走出来的景致。朱莉盯着眼前的景色，但却并没有真正将它们看在眼里。我们挂着空挡在这个实打实的十字路口横冲直撞，好像我们两个人都没了方向感一样。随便哪个从后面追上来的人大概都会以为我们拐错了弯、走错了路，认为我们要么在闷头看地图，要么在抬头望星星。整片夜空都在我们头顶上方闪闪发亮，预示着无数个可能的方向，而实际上我们眼前的路只有三条，其中两条都是错的，而且我们知道哪两条是错的。

"那你怎么办？辞掉大学里的工作吗？"见我没有立刻回答，她继续追问道，"这个问题是该问你吗？"

"不，还是得问你妈。"

接下来发生的事让我吃了一惊。我女儿在毫无征兆的情况下将她的小手握成了拳头，然后从座位上转过身来，用尽力气照着我左胳膊上的肱二头肌捶了上去。不，事实证明，她并没有用尽力气，因为第二下打得我更疼了，疼到足以令我在她打出第三拳之前抓住她的手腕。

"你们两个浑蛋。"她哭喊着，"你们真的要离婚了。"

"你说什么呢，朱莉？"

她怒视着我，好像她花了一辈子的时间才明白我这个人并不

1　Currier and Ives，美国著名石印版画公司。

可信一样。我放开了她的手腕，以表示我对她的信任，可她又捶了我一下，只是这次她没使那么大劲。"我想让你告诉我这到底是怎么回事。"

"我不知道。"我坦白道，"你最近有跟你姐姐联系吗？"这话刚问出口，我就明白自己已经猜出了真相。凯伦在其他各个方面都是个通情达理的姑娘，可她就是一直深信我和她母亲距离离婚只有一步之遥了。上高中时，她最要好的几个朋友的父母都怀着对彼此的积怨离了婚，这不仅给她的那些朋友造成了很大的打击，也令凯伦自己颇感不安，意识到同样的事情也有可能会发生在自己父母身上。她总在寻找蛛丝马迹，并将自己目睹到的大多数事情，从日常拌嘴到她并不理解或半途才加入的友善对话，都视作了父母的婚姻即将瓦解的不祥征兆。当然，由于她比朱莉年长，所以她自然也成功地劝动了自己的妹妹，让她同自己一样焦虑。

"有些事妈总会跟她讲而不会跟我讲。"朱莉说，"我真的很生气。"

"她跟凯伦说什么了？"我是真心想要知道。

"凯伦不告诉我。这也让我很生气。好像她们两个组成了一个小团体，可我却加入不进去一样。"

"你多虑了。你姐姐也是。我和你妈之间什么问题都没有。"

朱莉给了我一眼。"你怎么会知道呢？你从来都不知道我妈什么时候不开心。"

"她什么时候不开心过？"

"我说什么来着？"

一辆车从后面追了上来，等着我们做些什么。

"我就是……如果你们现在离婚，我觉得我可能承受不了，行了吗？"朱莉说。

我说不好。我有点失望，因为我的孩子说出的话竟没有半点讽刺之意。我这么想有错吗？要么坐在我旁边的这个人是被调包过的，要么我的基因正在亚分子层面瓦解。小威廉·亨利·德弗罗的女儿说出的话，怎么会直白到这个地步呢？如果莉莉在场的话，她会说我们的女儿对父母的婚姻竟这么上心，竟这么想挽救这段关系，真是让人感动啊，但我并不确定她会不会真的这样说。

当我们身后的那辆车冲我们按起了喇叭时，朱莉摇下了她那边的车窗，将她那颗漂亮的小脑袋伸出了窗外，大喊了一声"滚！"令我惊讶的是，那辆车来了个三点调头，沿着来时的路又回去了。

"话说，"我说出了自己的心意，"如果你和拉塞尔需要用钱的话……"

我女儿用不可思议的眼神看着我。"有人提钱的事吗？"她想要知道。

"我不知道咱们究竟在谈什么。"我坦言道，"你妈妈要去费城面试。到了那边以后她会去看看你姥爷，看看他过得怎么样。下周一她就回来了，知道了吗？就这点事。都告诉你了。"

她仔细端详着我。我们还在交叉路口的地方坐着没动。最后，她终于给车挂上了挡。"我存疑。"说着她不情不愿地冲她家老爷子苦笑了一下，"你只是把你知道的都告诉我了而已。"

第四章

到家时，电话铃正响着，于是我便把电话接了起来。"喂，老不死的。"我立马认出了比利·奎格利的声音，"我就知道你在家。"

"我刚进家门。"

"胡扯。"

"你醉成什么样了，比利？"

"大醉。"他承认道，"你少管。"

比利·奎格利每隔一段时间就会给我打电话，冲我发脾气，对我骂脏话，然后再恳求我原谅他。每次我都会开恩，因为我喜欢比利，不会因为他如此幸福，能将自己喝到不省人事而怪罪他。他今年五十七岁，已经把自己搞得精疲力竭了；他还要再熬八年才能退休，这八年在他看来一定像一辈子那样漫长。他教暑期班，还会在常规学期内教授超额学分课程，身为爱尔兰天主教徒的他正是用这种方法供十个孩子念完了私立教区学校和贵得要死的天主教大学。他年轻时就和当地的一个姑娘结了婚，如今，他和妻子还生活在他三十多年前买的那个破破烂烂的小房子里。买房的时候，那个街区还没有变得脏乱差。他们每月要还一百五十美元的房贷，一分钱都不能少，此外他还要用剩下的薪水去还成堆的其他贷款。他家的小女儿科琳正在雷尔顿的芒特奥利夫天主教高中念高三，她不久前刚刚拿到圣母大学音乐专业的奖学金，能覆盖掉部分开支。剩下的部分要由比利来承担。

"听说今天下午格蕾茜好好教训了你一顿。"比利显然希望这是真的,希望自己听到的并不是添油加醋的版本。

"可不是吗,比利。"我对他说,"谁告诉你的?"

"你少管,你这个背信弃义的王八蛋。给你一个钢镚你就把我们都卖了,你这个犹大转世的无德坏鸟。"

这,我意识到,才是他给我打电话的原因。大清洗即将到来的谣言没完没了地疯传,把比利吓坏了。他打电话过来是想让我给他吃一颗定心丸,可就算我照做了,他也不会买账的。总之我还是决定逆着他来。"一个钢镚可不行,比利,"我对他说,"咱们这个小破系值五个钢镚。我从来不打折。"我对付比利的策略是顺着他往下说,直到他自己回过神来为止。莉莉认为我拿比利的控诉插科打诨进一步证明了对我而言任何事情都是个笑话。可事实却是,玩笑在比利身上是奏效的。它们在大多数人身上是奏效的。保罗·洛克是个例外,他自诩从未因我说的某句话或做的任何一件事而面露喜色,还发誓他永远都不会。与其他人一样,比利的刻薄也是有限的,而且大多数时候,他的刻薄很快就会耗尽。

"我敢打赌你肯定把我的名字放在了那个名单的最上面。别用打发别人的那套说辞告诉我你没列名单,我才不信呢。"

"你是说绩效工资名单吗?我当然列了。今年我还给你申请了额外的奖金呢。"

"太好了。这钱我用得上。我跟你说我家孩子被圣母大学录取的事了吗?"

我说他当然说过了，并再次对他表示了祝贺。不知道他是不是已经回过神来了。

"那可是天杀的圣母大学啊。"他骄傲地说，"你家小女儿连大学都没上，是不是？她叫什么来着？"

"朱莉。"我对他说。我懒得去纠正他，虽说朱莉其实进过好几所大学。她收到了录取通知书。我们付了学费。她搬进了宿舍。可在最重要的层面，比利说得没错。朱莉从没念过大学。

"你还是大学教授呢。"他说，"孩子是这么养的吗，你这个老不死的？"

这场对话让我有点厌烦了。"我们都尽力了，比利。"我说，"你心里明白。"

"至少你可以送她去上学啊。"他还在执意往下说，"就连我都能做到这一点，而我就只是个酒鬼而已。"

我看得出这会儿我们已经接近了这场对话的尾声。我和比利之间的这些对话是有节奏的。"你不只是个酒鬼。"我对他说，"你是酒鬼没错，但你不只是个酒鬼。"

电话安静了一阵，只有一些含糊不清的声音从比利那头传来，我意识到他用手捂住了听筒。当他终于又开口说话的时候，我听出他哭了。"你为什么老是纵容我这么对你说话呢？"他想要知道，"你为什么不干脆把电话挂掉呢？"

"我也不知道。"这是真心话，"其实你有点惹毛我了。我真的希望你不要把我的孩子扯进来。"

"我知道。"他承认，"我不该那么做的。太他妈过分了。我不知道我脑子出了什么问题。有时候我就是觉得我快要炸了。你有过这种感觉吗？"

我告诉他我没有过。说实话，愤怒——如果他形容的那种感觉可以被算作愤怒的话——于我而言完全是一种陌生的情绪。这会惹恼莉莉，因为她来自一个打骂不断的家庭。有几次，她梦见自己想要找碴跟我打架，可我却笑话她。她觉得这都是我的错，虽然她醒着的时候我从来都不敢笑话她。

"因为你是个老不死的。"虽然比利嘴上这么说，但这会儿他的语气里已经有了幽默感，"不聊了，我得挂了。好多论文等着我批呢。"

"行。"我说。

"秋季开学以后，我想教综合课多出来的那个班。还有暑期班。还有，别忘了帮梅格拿下她的那两个班。"这是比利的另一个女儿。我最喜欢的那个。她是英语系的外聘教员。

我将我一直在跟他说的话又重复了一遍——我会尽力，我的经费还没批下来，大家的经费都还没批下来，虽然这确实很荒唐。"你应该把教学量控制在常规范围以内。"我冒着再次把他惹恼的风险建议道，"万一你垮掉了，能有什么好处呢？"

"那再好不过了。"他说，"我的贷款都是保单贷款。我要是出事了，这些钱就能自动还清了。"

"这点子不错。"我对他说，"睡觉吧。"

"行。"他附和道，"那娘们没伤着你吧？"

"当然没有。"

"那就行。晚安，汉克。"

"晚安，比利。"

挂下电话后，奥卡姆偷偷摸摸地溜到了我的身边。他依旧缩着身子，离地只有几厘米的高度，一副很内疚的样子。我出了个声，让他知道已经没事了。我不喜欢煽动内疚情绪，哪怕是在动物身上也不行。身为人父，我的规矩并不多，其中一条是尽量不让我家女儿感到内疚或煽动她们这样做。当然，与莉莉成家使得扮好人这件事容易了很多，毕竟她和比利·奎格利一样，是在天主教家庭长大的。虽然她将天主教的教条抛在了脑后，但并没能摒弃其运作手段——一种行贿受贿、煽动内疚与斯金纳式行为主义的微妙结合——我妻子曾用这些伎俩对抗我所信奉的艾默生式自力更生型育儿理论，或用莉莉的话说，对抗我的无政府主义。我怀疑我家的两个女儿之所以熬过了童年，是因为她们积极乐观地无视了我和莉莉的存在，而没有试图在我们大相径庭的建议中找到折中点。她们将我们的智慧尽数拒之门外，就像她们根本没有拿我们列的阅读清单当回事一样，拒绝感受《红字》（莉莉的建议）或《抄写员巴托比》（这本书的同名主人公和我一样，是奥卡姆的威廉的信徒）与自己的生活的关联。尽管在我看来，这两个故事中总有一个是适用于所有人的，但情况还是变成了这样。

我把这些讲给了奥卡姆听，他低下了头，好让我把他的耳朵挠得更舒服一些。我一直怀疑奥卡姆之前的某任主人在他还小的时候虐待过他，导致他花了很长时间才消除因此而产生的那种对人类的不信任。直到过去的几个月，他才变成了一条既快乐又自信的狗狗，对性本善充满了足够的信心，敢把尖嘴戳进陌生人的胯下而不用担心自己会被惩罚了。

"总有一个什么是适用于所有人的？"莉莉站在门口好奇地打探道。在近三十年的时间里，她一直在用这种方法打得我措手不及。这次她刚洗完澡，头发还湿着，手里拿着一杯白兰地。奥卡姆被她的声音吓了一跳，用怀疑的眼光打量起她来。当他发现她手里拿的并不是报纸卷之后，他又闭上了眼睛，专心地让我挠起他的耳朵来。

"我也想告诉你，"我对自己的妻子说，"但你知道我和奥卡姆的聊天内容要严格保密。"

"嗯。"说着她啜了一口白兰地并环视起我的书房来，好像这房间是属于某个陌生人的一样。她已经很久没有进入这里了。我工作的这个书房和莉莉三层的阁楼都是禁地，关于这一点我们心照不宣。她同意只要我关好门，确保我搞出的这片狼藉只有我自己才能看到而不会外溢到这所房子的其他地方，那么她就不来打扫这个房间。她搬走了一摞书，挪走了一摞学生作业，才在我那个破破烂烂的旧沙发上坐下来。

我啜了一口她递过来的白兰地，酒里那股奇怪的苦味预示着下面这两件事中必有一件为真。要么有人用便宜货调包了我买的白兰地，要么这股苦味跟酒没有半点关系。我怀疑这白兰地是专门为我预备的，好让我做好准备，迎接一些不悦的消息。毕竟，任何为这种场合准备的白兰地在你嗅到真相的味道后都会染上苦涩的药味。我将白兰地放在了一篇上补习班的大一新生交过来的作文上，这篇作文的题目是《街坊四邻》，是一篇颇为犀利的社会学文章，它的开头是这样的："我住的街区之所以独特，是因为这里的人都很友善。"这洞察力与这叠作业中超半数人的观点不谋而合，而当它们被放在一起的时候，它们会产生一种奇妙的效果，让你觉得哪个人说的话都不像真的。

"刚才你在和泰迪说什么？"我突然想到了这个问题。

"什么时候？"莉莉问这话并非没有道理，虽然我不禁感觉她就是在拖延时间。

"你陪他去开车的时候。"

莉莉的表情非常悲伤。"说你。"她坦言，"他不放心你。"

"犯不着。"话虽如此，但我并不确定我说这话是什么意思。我觉得这话既有"他没必要担心"，又有"不用他操心"的意思，这两种情绪别别扭扭地混在了一起。

"他觉得你不拿这次的大清洗当回事无异于政治自杀。他说就连你的那些朋友都想掐死你。"

"你觉得我该拿那些风言风语当回事吗？"

她啜了一口白兰地，然后盯着杯子里剩下的那些混浊液体看了又看。"你还记得格拉迪斯·考克斯吗？"

"从没听说过这个人。"

"你跟她见过五六次面呢。"

"哦，那个格拉迪斯·考克斯啊。"

"她在财政办公厅工作。她说议会今年不是在开玩笑。高等教育方面的开支会砍得很猛……"

见我没有马上接话，莉莉问道："刚刚你脸上那是什么表情？"

这我当然是无法解释的。让一个人去解释自己脸上的表情毫无道理可言，因为他根本就看不见自己的表情。可我的理由却与这没什么关系。我真正解释不清的是为什么在得知谣言可能成真以后，我竟体会到了一种奇怪的快感。可我也记得，当泰迪在车里提起这件事的时候，他的眼神里同样流露出了兴奋。是不是我们这两个中年男人太渴望自己能遇上点事了？

"所以没人要求你列名单吗？"

"别扯了。"

"你能跟我保证永远不列吗？"

"需要这样做吗？"

她仔细考虑了起来。依我看，她考虑得有点久了，可当她开口的时候，她的语气却很真诚。"不用。"她坦言，"泰迪也觉得你不会列名单，虽然我不知道你在不在意他的想法。"

"他只是好奇你觉得我会不会列名单吗？"

现在轮到她忽视我的问题了。"比利还好吗？"她问道。虽然换了话题，可这两者之间那种不言自明的关联依然悬在我们中间。在她看来，我们不过是从讨论一个大麻烦变成了讨论另一个大麻烦而已，而我自己或许也是这样想的。

"比利从没好过。"我对她说，"不过他今晚可能并没比平时差。他焦虑。丢不起工作。"

"谁丢得起？"

我接过她递来的白兰地，又啜了一小口。这次的味道没有刚才那么苦了，于是我试探性地说道："朱莉心里很乱。"

"我知道。"莉莉说。

"你知道？"

她耸了耸肩。"你记得咱们穷得叮当响那阵，日子有多难吗？"

说实话，我不记得。我记得那会儿我们很穷，但我不觉得日子有那么难。

"她对拉塞尔的态度可差了。"

"我知道。咱们那时候也没给过对方好脸色看。"

"什么时候？"

她并没有立刻作答。"我恨透了当穷光蛋。但你从没像我那么苦恼过。整件事只让你犯过一次难，就是你不得不开口向你父亲借钱那次。"

"咱们什么时候借过钱？"我问道。我感觉某段记忆在隐隐作痒，让我很不舒服，可我还原不出那时的场景了。

"刚搬到这里来的时候。那会《在路丧》的稿费还没到位。咱们怕到了这边以后付不起搬家公司的钱。你父亲汇来了一千五百美元，让咱们先把东西运过来。"

现在我有点印象了。"但后来，咱们刚要离开印第安纳的时候稿酬就来了，所以咱们就把没有兑现的支票原封不动地还给他了。"

"还顺带伤了他的感情。"

"谁的感情？"我发问道。见莉莉没有回答，我又追问起来：

"为什么会伤他的感情？"

"你很明确地告诉他你走投无路了，不然你是不会开这个口的。"

"我们那时的确走投无路了。"

"然后你把支票快递回去了，好像这支票在家里过个夜你都不愿意似的。好像只要迅速把它寄回去，你就能抹掉他给咱们开了支票这件事一样。"

"我觉得他不会这样想的。"之所以这样说，是因为我的确就是这样认为的。但这件事很奇怪。一直以来，我们几乎只会在谈论我们两人的父亲时吵架。我执意要喜欢她的父亲，她执意要喜欢我的。这就是我们争论不休的缘由。"他眼里向来只有他自己，别人是伤不到他的感情的。如果你不信的话，那就去问我母亲吧。"

"你不在家的时候她打电话过来了。你明天应该趁她离开前顺路过去看看她。"

"我会的。"我说。

"别对我说，对她说去。"

"行。"我屈服了，"还有个事。朱莉说我从来看不出你什么时候不开心。是吗？你不开心吗？"

"没有经常不开心。"

"你什么时候不开心过？"

她起身走到了我坐的位置，亲吻了一下我的额头。她身上那件睡袍的领口敞开了一点，这时我发现她里面什么也没穿。我突然明白了，这个吻，这个百般诱惑的场景，还有她让我闻的这股又浓郁又迷人的沐浴油的味道，也许就是在挑逗我。当小威廉·亨利·德弗罗这样的男人问自己的妻子她是否曾有过不开心的时刻时，这样的挑逗正是他想要的答案。这种事情的确会在夫妻之间发生，哪怕他们结婚已经快三十年了。我想不出为什么今夜这种事不能发生在我和我妻子之间。"现在来着月经我就很不开心。"她给了我理由，之后她的口吻变得严肃了一些，"看到你这么迷茫我也很不开心，汉克。"说这话时，她的手指从我日渐稀疏、所剩无几的发丝间穿过，在我与车库橡子正面交锋留下的那道小小的疤痕上停了下来。

"哎呀。"我假装那个地方比她实际碰到时更疼，假装我妻子伤到了我，可她并没有。奇怪的是，在决定装模作样之前的那一刻，我原本的打算是将脸埋进她敞开的睡袍内，让她的体香深深地沁入我的心脾，告诉她我多么希望她不用跑去费城，尤其是这个周末。可相反，我却决定假装被她弄疼了，而在这么多年的时间里，这女人在触碰我时一直是那么轻柔，那么心领神会。于是她站起身来，低头望着我，露出了失望的神情，好像她深知我做了什么决定，以及我为什么要做这样的决定一样。如果她明白其中的缘由，那么她就已经想在了我前面。

片刻之后，莉莉关上了身后的门，房间里只剩下了我和奥卡姆。此时我才突然发现，这家伙臭极了。

第五章

　　第二天清晨，我们驶入了现代语言学大楼的停车场，停在了我那辆淡蓝色的老林肯旁边。那车子窝在停车场最偏僻的角落里，像是被人扔在那里等死一样。我自己的情况也没好到哪去。睡眠不足导致我只能使劲瞪着眼睛，因为昨晚我看书看到了深夜，而当我终于睡着以后，我又没完没了地梦见自己开着林肯，沿着欢愉街那座覆满积雪的山坡往下滑。而且我又感冒了，可我并不想让莉莉看出来，因为她说过我肯定会感冒的，谁叫我非去跑步呢。我吃了一片抗组胺药，这药弄得我口干舌燥，也让我觉得晕晕乎乎的。虽然出门前我已经上了厕所，但这会儿我又憋不住了。在我妻子即将远行的这一刻，我有好多话想对她说，我也在考虑把我怀疑自己长了第一颗结石的事告诉她。如果我让莉莉留下的话，她会照做的，这就意味着我不能开这个口。所以我转而说道："你的状态很棒。"此话确实不假，"换我我肯定会雇你的。"

　　"谢谢。"说这话时，她的语气里充满了真心实意的感激。她去面试这件事已经让我对她敬佩有加了。过去十五年一直在享受终身教职的我很难想象若自己再次处在这样的位置上会是什么样子，也很难再任由别人对自己评头论足。

　　"代我向安吉洛问好。还有，去他那之前先打个电话。如果你打他个措手不及，他很可能会毙了你的。"她父亲戒酒以后一直疑神疑鬼，也许是因为他才发现自己住的那片街区已经变成了什么样子吧。

"昨天晚上我打了好几次电话，今天早上又打了一次。"她对我说，"可电话一直往答录机上转。"

"安吉洛有答录机了？"

"但愿别是他又开始酗酒了。"

"我一直更喜欢他醉醺醺的样子。"虽然我知道这样不对，但我还是把这话说了出来，"至少那时候他很开心。"

"但那时候他也在尿血啊，汉克。他喝酒这件事可不是闹着玩的。"

"他不喝酒这件事也不是闹着玩的。"我说。还是那句话，这样不对，又因为我不想吵架，所以我下了车，关上了车门，绕到了她那一侧。她摇下了车窗，我以为她想亲我一口，但没想到她只是为了更好地端详我一下。"好好照顾自己，行吗？我心里总是不踏实，不知道等我回来的时候你会在哪里，是在医院里还是在监狱里。"

莉莉总喜欢给我留下一个预言再走。"怎么还有监狱？"我问道。我弯下身去亲吻她，可在我们的嘴唇马上就要碰到的时候，她却问道："你和迪基·波普的会什么时候开？"

"今天下午？不对，是明天开。"实际上我已经不记得了，"有什么指示吗？"

"做你自己。做回我嫁的那个人。"

我们的嘴唇碰在了一起。"到底做哪个？"我想要知道，"给个

- 81 -

痛快吧。"

　　一晚上的工夫，两张海报就出现在了现代语言学大楼的大门上，一张预告下周行政队将与教员队展开驴上篮球对决，另一张告知预备役军官训练营原定于周六上午举行的 M-16 步枪射击训练取消了。原因？弹药没到。这两则社团通知透露出在一位年轻气盛、蓄着胡须、思想激进、名叫小威廉·亨利·德弗罗的英文教授来校后的二十多年时间里，这座校园发生了多大变化。那时，这样的海报根本不可能出现。而如今，很难想象谁会提出反对意见。既然中情局能来学校里招兵买马，那么高级教员给穿尿不湿的驴子套上鞍具，对体育、对我们这所高等教育学府、对精神生活、对他们自己进行一番嘲讽，大概也是足够合理的，毕竟大家早就把尊严抛在脑后了。我本人对这场比赛还是非常期待的。骑上驴子，我应该就不会再因为上了岁数而打不出快攻了。我肯定用屁股就能完成投射。

　　"我觉得你肯定能行。"身后的一个声音对我说道。

　　转过身后，我发现格蕾茜的丈夫麦克·罗正站在我的身后，因为我挡住了他进楼的路。没跑了。我肯定又不自觉地把话说出声了。

　　"鼻子不错。"他加了一句。

　　胡子邋遢、溜肩驼背的麦克·罗是学校里最垂头丧气的那个，这很能说明情况了。我们这两个腼腆的中年男人面面相觑地站在原地，每个人都觉得自己欠对方一个对不起。细品下来这简直荒诞无理。麦克当然不用为他妻子的行为负责。而若说是我跟格蕾茜起了冲突，若说是我激怒了她、令她对我暴力相向的话，那么我应该欠她，而非她丈夫，一个对不起。然而此刻，我们两个却站在这里，分享着一种根本站不住脚的情绪。可从另一方面来讲，对我们这个年纪的男性来说，几乎所有情绪都明显站不住脚。

"有人说我这是自找的。"我坦言。

"也有人对我说了同样的话。"麦克对我说，"如果我是你的话，我会小心一点。我觉得她还没翻篇。"

我点了点头，之后我们两个又握了下手。大概麦克·罗和我一样，对我们为什么要握手感到一头雾水。

"改天晚上来我家做个客吧，咱们可以打一局台球。"他强烈要求着，我们每次碰面的时候他都会这样说。过去五年，麦克一直在完善他家的地下室，在里面放了一张台球桌、一个飞镖盘、一台塞满了五十年代摇滚乐的点唱机，还有一个水吧。据说他家那个闲置的冰箱永远连着一个装了龙头的小啤酒桶。可就算坐拥如此诱惑，他的同事还是很少愿意与如此丧气的一个人做伴，这足以说明他有多孤独。"现在我有自己专用的门了。"他说出了另一个悲哀的诱惑。我去他家做客的时候是不会撞上他妻子的，他想让我明白这一点。我应该去他家做客的，我知道。他结婚的时候我还去当了引宾员呢——天呐——那得是十五年前的事了吧？还是更久以前？黑色星期六，他是如此形容那一天的。

"楼下现在怎么样？"法语、西语、德语、意大利语和古典文学系在我们下面那一层。

"荒唐，空间小，刻薄，逊毙了。"他说，"和英语系一样。"

"你去过梵蒂冈那边吗？"我一时兴起想到问问他，毕竟麦克在西语系的资历很深，"有人要求你列名单吗？"

他摇了摇头。"西语系就我们三个人。我听说谢尔盖私下去开了个会，但他死活不承认，真够浑的。"

谢尔盖·布拉贾，我有印象，他是语言学院的负责人，这个学院下面只有一个系。"你是怎么想的？"

"我一点都不惊讶。"他坦言道，"当然了，格蕾茜对这件事深信不疑。没准她还知道点什么呢，你看她跪舔小基基的那副德行。"

"谢天谢地，咱们两个都是清白的。"说着我为他开了门。

"可咱们两个都开始在大楼门口拖延了，而且还自言自语。"

现在太早了，英语系的走廊里空荡荡的，办公室的灯也都黑着，除了那些被罚早上八点上课的人。除了他们之外还有菲尼，他非要上八点的课，每周连上五天，每学期都是如此。在泰迪和茱妮看来，这些要求进一步证明了菲尼有严重的变态倾向，但我知道事实并非如此。从许多方面来讲，菲尼都是我们这群散漫的人中头脑最清楚的那个，只要你别去计较导致他做出如此决定的那一两个前提假设就行。他会要求上早课及晚课，他的考勤政策会非常严格，他会在某门课开始后花三周的时间讲解限制性与非限制性名词从句的不同。通过这些方式，菲尼每学期都能让自己的教学任务减半，因为课程开始后的第二周，学生就开始陆续退课了，到了期末，原本报满二十三人的课堂就会变成只有七八个人参加的研讨课。当被质问时，他会坚称这便是将不掺杂水分的大学标准平等地应用在每一个人身上的结果。

在早上十点与下午四点之间，菲尼的日子逐渐展开，既慢且长。据说他会带上一两位自己最喜爱的男学生，到镇子另一头的雷尔顿喜来登酒店吃两小时的午餐。我对这谣言是存疑的，正如我对所有涉及学术界的谣言都将信将疑一样。自打回到柜里重新开始吃药以来，菲尼的每次出现都十分严谨。系里聚会时他总会带个女伴来，好像这女伴能驱散大家的集体记忆，抹去他长达两周的异装生涯一样。

那件事发生在越战即将结束的时候。我们从东南亚仓皇撤军这件事可能对菲尼产生了影响，激励他逃离了自己的婚姻，而他的逻辑显然是，若他离得开自己的妻子，那他也极有可能离得开自己吃的那些药。关于第二点，他明显判断失误了。断药后的第一天，他变成了话痨，脾气也好了很多。这本身已经足够奇怪了，可他偏偏还画了眼线，涂了睫毛膏。第二天，在将残留药物尽数排出体外后，他盛装出现在了大家面前。黑色绸缎裙。珍珠。高跟鞋。他在现代语言学大楼长长的走廊里一路大吼："在上帝创造的这光辉岁月里啊，朋友们，你们有福了！打开窗户吧！"那时的系主任泰迪把自己锁在了我现在办公的这间屋子里，坚决不肯出去。除了他之外，几乎每个人都被菲尼问候了一遍。

从来没有哪个男扮女装的人比没吃药的菲尼更有趣。"我们必须把龙放出来。"他坚定地对每一个人说，"把他放出来！让他飞到别处去，祸害一下其他王国吧。让他消失吧！"他晃晃悠悠地踩在高跟鞋上嘶吼着。狂喜的心情令他热泪盈眶，把他的睫毛膏都染花了。"如果你不从我的办公室里滚出去。"保罗·洛克对他说，"我就扒了你的长筒袜，用它勒死你。"荣妮·巴恩斯只是建议他别在五点以前戴珍珠首饰。只有平时并不待见菲尼的比利·奎格利乐意见到他。他招呼菲尼坐下，还从酒壶里倒了一大杯酒给他。"我和比你更丑的娘们也喝过。"他对自己的这位同事如是说。之后他又追加了一句，"倒也没那么丑。"

可菲尼这段自由自在的快乐时光很快就结束了。在最后一名海军陆战队队员坐上直升机从位于西贡的美国大使馆房顶腾空而起后，菲尼的准前妻就把他关进了医院，下起了猛药，把他变回了垂头丧气的直男，让他重新换上了男装。一个月的恢复期过后，他重新回到了现代语言学的课堂上，还带来了五六种新练习，展示限制与非限制性从句的区别。从那时起，他就没有再惹过任何麻烦了，除非你认为他能力不足却还狂妄自大，认为他的课无聊透顶算是麻烦的话。

我在菲尼的教室外停下了脚步，透过门上的小窗户向里面望去。菲尼的声音很小，而且语气毫无起伏，让人根本不可能听清他在说什么。他的学生像被关进了集中营一样，脸色难看得很。在六十秒的计时测试中，十一名学生中有六个看了表，四个打了哈欠，一个猛地惊醒了过来，而这堂课他们才上了十五分钟而已。计时结束时，一两个学生透过小小的窗户看到了我的脸。很快，除了菲尼以外的所有人就都注意到了我的存在。这些学生中有一两个也在上我的课，他们翻起了白眼，好像在说："这事你敢信吗？为什么没人做点什么呢？为什么你不做点什么呢？"我也冲他们翻了翻白眼。因为所以，科学道理。

我以为自己全身而退了，可随后我却听到了教室门在我身后打开的声音，感觉有人追了上来。"你。"菲尼冲着我渐行渐远的身影低声怒吼道，"你这是骚扰。"

我转过身来面对着他。这些日子菲尼总是白西装配粉领带和白鞋子，光彩照人的。"菲尼。"我开口问道，"怎么啦？"

他深棕色的皮肤变得更暗了。"你就这样。"他说得完全没错。去年，菲尼这个宾夕法尼亚大学的准博士突然意气风发地从美国索诺拉大学那里获得了博士学位。根据我们的判断，这个机构只存在于抬头之中，其实体就是得州德尔里奥市的一个邮政信箱。如果我没记错的话，沃夫曼·杰克[1]曾在这个市里住过一段时间。

说实话，我不该刺激他的。这我明白。正是因为昨天我在人事会议上对格蕾茜恶语相向，才导致我的鼻子遭了殃，而此刻它像是心里有愧一样，正突突狂跳着。

"我知道你不尊重我，也不尊重系里其他任何人。"他对我说，"但这不代表你可以在我的学生面前奚落我。"

我举起双手想要投降。"菲尼——"

"离我的教室远点，不然我就去投诉你。"他警告道，"把我惹急了我就去搞人身限制令。"

---

1 Wolfman Jack，美国歌手兼 DJ，以沙哑的嗓音著称。

"我也在那间教室里上课。"我说，因为事实的确如此，"我觉得你没法不让我进自己授课的教室。"

这令他停顿了片刻。

"我在的时候不行。"他十分严肃地解释了起来。

"哦，好吧。这个意思。行。"我附和着，好像我巴不得赶紧把整场误会都解释清楚一样，"我只有一个问题。"

他将手放在门把手上，在教室门前停下了脚步。"什么问题？"

"你是怎么把那上面的血渍弄掉的？"

"你说的那件外套我已经送到干洗店去了，都是你干的好事。"

我干的好事？"你有两件一模一样的白色亚麻西装外套？"

"法律不允许吗？"

"这个吗，你肯定得考虑一下自然法。"

"我有必要提醒你一下。"他提醒起我来，"昨晚我花了点时间打电话。罢免系主任的呼声在同事中高得很。"

听到这话我忍不住笑出了声。"说说过去二十年里它什么时候不高吧。"

进屋时，我们系的秘书蕾切尔已经坐在了电脑前。她和菲尼一样，也会为了上班盛装打扮。可与菲尼不同的是，她不会喷古龙香水。这个学校里，有那么五六位女性我要努力克制自己才能不对她们动情，蕾切尔就是其中之一。这些女性大多处于三十多至四十多岁这个年龄段，嫁的也都是压根配不上她们的男人。（我看这些男人就像泰迪看我一样。）蕾切尔最近刚和她的丈夫分居。她丈夫是个极其自恋的本地人，他总是频繁地被联合铁路公司聘用（也总是同样频繁地遭遇解雇），可他内心的平衡却不会被轻易打破。只有本来就心怀志远的妻子才能应付得了这样的情况，不幸的是，他摊上的蕾切尔恰恰就是这样一个人。除了担任系秘书以及养育儿子乔里之外，蕾切尔在过去十年的压抑婚姻中一直默默地创作着短篇故事，也一直在给自己打气，把这些故事拿给我看。今年，我一直在帮她改写这些故事，教给她一些她需要知道的小技巧。我能教给她的差不多只有这些，因为写作所需的诚意、视角、想象力与叙事感都已经有了，这些都是她通过直觉习得的。

去年秋天，我对她新创作的一个故事表现出了极大的热忱，使得她备受鼓舞，激动不已。这时她犯了个错，那就是把我的评价告诉了她的丈夫，还邀请他读了自己创作的某个故事。她说大半宿的时间他都坐在扶手椅上，吃力地读着她写的那些句子。他眉头紧锁，一字一句地读着，时不时还会停下来瞄她一眼。读完后他站起身来，若有所思地挠了挠头，说我肯定是想骗她上床。从文学批评的角度而言，他算是个极简主义者。

见我这么早就来了，蕾切尔很吃惊。现在刚八点二十，保守估计我应该再过两个小时才到的。蕾切尔的工作时间是七点半至三点半，这样她就能接念小学的儿子放学了。我不知道她真的会这么早就到岗，可她人就在这，所以她肯定很早就来了。今早，我的鼻子比昨天晚上还要难看。当蕾切尔看到我的鼻子后，她的惊讶全都写在了脸上。她一直挂着非常害怕的表情，好像担心事情的原委只会让我挂彩这件事变得更加可怕而已。"蕾切尔，"我边说边为自己倒了杯咖啡，"别忘了你是在工作。"

她望着我，哑口无言。此时我意识到，她的反应正是我私下一直希望能从莉莉那里得到的反应。这些年，莉莉在我的事情上已经学会了处乱不惊。当然了，当妻子的没有理由不在丈夫的事情上处乱不惊，可被如此处置还是会让人心灰意冷，尤其是我这种无比热衷把别人搞得人仰马翻的人。

"昨天晚上我熬夜看了本好书。"我对她说。

"真的吗？"她说。我看得出她希望我指的是几周前她交给我的那本修订后的小说集，可她又不敢妄自揣测。她语气里的期待让人难受极了。

"咱们一起吃午饭吧。"我提议道，"我给你好好讲讲。"我并不想骗蕾切尔跟我上床，她丈夫，那个极简主义者的担心是多余的。但从某种角度而言，我的确与她共度了良宵，所以我觉得跟蕾切尔一起吃午饭是一种柏拉图式的奖赏。

"你得跟院长一起吃午饭？"说着她举起了一张粉色的便笺纸。蕾切尔的话大多听着像问句。她的语调之所以降不下来，与她极度缺乏安全感与自信心有一定关系。她已经在系里工作了五年，可直到最近她才不会因为有人对她发火而冲去女厕所呕吐。据蕾切尔说，只有保罗·洛克还会激起她的呕反射。我请她放心，告诉她这再正常不过了。

我接过便笺纸，看着上面的只言片语。左上角写的时间是七点三十分。

"雅各布来这么早干什么？"我好奇地问道。教务长竟然不到中午就进了办公室，肯定没什么好事。我和雅各布是朋友，我知道他从来不会请客吃饭，除非是为了给坏消息一点缓冲。"还有别的吗？"

蕾切尔不情不愿地又递了两个留言给我，好像如果她有办法，她就绝对不会让我受这个罪一样。我拿着它们进了办公室，关上了门。第一条是格蕾茜留下的，她希望今天下午我能腾出时间与她见一面。她的留言既没有歉意，也没有因毁了系主任的容而表示出半点悔意。第二条是教职工工会的代表赫伯特·勋伯格留下的，这几周他一直在求我跟他见面，也许是想谈谈为什么我这个代理系主任总是失职吧。可当初我之所以会被选到这个位置上，恰恰是因为我乃出了名的缺乏管理能力。

没人想过我可能会做些什么，一秒都没有。没人料到我能找出做些什么所必需的那些表格。整座学校的人都觉得我是个坚定的流程无能者，部分原因是二十年来我一直在公开场合大声疾呼，宣称我们的集体苦难并非源自政策本身，而是源自想象力与善心的重大失利。我缺乏政治头脑，而且我偶尔会展现出与自己的敌人风雨同舟的变态倾向（泰迪当系主任时对此十分沮丧，因为我那一票往往能左右乾坤），我对政治阴谋的细节毫不敏感，也记不住短期内发生的事。在同事们看来，就我们这个分裂得无可救药的系来说，我是代理系主任的不二折中之选。一年而已，我能搞出多大破坏呢？

事实证明，大得很呢，而且这都多亏了蕾切尔。没人想过万一哪天我得到了一位称职助理的协助，受到了她的教唆，那么会发生什么。这个助理不仅知道表格在哪，还知道该怎么填，该把它们交给什么人以及什么时候交。泰迪之所以在当了六年系主任后失去了民心，是因为大家普遍认为他滥用职权，而且这话丝毫不假，就算他经常动用令人作呕的外交手腕也无济于事。若照字面意思理解的话，敝系运营手册上的那些明文规定本质上倡导的都是平等主义。若哪位系主任真的蠢到要照章办事，那么这些规定就会让他或她变成一个手无缚鸡之力的工作主理人。泰迪没有一点想要照章办事的意思，这是当然，他只是在装罢了，可大家竟然花了六年的时间才看清他的真面目，这足以证明其管理手段之高明，也足以证明他多么渴望保住这份工作，以及减了负的教学量。

从另一个角度而言，毫不觊觎这份工作反而使我完全摆脱了要花招的烦恼。虽然常规观点认为一年的时间太短，不够我搞出太大的动静，可我却证明对有志者来说，两个学期足以搞出很多动静了，只要这个人对别人的奚落、对人身攻击和威胁足够不敏感就行。谁能想到我会挑起重担，要狠狠打压一下十多年来令我们所有人都按兵不动的平等与民主原则呢？

怎么说呢，所有认识我的人都应该能想到这一点，但实情却是谁都没往这方面想。于是，到了现在，在掌握了实权并对其横加滥用了将近一整个学年之后，我依旧在为非作歹。那些递交给院长、校园执行官及校报的尖酸刻薄的投诉信谈论的都是我，那些半夜被分发到系邮箱内的匿名信函，以及定期以挂号信的形式出现的官方文件谈论的也都是我，其中许多信函都威胁说若我不立刻、马上停止并终止我的一切行为，那么等待我的将会是法律的制裁。总的来讲，就像哈克贝利·费恩经常挂在嘴边的那句话一样，事情还是挺有趣的。

听到前台的电话铃声响起后，我通过内线告诉蕾切尔我已经出门了。为了不让她因为我的关系而变成骗子，我真的这样做了。大清早的，我不想跟任何人说话。

这其中也包括比利·奎格利。可当我正在走廊里四处翻腾，想找到能给我的私人办公室上锁的那把钥匙时，我却被他逮了个正着。他正在往办公室走，他的课九点才会开始。看样子他似乎在大约凌晨三点的时候喝完了那瓶酒，然后又睁着眼消磨了一两个小时，好让自己快速进入状态。"你是刚来还是要走？"他问道。

"我也说不清。"我对他说，"跟我一块去学生活动中心喝杯咖啡吧。"

他扮了个鬼脸。显然，喝咖啡这个念头冒犯到他了。"下个秋季学期我到底有没有额外的班教？"

"院长约我今天中午一起吃饭。"我对他说，"谁知道呢？没准经费能批下来呢。"

"少扯经费的事了。"说这话时比利真的生气了，因为我竟然用这么低贱的话术回避他的问题，"区区三千块的事，又不是三万块。少拿经费搪塞我。"

我是站在他这头的，这是当然。这场因经费而起的死亡之舞，这个每学期都要重现一遍的仪式，简直愚蠢至极。没有任何站得住脚的理由能够说清为什么我们不能提前一个学期得知覆盖大一新生写作课所有必要分班的钱款究竟能不能到位。而以为这种事会有理由便是我们的谬误所在。

"还是昨晚我跟你说的，"我解释道，"我会尽力。"

"'昨晚'是什么意思？"

比利·奎格利往往不会记得他给我打过电话。他那浮肿的脸上挂着困惑又不失挑衅的神情，从这神情我就可以看出他根本不记得我们之间的对话，也不记得对话结束时的氛围很是友好，甚至还有点伤感。

"比利，"我开口说，"祝你今天过得愉快。"

"汉克，"比利·奎格利说，"祝你今天倒大霉。"

第六章

通常来讲，学生活动中心不过几步路的距离，可如今这个距离却变长了，因为学校挖了一个巨大的地基。今年夏天，新的技术职业学院大楼会从这里拔地而起。奠基仪式原本定在了这个月的早些时候举行，不料某位高官，也就是我们当地的一位议员，非要在电视台的镜头前逞能，朝着根本不存在的选民热情挥手，结果下专机时第一脚踩空了，第二脚干脆直接摔断了脚踝，使得奠基仪式不得不移到今天下午举行。可这会儿，地基已经挖完了。他们得找个机位补拍一下那意义重大的第一铲，但还不能把这个大坑也一起拍进去。

说实话，这个大坑让我觉得很不踏实，但并不是因为一个宾州议员曾在例行公事、准备为它举行启动仪式的时候摔了一跤。我告诉自己，我不安也许是因为一个惊喜——一个我家房子的复刻品——曾从上一个我仔细审视过的地基中拔地而起。眼前的这个大坑意味着也许更多的惊喜正在前面等着我。可换个角度而言，所有合乎逻辑的声音都认为地上的这个大坑应该让我感到安心才对。大学系中的其他院校也有参与竞逐，但最后它还是被赏给了我们，说明在这个节衣缩食的学术年代，我们还是被眷顾的。很快，混凝土基脚就会被灌注到坑内，墙面也会顺着大坑爬上来，夏日的空气里会充斥着手提钻和钻机的声响，还有当钢梁从尘土飞扬的半空飞速划过时，真心有要紧事需要沟通的人的高声大喊（"你丫那破脑袋是不想要了吗！"）。

所有这一切都会无比自然地从地上这个虽尚未奠基但无疑已经存在的大坑里衍生出来，而如此种种全都说明了一件事，那就是教授阶层即将迎来大清洗的谣言根本不可能是真的。就连学校的管理人员也不可能蠢到在自己企图以财政吃紧为由开除终身教员的同一年，又花费数百万美元去建一座崭新的教学楼。除非他们并没有想在这里建任何东西。除非全体教职员工都会在驴上篮球赛后受邀来杯吉姆·琼斯特调的迷魂毒药，然后被扔进万人坑里埋掉。这场景同样能将我们已知的事实全都解释通，虽然我听到奥卡姆的威廉的嘲笑声穿越了几个世纪，传到了我的耳畔。可这声音并没有打消我的疑虑。此时此刻，这个大洞的确更像掩埋弱智教员的万人坑，而不像一座崭新且先进的技术职业中心。一想到管理层可以快刀斩乱麻，让我们这帮人今后再无牢骚可发，我就不由得献上了一抹紧张的微笑。

在校内池塘的另一头，三四十只鸭子挤在了一起，因为那边的高耸树木能够起到更好的挡风作用。曾经，这些鸟是会迁徙的，可如今，它们一年到头都生活在这里，心满意足地享受着终身待遇，像被人扔掉的假鸟一样一动不动地蹲在河岸边，靠吃爆米花和学生投喂的其他垃圾食品过活。它们不仅肥得根本飞不起来，而且也正如那句老话形容的一样，丑得根本没人爱。

何况它们还很容易上当，好像它们与高尚的本能分隔了太久，又太过频繁地被低贱的本能诱惑。它们的脑袋在一动不动的躯体上转动，若我把手从兜里掏出来随便一挥，假装往河岸上扔些爆米花的话，那么这些笨鸟便会快速向我冲来，在平静的水面上画出 V 字形。我宁愿相信它们没有这么傻，相信它们在池塘的另一头就能看出我并没有东西给它们吃。曾有猎人告诉我鸭子很聪明，说它们的视力好得很，从高空就可以察觉到地面上的动静，能看见猎人的白眼球。

如果此言不虚，那么这几只鸭子一定就是同类中的乡巴佬了。它们摇摇晃晃地从水里踱步上岸，边嘎嘎叫边在棕色的草甸上东张西望，寻找着我假装投喂给它们的食物。它们看得出吃的并不在那里，但它们依旧在那里找来找去。它们的抗议达到了令人震惊的高潮。野鸭群中有三只看上去很不好惹的白色大鹅，其中长得最高、体态最优雅的那只跑到了我的面前，冲我发出了嘶嘶声。它把喙张得大大的，那黑咕隆咚、没有长牙的无底洞看着无比骇人。它雪白的胸脯上零星点缀着一些铁锈色的花纹，让我想起了昨天下午我喷到会议桌另一头的鼻血。"菲尼，"我对那只来势汹汹的大鹅说，"怎么啦？"

大鹅又冲我发出了嘶嘶声，此时我将手从兜里掏了出来，让这些伙计们看清楚我没有爆米花，没有过期面包，也没有糖果。几只体型小一些的鸭子一蹬脚离开了岸边，慢悠悠地往回游去，离开时还因希望破灭而嘎嘎叫了一两声。最后，其他鸭子和大鹅也都相继离去，只剩下了我和被我戏称为菲尼的那一只。

"别怪我。"我对他说，"你心里清楚得很。"

"德弗罗教授？"一个声音在我身后响起。说话的是里奥，他是我写作研讨课上的学生。里奥又高又瘦，顶着一头红发；他的脖子长长的，上面长满了包。几个月以前他对我说了一番话，好像他觉得只有我才能理解他似的。他说其他所有课都入不了他的法眼，倒不是因为教那些课的人都是傻子，而是因为他会为所有没被自己投入写作中的时间感到痛心。就连吃饭和睡觉这种生活必需都会让他觉得痛心疾首。他活着就是为了写作的。

"活着的理由多了去了。"我劝慰他道，"尤其对你这个年龄的人来说。"

"对我来说不是。"他坚称道，好像他怀疑这才是我真正想听的，这种他决意献身写作的确凿誓言。"大家都说这是一种强迫症。"说这话时他的脸红得发烫。他订了好几种专门给写作者看的杂志，读了里面的所有作家专访。"你写作是因为你必须这样做。因为你没的可选。"

"你当然有的可选了。"我没有妥协，丝毫不想在才华平平如里奥这样的年轻人面前神化如此不切实际的写作幻想。

"我没的可选。"他重复着自己的话，"对我来说，不写作则无意义。"

自二月我们谈起这件事以来，春色已至，万物皆已绽放，唯有里奥的才华除外。在研讨课上，他写的故事无一例外会被大卸八块。今天他又创作了一个故事供大家讨论，而且我猜他已经为下午的持久战做好了准备。我也担心他会在这个时候问起我对这个故事的看法，虽然我明令禁止大家在课前问这样的问题。好在此刻他想问的并不是这个问题。"你在跟谁说话？"

"这只大鹅。"我斩钉截铁地对他说。

说实话，他似乎放下了心来。"我还担心你是在自言自语呢。"

学生活动中心的餐厅分为一个较大的学生食堂和一个为教职工准备的面积小得多的房间。这完全是一种约定俗成的分法。没有任何指示牌对餐厅做了正式的划分，但学生们还是会绕开教职工区。秋季学期刚开学的时候，某个搞不清方向的新生可能会误打误撞地走进这里，在看到大家身上的粗花呢外套以后调转方向，慌慌张张地跑出去，就像牧师突然发现自己站在了某个青楼的接待大厅里一样。开学几周以后，大家就都明白了。学生们无比尊重我们的这个空间，可我却不太尊重他们的空间。我会在学生食堂那个区域找张小桌子坐下来，这是常有的事。

我在餐厅对面的书店买了一份《雷尔顿镜报》，还顺手带了一份校报，虽然我很清楚这些报纸从没让我的心情好过。我扫了一眼《马后炮》，希望能在上面找到关于威廉·谢利的后续报道，就是这个月早些时候在夜里卧轨，最终导致自己身首异处的那个人。最初的报道暗示这件事另有隐情，但或许走投无路就是最简单直白的故事。虽然想看的东西没有找到，但评论专栏却为我呈上了一篇我母亲写的文章，她同她儿子一样，也经常为这家报社供稿。她在今天的专栏里评论的是住房和城市发展部，她在这个部门运维的一家养老院里当义工，虽然她比里面半数住户的年纪都要大。今天令她不爽的是住发部出台的一个政策，这个政策要将精神病人纳入住发部下属机构的服务范畴内，可这些机构以前是专门为老年人服务的。她以住在隔壁贝勒蒙德镇的一个男孩为例，想要证明住发部的这个政策就是个败笔。在离开负责照料他的那所机构两周后，这个男孩乘坐电梯到达了贝勒蒙德塔的最高层，之后又走楼梯来到了塔顶。他爬上了那里的高墙，环视了一下这个世界，然后纵身跃下。一个坐在阳台上消磨时间的八十岁老太太眼见他呼啸而过，之后又听见他狠狠地砸到了停车场某辆车的引擎盖上，把那辆车的喇叭都砸响了。在喇叭没完没了地响了二十分钟后，人们才用救生钳撬开了紧锁的车门，拆掉了喇叭。我母亲的观点，如果我没弄错的话，是老太太们不该目睹如此惨烈的悲剧。那些精神不正常的人应该从专门给他们预备的楼上跳下去，除非他们的年龄超过了六十五岁。

关于这件事，我或许应该有自己的看法，可在读了我母亲的专栏以后，我发现自己在她的逻辑面前有些不知所措，加之我对她的了解，我总会不情不愿地同意她的观点。我也承认，一个正直的人不该分神去思考一些无关紧要的细节，比如那个男孩在经过老太太那一层的时候有没有也注意到她，以及意外发现那个老太太后他有没有短暂地恢复神智，然后才砸响了汽车的喇叭。在我还写书那会儿，我可能会为这样的思绪开脱，毕竟稀奇古怪的细节和出人意料的观点是让故事生动起来的要素。可如今，这样的想法却越发证明我的心智已然失衡，同理心也已经变得扭曲。

校报里的幽默元素更多一些，虽然大多数是无心插柳。除了头版（校园新闻）与最后一页（体育新闻）之外，校报里几乎只剩下大家写给主编的信了。我扫了眼这些信件，先是想找影射我的内容，然后想找点不同寻常的东西。在当下这个环境里，冷漠无情、性别歧视、偏执极端这个邪恶三角涵盖不到的话题都可谓不同寻常，因为那些自以为是却并不总是学富五车的写信人想让他们的读者知道，自己是反对这个邪恶三角的。他们这个群体似乎觉得，自己只要站在道德的制高点义愤填膺一番，便可以将标点、拼写、语法、逻辑以及文风方面的所有不足都抛在脑后，甚至可以将它们一笔勾销。而支撑这一观点的不过就是整个文化环境而已。

头版报道了两则大新闻，一则宣布技术职业学院大楼将于今天下午举行奠基仪式；另一则意在告知大家长达一年的石棉拆除工程已经接近了尾声，只有现代语言学大楼尚未完工。报纸上刊登了一张负责拆除石棉的工人的照片，这个人戴着面具，穿着特制的工装。我端详起这张照片来，想弄清为什么一个浑身上下遮得严严实实的人会让我想起我的父亲，老威廉·亨利·德弗罗。他诞下的不止有我，还有美国文学理论，而在销声匿迹了四十年后，他马上就要重回他儿子身边了，虽然并不是重回他的生活。

我并没有继续思忖老威廉的回归，而是拾起里奥的最新创作成果读了起来。在今天下午的研讨课开始之前，我至少得对他的作品略知一二才行。他新创作的这则故事好像受到了某些电影的启发——换言之就是毫无新意。它讲了一个离世许久的凶杀犯的魂魄每隔二十年就会重返同一座小镇并在那里掀起腥风血雨的故事，还生动地描绘了这魂魄会如何处决上个世纪将他吊死的那些原始村民的后代。故事的最后一幕形成了一个高潮，可这仅仅是因为在杀害了一位除逗鸡之外一生清白的年轻女性角色之后，这凶杀犯的魂魄强奸了她的尸体。谋杀情节本身通过一个完成度较高的自然段已经交代清楚了，可接下来的强奸情节却占了一页半的篇幅，更何况这故事还是用单倍行距写的。里奥在故事的末尾附了一个手写注释给我，表达了他的一两个小担忧。他想知道强奸的情节会不会太过了，同时他也想请我放心，因为这个故事还没有写完。起初，他只想把这个故事写成一个短篇，可如今他却觉得自己可能会把它写成一部小说。我在他针对强奸场景提出的疑问旁写道："永远不要对恋尸癖进行过度描写。"之后我又在最后一页的页尾写道："咱们谈谈吧。"

"没问题，谈吧。"一个声音从我背后传来。我抬起头，看见了比利·奎格利的女儿梅格。

"你可真是让人赏心悦目呀。"说着我示意她凑上前来。而且我这话一点不假。比利·奎格利和他那没过过好日子的爱人貌似都没有什么能馈赠给下一代的基因，可他们两人的几个女儿却都生得十分标致。梅格美得几乎会让你忘记呼吸，而且，同那些真正美得不可方物的人一样，她自成一派，而她的其余几个姐妹却都长得差不多，像年轻的歌剧演员一样。本世纪之内，你别指望再见到梅格这样的面庞了。

她拉出了我对面的那把椅子。她手上的茶杯冒着热气，提着的棕色粗糙纸袋就像装了颗网球一样。"我都不知道恋尸癖的审美也有金科玉律管着。"

我向后仰了仰，端详起她来。纸袋里装的是个桃子。"刚才我看见你家老爷子了。"我对她说，"他的脸色可不太好。"

　　"我让他一年。"梅格说。聊到她父亲的时候，梅格的语气总是那么冷漠生硬。他们两个人斗气起来谁也不让谁，非常残忍。梅格在公开场合持有的观点是，她的父亲就是个脑残，但我觉得她的私人立场可能会与此大相径庭。她结过一次婚，当时她下嫁的那个人还不如比利呢。如今，她处在广撒网的状态，想找到一个不输比利的，但并不太走运，至少在雷尔顿是这样。她的行为就是她和她父亲起争执的导火索之一。秋季学期的某天下午，我在系里接到了一个男人打来的电话，这个人想找她的父亲。梅格在市中心的某间小酒吧里喝得不省人事，这个人想让比利把她接回家。因为那会比利正在上课，加之这种事他还是不知道的为好，所以我就自己开车跑了一趟。我把梅格装到了我那辆林肯的后座上，将她送回了她家，把她卸在了前厅的沙发上，然后在她微微清醒让我脱了她的衣服把她抱上床之前匆匆溜走了。

　　"这样的话，我会试着修复一下我和他之间的关系。"我建议道，"他最疼爱的就是你了。"

　　梅格摇了摇头。"去他那边我会抓狂的。我根本没法描述待在那栋房子里是什么感觉。"

　　这我倒是想象得出来。这些年，奎格利家的房子与那个街区上其他住户的房子一样，破败得相当厉害。房子的墙漆已经剥落，门廊也已腐烂，小小的草坪已经被野草占领，就连人行道也是。我和莉莉刚搬到雷尔顿时，比利住的那个街区还是个比较体面的下层中产街区，学校里有好几位初级教员都在那边买了房。如今，那里已经成了联合铁路公司那些灰心丧气的工人的地盘。这些人曾是失业人员，如今他们已经变成了吃政府低保的人。到了夜里，他们那些四处打砸抢的孩子会在大街上游荡，当我爱人布置的作业不存在，整日无所事事，直至他们长到足够大，能为自己搞到假身份证为止。这些假证件能帮他们混进街区内的破烂小酒馆里，这些小酒馆昏暗的窗户上还贴着过时的贩酒标志；他们可以爬上酒馆的高脚凳，与自己那些郁郁寡欢的父母并排而坐。

"我的意思是他需要一点精神上的支持。"

"谁不需要呢。"说这话时她那股无情劲暂时消失了，可她几乎瞬间就将它找了回来，"意识到你的存在全是拜别人的愚蠢所赐，这滋味并不好受。"

我不会傻到去跟她争辩什么，除非我想被她牵着鼻子在这里，在学生活动中心里，大吵特吵一番。对于她父母恪守天主教义这件事，梅格的看法尖锐得很。在生下第十个小奎格利之后（他们还经历过三次流产），他们的家庭医生告诉梅格的母亲，如果她继续生下去的话，她就是在玩命。可即便到了那步田地，他们也坚决不考虑避孕，直至雷尔顿新来的年轻教区牧师把她拉到了一旁，告诉她她的任务已经完成了，上帝对她已别无所求。梅格是这十个孩子中第五个出生的，她一向认为哪怕她的父母加起来只有一个脑子，他们在生完第四个孩子之后也该收手了。这是梅格很令我欣赏的地方之一。大多数人会希望门在自己通过之后再关闭。

鉴于我表现得不错，也没有挑起事端，梅格便邀请我咬一口她的桃子。

"我敢吗？"我说道。

"问题的确就出在这。"她附和道。

说实话，我不敢，虽然这也并不是敢不敢的问题。自从我拒绝帮她脱衣服把她抱上床那会开始，她就一直在跟我打情骂俏，而我也回应着她，也许是因为我们两个似乎都明白我们不过是在闹着玩而已。我一直认为我这胆小怕事的性格是我们成为恋人的唯一阻碍。但这会令我这个年龄的男性心生好奇，好奇到几乎想要亲自确认一下到底是不是这么回事，只是我怀疑相对于性爱来说，梅格其实更想看我扭来扭去的样子。我觉得扭起来以后，我会更享受性爱的过程。

"不给吃了。"片刻之后她说，"你犹豫了太久。"

吃完桃子后，她把核递给了我。"看，"她咧嘴一笑，"没了。"

"还有别的桃子可吃。"我忍不住指出了这点。

"别的桃子跟这个桃子不一样。"她坚称道，"这个桃子是有史以来最棒的一个。"

后悔的事，我做过那么几件。

她站起身来。"我还有课。秋季学期能给我排上课吗？"

"但愿吧。"我把对他父亲说的话又重复了一遍，"我会尽力的。"

"你应该让我们这些外聘教员也加入你们的工会。"

"我举双手赞同。"

她傻笑了起来，好像她并不会拿我的这些承诺太当回事一样。她甚至可能对我在工会里的地位也略知一二。"你知道我那个蠢货父亲想让我怎样吗？"

　　"不知道，他想让你怎样？"

　　"回学校把博士学位读完。"她说，"他还提出要帮我付学费。"

　　"真够浑的。"我决定顺着她往下说。

　　她的脸顿时阴了下来。"管好你的嘴，智障。咱们说的可是我家老爷子。"

第七章

我们学校位处城镇的郊区地带，距商业区有五或十分钟的车程，具体取决于你会赶上两个红灯还是两个绿灯。今天中午，我要到商业区中心的凯格勒去和雅各布·罗斯见面。学校食堂的饭配不上当院长的人。因此，我们要去保龄球馆里吃。凯格勒在将镇子整整齐齐地一分为二的那几条铁轨的另一侧。铁轨两侧的雷尔顿，没有哪一侧说得上差，也没有哪一侧算得上好。规律就是，越靠近铁轨的地方，环境越糟。在这座城镇的鼎盛时期，所有列车都会一辆接一辆地从这里经过，驶往芝加哥及其他位于西部的联络点。那时，逃离烟尘的唯一途径就是住在山上，住在灰尘落不到的地方。低处的房屋都落满了一层又一层像表皮一样的灰土。如今，虽然铁路已被悉数弃用，可商业区的残留部分却还是油乎乎、灰突突的，就算连下一个月的雨也没法将它清理干净。而且，这镇子实在是太烂了，导致当地及州政府的官员一直在加班加点寻找投资，想把某条纵贯南北的双向四车道支线公路修好，好让大家绕开这里。对雷尔顿那些长期失业的铁路工人来讲，修路就意味着有活干了，而且这也能让把雷尔顿市中心的狭窄小路堵得水泄不通的卡车司机好过一些。正因如此，这条公路被奉为了提振当地经济的利器。可在它完工以后，这条四车道的公路就会成为放逐雷尔顿的最后一步，因为它会正式对旅者宣布他们不必在此停留，甚至不必放慢速度。

我提早到达了约定地点，可雅各布·罗斯已经就座了。实际上，他的腌牛肉三明治已经吃了一半。"实在抱歉。"我拉椅子时他说，"我十二点半临时加进来一场会，所以吃完我就得赶紧走了。你快尝尝这个咸牛肉。"

这个休息室俯瞰着下方的保龄球馆，二十二条球道中只有两条还在使用。一个穿着低腰阔腿牛仔裤、邋邋遢遢、行动迟缓的家伙留下了一个很难看的分瓶，于是他咆哮了起来："杂碎玩意！"

"你是喜欢这里的咸牛肉还是这里的氛围？"我问雅各布·罗斯。

"雷尔顿没有氛围一说。"他答道，"你的鼻子挺酷的。"

"谢谢。"

"听说是格蕾茜干的。"他说，"你当时肯定就顾着护下半身了。"

说实话，这咸牛肉看着真是不错。我环顾四周，想找个服务员。这里显然只有一位服务员，可她正在屋子的那头跟酒保打情骂俏呢。

"这倒不是下策。"院长坦言，"遇上格蕾茜这种人，防止她发动低空袭击永远都是明智的选择。"这是他根据个人经验总结出来的观点，我知道。

"但其他部位就只能大敞着了。"

"幸运的是，让自己全身大敞正是汉克·德弗罗的标志性动作。"雅各布提醒着我。

我朝服务员招了招手，她依旧没有注意到我的存在。她大屁股一扭，坐到了吧台边的高脚凳上。

"我不想往你的伤口上撒盐……"院长接着说。

"那就别撒，我的老天爷。"说这话时我从他那里偷了根薯条吃。

"其实这消息可能也没那么坏。"说着他用纸巾擦了擦嘴，将椅子往后推了两三厘米，"英语系的评审提前了。内部评审九月开始。外部评审在这之后，十月进行。如果其他机构的人欠你人情的话，那他们该还了。"

我用手指摩挲着头发。"这太不合理了。"我对他说，"我们正在过渡期。我们正找新的系主任呢。"

"完全是因为钱。"雅各布说，"外部评审团队也会去东部和北部校区。这样一来，三所学校就可以同时参加评审了，主校区的那些家伙就可以鼓吹说我们其实是一所学校，只不过在地理位置上分了家。他们不就爱这么说吗。"

"在意识形态上分了家，你是这个意思吧。哲学层面上；人口统计层面上；经济层面上。"

"随便吧。也别担心过渡期的问题，因为找新系主任的经费不会批下来的。这事只能你知我知。下周你就会正式接到通知。"

"我能问问为什么吗？"

雅各布耸了耸肩。"你可以问，我也可以告诉你，但这只会让你觉得愤怒罢了，你会连午饭都吃不好的。你怎么不点东西吃呢？"他扭过头去瞥了一眼，毫不费力就引起了那个一直当我是空气的服务员的注意。她从高脚凳上滑了下来，走到了我们面前。"感觉怎么样？"她想知道。

"好极了，"他给她吃了颗定心丸，"不过我想来点咖啡。"

当那姑娘准备离开时，他加了一句："你不吃点什么吗，汉克？"

那姑娘吃惊地盯着我，好像我刚刚出现在桌边一样。"哦！"她大喊了一声，"你好啊！"

我点了一份腌牛肉三明治。她把这写了下来，帮院长倒好了咖啡，然后就坐回吧台凳上了。

"私下说，没人觉得引进外援能治好英语系的病。"雅各布说。

"我从一开始就是这么想的，如果你还记得的话。"

"好吧，你得逞了，就这一次。"雅各布咧嘴笑了起来，"这倒是让我想起了一件事。菲尼要求我就程序的问题做个表决。他不想让你负责校园面试。他说既然你从最开始就不赞成从外面找系主任，那你就不该负责这件事。鉴于根本就不可能有校园面试，所以我打算顺着他来，让他好受点。"

"我敢打赌你的祖先能一直追溯到所罗门那。"

"他还威胁说如果你继续因为他在万特路墨西哥卷饼宫兼艺术学院拿学位的事骚扰他，那他就要起诉你。学校的法律顾问说在这件事上我们无能为力。如果菲尼不觉得丢脸，非要显摆自己在没有资质的机构里拿到的学位，那这是他的事。我们羞辱他的时候难免也会让自己蒙羞。万一哪天他要申请正教授，我们可以借机煞煞他的锐气，但在那之前……"

"没事。"我请他放心，"我不希望他被炒鱿鱼。我就是想止一下他的损。"

"这就是咱们两人不一样的地方。"说这话时，雅各布的语气里充满了善意的隐忍。他将咖啡杯往桌子中间推了推，"我就是想炒了那个王八蛋。随便吧，我得走了。"

"听着，"我说，"在你表演消失术以前，能不能告诉我，我什么时候能拿到额外的拨款。"

他看我的表情仿佛在说我怎么会傻到问这种问题。我确实没那么傻。"等我拿到我的钱以后。"

"这回答还不够好。"我对他说。

"我知道。可我能说什么呢？"

"给我个承诺，让我也给别人几个承诺。反正拨款总会到位的，为什么不让我们的外聘教员踏实一点呢？就当是提前把圣诞礼物送给他们好了。"

"你忘了你是在跟谁说话。"

"好吧，就当是提前把赎罪日 [1] 礼物送给他们好了。"

"你说这是伊斯兰斋月礼物都行，跟我有什么关系啊。我手头没钱，拿什么给你呢？万一我给了你承诺但拨款没到位，对谁有好处呢？这些破事我们每年都要经历一次。伙计们已经轻车熟路了。"

"轻车熟路不意味着这是条好路。"我就是在白费口舌，"如果你有足够的动力，那你就可以拿这件事做做文章。你可以做一次好事，就当是给自己找找乐子。"

此时，雅各布的脸上浮现出了疲惫的神情，每当我越界提起我们都曾是一介草民，还曾一起打球，甚至申请终身教职都曾被拒绝时，他都会挂出这副表情。"总站在道德高地上你难道不会流

---

1 犹太人一年中最重要的日子。

鼻血吗？"

我无辜地笑了笑。"这只鼻子吗？"

"好吧。我这个猪脑子。"

"我是认真的，雅各布。"我对他说，而我也惊讶地发现我的确是认真的。难事办不成的时候，我会觉得很糟。可当简单的事也办不成，而且理由还不够充分的时候，情况就不只是糟糕了。它会让一切从根上透出一股刻薄感与小家子气。"要知道，我可是有英语系官方信函的。而且我非常确定你要对我做出的任何一个承诺负责。你要是敢惹我的话，我不仅会给他们正式编制，还会承诺给他们涨工资。"

"但这也会是你在位期间干的最后一件事。"

"麻烦你不要动不动就威胁人。"我说，"整个学校里会拿雅各布·罗斯的威胁当真的人超不过两三个，我可不在他们之内。"

这话刚一说出口我就后悔了，因为它当然很残忍；而它之所以残忍，是因为它说的是事实。在学校的高层之中，雅各布得不到任何尊重，他说的话也没有人听。这部分是因为文科本身就不受尊重，部分是因为尽管雅各布也会放狠话，可他却一向不太擅长动真格的，而大多数管理层面的有趣霹雳是在动真格的时候劈下来的。他在大家心里是个老实且正派的人，后果就是他总会被要求弯下身去，准备接受惩罚。为了让我知道我伤害了他的感情，他卸下了哥俩好的伪装，说："我会尽力的。"

这句话我今天已经说了两次。听到它被用回了自己身上，我一点也高兴不起来。我并不怀疑雅各布的好心，毕竟我的一剂痛击已经让他的好心宣布重生；可他的后续跟进，他的权重取舍，却会成为问题，因为一旦痛劲消退，这些东西就会重新排序。这种危险我亲身经历过，我曾目睹自己的好意逐渐变淡，自己的权重得到了重新分配，而且小威廉·亨利·德弗罗并没有刻意推波助澜。

院长将椅子向后推了推，然后站起身来。服务员带着账单再次出现了。"这顿我请。"雅各布咧嘴笑了笑。

"这才合理。"我说道。

"哎呀。"服务员开口了，她被我突如其来的声音吓了一跳，"我忘了把你的单子传给后厨了。"

我跟她说没关系。

"小费你付，怎么样？"说这话时雅各布又自鸣得意了起来。

考虑到我的遭遇，我给的小费算相当阔绰了。我追求的是讽刺的效果。

那姑娘对我露出了灿烂的笑容。"你们快回去吧。"她说。真讽刺啊。

来到户外的停车场后，雅各布说："为什么一牵扯到女人，她们要么看不见你，要么想把你的鼻子扯下来？"

"过几天咱们再来一次。"我对他说。

"莉莉还好吗？"

"挺好的。"语毕我又加了一句，"简还好吗？"简是与他相伴了十八年的妻子，早在十年前她就把雅各布甩了。

"去死吧你。"他说。

这时我决定，管他呢，为什么不探探他的口风呢？"这些日子满天飞的谣言都很有意思啊。"说这话时我盯着他的反应。

他没有反应，而这本身就是一种反应。"学术圈真是讨人喜欢。"雅各布说，"谣言就是我们这片荒漠的甘霖。"

"假设一下。"我继续斗胆问道，"假如某位教务长——比如某个文学院的院长——这次真的知道了点什么，他会把自己知道的事告诉老朋友吗？"

"这个老朋友是侮辱院长并质疑他人品的那个人吗？是每次都一定会跳出来当眼中钉的那个人吗？"雅各布继续说道，好阐明自己的立场，"时机成熟后，院长也许会说点什么吧。"

"时机会很快就成熟吗？"

"很快？我看很快这个字眼不错。"

"那句话说得没错，是不是。"我对他说，"工作造就人格。"

"为什么我听说你家老爷子要搬到雷尔顿来？"

这让我呆住了。除了莉莉以外，这件事我跟谁也没有提起。"你是从哪听说的？"

"你母亲那。她想知道学校有没有可能增设一个荣誉系主任的职位。为威廉·亨利·德弗罗开个先河，她说。起初我以为她指的是你，所以我笑来着。后来我才意识到她说的是你父亲。"

我微笑着点了点头，咽下了这份侮辱，但并没有往心里去。"那你是怎么说的？"

"我告诉她这种事得找校监。她说她已经拿到校监的电话了。"

"几乎所有人的电话她都有，我没骗你。就连我父亲的电话她都有。没见这给了她什么好处。周六一起打网球吗？"我用这个提议转移了话题。

"打不了，"他说，"我得出城一趟。在此期间你全权负责，什么都别做就行了。"

"拿下那份工作以后告诉我一声。"我说。

从雅各布的反应来看，我猜得八九不离十了。他将食指贴到了嘴唇上。"真拿下来的话，我就带你一起走。"

"不用了，谢谢。"我说，"我在这里玩得太开心了。"

我跟着他出了停车场。我们到达铁轨时，红灯刚刚开始闪烁，护栏也刚刚开始放下。雅各布一脚油门，带着他的别克君威猛地窜到了第一根护栏下面，然后又猛地从第二根护栏边绕了出去。货运火车从我们中间飞驰而过，在此之前我看到的最后一个画面是院长幸灾乐祸地朝我比起了中指。

第八章

很久很久以前，我母亲的公寓所在的那片区域可谓是雷尔顿的富人区。在铁路发展的鼎盛时期，那里有占地面积很大的街心公园，围绕这些公园建起的街区里也满是雄伟壮观的维多利亚风格或爱德华七世风格的房子——有些房子已经可以算是宅邸了。可在我母亲住的那条街上，只有极少数房子留了下来，且留下的房子大多数已年久失修。那些街心公园早已不复存在。三十年代时，它们被改回了游乐场；这座游乐场曾盛极一时，可到了六十年代末，它也没落了。如今，那里只剩下了一个备受诟病、快要散架的摩天轮，一具曾为旋转木马提供栖身之所的建筑物的空壳，还有一座巨大的露天凉亭。人们曾在这座凉亭中举办夏日舞会和音乐会，凉亭所俯瞰的那座人工湖如今也已经变成一个泥坑。虽已破败不堪，但曾经的街心公园 / 游乐园依旧是这座城市最值钱的不动产，尽管几十年来它一直官司缠身，因为那些便宜没占够可实际上对它毫无兴趣的外州继承人为它打得不可开交。

我母亲住的那条街上的房子全都被分成了开间大、吊顶高、四处漏风而且根本不保暖的出租屋，且这些屋子大多归同一个人所有，那便是我母亲的房东查尔斯·普迪。这个人花了三十年的时间，用跳楼价把这些房子一一买了下来。这条街上唯一不归他所有的是一栋非常破旧的褐砂石房子，买下那栋房子的是一个几乎已经绝迹的修女教团——圣心修女团。

我将车停在了我母亲的公寓前，此时我发现住在她隔壁的普迪先生正在布置每月一次的后院展销会，这个展销会每次都会从周四傍晚一直持续到周日中午。他在后院里支起了大约十二张巨大的金属折叠桌，歪歪斜斜的门廊上堆满了纸箱，里面塞满了他要摆到桌子上去卖的废品。在捡破烂这件事上，普迪先生是世界一流的。几年前他金盆洗手，不再继续卖打折的家具和电器；他把生意移交给了自己的儿子，之后这儿子就再也不允许他踏进店里半步了。从那时起，他就将自己的时间分为两部分，一部分用来在宾州中部一些鸟不拉屎的小角落里物色别人变卖的旧物，另一部分用来对我母亲展开攻势。我这位已经七十三岁高龄（比普迪先生年长好几岁）的母亲一定让他想起了自己这些年买下的所有中看不中用的老房子。可事实证明，我母亲并没有那么容易到手。只有在她需要去某个地方（她已经不自己开车了）而我又没有时间载她的时候，她才会拨出一点时间给他。那时，她会网开一面，同意普迪先生开着他那辆全尺寸大皮卡载着她四处转悠。她对这种车深恶痛绝，因为我母亲这种身材矮小、优雅端庄的女士爬进这种车里很费劲，也因为这辆车的座位上总会堆着普迪先生在后院展销会里淘来的破烂，特别硌人。我母亲这种落座之前从不看一眼的人很讨厌自己的屁股被杵到，就算被无生命的东西杵到也不行。

但普迪先生很有耐心，即便到了现在，即便我父亲回归在即，他也显然心甘情愿地等着我母亲回心转意。他觉得他早晚能把我母亲对他心怀的那些固执的保留意见耗尽。他觉得那些东西是保留意见。我母亲一直怀疑普迪先生不识字，而我也搞不清他认不认得厌恶这个词，因为这个词才更为精准地描述着我母亲对房东的感情。

"亨利。"见我下了车，普迪先生冲我大喊了一声，然后又冲我挥了挥手。我母亲管我叫亨利，所以普迪先生当然也倾向于这样称呼我，虽然我曾劝他叫我汉克。"感觉这些东西你能用得上。"在我迈上了他家门廊的台阶并与他握过手之后，他如是对我说。

他递给了我一个塑料假鼻子、一副眼镜和一个胡子，让我好好看一看。他说得没错，我能想象出五六种用法。"这些东西你要多少钱？"我问道。

他挥了挥手，打消了我付钱的念头。"拿走吧。"

我把假鼻子和眼镜放进了兜里。

"你不试戴一下吗？"

我只是咧嘴冲他笑了笑。

"我看到你妈又上报纸的'贫'论专栏了。"普迪先生说。普迪先生的话不多，可其中有相当一部分都是谐音闹出的笑话。最近，由于他攒的钱已经多到了自己不知道该怎么花的地步，所以他开始涉猎股票和共同基金了，而他以为我作为大学教授肯定对这个问题是略知一二的。他与我分享了他对市场"泼动"的担忧。普迪先生戴着助听器，所以我断定他这辈子一直在误听一些词和短语。不出所料，我母亲的想法就没有这么大度了。她坚持认为他这辈子肯定一本书都没读过，因此便没有机会把自己听到的字眼与它们在书页上代表的意思联系起来。也许她说得没错。有一件事是毋庸置疑的：普迪先生不懂他满嘴错字这件事在我母亲看来是相当严重的，不懂我母亲永远都不可能拿一个连话都说不利索的人的感情当真。普迪先生敬佩我母亲能言善道，可就连这都会被我母亲用来针对他。对普迪先生来讲，听我母亲说话无异于看狗熊跳舞。没有比这更带劲的事了。没有什么事或什么人能逃过我母亲那张嘴，而这令普迪先生备感困惑，因为如果他有什么想法的话，他会憋在心里。我母亲不仅想法多，而且还会把它们写下来发表在报纸上，这在普迪先生看来简直不可理喻。就算哪天他真的有了什么想法，他也不可能想到把它写下来。

关于我母亲发表在《雷尔顿镜报》上的那些专栏，我只有一个反应，那就是恐惧。这恐惧中有比较小的一部分是因思忖她会说些什么而起的。不，让我心头一颤的其实是她的署名。在被我父亲老威廉·亨利·德弗罗抛弃后的这些年里，她一直不顾常理，坚持使用着威廉·亨利·德弗罗夫人这个名字。她对外公开的逻辑是，鉴于她在思想上有着无比卓越的独立性与创新性，所以她担心别人会误以为她是女权主义者。但实情却是，她一直认为自己是威廉·亨利·德弗罗的妻子，贫穷时如此，富贵时则不然，直至死亡令他们分离。他们在公开场合达成的协议就是这样的，别管离婚文件是怎么说的。结果就是，天知道多少《雷尔顿镜报》的读者以为我母亲是我妻子。人们经常会在社交场合要求我为她辩护，这已经够让人烦的了，就算我能忽略我和我母亲已经在报刊界结为夫妻，以及这件事所隐含的俄狄浦斯情结，那也无济于事。人们会给莉莉，也就是另一位威廉·亨利·德弗罗夫人，施加更大的压力，要求她为自己从未发表也并不苟同的观点辩护。

"话说回来，生意怎么样？"我问道。普迪先生刚刚支好的那张桌子上堆满了各式各样的小玩意，每个都标好了价格。最贵的物件好像是两美元。大多数卖五十美分。所以说，你花不了几个钱就可以在五十多个小雕塑里尽情挑选，神圣的、渎神的都有。塑料基督、石膏圣母与咧着大嘴、挺着大肚子的石像鬼开开心心地混在一起。这真是让人摸不着头脑，因为我没有理由相信普迪先生会对艺术有任何构想，更别提亵渎神灵的构想了。

"尖货我周末才会摆出来。"他解释道。他曾经带我参观过一次他的房子。每个房间里的东西都堆到了天花板上，所以准确来讲我们只是在这些东西中间的狭窄过道上绕来绕去。"我每次都提议让你妈提前过来看看，让她挑点东西什么的。但她好像不太感兴趣。"

"她不确定你是个正经人，普迪先生。"我说，"她可能觉得你骗她进你的房子是另有所图。"

"没错啊。"他坦言，"但我会正经对待她的。你妈呀，她是个真正的'贵旅'。"

我努力憋着笑，但没有忍住。我想告诉普迪先生，我母亲并不是他想象中的"贵旅"。她只是有点蛮横，是个上了年纪的学者型教师，也许可以算是精神贵族的后代，但仅此而已。

"你爸要搬到这里来住了，你肯定很开心吧。"他说。

我决定轻描淡写糊弄了事。"有他在的确会很不一样。"

"你妈说他病得很重。"

"我猜是他的精神状态不太好吧。"我解释道,"他们说他已经见好了。"

"你妈会让他打起精神来的。"

"是吗?"

"当然。"

"咱们拭目以待,普迪先生。谢谢你的鼻子。"

我母亲的公寓位于底层,她到门口来迎接了我,我们轻吻了一下对方的脸颊。"亨利。"说着她快速打量了我一番。看到我那个变形的鼻孔后,她的反应就与你看到一辆自己没打算坐的花枝招展的公交车从面前驶过时的反应一样。她和我父亲都是极度冷漠的父母。在我还小的时候,他们会时不时地检查我一下,好像是想确认那些标准的出厂配件都还在我身上,然后就会继续去聊他们刚才聊的话题。他们两个都无法理解我对体育运动的着迷,在我因运动受伤以后,不论伤势大小他们都会表现得很不耐烦,觉得我是故意的。我母亲似乎认为再严重的关节扭伤都可以用一条毛巾治好。一番擦洗后,她便会宣布我已经变得完好如初。

最近,每当我见到我母亲的时候,她都会让我想起诺玛·戴斯蒙德[1]。她们的相似性不在于外形,真的。我母亲非常瘦小,可近些年,随着她的视力开始退化,她在化妆的时候变得不那么隐晦了,导致她的妆容效果变得越发骇人。她的眉毛似乎被永久地修

---

1 电影《日落大道》的女主人公,一位风华不再却始终无法与现实和解的过气女演员。

成了拱形，使她变得更加可怕了。她的衣服全都旧旧的，已经过了时，虽然它们很贵，虽然她花了大量的精力去打理它们。在我认识的女性里，她是唯一一位会像例行公事一样戴很多珠宝首饰的人。出家门以前她会涂口红，不论她要去哪；在公共场合吃完饭以后，她还会在桌边再补一遍。我永远猜不出她打扮成这样是要出门还是在等很重要的人。不论如何，她都准备好迎接她的特写了。我不是塞西尔·B.戴米尔[1]，但我可以假装是。我对母亲说她看上去棒极了。

可她却并没有理会这句话。"我看见你刚才在跟我那位阴魂不散的房东聊天。"她说，"我得重新装百叶窗了。旧的百叶窗总是往上蹿，弄的那个男的更有理由在我窗前转悠了。他比老太太还爱管闲事。"

"他是在照看你，妈。"我说。

"得了吧，他是在偷看我，掌握我的行踪。他怕我在跟别人约会。"

"好吧。"我让步了，"也有这个意思。"自打我母亲退休不再教书起，她便住到了这里，已经住了四五年，而她也多多少少总在抱怨普迪先生对她的关注。在她搬来几个月后，某天下午她到家时发现普迪先生正在地下室里修某个火炉的残骸。等他离开后，她打电话叫来了一个锁匠，而下一次当普迪先生觉得有必要进去一趟的时候，他发现自己手上的钥匙已经打不开自家的房门了。"万一我需要进去呢？"他这个问题并非不可理喻。"你可以敲门，

1　Cecil B. DeMille，好莱坞著名导演兼制片人。

和其他人一样。"我母亲如此告知他。"万一你不在家呢？"他想要知道。"万一我不在家，那你也就没必要进来了。"他被如此告知。

"如果当初你听我的劝直接嫁给他，那他就不会总是东躲西藏的了。"我提醒她，"你知道他对你有多忠心。这会儿你可能已经说服他带你去欧洲生活了。"

"没错。"我母亲让步了。她很清楚自己把房东迷成了什么样。"可那样的话，我就要和查尔斯·普迪一起在欧洲生活了。万一我在那遇见了喜欢的人怎么办？"

"你开心就好，妈。"

"我会的。"她向我保证，"到饭点了。你吃过午饭了吗？要来个三明治吗？"

这让我犯了难。我的肚子的确在咕咕叫，院长的腌牛肉把它挑得蠢蠢欲动。可我也知道我母亲葫芦里卖的是什么药。她一向清心寡欲，而进入老年以后，她更是变得无比清苦。我不知道她指的三明治是什么样的，但我知道它一定会很薄、很精致，而且主要会是面包。可话说回来，这可能是我今天最后一次吃午饭的机会了，不论这午饭会是什么。于是我对她说三明治听上去很不错。

实际上，我母亲这苦行做派最糟糕的一面是在我父亲离她而去，第一次与自己的研究生好上以后显现出来的。我怀疑当这个新情况出现的时候，我母亲并没有看到太多诱人的选择。很明显，最吸引她的是她终于有机会上演一些夸张的戏码了。她并没有表现得像个有脑子的女性一样，在离婚协议中把我父亲搞成穷光蛋，而是直接放过了他，过上了她所谓的拮据的弃妇生活。我猜，她的计划是让我父亲颜面扫地，可若她真的觉得这招能奏效，哪怕这个念头再转瞬即逝，这也证明了她是多么不了解我的父亲。如果她非要假装是婚姻的解体导致她过上了一贫如洗的生活，那我父亲是完全无所谓的，只要他自己没有因此而真的变得一贫如洗就行。

事情非常简单。父亲离开我们时，他们两个都在中西部一所非常优秀的大学里当教授。我母亲很受人尊敬，于是她选择了留下来继续任教，而我父亲则带着他的一号战利品妻子搬去了东部，在学术快车道上开始了新的生活。据我所知，不论是当时还是后来，我母亲都从未缺过钱，虽然她教书时选择了屈尊住在学校分配给她的幽静的破房子里，退休后又选择了搬到雷尔顿，住进查尔斯·普迪的公寓里。

我母亲递给我的三明治就是两片白面包而已，里面涂了一层薄得不能再薄的甜椒奶酪酱。"我真希望他能忘掉他对我的这种可笑的迷恋。"说着她在餐桌的对面坐了下来。她也给自己做了个一模一样的三明治。"我的意思是，这也太荒唐了。他想从一个七十三岁的老太太身上得到什么呢？"

虽然她的抗议合情合理，可我母亲说这话的语气却暗示她并不觉得这件事荒唐得无可救药，好像她能强烈地感觉到普迪先生脑子里在想什么一样。与其说她反对的是这件事呈现出来的观念，不如说她反对的是我们谈论的这个男人。也许她甚至想让我也发表一下高见，给她吃颗定心丸，告诉她我并不觉得查尔斯·普迪对她这个年纪的女性起色心有什么可荒唐的。但我知道当儿子的要履行什么职责，也知道这并不是我的职责之一。没错，我母亲保养得相当好，使得她看上去跟普迪先生年岁相当，虽然普迪先生比她小好几岁。但是吧。我啃着面包，想尽量让自己看上去若有所思的样子，也想让自己的同情显得抽象一些。我的鼻孔因这复杂的脑力劳动而突突跳了起来。

"他对你的最新专栏印象很深。"我说这话完全是为了转移重点。这招屡试不爽。在写作的问题上，我母亲虚荣得很。我父亲在文学批评领域著书无数，且它们全都轰动一时，可这些书中，只有一本，也就是他写的第一本，如今还会被视为经典。我母亲坚定不移地认为这是因为他的第一本书是唯一一本由她负责编辑的书。她认为，由于我父亲抛弃了他的此生真爱（也就是她本人）投入了一连串学术娼妓的怀抱，所以他失去了真我。他曾是影响力颇盛、见解也尤为独到的思想家，而如今，他顶多只能赶赶时髦而已。在我看来，我父亲只是喜欢追名逐利而已，不管怎样他都会变成现在这个样子。

"那篇文章确实是我比较拿得出手的作品之一。"她承认，"据说它可能会被大量转载。"见我没有立刻回话，她继续说道："既然咱们聊到了给报纸写文章的问题，那么我可以建议你以后别再写自己的事了吗？"

这要求是因我最近写的一个专栏而起，而这专栏又是我在得知老威廉·亨利·德弗罗即将重回家庭怀抱不久后写下的。在他离开我们后将近一整年的时间里，我母亲一直对我说这件事随时都有可能发生。如今，四十年过去了，她显然有资格对我说出那句"我说什么来着"了。在那篇文章中，我详细地讲述了小时候我是如何得到、命名并埋葬了一条我父亲带回家的爱尔兰塞特犬的。

"幽默代替不了准确的叙述，"我母亲提醒我，"更代替不了事实。"

一大口甜椒味的面包卡在了我的喉咙里，我发现这口面包和我母亲的批评我是无法同时下咽的。我先把精力集中在了面包上，只有在它已经被安全地处理掉了之后，我才开口问道："你觉得哪点不是事实？"

我母亲对这个问题早有准备，毕竟她很了解我，正如我对她也了如指掌一样。"你给我记住，我不在乎你在文章里怎么写我，但我真心希望你别让其他人觉得你父亲是个傻子。我现在就祈祷千万别有人把那篇文章寄给他看。"

"反正我没寄。"我向她保证，"所以只要你别寄，我觉得就不会有人寄。"

"它很可能会被转载到别处去啊。"她提醒我，"你没想过这点吗？那篇文章写得足够精彩。你一向很有天赋。我只是希望你别用自己的天赋去为谎言辩护。通常来讲你的题材都很琐碎，即便在那些文章里……你不够严肃，亨利。缺少分量，我找不到更好的词了。好了，我把话说出来了。我不想伤害你的感情，但事实却是，世界上没有比油嘴滑舌更浅薄的事了，而你已经变成了一个油嘴滑舌的人。"

"我这么做都是为了钱。"我油嘴滑舌地回答道。《雷尔顿镜报》给供稿人开多少稿酬，我母亲清楚得很。可当她收拾我的盘子和咖啡杯时，我却看得出她真的被我惹毛了。只消听一下锅碗瓢盆叮当响的声音有多大，你就能感觉出我母亲这种女性的精神状态是什么样的，一向如此。我很喜欢这一点。不骗你，我并不希望我妻子能和我母亲更像，只是跟情绪晴雨表这么好读的女性打交道会让人感到踏实。莉莉就没有我母亲的这股浮夸劲，有时这会让我觉得有些懊恼。在莉莉看来，把那些瓷器弄得叮当作响不仅会让愤怒变得浮夸，也会让愤怒降格成使性子。我妻子觉得我母亲刻意而为的那些夸张行径是有失尊严的，尽管我母亲乐在其中。莉莉说得没错，这一点毋庸置疑。可对我这种很容易被女人搞得晕头转向的男人来说，我还是喜欢字大一点的指示牌。我母亲自有其深度，但她却也愿意化繁为简，给出明白无误的指示：走……停……投降。奥卡姆的威廉会愿意顺着这种路标往下走的，所以我也愿意。

"你还在因为我不陪你去纽约的事生气吗？"我斗胆问道。

我母亲正在水池边洗我们刚才用的杯碟盘子。她转过身来仔细端详着我。"没有，亨利，我没有还在因为你不去纽约的事生气。我从来没有因为这件事生过气，所以我怎么可能还在生气呢。"

"哦。"我对她笑了笑，因为她肯定还在为某些事生气。

"但凡你有辆皮卡，或随便一辆靠谱点的车，我们都可以另当别论，但你还有你开的那个破玩意根本就派不上用场。还拖东西呢，被拖还差不多。不用你，我和你的好哥们查尔斯·普迪一点都不需要你的帮助。他该到雷尔顿外面去走走了，你也知道我有多喜欢纽约。没错，我确实希望能有个见过更多世面的人陪我一起去。我从没跟脚上穿着牛仔靴、衬衫上缝着金属扣子的人一起进过俄罗斯茶室，但这不是没办法吗……"面对自己幻想出来的场景，她陷入了沉思，声音也越来越小。

"去之前先打个电话问问。"说着我站起了身，"我看有地方说那里已经关了。"

"俄罗斯茶室吗？别开玩笑了。"可突然间，她变得严肃了起来，或说变成了另一种严肃的样子，"我担心的是你根本没做好迎接你父亲回来的准备。"

这话说得实在让人摸不着头脑，于是我不由得盯着她看了起来。

"他离开的时候，妈，我才是根本没做好准备。"我提醒着她，"现在，谢天谢地，他做什么或不做什么我真是一点都不关心。"

她傲慢得令人恼火的表情已经多到可以组成一个大型军火库了，而此时，她给了我这些表情中我最不喜欢的那个，因为这表情在说："骗谁呢，你这个小豆包？"

"怎么了？"说这话时我感觉自己已经怒不可遏了。

"你随便吧。"我母亲说。我知道我错了，因为她刚刚那个表情并不是最惹人烦的。她现在换上的这张极尽讽刺的苦瓜脸比刚才那个还差劲。

我看了看表。"我得去上课了。"我提醒着她。在德弗罗家族中，这项职责一直有如王炸，我也能看出此时我母亲多么不愿意看我亮出这一手。

"哦，对，"她回过了神来，"就是大家说话你不说的那种课。

我老是想不起来那种课叫什么。"我母亲并没有忘记研讨课叫什么，也没有忘记她并不赞同这种课堂形式。"在你振聋发聩的沉默让那些年轻的小脑瓜子们醍醐灌顶之前，你介不介意去趟地下室，把我两个手提箱里面最小的那个拿上来？"

我跟着她来到了地下室门口。当她按下电灯的开关时，灯忽闪了一下，然后，查尔斯·普迪漆黑一片的地下城便清晰地传出了"砰"的一声。"哎呀，完蛋了。"我母亲说，"而且我还没有灯泡了。"

"开着门就行了。"我说，因为我很确定我站在台阶上就可以看到她说的那个手提箱，"别挡着光。"

我母亲终于听了一次话。"小心点，汉克。"她用她一向鄙视的这个名字宠幸了我一次，边说还边碰了碰我的臂肘，"台阶的状况糟得很。"

我也终于听了一次话，因为当我开始往下走时，我想起了我妻子那个不祥的预感。她觉得她不在的时候我可能会把自己搞到医院里去，可我已经下定了决心，要把这个预言彻底粉碎。问题在于我刚进入楼梯井就挡住了光，使得下面的一切都没入了黑暗之中。我小心翼翼地摸索着下一级台阶，像一个并不太确定下面会有台阶，或并不太确定它会出现在合理位置上的人一样。起初，我还能摸到两侧的墙壁，可随着我越走越深，墙体消失了，周围也没有扶手。"到了，"我听到我母亲说，"你已经到底了。"虽然我搞不懂连我都看不清，她是怎么看清的。不过她说得没错，我已经踩到了石板地，一两秒之后，我的眼睛也适应了周围的环境。

我在黑暗中四处摸索，摸到了貌似手提箱的一个东西的把手，之后又摸到了另外一个。我将它们两个当中貌似较小的那个放在了台阶上，好让我母亲看一看。"是这个吗？"

"是。"她说，"你还在那吗？手提箱旁边应该有两个纸箱子，上面写着'纪念物'。"

"往后退，别挡着光。"我对她说，虽然现在我看得清楚一些了。房顶并没有比我高多少，上面排布着错综复杂的管道，因此我在四处走动的时候要小心翼翼地绕开它们。手提箱周围似乎有十多个纸箱，上面全都被我母亲用秀气的字体标出了"纪念物"几个字。

"打开最上面那个。"她提议。

我把最上面的纸箱搬到了楼梯脚下，这样就能借着落在它上面的亮光把它打开了。"是相册。"我冲上面喊道。不过，一个颜色鲜艳的东西夹在了箱体的一侧，这东西引起了我的注意。

"就是这个。"我母亲说，"把手提箱递给我，然后再把那个纸箱搬上来，麻烦你了。"

在我把那个颜色鲜艳的东西拽出来以后，我立马就认出了那是我小时候买的狗项圈，买它时我一心希望能说服父母给我弄来一条能戴上这个项圈的狗。我把项圈扔了上去，扔到了我母亲脚边。"哎，小红。"我说，"我是真喜欢那条狗。"

"天呐，那会你真是个小讨厌鬼。"我母亲怀起了旧来。

"手提箱在这。"我低下头走到了楼梯中间，将手提箱递了上去。我母亲出现在了我的视线里，想要将手提箱接过去。灯光打在她的身后，使她变成了一个黑色的剪影。这时，某种古老的东西猛地从我全身翻腾而过，导致交接的那一刻我向后退了起来。有那么一瞬间的工夫，我怀疑自己会不会把我母亲也从楼梯上拽下来。我忘了自己刚刚向上迈了几级台阶，突然间，我没有知觉了，完全没有知觉了。我抬手抓住了某根水管，好巧不巧还是根热水管，可正是这根水管使得我没有继续往下跌。

"小心。"我听到了母亲的声音，"你还好吗？"

这问题问得好。我似乎没什么事。刚刚涌上来的是眩晕感还是恶心感呢？我刚才真的短暂地失去了意识吗？此时我听到了自己的声音。"我刚才就是有一瞬间失去平衡了。我没事。"

"别管那个箱子了。上来吧。"她提议道。

片刻之后，我坐到了餐桌旁。我母亲递来了一杯雷尔顿的自来水，可没有谁喝完这个水之后会觉得自己身体变好了。"你惨白得像个鬼一样。"她非要让我知道。

"那个奶酪酱放多久了？"

"别赖我的奶酪酱。"她对我说，"我也吃了，我一点事都没有。"

"我真的得去上课了。"说着我又看了看表。其实，从那个潮湿的地下室出来站到有亮光的地方以后，我就觉得没事了。

"看着我。"她说。

当我望向她、迎上她困惑的目光后，我又感觉到了一点轻微的不适。这是在地下室里找上我的那个东西的余威，不论那东西到底是什么，之后这不适感就消失了，我又回归了正常。我母亲一定觉得我没有骗她，因为她并没有争辩什么。

"你肯定染上什么病了。"她在门廊上公布着自己的结论。当我探身向前，想要同她吻别时，她用手抵住了我的胸膛。普迪先生从车道另一侧的自家门廊上看到了这一幕。我边下台阶边冲他挥了挥手，而他也心领神会地冲我挥了挥手。他知道得不到别人的吻是什么滋味。

第九章

通常情况下，想象力都没有人们吹嘘得那么厉害。比如，我想象了下午的研讨课会有多么糟糕，可实际情况却比我想象的还要糟糕百倍。我的想法是这样的：如果我足够聪明，能够预判到这场灾难的话，那么我就应该能够阻止它的发生。可没有活力的想象力是了无生气的，而且拜访完我母亲之后，我莫名其妙地变得晕头转向，变成了一个冷漠的看客。通常来讲，我会是个兴致勃勃的看客，可今天的课堂上并没有什么能引起我兴致的东西。我不知道失去发觉笑点的能力是否意味着我在某些方面取得了进步。毕竟，我动不动就会被别人指责不够严肃。但这堂课不可能意味着任何层面的进步。我的学生们显然也是这么想的。他们面面相觑，似乎是想回忆一下一月选这门课的时候自己在想什么。

当然，麻烦在我到达之前就发生了，都是因为挨千刀的里奥不愿意少写点关于恋尸癖的事。当我走进教室时，情况已经失控了。一位名叫索兰奇、说话一向恶毒的女生正在发表高见。索兰奇顶着一头乌黑的秀发，中间夹着一缕挑染成白色的愤怒白发——如今想来，那是一缕刻薄的白发。她认为里奥之所以总写骚事，是因为他自己就是个骚货。他假装自己是海明威那样的人物，可实际上他就是个窝囊废，是个冒牌货，是个巨婴。整个学期，麻烦都在他们两个人之间愈演愈烈。过去几周的时间里，她一直在小声嘀咕一些东西，而我也错误地选择了坐视不理。可眼前的场景我已经无法坐视不理了。我问索兰奇她说完了没有，问她我们能不能开始讨论里奥的故事了，她回答说她很乐意亲自起个头。在她看来，作者不过就是在这则故事里滔滔不绝地讲了更多性别歧视的废话。垃圾，没有一点可取之处。除了把它当柴火点了以外，她看不到这个故事的任何价值。

这样的评价很少能促进讨论，这次也不例外。面颊通红的里奥想要像往常一样挤出一抹不可一世的坏笑，但失败了。他觉得从某些层面而言，他是在与我合授这门课。可随着学期的进行，里奥越来越难在公众面前保持这个姿态了。他是唯一一个第二次选修这门课的学生；他向同班同学暗示说我对他的要求自然会更高，还说我们两个之间心照不宣。鉴于他是学校里唯一一个一门心思非要当作家的学生，所以我觉得自己有义务多鞭策他，免得他被溢美之词毁掉。里奥从那些他看得津津有味的作家专访中学会了一个道理，那就是对才华横溢的年轻作家而言，最坏的遭遇几乎就是得到过多赞美。正因如此，里奥很感激我保护了他。我不知道他对研讨课上的其他同学是不是也心存感激，毕竟他们比自己的老师更决绝，坚决不准他被过多的赞美毁掉。甚至一丁点赞美也不行。

此刻，除了索兰奇之外，其他所有人都望向了我，寻求着帮助，因为他们知道作为课堂准则，我并不赞同这种当面对其他人的劳动成果表达不屑的做法，就像索兰奇对里奥那样。我的研讨课共有两条准则，大多数情况下它们能将麻烦拒之门外。第一条准则是所有评论及批评都应针对文本本身提出，而不应针对作者；作为对这一贴心考量的回报，作者也不可以为自己的文本辩护。

这两条准则非常好用，虽然它们有着根本上的缺陷。第一条准则的问题在于，任一既定文本暴露出来的问题往往都很容易追溯到其作者的人格或性格上，里奥的故事就属于这种情况。就短篇小说写作而言，里奥需要的不只是审美和写作技巧方面的建议。里奥需要很多东西，其中之一是释放欲火。他那张病恹恹的年轻面庞便是强有力的证明，说明没有哪个女孩子曾对他好过。他写那些故事就是为了对这些人进行报复的。这一刻，在被打上了窝囊废的烙印之后，他就变成了猩红的习作。除了火红的头发、通红的面颊和满是粉刺的长脖子之外，他右手某两根手指的指甲皮也在流血。整个冬天，他粗糙的手指上都长满了倒刺。小小三角区处的皮肤总会被他扒掉，就像西红柿的皮一样，露出下面鲜嫩的血肉。我发现今天他开掘的是右手的食指，他的指甲皮上有好几个针孔大小的鲜红血滴可供他吮吸，之后他会偷偷地对它们进行观察，好像他对自己的本性存疑一样——好像他怀疑自己是否会一路红到底一样。

虽然整个学期他们都互相看不上眼，但里奥和索兰奇其实是一丘之貉。据我所知，他们两个都没什么朋友。他们似乎都没有找到在这个世界上立足的方法。索兰奇自诩诗人，可对她而言，这与写诗并没有什么关系，更多的是要摆出一副居高临下的姿态。她穿黑色的衣服，拒斥化妆，抽大麻，还会装出百无聊赖的样子。她想把自己想象成一个聪明人（她的确很聪明），却又担心自己不聪明，至少没聪明到让她有资格居高临下的地步。她皮肤苍白、骨瘦如柴，而我怀疑这部分地解释了为什么她会如此强烈地排斥里奥那些骇人的青春期幻想。在里奥的故事里，索兰奇这样的女生根本不值得关注，更别提亵玩了。若有女生想吸引里奥笔下的某个复仇魂魄的注意，那她必须得有大胸，而不是外突的胸骨。去年秋天，索兰奇从格蕾茜的诗歌研讨课上仓皇而逃，我猜这是因为格蕾茜的女人味浓得过头了，也是因为她没那么高尚，会对索兰奇这样的女生说她们的胯太窄，生不了孩子；她们的胸太平，满足不了婴儿或恋人的需求；她们的唇太干，无法点燃激情；她们的目光太冷淡，拒人于千里之外。

当然了，这种话是不能对里奥和索兰奇这样的学生讲的（也是不能对格蕾茜说的）。鉴于唯一能缓解局面的话是不能说出口的，所以我也不知道该如何应对此情此景。我应该告诉索兰奇她的行为非常不成体统。很明显，大家都在盼着我这样做。大家都知道，我的观点是严厉无情的批评应该以善意而非恶意为基础。因此，他们都很奇怪为什么在这件事情上，我不愿意对索兰奇进行严厉的训斥。是因为她进行人身攻击的时候上课还没正式开始吗？还是说我在暗示今天这种情况她进行人身攻击是情有可原的，暗示这是里奥在自取其辱，毕竟在过去几个月里，他用一个又一个血腥、风骚的故事冒犯着我们，早已将我们对他的宽容耗得一干二净？

我选择袖手旁观的真实原因是，我的思绪依然还停留在我母亲的地下室里，我还能依稀感受到在那里将我击垮的那个东西的余威，不论那东西到底是什么。不知为何，我的指尖一阵刺痛；一种挥之不去的感觉萦绕在我心头，让我觉得我应该把堆在墙边的所有纸箱都仔细翻一遍，让我觉得其中的某个箱子里装着对我而言很重要的东西，某个我已经遗忘了的东西。我活动了一下当时紧抓着热水管的手掌。那里的皮肤被烫伤了，又光又亮，像是快要裂开了一样。如果里奥的确如我所言，一路红到了底，那么小威廉·亨利·德弗罗的内里会是什么颜色的呢？我不禁好奇。

因此，我并没有在这群翘首以盼的学生面前好好表现，力争保住自己的饭碗，而是像所有枉为人师的人一样耍起了特权，说我对他们这群人很失望，说他们根本不配让我指导，说现在他们必须好好表现才能重新讨得我的欢心。我对全班同学说，在有人找到值得讨论的议题之前，我是不准备开口的。这个议题需要具体且客观，不能既笼统又主观。理智告诉我，思考这些问题会给所有人冷静下来的时间。我摘下手表，将它放在了身旁的桌子上，然后盯着它的指针一点点地移动，同时仔细端详着我这群懊悔不已的学生。过够了嘴瘾的索兰奇拿出了一本企鹅出版社的《麦克白》，假装读了起来。里奥已经紧张到无法动弹了，只能偶尔杀气腾腾地往我这边瞥上一眼。我知道他在想什么。我竟然允许这贱人拿他的男子汉气概开刀。随便吧。

当我的手表显示还有两分钟就要下课的时候，我从萎靡不振的状态中醒了过来，召唤起戏剧缪斯来。我将额头重重地砸到了研讨课教室的金属课桌上，此刻这张桌子恰好是我们之间唯一的共通之处。当我将头再次抬起时，所有人都目瞪口呆地看着我，他们都被吓得不轻。就连索兰奇也不例外，那本《麦克白》就像是沾了血的刀子一样，被她扔到了地上。

"我了解你，蒂凡尼。"我说。

所有人都怨声载道。我把他们带回了最开始，带回了入门课上的一个角色练习中。这个练习叫作"我了解你，阿尔。你这种人（不）会——"这个练习会要求作者用富含启示又不失趣味的方式补全这个句子，旨在测试他是否了解自己创作的角色。我了解你，阿尔。你这种人现在还会为女士开门。我了解你，苏西。你这种女生忘不了谁骂过你。在高级研讨课上，"我了解你，阿尔"已经成了一种简单明了的表达方式，用以说明故事中的角色棱角不够分明。

"这个故事中的受害者算得上是角色吗？"

大家全都摇了摇头，只有里奥没有发表意见。

"关于凶手，除了他的遭遇之外，我们还知道些什么呢？"

"什么都不知道。"大家不情不愿地嘟囔着。还是这老生常谈、令人颜面扫地的反应。

"好了。"我说，"如果一个小时以前有人足够敏锐，能发现这个故事里根本没有角色可言的话，我们早就回家了。"

"在我看来蒂凡尼挺真实的。"里奥坚称道。看上去他恨不得把我们全宰了。"特别真实。"

"在你看来她唯一真实的地方"——索兰奇将《麦克白》装进了书包里——"就是她的阴部。成熟点吧。"

鉴于这并不适合做本堂课的结语，所以我说了句"下课"，而此时下课铃正好响了起来。

大家鱼贯而出，除了里奥。他想护送我走回办公室。他不敢相信我居然说他的故事里没有角色。他边走边大声朗读着一部分强奸情节，就是想让我意识到我错得多么离谱。到达办公室的时候，我的好心情已经回来了。

第十章

蕾切尔那里有好几条给我的留言。

工会代表赫伯特·勋伯格对我选择不给他回电这件事表示非常失望。在我看来，他选择用失望这个字眼就说明了他根本不真诚。泰迪的妻子茱妮·巴恩斯让我尽快打电话到她家，还让我别问为什么，照做就是了。神神秘秘，搞得我心里怪痒痒的。亦然想向我咨询一下房地产的事。神神秘秘，但一点都不让我心痒痒。格蕾茜还在要求我与她见一面。既不神秘也不让我心痒痒，但很可能会很危险。托尼·科尼利亚想让我知道他订了四点半的回力球场，还问我能不能守时一次。稍微有点放肆。蕾切尔说我的桌子上还有另一条留言，她的话果然不假。我的吸墨纸中央放着五颗桃核，一片湿乎乎的黑印向外蔓延着。端详这几个桃核时，我突然想到大家总是因为我脾气好就跟我没大没小的。不管怎么说，我都出任着一个学术大系的系主任，不论多么临时。大家对我的态度就好像我挂着一个"随便欺负"的牌子一样，这没道理。

蕾切尔呼了我一下，说她准备回家了。

"这么早吗？"我说，"你要把我一个人扔在这里吗？"

"已经三点一刻啦？"她的声音从内线中传来，语气里充满了无比真诚的愧疚，"我得去接乔里啦？"

"我开玩笑呢。"我对她说，"快去吧。"

"你真的喜欢那些故事吗？"

"我已经把它们寄给我的经纪人温迪了。"我对她说，"至少我觉得她还是我的经纪人。"

我等着看得知我未经她的允许做了什么之后，蕾切尔会有什么反应。去年秋天，她开始给出版社投稿；可面对退稿，她丈夫开始念叨那句"我说什么来着"，还抱怨起邮费来，于是她便放弃了。我告诉她可以用系里的信箱，这样她就不用自掏腰包了，可她的道德感实在太强。而且，她怀疑她那个没脑子的丈夫说得没错，她就是不够好。她甚至可能觉得她丈夫说我就是想骗她上床也没错。

有那么一分钟的工夫，蕾切尔一言未发；沉默中，我思忖着自己是不是就是想骗蕾切尔上床。我几乎能想象出那个场景，却又差点意思，大概是因为我依然注视着那几个正在将我的吸墨纸染湿的桃核。这几个桃子难道都是梅格·奎格利吃的吗？她想说明什么问题呢？难道她是想延展一下艾略特的比喻，表明自己与怯懦的普鲁弗洛克不同，敢吃掉半打桃子[1]？纯粹从性的角度而言，这意味着什么呢？还是说她不过是想让我明白，我就是那几个桃核？

在我的想象里，我似乎同时与这两位女性翻云覆雨着，但哪位都招架不住。我又翻了一遍那些留言，希望莉莉的留言被我漏掉了——这会儿她应该已经到费城了——但并没有。

---

1 在艾略特的著名诗篇《普鲁弗洛克的情歌》中，有一句是："我是否胆敢吃掉一颗桃子？"

"谢啦！"蕾切尔终于开口了，"什么时候的事？"

"上周。我复印了一份。"

又是一阵沉默。"答应我，如果她不喜欢那些故事的话，别告诉我好吗？"

"为什么？"我问道，"凭什么她说了算？"

又是片刻的沉默。"那谁说了算？"

"我啊。"我说，"我要跟你说多少遍才行？"

"我真的得走啦？"她说。

我也是。这一通胡思乱想不是没有后果的。我又想尿尿了。我上一次去厕所是在去上课的路上，也就是一个小时以前？这会儿我又得去了。

内线噼里啪啦地响了起来，蕾切尔的声音再度传来。"杜波伊教授想见你。"

"好的。"我径直冲着内线说，声音大到我确定格蕾茜也听得见，"搜完她的身就放她进来吧。"

格蕾茜走了进来。她打扮得既漂亮又富贵，身上的米色连衣裙看上去似乎是羊绒材质的。随着她一向诱人的玉体变得越发膨胀，她的体毛也变得越发粗大，好像她有意要让自己的整个身体比例维持不变一样。坦白来讲，她看上去十分神勇，颇令人赞叹，就像一个决意要在更年期到来以前再施展一次床上功夫的英勇女性。我明白为什么麦克·罗会变得消沉了。若真有哪个男人会在女人呈现给他的任务面前感到力不从心的话，那这个男人一定就是麦克了。同往常一样，格蕾茜人还未到，身上的香水味就先飘了过来，这时我想起昨天正是因为格蕾茜身上的香水味让我感到了窒息，所以我才对她开火的。

"我觉得咱们两个是不是没法像成熟的职场人一样把今天这个面见完？"她这话并非完全没有道理，谁叫我偷偷地戴上了普迪先生给我的假鼻子和假眼镜呢。我拆掉了上面的胡子，因为我觉得它并不能协助我达到我想要的效果。我想要的是隐约的夸张，而不是低俗的戏仿。粘在假鼻子上的黑色塑料眼镜与我自己的老花镜有几分相像，正如这个塑料大鼻子也就只比我自己那个破鼻子可笑一点点而已。

然而，格蕾茜的反应却很令人失望。我以为她至少得愣一下呢。如果我把格蕾茜对我造成的人身伤害照搬到她身上的话，那我现在肯定很不好受。我会觉得我对她造成的伤害一定比我想象得还要严重，不论这想法多么稍纵即逝。在道德想象力的残酷映照下，愧疚感会让这个搞笑的鼻子暂时变得真实起来。可格蕾茜要么没有道德想象力，要么就是明白自己在跟谁打交道。

"格蕾茜……"我开口说道。

"是杜波伊博士。"她纠正了我的说法，然后等着我开口。我没有博士学位，她想强调的是这一点，她也不想让我跟她太过随便。

我们两个都在等对方开口。

"好吧。"她继续说道，"那个，我只有几分钟的时间，但出城之前我还是想先见你一面。"

我的妻子，我们院长，我的母亲和查尔斯·普迪，现在再加上格蕾茜。五个人了。

"实际上我是来道歉的，德弗罗教授。我从没想——"

"叫我汉克就行。"我十分大度地纠正了她的说法。我要为格蕾茜说句好话，因为当我摘下假鼻子的时候，她的确皱了下眉头。

"我反思了一下全程，"她说，"然后得出了一个结论。我唯一能做的就是把私人恩怨和公事分开。"

虽然我不知道她这话是什么意思，但我还是对她说我觉得这个主意不错。

"我决定投诉你。"她继续说道。

"这是公事还是私怨？"我打断了她。

格蕾茜并没有理会我。"这样一来，我的高级教员地位就可以得到明确了。还可以明确一下我无意让位。"

这时格蕾茜停顿了一下，好让我消化一下这句话。

"我知道你觉得我这么做很卑鄙，但我必须保护自己的地盘。如果我们要再聘一位小说家进来的话，你也会这么做的。"

我在考虑告诉格蕾茜我们争论的这件事还有很大变数，因为经费根本没批下来，没有任何人的地盘会被侵占。可我已经答应了雅各布·罗斯这件事只有他知我知，更何况学术领域的大多数争论会变得毫无意义，所以我没有特别的理由非要把这件事供出去，毕竟这件事已经害我伤了一个鼻孔了。"格蕾茜——"我开口说道。

她抬起了手。"可能你比我安全一些。我承认你是个成功的作家。我就是觉得你们那样羞辱我挺残忍的。我已经在这家机构奉献了十五年，我是不会挪位的。"

若不是因为这句话太过悲哀，那它一定会很好笑。好笑的不只是格蕾茜感受到了自己的不称职，毕竟她这个感受还挺真实的。好笑的是作为我们这个平等至上、有工会撑腰的偏僻殖民地的终身正教授，就算挖土机来了也是挪不走格蕾茜的。就在我准备开口告诉她这些时，我突然想到她会认为我说这些话是在无情地暗示她长胖了。另一个让我闭上了嘴的原因是我觉得难以置信。格蕾茜的让步——她说我是个成功的作家——证明了在这个地方我们的盼头多么寥寥无几。我那本微不足道的书是在二十年前出版的，来年就已经被大家遗忘了，而这本书就是格蕾茜不安的根源。这本书首印了八千册，最后一千册是学校里的书店用清仓甩卖价买下的。在过去的十五年里，书店一直在以全价卖这本书。上次我去看时，店里还剩着好几百册呢。除了格蕾茜以外，谁还会眼红这种成就啊？

"话说回来，"她继续说道，"投诉只是我想跟你谈的几件事之一。说出来你可能不信，但我一直挺喜欢你的，汉克。你就像是一本很好看的小说里的角色。几乎可以用真实来形容，你懂吗？不像教授的样子。我知道我跟他们是一类人。我以前不是这样的，但现在我是了。"

格蕾茜对我说过很多古怪的话，而这无疑是它们当中最古怪、最感人的一句。这话当然也不失荒诞，因为她竟对我表达了赞许之情，就因为我这个人几乎可以用真实来形容。

"你有必要知道，"此时她压低了声音，"菲尼正在打探大家关于罢免系主任的口风。我觉得他可能打算趁下次系里开大会的时候提出这个动议。照目前的局势来看，恐怕我知道投票的时候我该怎么办。"

我突然意识到格蕾茜对她自己的认识是错误的。她不知道她有多真实。可关于她变成了什么样，她却说得很对。

"对方的需求咱们都清楚了吗？"格蕾茜想要知道。她的笑容里夹杂着一点淫荡的味道。

"比自己的需求还要清楚。"我对她说。为了强调我的观点，我又戴上了假鼻子和假眼镜。"顺便告诉你一下，"我说，"我也正打算投诉你呢。"

恐惧之情一闪而过，紧随其后的是惊讶。而后者之所以会出现，大概是因为我是系里唯一一个从未投诉过，甚至从未扬言要投诉同事的人。

"我有必要警告你，性骚扰这种指控是非常严重的。"我面无表情地对她说。

"性骚扰？"格蕾茜不该傻到问这种问题的。我看得出她觉得这事有诈，但她就是管不住自己。在英语系，大家都削尖了脑袋想要当捧眼的人。

"昨天你没觉得欲火中烧吗？"我假装很不可思议的样子，"我的意思是，我可烧得挺厉害的。"

她离开后，我火速卸下了伪装，然后像克拉克·肯特[1]一样快

---

1 超人的尘世姓名。

步来到了走廊尽头的男厕所，站在了那面不会饶过任何人的镜子面前，等待着放水时刻的到来。在我站到这里以后，三个学生相继走了进来。他们拉下拉链、尿完了尿、拉上拉链，然后没洗手就走了，而我还站在原地，思考着生命中那些被年轻人想当然的东西。而我呢，我有上了年纪的人的所有典型症状——失眠，嘎吱作响的关节，（身体上的和其他方面的）僵化。我认识的许多比我年长的人都承认他们会孤身一人在暗夜静坐。凌晨三点时，他们会像老太太一样坐在马桶椅上，等啊等，直到用手托着脑袋睡着了，之后又会被自己的小便声惊醒。我猜老威廉·亨利·德弗罗就是这些人之一，而虽然我还有几个月才到五十岁，但我显然也会加入他们的行列的。

同当下那些理论物理学家一样，同我那个已经逝去了六个世纪，想令信仰与智性求索握手言和的精神导师奥卡姆的威廉一样，我也在寻找一种大一统的理论。二十四个小时前，我曾站在同一面镜子前，忙着用棕色纸巾吸被扎穿的鼻孔流出来的血。今天，我又来了，手把着老二。昨天，我的鲜血流得比今天的尿液还要畅快。我想知道这到底是好笑还是可悲。

我有我自己的看法。

我和托尼·科尼利亚一周两次的回力球比赛是下面这个样子的。现年五十八岁，形如消火栓的托尼会站在球场中央发球。他最在行的就是这个。他矮小粗壮的身躯会产生相当大的能量，发球时，他的大力低空球可能会向球场的任一边界猛烈飞去。他的发球伎俩从不会变，这就意味着他的对手是无法做出预判并提前摆好姿势的。比赛过程中，他在其他环节使出的手段也都差不多卑劣。同样的动作他可传、可吊还可以直接扣死，这就意味着他可以让你看上去像个傻子，而没有比让你看上去像个傻子更让他起劲的事了。

托尼做不到的是跑动起来。过去五年，他的心脏一直断断续续地出现问题，因此医生只允许他做温和的运动。于是，我们这些比赛最让人摸不着头脑的一点出现了。托尼认为，不论他从球场中央往哪个方向迈步，只要不超过一步，他就可以继续打回力球，而这就意味着我要把球打回这个范围之内，不然他就会认为这个球是死球，宣布自己拿下一分。他允许我在他的正前方将球扣死，只要我能做到就行，但我却不能偏出任何角度。鉴于回力球本身就是关于角度的游戏，所以摆在我面前的条件对我非常不利，导致他不得不让我几分，通常一场比赛下来要让我六到八分。可即便如此，我还是很少能赢。当他领先太多时，他会转过身来虎视眈眈地看着我，浓密的眉毛拧作一团，叫我别手软。

"别手软。"说这话时他已经 14 比 7 领先了，"我今天可猛了。你得加把劲才行。"

托尼总会面无表情地说出最讽刺的话。要么就是他并不觉得自己说出的话讽刺。也许他真心觉得自己今天很猛。我怀疑，有时他会忘记是因为他有生理缺陷在先，所以他才能与我同场竞技。他喜欢打比赛，也喜欢打赌。如果我同意的话，他会在我们的比赛上下赌注的。我可以顺着他的意思来，只是我从不知道到底谁得了分，直到他告诉我为止。所以我们会打一些与回力球无关的其他的赌，虽然我也一向搞不明白这些赌注是什么意思。托尼有个姐妹住在坦帕，所以他会关注坦帕湾海盗队。每个赛季，他都会想出一些愚蠢的办法，好让自己能拿他们赌钱。去年，他让我随便选一支自己喜欢的球队，而他则会选坦帕湾海盗队。赌二十美元，看看赛季结束时哪支队伍的成绩更好。"没问题。"我说，"我选奥克兰突袭者队。"

"你不能选他们。"托尼解释说，"得选一个有可比性的球队。"

"与坦帕湾海盗队有可比性的球队吗？"说这话时我已经一头雾水了。

"随便哪支有可比性的球队都行。"

事实证明，我可以选任何一支没什么实力的球队。比如，我可以选纽约喷气机队、洛杉矶公羊队或西雅图海鹰队。"我还是没搞明白。我们在赌什么？"

"当然是赌哪支球队更好了。"托尼解释道。他似乎怀疑我是在故意装傻。

"万一这两支队伍没碰上呢？"

"看总比分。"他说，"对打不算。"

"为什么两支球队对打不算？"我提出了反对意见，想要把奥卡姆剃刀定律应用到这件事上来。"这样一场比赛不就定了胜负吗？"

可他就是不听。他越想越觉得自己要对规则多做一些调整。如果海盗队进入了季后赛而我的球队却没有，那我就得给他双倍的钱（反之亦然，他不情不愿地补充道）。

"如果我赢了，你能保证告诉我吗？"他解释完毕后我问道。

"很简单的。你留心一点就好了。"语毕他又解释了一遍赌注，且这次又对规则做了一两处调整。于是我选择了洛杉矶闪电队。这支球队在季后赛的第一轮中败下阵来，而坦帕湾海盗队则直接垫底出局了。钱他一分不少地给了我，虽然他愤愤不平，因为下个赛季我不愿意跟他玩双倍赌或债全消。我还是可以随便选一支自己喜欢的球队（只不过洛杉矶闪电队已经成了我不能选的球队），他还是会选海盗队。我接过他的钱，放进了口袋里。

"别手软。"这时托尼奉劝我道，"如果你不尽全力的话，那这比赛就没什么意义了。"

实际上，我一直被他打得满场跑。筋疲力尽、灰心丧气的我已经准备好投降了，而且我又得去尿尿了。

"赛点来了。"提醒过我之后，托尼便发了球。我狠狠地将球击了回去，它嗖地一下从前墙上弹开，形成了一个托尼不准我打的完美的超身球，弹到了托尼完全够不到的地方。

"结束。"他说，"我赢了。"

我举起双手以示投降。"谢天谢地。"我说。我已习惯了拼尽全力却还输得屁滚尿流。

"再来一局。"托尼建议道。

"不了。"我对他说。

"再来一局。"他说。

我们又来了一局。我打得甚至比刚才还好，这就意味着在我输掉比赛的时候，我们两个之间的分差更大了。他觉得我输掉这场终局之战是个耻辱。而我自己呢，我不确定该对此作何感想。

托尼一向知道该作何感想。洗澡的时候，他扯着嗓子唱起了《弄臣》。他从不在意澡堂里除了我们两个之外还有谁。随胜利而来的那种高歌一曲的冲动实在是太强了，他根本抑制不住，不论谁在盯着他看。今天，澡堂里只有我们两个，所以只有我像往常一样用难以置信的眼光盯着他。

"最近我脑子里全是女人。"托尼说这话时，我们正在用毛巾擦身体。他喜欢这种说话不加转折的效果。"实际全是跟她们乱搞的场景。"

我知道托尼用这种方式提起的话题我是无需回应的，所以我跟自己的锁较上了劲。这把锁非常不好开，通常要把密码正确地排列两三次才能打开。

"你发现没有，在乱搞这件事上，现在的我比十八岁那会在行多了。"

我说听他这样讲我很开心。

"真的。"说这话时他依旧面无表情，"现在我耐力更持久、欲望更强烈、招式也更多。我可以给女人很多东西。"

的确，托尼在这方面可谓臭名远扬。除了几位教员的妻子之外，他的战利品还包括了不少本科生，虽然他向我保证只有在最终成绩出来后，他才会与她们约会或者上床。尽管托尼有这种职业上的顾虑，但他这些不检点的行为还是导致他失去了升任正教授的最后一次机会，而对于这一惩罚，他接受得颇为坦然。

"人类的其他任何行为，"他边说边迈进了平角裤里，然后小心地调整着自己的位置，"都不如乱搞这般定义着我们。这是公认的事实。所有证据都表明大把的好日子还在前面等着我呢。"

试到第五次的时候，我的锁终于开了。

"乱搞更多是精神层面的，不是肉体层面的。"托尼继续说，"大多数女人明白这一点，可明白这件事的男人却并不多。这就是为什么我这样的男人供不应求。你笑了。"他补充道。

没错。我的确在笑，虽然我并不是在笑他这种全无恶意的自我吹嘘，而是在笑他并没有觉得自己是在吹嘘。提起这个话题后，他觉得自己没有理由不对它进行一番透彻的探索，好像他的兴趣纯粹是分析层面的、科研层面的。"在我认识的所有男性里，你是唯一一个号称自己懂女人心的。"我说。

"女人的心思没什么神秘的。"托尼对我说，"她们想拥有一切，和我们一样。值得寻味的是她们会和谁凑合。值得寻味的是她们往往会和我凑合。"他停顿了一下，好让我思考一下这个谜团。"我不知道她们会不会和你凑合。"他补充道。

"这个吗——"我开口说道。

"高潮的刺激感已经不在了。"托尼坦言，好像他已经预料到了我会提出这个反对意见，"我的第一次是十三岁那年发生的，在布鲁克林。我们那栋楼里住着一个女人，某天下午她邀请我上了楼。她还没来得及把胸罩摘掉，我就站在她家客厅中央高潮了，爽到无法形容。"

"我不确定这算不算乱搞。"

"我哥也是这么说的。"托尼说，"我把这件事告诉他以后，他纠正了我的错误。我甚至还回去找了那个女人，向她道歉来着。"

"她接受了吗？"

"接受了什么？"托尼说，"如果你指代不明的话，那我们就只好聊点别的了。乱搞需要精准。"

"更不用说需要耐心。"我补充道。

"更不用说需要技巧、持久度和感情。"托尼继续说道，"更别提其他你这种小年轻理解不了的事了。但我回答一下你那个问题吧，她确实接受了，全盘接受，相当大度。"

穿好衣服后，我们在壁挂式吹风机下吹干了所剩无几的头发。托尼的头发黑中带灰，而我的则是浅棕色，如婴儿的毛发般细软。看着我们两个的样子，你永远都猜不出刚刚我们在谈论什么。

"其实，"托尼边说边将发梳塞进了后口袋中，"我不反对今天晚饭以后稍微乱搞一下。只是我手头拖着好多事情。咱们两个的好哥们雅各布还让我主持一下英语系的内部评审。"

托尼看着镜子里的我，一根眉毛挑得高高的。我使尽了浑身解数要让他败兴而归，就像看到我的假鼻子后没有任何反应的格蕾茜令我备感失望一样。

"他问我觉得自己能不能客观公正地对待这件事，毕竟咱们两个是朋友。"

"你是怎么说的？"

"我说当然能了。我说我不觉得你是我的朋友。我说我从没拿你当过朋友。"

我忍不住咧嘴笑了起来。我能想象出托尼对雅各布·罗斯说这句话时的语气，而雅各布·罗斯也不会傻到信他的话。

"你该拒绝的。"我对他说，"这是个费力不讨好的差事。"

"我本来是想拒绝的，"托尼说，"可我听说高层发话了，要搞翻你们。"

"为什么会有人想搞翻我们？"语毕我觉得自己蠢爆了，竟然不知不觉用上了托尼的比喻，"我会觉得我们内部已经互相搞得人仰马翻了。"

我们拿起健身包，朝室外走去，外面的灯还没有亮起来。白天变得越来越长了。大多数学生已经到宿舍或食堂休息去了，可在池塘的另一边，贵宾访客的停车场里却停着一辆面包车，上面印着雷尔顿本地电视台的台标。技术职业学院大楼的奠基仪式，我想起来了。

"都是因为那些投诉和诉讼。"托尼说，"英语系有十五个尚未处理的投诉——都是针对你、院长还有校园执行官的。这比其他所有教员的投诉加起来都多。我听说既然你们系的人合不来，那他们就要搞翻你们这群人。"

"我说不好。"我对托尼说，"这些投诉是这么多年来某些人依然活着的唯一证明。难道我们要让这些人回到沉睡状态中去吗？"

托尼耸了耸肩。"考虑一下市场的问题吧。我们这些老不死的都可以用小年轻替代，而且他们的薪水只有咱们的一半。年轻学者现在正在经历牛市。"

"但我们是有终身教职的。"我叫他别忘了，"不然你以为我们哪来的勇气，敢先睡过去然后再带着起床气醒过来？"

"入学率在下降。"他这话说得很隐晦，如果我不是在跟托尼说话的话，那么我会怀疑他知道一些自己并未透露出来的东西。也许他在牙医的办公室里意外发现了一本过期的《高等教育编年史》。可话说回来，关于本地的办学政策，托尼的观察还是相当敏锐的，虽然他并不会掺和到那些阴谋诡计之中。我头一次严肃地意识到，也许某些事情的确正在酝酿之中。就在今天，雅各布·罗斯刚刚对我说完学校允诺给我们的新系主任不会到位，紧接着就告诉我他自己也在面试新的工作。这很可能预示着翻天覆地的变化。两年前，迪基·波普被聘为校园执行官时曾引起了一轮恐慌。他的强项是经费与筹款，而非学术研究，所以谣言很快就传开了，说学校请他来是为了让他主抓经费削减与执行的，虽然到目前为止他不过是把退休人员释放出来的教职又纳进了自己的那部分经费里。在我那些任教于其他机构的同事看来，这种做法似乎很常见。思考这些事情的时候，我隐约感觉到了一丝刺激，也意识到我的心脏比刚才跟托尼打回力球时跳得还快。而且，打完比赛以后我忘了尿尿。我感觉我能喷出一条抛物线，径直滋进四十五米开外的池塘里。

当我们到达池边时，鸭子和大鹅都聚集在了岸上，大声叫嚷着。电视台的几个伙计正在朝它们扔爆米花。一部印着台标的摄像机已经架在了三脚架上。

一位年轻的女士正在对着话筒讲话，我认出她是十一点新闻的主持人。我和托尼驻足看了起来，边上还有几个傍晚时分刚刚下课的学生。"我现在所在的位置是鸟不拉屎州立大学的校园，而我脚下所踩的这片土地就是学校斥资数百万美元打造的技术职业学院大楼即将落成的地方……"这位年轻的女士把这句没有下文的话又重复了四遍。她将麦克风从一只手换到另一只手，检查着鞋底有没有粘上鸭屎。很明显，她说了什么并不重要。她的调音师正看着箭头在仪表盘上跳来跳去。"好了吗？"她的语气很不耐烦，她厌倦了这句自己已经烂熟于心的开场白。

"不知道晚些时候她愿不愿意稍微乱搞一下。"托尼揣测道。

换作其他任何人我都会说："要么你去问问她？"可实际上我却被另一个非常戏剧化的场景分了神。今天早些时候被我戏称为菲尼的那只大鹅生气了。爆米花没了，他觉得这都怪刚刚一直在喂他吃爆米花的那个人。他先是朝那个人扔在地上的空袋子嘶嘶叫了起来，然后又对刚才一直拿着这个袋子的那只手发出了嘶嘶声。

"噪声太大了，我测不出音量。"调音师抱怨道。

有人在那群鸭子附近踩了下脚，几只惊慌失措的野鸭一瘸一拐、跌跌撞撞地逃走了。可菲尼却坚守着自己的阵地，而且嘶吼得更厉害了。

"有谁想去把那只鸭子赶走吗？"年轻的女记者并没有在刻意对谁说这句话。

"是鹅。"托尼对她说，"那些小个头的、黑色的才是鸭子。"

"我真讨厌来这。"记者对摄像师说。之后她又转向了那个一直在喂鸭子的男孩："杰瑞，你再去买一包爆米花，然后把这些聒噪的浑蛋引到湖那边随便哪个地方去。"

"是池塘。"托尼对她说，"大的是湖。小的叫池塘。"

这位年轻的女士将麦克风举到了嘴边，然后对着它讲起了话。"我们正在鸟不拉屎大学的校园里采访一位什么都他妈知道的专家。请问怎么称呼您，先生？"

她将麦克风举到了我们这边，镜头也猛地转了过来。我发现拍摄指示灯亮着。准备将恶作剧进行到底的托尼躲到了我的身后，而当我转过身去想看看他在哪时，（大鹅）菲尼出现了。他扯着像蛇一样的细长脖颈，啄着我的小拇指，好像是在说他记得很清楚，我就是早上那个人。当我将手插进外衣兜里以防它再次发起进攻时，菲尼也跟了上来，想把喙伸进我的手刚刚没入的那个兜里。他可能以为我在那里囤了粮，觉得我很小气。实际上，除了我的手之外，这个兜里只有我从普迪先生家拿的假鼻子和假眼镜。菲尼对它们产生了浓厚的兴趣，于是便猛地将它们拽了出来。一场拔河比赛接踵而至，我拼尽全力才把它们夺了回来。失去了自己根本用不上的战利品令菲尼勃然大怒，他开始大喊大叫，发出嘶嘶的声响，还拍打起巨大的翅膀来，颇有卷土重来的气势。"这比咱们原本要拍的东西精彩多了。"我听到摄像师如是说。

可疯狂的事情还在后面。突然间，我也咽不下这口恶气了，更何况不久之前，托尼暗示学校管理层也许对我们系图谋不轨时我所感受到的那种刺激感此刻丝毫未减。这三个要素——我的怒气，我的无名快感，突然高涨的正义感——顺利又危险地聚合在了一起，我还没来得及思考自己的行为是否明智就一把抓过了大喊大叫的菲尼那又长又优美的脖颈，将他高高抬起。他比我想象的重得多，好像他的身体里灌满了沙子一样。摄像机的拍摄指示灯依然亮着，于是我转身面向镜头。我听到自己用平静得出奇的声音讲起了话。我已经悄悄戴上了假鼻子和假眼镜。首先，我亮明了自己的身份，表明我是这所大学里一位不愿意透露姓名的系主任。之后，我解释说即便现在已是春末，可我还是没有拿到明年的经费，无法聘请我需要的外部教员来教授秋季学期的大一新生写作课。尽管学校往这个新的施工项目里投了数百万美元，但它却好像无法对我们需要开的那十几个综合课程班进行投入，即便每班只需要寥寥三千美元。所有这一切我都表达得非常简洁，因为我知道电视节目的时间有限。讲到我们这个教育体系的价值观时，我滔滔不绝又不失讽刺。我只隐约地感觉到在我发表演讲的时候人群越聚越多，还有人为我鼓掌喝彩。我也从眼角看到一辆豪华轿车驶入了停车场内。

"接下来我会这样做。"我大喊着，因为我只有靠喊才能让自己的声音盖过被锁喉的菲尼发出的鸣叫和人群的欢呼，"从周一开始，我每天宰一只鸭子，直到我拿到经费为止。这个要求没有任何商量的余地。我要求周一一早你们就把未做标记的钞票放到我的办公桌上，不然周一晚上这个家伙就会被淋满橘黄色的酱汁，肚子里还会被塞满玉米面包。"

我快速摇晃了一下目瞪口呆的菲尼，以示强调。如此一来他叫得更难听了，而且又开始为逃跑做起了无谓的挣扎。

几个人从豪华轿车里走了出来，我在这些人里认出了校园执行官迪基·波普，以及依旧挂着拐杖的州议员杰克·普罗克特，他是来就这个新施工项目为自己邀功的。这些人的想象力并不丰富，但大家很难因为他们没有为眼前的突发状况做好准备而责怪他们，毕竟放眼望去，一个穿着粗花呢外套、享受着终身教职的中年资深教授兼系主任正戴着假鼻子和假眼镜，挥舞着一只被吓坏了的大活鹅。

第十一章

　　十一点的新闻马上就要开始了，这时我在雷尔顿市中心一家名叫"酒轨"的酒吧里。这是当地的新闻媒体——电视台和《雷尔顿镜报》——最爱光顾的酒馆。这地方吵得出奇。除了几台同时播放的电视机和震天响的音乐之外，五六个火车模型还会绕着酒吧不停地转，在离地大约两米半的特制轨道架上哐当哐当地呼啸驶过。

　　一行人追着我来到了这里。我们把五六张桌子拼在了一起，这样大家就可以挤在一起了，而且所有人都喝得很猛。酒是论扎来的，每次上两扎，一扎啤酒，一扎玛格丽特。我搞不清这些酒是谁点的，好像也没有人结账。我在喝玛格丽特，托尼也是，他是被我拉进这场狂欢里的。我自己则是被那个女记者拉进这场狂欢里的，她说我让她这一天、这一周、这一年都没白活。本来她以为自己会在《奇人你先知》这档节目里无聊死。这档节目专拍千奇百怪的乡下人，而且这些人都有一些古怪的癖好，比如用肥皂做小型雕塑。"六指国游记"，她如此形容这档节目。

　　她叫美茜·布莱洛克，她刚一提这个名字我就有印象了。我差不多已经在电视上看了她一整年。她主持的环节往往是十一点新闻的最后一个环节，甚至会排在天气预报和体育新闻之后；这个环节对我和莉莉而言是个信号，万一我们两个之中还有人醒着，那么这个人要负责关上卧室的电视和顶灯，然后睡去。此刻，在酒轨昏暗的灯光下，我重新打量起美茜·布莱洛克来。她要我和托尼发誓会等她回来，然后便去电视台交了一趟录像带，之后又在某个地方换了身衣服。她的想法是大家一起在酒吧的大电视前看今天的新闻。"但愿你有终身教职。"她说。

走进酒吧后的四个小时里，我除了喝醉之外还干成了很多事。我打了五六个电话，还去了五六趟泛着酸腐味的男厕所。过去四个小时被我狂灌进肚里的烈酒说服了我，让我相信我同时爱着三个女人，而我给这三个女人都打了电话。我先是打电话给了莉莉，我告诉自己她才是我唯一的真爱。她说过她会住在她父亲家里，所以我把电话打到了那里，一次是从家里打的，另一次用酒轨这里的付费电话打的。安吉洛装好答录机后，我还没有跟他联系过。我想问问他这是何必，毕竟总有人会接电话的。他从不出家门，据我们所知他也没有朋友或同事。他在警局里认识的那些伙伴要么已经过世了，要么就搬到了佛罗里达州生活。一个没有朋友也从不出家门的人要答录机有什么用呢？不过，答录机的提示语却完全是安吉洛的风格。"这里是安吉洛家。我没说我在家。我也没说我不在。你有话要对我说吗？快说。"从家里打电话过去时我给莉莉留了个口信，让她平安到达后告诉我一下。可挂下电话后我就出了门，所以我不知道她有没有打电话给我。我确定我是有办法从酒轨这里调取我家那台答录机上的留言的，只是这需要我输入一个密码，可建完那个密码后我扭脸就把它忘得一干二净了。

"接电话，安吉洛，如果你在家的话。"这是我给他打的第二通电话，这一次我对他说，"我是汉克·德弗罗。"不过，我的声音听上去怪怪的，我突然意识到也许安吉洛不会相信我说的话。烈酒让我的声音变得低沉了一些，也增加了它的沙哑感。在安吉洛听来，现在我的声音可能更像他希望自己的独生女当初委身的那种人。我一向很喜欢安吉洛，虽然他对我并没什么好感。我不会对此耿耿于怀。我努力让自己记住，他对任何不武装度日的人都没什么好感。而若这个人用安吉洛听不懂的字眼武装了自己，那么他对这个人会更没有好感的。

没人在家我应该开心才对。我在镜头前扬言拿不到经费就每天宰一只鸭子，这令这群随行人员将我奉为了英雄，但我知道若我妻子在场的话，那么她是不会对我有任何崇拜之情的。这便引出了一个问题，那就是为什么我会如此迫不及待地想把这件事告诉她，为什么想到她不在我身边、无法在地方台新闻中看到我时，我会如此失望。另一个我希望此时能陪在我身边的人是雅各布·罗斯，他在得知我干了什么好事之后也不会有好气的。我记得他不仅让我全权负责（的确，这就是个笑话），还明令告诉我他不在的这段时间什么都别做（另一个笑话）。我突然意识到，做了坏事之后我最想告诉的两个人居然碰巧同时出了城，这时我脑海里也浮现出了一个令我备感困扰，却又莫名令我十分兴奋的想法。我觉得也许这不是巧合。这种可能性刚一出现在我面前，它们又小又细的根须刚刚伸入我弃置已久的想象力所提供的肥沃土壤中，我的脑海里就浮现出了一幅强有力的画面。画面中，他们两个人——我的朋友和我的妻子——一同出现在了费城某家酒店的房间中。这画面比昨天我对莉莉和泰迪的臆想更为清晰，也更为可信，也许是因为雅各布和莉莉一直是非常要好的朋友。在雅各布与格蕾茜搞暧昧搞得一团糟时，在他与简离婚时，在他因格蕾茜突然决定嫁给麦克·罗而心灰意冷时，莉莉一直在给他建议与疏导。过去十年，雅各布是我认识的人里面最孤独的一个（麦克·罗可能是个例外），而这样的孤独感是出了名地会让人的良心不再那么不安。是因为我想让自己的故事线串联在一起，所以我才会被这个场景的可能性怂恿吗？可一个巴掌拍不响，这场景中另一个伸手击掌的人是我的妻子，一个我很了解的女人。

　　下一个电话我打给了梅格·奎格利，电话铃刚响一声她就接了起来。"给你爸打个电话，让他看看本地新闻。"说完我告诉了她该看哪个台，"其实你自己也可以看看。"

　　"你在哪？"

　　"某个不入流的小酒馆。"我对她说。

　　"听上去像是酒轨。"她说，"全是火车模型的声音。"

　　"你这种天主教乖乖女怎么会知道这样的地方呢？"虽然我嘴上这样问，但我清楚地记得去年接她时我去的那家不入流小酒馆，那天下午她还想让我脱了她的衣服，把她抱上床。

　　她没有理会我的问题。"你怎么不自己给他打电话？"

　　"他一到晚上这个时候态度就特别差。他骂我。"

　　"你听上去像喝醉了。"

　　"顺便告诉你，"我对她说，"你毁了我的吸墨纸。"

　　"很好。"她说。

"我受宠若惊，梅格，真的。"我对她说，"只是……"

但她已经挂掉了电话。

最后，我把电话打给了蕾切尔。我决定这次长话短说。我用的那部电话机紧挨着男厕所，厕所的门时开时关，就像欲望一样，会把过于浓郁可又不太宜人的小便池除臭剂的味道全都扇起来。电话那头传来的是一个小男孩的声音。一头雾水的我使劲回想着蕾切尔的孩子叫什么名字。

"你不是应该已经睡觉了吗？"我说。毕竟现在已经十点半了。乔里。他的名字突然出现在了我的脑海里。

"你他妈是谁？"

我差不多已经下定了决心，要跟这孩子的母亲提一下他满嘴脏字的事，可这时我突然意识到我一定是在跟孩子的父亲说话。他搬回家住了吗？他和蕾切尔和好了吗？这种可能性令我感受到了一种既深沉又浮夸的失落，与失去梅格·奎格利的感觉差不多。"卡尔？"我说，"卡尔，我是汉克·德弗罗。很抱歉打扰你们。是系里的事。"我补充道，好像我犯了什么罪一样。

一阵沉默。之后，远处的某扇门开了，这扇门在一两个房间开外的地方。那个孩童般的声音随即传来，声音虽小了一些，但还是足够清楚，能让人听明白。"嘿。电话。你的应援团打来的。"

又是一阵沉默。这次的沉默更久一点。之后蕾切尔的声音出现在了电话那头，语气里充满了疑惑。"喂？"

"蕾切尔，"我对那蠢货的妻子说，"这么晚打电话来真是太不好意思了，帮我跟卡尔道个歉。"

"没事，没关系的？我刚才在泡澡呢？"

这场景生动地浮现在了我的脑海里，可男厕所的门一开，一股蹿鼻子的除臭剂味就将它驱散了。"听着，"我说，"明天休息一天吧。"

"明天吗？"

"休息。"我说，"对。"

"为什么？"

"我有预感，明天会很糟糕。"

"我休息不起呢？"

"我会保证你拿到明天的工资的。"我向她保证，"看一下十一点的新闻。"我告诉了她要看哪个台。

"好吧？"她的声音里充满了实实在在的恐惧。实际上，我觉得我认识的人里没有谁像蕾切尔一样，无时无刻不在担惊受怕。

"替我跟卡尔道个歉，抱歉这么晚还打电话来。"

"好？"

这时我突然变得不能自已。"你跟他和好了吗？我知道这不关我的事，但……"

"没？"

"很好。这样吧，替我跟他说声去死吧。替我跟他说一下我一点都不喜欢他。"

在没有女人可爱了之后，我走进了男厕所。我站在长长的小便池前，手里握着软塌塌的老二，滴尿时感觉到了一阵火辣辣的刺痛。在这里，我有了一些空余时间，能够思考一下命运本质上的不公了。通奸是我父亲最惹眼的罪行，而我只不过是动了一下通奸的心思就染上了我父亲的重疾。在成年后的大部分时间里，我一直觉得他需要定期与肾结石作斗争这件事是一种因果报应。对于一个不能让老二乖乖待在裤子里，不能让种子乖乖待在老二里的人来说，还有比这更恰如其分的报应吗？可此时我却意识到，若将这套逻辑与我自己所面临的困境并置在一起的话，那么这套逻辑便会引我走向一个我并不想前往的方向。难道我要在"贼心起则罪名立"这个古怪的《新约》教条面前顶礼膜拜不成？难道仅仅因为我动了效仿我父亲的念头，我就与他是一丘之貉了吗？这无疑是一种令人厌恶的变态理念，会让这个世界复杂到完全没有必要。正是为了对抗如此疯狂的想法，奥卡姆的威廉才无奈地成了异教分子。不。大道至简、伸张正义都要求思想与行为不可被如此草率地一笔带过。

不过，想法并非无足轻重。我想起当蕾切尔对我道晚安时，她的尾音并没有落下。当然，这可能仅仅意味着她不知道当着自己那个白痴丈夫的面该如何称呼我。抑或，也许她不知道这么晚了，我们两个又不在办公室里，她该如何称呼我。抑或她只是不知道该如何称呼我，仅此而已，而这也意味着她不知道该如何定义我们的关系。谁怪得了她呢？"汉克。"我对她，对蕾切尔说。她再一次出现在了我的面前，出现在了小便池上方的镜子中。她刚洗完澡，身上除了一条浴巾之外什么也没有，这条浴巾刚要滑落，一个声音就闯了进来。

"不对，你才是汉克。"和我一样站到了小便池前的那个人说，

"我是戴夫，那个调音师，想起来了吗？"

他的尿液在小便池上大力绽开，嫉妒之情令我膝盖一软。

"你干什么呢？"他问，"排石吗？"

或许我拯救了美茜，让她不至于被《奇人你先知》无聊死，可现在，她的全部注意力却都转移到了托尼·科尼利亚身上。发现酒吧里有生蚝卖后，他点了好几打。上桌时，生蚝下面全都垫着碎冰，还搭配了海鲜汁及柠檬角。美茜拿起一只生蚝，用小食叉将它叉起，然后蘸了蘸红色的海鲜汁，可托尼却不同意她这样吃。他非常坚决，好像个人信条中的某些条款遭到了冒犯一样。他想给美茜展示一下生蚝是怎么吃的，而她看上去也是一副很想学的样子。他用大拇指和食指捏起一个带壳的生蚝，小心翼翼地挤了两滴柠檬汁进去。他没有用叉子，而是将牡蛎高高举起，好像它是一块圣餐饼一样，然后任凭牡蛎肉从贝壳中滑落，掉到他早已就位的舌头上。

"喔。"美茜低声说道。

"大海的味道。"托尼咀嚼了两口生蚝，将它咽了下去，然后说道。

"来吧！"美茜一边呼喊一边伸手去拿生蚝。

托尼可容不得她这么做。"别着急。"托尼煞有介事地对她说，好像一些我们无法预料的危险后果可能会潜藏在某处。他要为她代劳。她看着托尼淋好了酱汁，之后闭上了眼睛，伸出了因满怀期待而微微颤抖的舌头。托尼不紧不慢地让生蚝肉滑了上去。生蚝终于掉落舌尖后，美茜哆嗦了一下；她将双臂在丰满的胸前交叉，给了自己一个拥抱。我又感觉到了尿意。

"大海的味道。"她吞下生蚝时托尼说，像是在赐福一样。

"喔。"美茜重复着刚才的话，"好吃！"

我将一勺左右的海鲜汁淋在了生蚝上，把它吃了下去。

"别理那个人。"托尼严肃地警告她，"他时不时地会有一点风趣，可他内心深处粗鄙得很。他就是个傻子。"

美茜快速打量了我一番，想看看这话会不会是真的。我又吃了一只生蚝，还是用刚才的方法吃的，免得她犯糊涂。在我看来，她的妆太厚了，虽然这可能与她需要在镜头前工作有关。要么就是她的皮肤不好。

托尼又给她预备好了一个生蚝并喂进了她的嘴里，这样她就又得给自己一个拥抱了。"我喜欢你这个朋友。"她说着大家都听得见的悄悄话，向我袒露着心声。托尼对我邪魅一笑，一侧的眉毛高高挑起，似乎是在说没办法，他总会给胸部丰满的年轻职业女性留下这样的印象。"他让我想起了我父亲。"她说。

"你父亲还活着吗？"

她坦言自己的父亲几年前就去世了。

"那我知道他们哪里像了。"

有人大喊了一声，此时我看到自己出现在了大屏幕上。我掐着菲尼纤细的脖子，将他高高抬起。这场景一闪而过，我又消失不见了，这时我意识到这只是一段宣传片。先要播一条广告，然后故事才会开始。

"把声音调大！"美茜咆哮道。

这花了一分钟的时间，不过等广告播完的时候，我们能听到声音了。不知怎的，我站在那里的样子怪怪的，可这并不是因为我掐着一只大鹅的脖子。镜头推进后我才想起来，做这段采访的时候我戴着假鼻子和假眼镜。我本以为它们会让我的五官夸张得更明显一些，可至少从电视上看情况并非如此。塑料黑框眼镜并不会让人一眼就看出它是个玩具，肉色的塑料鼻子看上去也只是比较大而已。在大屏幕上看特写镜头时，你能看出这鼻子是假的，但我好奇多少在家里看常规大小的电视机的人会认为我就长这个样子。

让我惊讶的是，电视台的剪辑人员几乎没怎么对我脱口而出的演讲动刀，而此刻，坐在酒轨酒吧里的我却强烈地希望他能把这一段全部剪掉。我第一次起了疑心，觉得一个五十岁左右的英语系教授将一只惊吓过度、恐惧不已的大鹅锁喉的场面也许一点都不好笑。我听到自己重复着那句恐吓，扬言拿不到经费我就每天宰一只鸭子，此时镜头推到了菲尼面前，它外凸的眼球和不断呼扇的翅膀让在家看电视的人都明白，这疯子是动真格的。可酒轨里的人群却在欢呼雀跃、鼓掌叫好，美茜还让我站起身来对大家鞠躬致意。她翻出了我的备用鼻子和眼镜，让我把它们戴上，这样大家就都能看出我就是电视上那个人了。

当校园执行官迪基·波普和本地议员杰克·普罗克特出现在画面中时，他们两个看上去都不太开心，但不论他们说了什么，他们的声音都被淹没在了此起彼伏的嘘声之中。他们只出现了十秒左右，然后导播就将画面切回了新闻演播室。演播室里的团队笑得前仰后合，之后他们又插播了一条广告，此时酒吧里也再次响起了欢呼。我似乎成了英雄。

为表庆祝，我又去了一趟男厕所。

等我回来后，生蚝已经不见了。托尼·科尼利亚黑中夹灰的头发飞舞着，他和美茜正在一首硬核摇滚的伴奏下跳着舞，这首歌的副歌部分是这样唱的："给我给我一点甜甜。"他们似乎在冲彼此高喊着这句歌词，虽然除了震耳欲聋的音乐声外，他们什么也听不见。我不禁注意到，托尼在舞池中的活动范围比在回力球场上大。实际上，看他现在的样子，你永远猜不到只有别人让着他，他才能与别人同场竞技。你会以为他应该让我几分才对。

我发现泰迪和茱妮也坐到了我们桌边，加入了狂欢的阵营。这让我觉得莫名其妙，直至我想起自己给他们打了电话，让他们看新闻来着。我不记得对他们说过我这通电话是从哪打的，但我肯定说了，因为他们人就在这。他们当我是哥们一样迎接了我，拍打着我的后背。"我一直知道你有这个能耐。"说这话时，泰迪的表情里糅杂着恐惧与钦佩。同大多数学者一样，他也会对不专业的幼稚行为感到痴迷。他已经很久没做出格的事了，这次出格的是我而不是他，他可谓又嫉妒又开心。茱妮看我的眼神似乎也不一样了，好像一段时间以来，她一直觉得我配不上我的名声，并不是一个让人几乎无法容忍的疯癫无常的人，至少按当代学界的观点来看我就是这样一个人。"你太棒了。"她承认道，"那只鸭子脸上的表情笑死人了。"

不过，当托尼·科尼利亚带着一个年轻的美女从舞池中来到我们面前时，不论我在茱妮眼里展现出了什么新样貌，这样貌都烟消云散了。托尼和茱妮积怨已久，茱妮甚至懒得掩饰自己的厌恶之情。今年秋天，由她担任顾问的校园杂志发表了一篇语气强硬的未署名社论，控诉几位教授是性掠夺者。文章点出了这些教授所在的院系，但并没有点出他们的名字。文章声称，生物系的某位教授会将他的学生当作"潜在性伙伴备选"，且他这样做已经不是一天两天了。

"大鹅脸上。"托尼乐呵呵地纠正着她。不论公开还是私下，他都从未对那篇杂志文章做出过回应；此时此刻，他的语气也在暗示他本可以对那篇文章中的每一个声明进行纠正的，而且同样不费吹灰之力。他夸张地献起殷勤来，为美茜·布莱洛克拉出了椅子，好像是在说他人性中最糟糕的弱点就是魅力多得无处释放。美茜的上嘴唇因体力消耗而冒出了汗珠，手臂之下也出现了一圈圈暗淡的汗渍。

"那是一只大鹅。"托尼继续说道，"除了英语系教授之外，还有谁会一边扬言要每天宰一只鸭子，一边举起一只大鹅当例子啊？"

"什么鸭子、大鹅的，"美茜说，"都一样。"

托尼高举双手表示无奈。

"本来就是。"美茜坚称道。

"怎么大家都不关心事实了呢？"托尼非常好奇，"实事求是的精神去哪了？这曾经可是被当作美德对待的啊。跟公平竞争一样。"

美茜显然断定这些话托尼是说给她听的，这情有可原，毕竟他说话时一直在对她挤眉弄眼。"我不知道怎么对待一只大鹅才算公平。"她坦言。

"别说它是鸭子就行了。"托尼就像是在对小孩子解释这件事一样。

泰迪一定觉得换个话题聊聊会是个好点子，因为他说："真可惜莉莉不在。"

我们全都看向了他。

"怎么了？"他不停地问，主要是在问我，因为我窃笑了起来。

"我不理解。"美茜·布莱洛克说。

"泰迪暗恋汉克的妻子莉莉。"托尼·科尼利亚开心地解释道，"他希望莉莉在场。"

短短一句话的工夫，泰迪身体里的血液便全部涌上了他的脸颊。

"泰迪的妻子不是她吗？"说着美茜用大拇指往茱妮的方向指了指。

托尼耸了耸肩，承认她说得没错。"但不知为什么，他更喜欢汉克家那位。"

美茜将身子往前倾了倾，仔细地观察起了茱妮，可因为没有莉莉做对比，所以她也解决不了这个难题。她将我们这些坐在桌边的人挨个观察了一遍。"我是漏掉了什么吗？"她想知道。

"书。"茱妮说。

美茜没有理会这句话，而是转过身去，继续面对着托尼。"我的意思是，你竟然当着她的面说了这样的话，真的……有点……奇怪。"说这话时，她又把大拇指当成了代词指示物。

"事情不是这样的。"泰迪想要为自己辩解，"他开玩笑呢。他就喜欢惹麻烦。"

美茜思考着这句话的可能性。她的眼睛先是眯成了一条缝，然后又因为想起了什么而瞪得大大的。"没错！"她说，"在湖边的时候，一切都是你挑起来的！"

当托尼望向我这边时，我警告他说："你要是敢说池塘的话，我就用这个扎啤杯敲你的脑袋。"

看到盛玛格丽特的扎啤杯后，托尼想起自己的杯子已经空了。他给自己倒了满满一杯，又给美茜倒了满满一杯，然后把我们其他人根本没怎么动的酒杯也都斟满了。刚要轮到茱妮时，玛格丽特就没了，虽然托尼似乎并没有注意到这一点。

我扬言要敲托尼·科尼利亚的脑袋这件事勾起了泰迪的回忆，他慷慨激昂地说："昨天下午你真应该跟我和汉克在一起。"完全没有意识到茱妮正在偷换他的酒杯。之后，他用典型的泰迪式口吻重新讲述了一遍我们是如何被保罗·洛克的科迈罗逼停的，以及我们是如何差点在路肩上拳脚相加的。我看得出在事情发生后的二十四小时里，泰迪逐渐对这个浮夸的描述信以为真了。我也看得出他希望我能佐证一下他的说辞。

"当时你也在场吗？"我天真地问，就是想看看他的表情。拜托，我们两个已经认识二十年了，他不该傻到把我卷进他编的那些故事里的。"哦，对。"我说，"我想起来了。"

"我真是谢谢你了。"说这话时泰迪备受打击，他的心在滴血。而且，他发现自己的玛格丽特也没了。我们得再点一扎，可如果他提出这个需要的话，那他就得自掏腰包，但这钱他宁可不花。只有当茱妮对他皮笑肉不笑、喝光了他杯子里的最后一滴酒时，我才感到了悔意。

"咱们能再来点刚才那个生蚝吗？"美茜想要知道。

"啊！"托尼说，"大海的味道。"好像他希望通过这几个字传达的意思与它们的字面意思是大相径庭的。

当美茜·布莱洛克起身往女厕所走时，托尼盯着她又圆又丰满的臀部看了起来。"我不是那种随随便便的人，"他提醒我们，"但我还是可以被搞到手的。"

"得了吧。"茱妮没好气地说，"你就是那种随随便便的人。"

"没错。"托尼懊恼地叹了口气，然后叫住了一个服务员，点了一些生蚝和一扎玛格丽特。

第十二章

我们不该耗到这么晚的，我也不该让自己醉成这副德行的。我本可以发挥自由意志，举起双手对欢呼雀跃的人群大喊一声"别喝了"，但那一刻早就过去了。我隐约记得在某个时间点上，我的确说了一句"别喝了"，却发现这只会让欢呼雀跃的人群开始起哄架秧子而已。于是我断定，人民的意志要求我继续留在这场庆典之中。

那是刚才的事了。现在，我们正在前往托尼家，"我们"指的是托尼、美茜·布莱洛克和小威廉·亨利·德弗罗。我们三个人都挤在托尼那辆日产司坦桑的前排。托尼和美茜绝不允许我默不作声地躺到后排去。不行，我必须给他们这两个阿托斯和阿拉米斯当波托斯[1]。我们必须发扬人人为我的精神，全都挤在前排，而这辆司坦桑则兢兢业业地沿着阴暗、荒凉的街道向上爬着坡，朝托尼家驶去。他的房子紧挨着雷尔顿群山高处的森林，而过了他的房子之后，山的坡度就会变得过于陡峭，无法清理出来建房子用。美茜抚摸着我的大腿根，但我并不觉得这意味着什么，因为她抚摸托尼大腿根的样子更加意味深长，而且还轻咬着他的耳垂，对他轻声细语着什么。我怀疑美茜的身体两侧是串着的，她的左手

1　这三个都是小说《三个火枪手》中的角色。

在做什么，右手就会跟着做什么。显然，她不能只用左手摩挲托尼的大腿根，而不用右手对我的大腿根做同样的事情。这辆日产的前排是为两个人，而非三个人设计的，这便让人很难在男女之事上保持低调。

"绿了。"当拖住我们的信号灯变了颜色时，我说道。

"嫉妒。"美茜悄声说。她一直在和托尼玩一个单词联想类的游戏，美茜一定以为我也想一起玩。

"灯绿了。"我解释道。

"《了不起的盖茨比》。"托尼自信地回答道，"这太简单了。"

我不知道要如何打破这个怪圈，只得指了指我们头顶的信号灯。当托尼抬起头时，信号灯恰好变黄了。

"月亮。"说这话时美茜看到了月亮，"绿月亮。绿奶酪做的月亮。"

我摇了摇头。

"听着像月亮吗？"美茜想要知道。

信号灯变红了。托尼为司坦桑挂上了挡，我们闯着红灯过去了。

"我放弃了。"美茜说。

"我也是。"我对她说。

"你不能放弃。"她反对道，"是你给的提示。"

"到了。"说着托尼驶入了他家的车道。

"天呐。"美茜说，"我得尿个尿。"

我们全都下了车。美茜沿着石板路一路小跑上了台阶，然后不耐烦地跺着脚，等着托尼找出正确的钥匙。托尼家只有一个洗手间，鉴于我肯定是等不及的，所以我绕过了拐角，在他的绣球花上滴滴答答了起来。

完事后，我追随他们进了房子，并在厨房旁边某个靠近后墙的房间里找到了托尼。我猜他之所以会在这里，是因为如此一来他就不用在这异常安静的空房子里听美茜发出的哗啦啦的声响了。某面墙前面有一台昂贵的电脑、一个显示器和一台激光打印机，这些东西都被摆在了名牌电脑桌上。这一整套设备都是托尼从一个滞销品目录中选出来的，他激动地说这给他省的钱多到让他觉得不可思议。问题在于人们无法劝服不同的部件，让它们彼此协作，学校里所有所谓的电脑专家也都没能让他的系统成功启动。关于问题出在了哪里，以及要怎样才能修好这个烂摊子，大家众说纷纭。我看到托尼已经把他那台老式史密斯-科罗纳电子打字机推到了角落里，用这种悲哀的方式放弃了抵抗，这时我不禁好奇我的女婿拉塞尔是否能帮上忙。

"就像是进了一个已经过世的孩子的房间一样。"他的语气是那么严肃，我差点就感动了。

"你被搞翻了。"我附和道。

我们听到远处传来了冲水的声音，托尼扬起了一只眉毛。"你有没有希望自己是光棍一条，而且英俊帅气？"他想要知道。

黑暗中，他咧嘴冲我笑着，我也忍不住对他笑了笑。

"我的系统已经启动，准备好联机了。"他自豪地说，"我猜你已经很久没启动过了。"

鉴于托尼的电脑近在咫尺，于是我便按了下开关键。电脑立马飞速运转了起来，嗡嗡响着，一副急不可耐的样子。出现在显示器上的东西太令人称奇了。键盘上的每个符号都显示了出来，把屏幕塞得满满当当，一整篇前言不搭后语的文章在不停地向上滚动。每一行消失在顶端的句子都会被另一行出现在底部的句子取代，所有句子连起来狗屁不通。我很庆幸奥卡姆的威廉没有活着看到这个场景。

"你管这叫联机？"我说。

他叹了口气。"老话说，无数只猴子坐在无数台打字机前总会写出最伟大的美国小说，可现在这情况让人对此深表怀疑，是不是？"

我们盯着这台机器看了一阵，直到托尼把它关掉为止。寂静中，我们听到远处的某个地方传来了美茜惊喜的尖叫声。原来，她发现了托尼后院露台上的热水浴缸。我们站在厨房的窗前看着美茜脱掉了衣服，对于一个醉鬼来说她的效率真是出奇得高。脱得精光后，她发现了站在窗前的我们——两个中年男人——于是便将手搭在了丰满的臀上，歪着头，好像在说，"怎样？"

托尼对她挥了挥手。"看仔细了，"他用胳膊肘顶了顶我，"你得活到老学到老。"

第十三章

当我提出要回家时，我又被劝住了，留下来多喝了一杯啤酒。我是在很多层面上被同时劝住的。从最基本的层面来讲，我之所以能被劝住，是因为热水浴缸里有个年轻貌美、一丝不挂的女人，虽然她的美貌遭到了些许破坏，因为大量热气从浴缸的表面蒸腾而起，掀开并割裂了她出镜前化的妆。此刻，她的脸就像是拍低成本恐怖片时用的面具，营造着肉从骨头上剥离的效果。我之所以听了劝留在了热水浴缸中，也是因为自我们几个人爬进浴缸后，天就开始下雨了。实际是开始下雨夹雪了。我蹲坐了下来，泡在水中的我感觉到了解脱，水温似乎减轻了我的尿道承受的一部分压力。

我答应只陪他们再喝一杯啤酒，但我似乎并没有在这杯啤酒上取得太多进展。我花了太长时间才意识到这是因为下雨的速度与我喝酒的速度是差不多的，所以我喝掉多少，杯子就会斟上多少。

自我们爬进浴缸后，电话铃响了两次，托尼也两次将我和美茜独自留在了哗哗作响的热水中。这个热水浴缸的噪声很大，此外刺骨的雨水也不停地敲打着露台，令人很不想聊天。但托尼并没有望而却步，而是用各种各样的故事和他哄学生用的那些驴唇不对马嘴的晦涩小知识与我们逗着乐子。可当电话铃第三次响起时，他又将沉默留在了身后，而我和美茜想都没想着去尝试打破。直到电话铃第三次响起，我才心生好奇，想知道谁会在凌晨两点半打电话给托尼。透过厨房的窗户，我能看到他的头和宽宽的肩膀。他背对着我们，好像怀疑我或美茜能读懂唇语似的。如果他担心的是美茜，那完全没有必要，因为我发现她已经安稳地打上了鼾。她的头向后仰着，枕在了瓷砖上；她双唇微启，胸脯随着呼吸的节奏时起时落。实际上，雨正顺着她的脑门哗哗往下流呢。

屋里，托尼挂了电话，盯着它看了一小会儿，然后将听筒从壁挂式底座架上摘了下来。我等着看他要拨哪个号码，可他却打开了橱柜，把听筒放了进去。"遇上什么困难了吗？"他回来后我问道，毕竟在这种情况下，不闻不问比问上一句更加反常。

他大手一挥，没有理会我关于他遇上了困难的想法，虽然他心里显然装着事。不过，美茜·布莱洛克正一丝不挂地躺在他的热水浴缸里睡得香甜，这场景足以让托尼重整旗鼓了。"人间美景啊。"他边说边打量着美茜，她的胸脯此刻正浮在水面上。

实际上，我突然意识到眼前有两道风景。另一道是托尼，因为他并没有比在更衣室里洗完澡那会更有自知之明。面对要终生与自己相伴的大肚子和又黑又松弛的生殖器，他似乎无所顾忌，也不会感到懊恼。

"别动。"说着他像顽童一样蹦蹦跳跳地回到房子中。回来时，他手里拿了一台宝丽来相机。听到快门的声音后，美茜职业病似的醒了过来。托尼对着她拍了几下，然后用毛巾盖住这些快照以防它们被淋湿，等着它们显现出影像。于是我们一起挤在了浴缸里，等着美茜从漆黑一片的照片中现身。她对结果似乎还挺满意的。

"就说我这胸棒不棒吧。"说着她将一张宝丽来相片递给了我，"这种奶子放在雷尔顿的市场里简直太浪费了。"

雨小了些后，我对托尼和美茜说我玩得很尽兴，但……

"往事已然……"托尼唱了起来。

"成追忆。[1]"美茜唱完了后半句，这让我很吃惊，因为她竟然知道那么古早的歌词。也许她比看上去要老。说实话，我根本不关心她到底有多老，把她交给托尼我也毫无悔意。我找到了我的衣服，将美茜递给我的那张宝丽来相片当作这个场合的纪念品放进了口袋里，然后在暖洋洋的厨房中更衣完毕，感觉自己的良心都快要溢出来了。

来到屋外后，我才想起我的车还停在市中心。两天里，这已经是我第二次不情不愿地被别人拉到某个地方了。停车的地方要往山下走大概十个街区。当我走到约一半的时候，我意识到我身体里的确有什么东西快要溢出来了，但绝对不是良心。我左手边有一片树林，于是我快步钻进了树林的阴影中，想要尿个尿。我滴水的速度与头顶上的树枝滴水的速度差不多，这不紧不慢的过程也让我有了思考的机会。由于我不用与美茜在托尼的热水浴缸里蹭来蹭去了，所以我不禁琢磨起了她那句慨叹，说她那样的美胸放在雷尔顿这种小小的媒体市场里实在是太浪费了。她刚说完这句话的时候我觉得很好笑，可仔细想过之后我又觉得很悲伤。

---

1 来自科尔·波特为舞台剧《禧年》创作的歌曲。这首歌最后两句的歌词大意为：我人生得意已尽欢，但往事已然成追忆。

她一语道破了雅各布·罗斯、格蕾茜、洛克、泰迪、茉妮，或许还有我自己的处境。我们这些人都曾像闯世界的玩具小拖船[1]一样，坚信自己是干大事的料。二十年前，如果有人对我们说我们会在雷尔顿的宾夕法尼亚中西部大学里度过自己的学术生涯，那我们会笑掉大牙的。

不过，现在我们笑不出来了。一想到我们要一起变老就会让人觉得很不舒服，虽然我们对此束手无策。如果我们周围有新的面孔出现，那我们也许还能想办法让自己开心一些，即便是在这里。可每一天，我们只能盯着彼此那张脸看，这让我们想起了自己，想起了所有我们用强有力的借口劝说自己放弃的机会。菲尼原本是可以完成学位论文的，但他并没有。十多年前，茉妮因一篇发表位置十分有利的优秀论文而收到了某所体面大学的工作邀约，可那时泰迪刚刚拿到终身教职，不论他们怎么苦口婆心，那所学校都不肯将他一起打包录用。后来，泰迪有了转岗到管理层的机会，这对他和他的学生来说都是天大的好事，可茉妮却劝他放弃了，可能是为了报复他吧。就连格蕾茜写的诗都曾显得前途一片光明。

面对琐碎的人事委员会工作、院系政治、每日课程计划和日渐激进无知的学生，我们之中没有任何人曾想放任它们荒废我们这么多年的大好时光。如今，即将迈入中年的我们选择了迁怒于彼此，而不是生自己的闷气，也许这是明智的选择。如果我们真

---

1 来自著名儿童故事 *Scuffy the Tugboat*。在这个故事中，主人公是一个玩具小拖船，它有着远大的理想，不想一辈子被困在浴缸中。

是干大事的料，那这些大事我们早就干成了，但我们宁可不去面对这种明摆在我们眼前的可能性。托尼是我认识的人里面为数不多对生活感到心满意足的，而此时，他正在收割这种理智行为给他带去的好处。毫无疑问，他肯定正在爱抚美茜·布莱洛克认为放在雷尔顿纯属浪费的那对美胸。他会因美茜允许他做了这件事而更加坚定地认为自己能带给女人很多东西，而当美茜闭上双眼、发出咕哝声时，他也不会傻到浪费时间去琢磨让美茜的乳头硬挺起来的到底是他那浸着龙舌兰酒的爱意，还是她对高端市场的幻想。

但这些只是一个在黑暗、滴水的树丛中滴着水的男人的胡思乱想。乱想结束后，我自信满满地猛拉了一下前裆的拉链，为这些思绪画上了句点。当我从阴影中走出来时，我迎面撞上了一个年轻姑娘，她正吃力地沿着陡峭、湿滑的人行道向山上走去。她看上去二十五六岁的样子，也许还要更年轻。她圆圆的脸庞非常漂亮，几乎像是在为藏在厚重冬季棉服下的庞大身躯道歉。可让人不解的是，她光着脚，脚上只有一双夹脚凉拖。她的表情是那样诚恳、那样没有防备，令我想起了一条明知会被踹上一脚，但却仍然忍不住要过来舔舔你、向你乞讨的狗。

"我认识你。"这姑娘说道，虽然她并不算是在看我，或说至少没有在看我的眼睛，"你叫什么来着？"

她不认识我，我敢肯定，而且我也不认识她。我唯一确定的是，我是不会告诉她我叫什么的。凌晨三点，我从一片小树林里走了出来，可这姑娘还不如一只淋湿了的小猫怕我。说来也怪，这反而让我害怕起她来。

"你叫什么名字来着？"她又问了一遍。她念"名"这个字的方式和"民"一样。之后，她又将这个问题重复了两遍，第一遍的话音还未落，第二遍就又开始了。

这时，她朝我走了过来，好像她想伸出手来摸摸我的脸一样，于是我本能地往后退了一步。"你没事吧？"我问她，但我并不清楚我这问题是什么意思。

我觉得是我的声音，而非我的问题，令她停下了脚步。"你不是他。"她呼喊着，语气里充满了平静的惊奇，"你根本就不是他。""根本"，读为"耕本"。

"没错。"我附和道，"我不是。"

"你根本就不是他。"她重复着这句话，然后转身而去。

"你没事吧？"我又傻傻地问了一遍，但她已经继续往山上走了。当她的夹脚凉拖在一片光滑的混凝土路面上打起了滑时，她说道："唔。好……滑……呀。"

第十四章

　　我的父亲老威廉·亨利·德弗罗即将回归家庭的怀抱，而我的母亲不知为何竟会觉得我对这件事毫无准备。我父亲一直是个理智得可怕的人，而同大多数理智的人一样，他喜欢白天胜过黑夜。除非他变了，否则他还是会早早起床，通常在六点三十以前就已经下了床、洗完了澡、穿好了衣服。小时候，我经常会看到他坐在书房的老虎椅沙发上，一边读书一边优哉游哉地抿茶喝。不论我起得多早，不论昨晚他和我母亲在外面待到多晚，他都会出现在那里。用我母亲的话来讲，他体内有一个准得可怕的计时器，让他可以在闹铃响起来之前的几秒钟内自动醒来并将其关闭。

　　总之，我的理论是这样的。所有男性都饱受疑虑的折磨，就连我父亲这种看似无忧无虑的人也一样。我觉得相较于白天，我们更容易在夜晚受到疑虑与恐惧（甚至可能还有愧疚）的影响。我以为那时候我父亲根本不在意这些情绪。当然，在我还小的时候，我不可能知道在我父母租的这栋与学校只隔几个街区的宽敞老房子中，这个胡子刮得干干净净、喷着香水坐在摆满书籍的书房内的男人，也可能会受到疑虑、恐惧或愧疚的支配。孩童的生活中满是这些情绪，我甚至可能断定成年就意味着战胜了它们。某些早晨，我会发现他正香喷喷地坐在老虎椅沙发上，全神贯注地盯着书页看，而很可能寥寥几小时前，他刚刚与某个女研究生发生了不正当的风流韵事。很明显，他和许多年轻女性都发生了关系，最后才相中了自己教授的 D. H. 劳伦斯研讨课上的某个女生，因为他觉得这个女生比我母亲好。我确定，那时我觉得他早早就起床是个美德，甚至可能觉得我母亲赖床不起、双目紧闭以抗拒新一天的做法是个性格缺陷，若你将她的情绪考虑进去的话，那么情况似乎尤为如此，因为十点左右当她终于出现在楼下的时候，她注视我和我父亲的眼神已经快要赶上恐吓了。

周六和周日早晨，我会习惯性地趴在父亲脚边，认真读起百科全书来。我明白我不能冒着被父亲怒目而视的风险打断他的读书进度，所以等到我母亲出现的时候，我往往已经快要饿死了。"什么时候吃早饭？"永远都是我问身披浴袍的母亲的第一个问题，而她本就咄咄逼人的表情则永远都会阴沉下来，露出凶相。我怀疑，正是周末的这些清晨最先令我母亲断定我和我父亲是一丘之貉，至今她依然对此坚信不疑。我用"什么时候吃早饭"代为问好这个举动肯定搞得她精神失常了，因为她知道我已经安安静静地在我父亲身边待了两三个小时，连一杯水都没敢要。谁能怪罪她不像我父亲那样，对新一天的到来心怀深深的感激之情呢？

莉莉也习惯早起。在我们的女儿还小，在身处青春期的她们心里装满了对自己的疑惑时，我常常会无意间听到莉莉对她们说，万事在清晨看上去都会不一样，而这当然是金玉良言。到了早晨，万事不仅会看上去不一样，而且还会看着更好。当然，这并不是说它们真的变好了。不过，若万事在阳光下都会显得更加可控的话，那么我们像我父亲那样早点迎接新一天的到来便也不失为明智之举。现在我怀疑，很少有哪些发生在月光下的不检点行为是他无法在清晨六点时赶出脑海的，毕竟他有文学批评巨作的助力，甜美可人的亲生儿子也趴在自己的脚边，一点一滴地吸收着《大英百科全书》中的知识。

我既不是早起型的人，也不跟我父亲是一丘之貉，这一点我非常坚持。调皮捣蛋了一晚之后，我是说不出闹钟会在何时响起的。即便闹钟响起之后，我也经常无法立刻认出它的声音。茶水和文学批评都无法将愧疚的记忆从小威廉·亨利·德弗罗的脑海中抹去，因为一整晚，他都在以各种各样的方式鲜活地梦着这些场景。只有当我关闭了闹钟可铃声还在持续响起时，我才意识到我听到的是电话铃的声音。可等我接起电话时，对方已经挂断了。

我突然想到，莉莉一直在打电话进来。昨晚她可能就想联系我，但后来时间太晚了，所以现在她又开始了。这会儿又没联系上我的她甚至可能已经认定了昨晚我压根就没回家，认定了她的预言已然成真。我要么进了医院，要么进了监狱。

我真希望她现在能打回来，因为我想跟她分享一下我做的最后一个梦。在梦里，新的技术职业学院大楼变成了我家这栋房子的又一个复制品，就像朱莉家一样，只是这个大楼的规模如同巨人国的房子一般。它与英语系所在的现代语言学大楼一样大，却是我家这栋房子——我和莉莉的房子——剧烈膨发后的样子。房间数一样，楼层规划也一样，只是为巨人而建的。在这栋房子里，我就像是摆在玩具屋里的小人一样。若要上楼，我就不得不踩在椅子上，撑住双手将自己送上台阶，然后用绳子将身后的椅子拉上来，之后再重复这个过程。我之所以要像爬山一样上楼去，是因为莉莉一直在上面叫我。她想向我解释一下为什么她觉得我如此不开心。更奇怪的是，我竟然迫不及待地想听听她的解释，因为在梦里，我的确很不开心。实际上，我正一边可怜巴巴地哭，一边跳着扒住台阶，然后用下巴顶着台阶往上爬。当然，你真的应该看看那些台阶。任何人看到它们都得哭出来。但此刻，当我坐在床上，安然无恙地待在我这栋人类大小的房子里，看着问心无愧的新日焕发的清澈日光源源不断地从窗户涌入时，我真希望自己没有对莉莉坦承我的不开心，即便是在梦里。

奥卡姆可怜兮兮地在卧室门口哼唧，好像他也被梦境搅得心绪不宁一样，于是我便让他进了屋。如果我妻子在家的话，那么我是绝对不会这样做的。他看了下我在床的哪边，然后绕到了我这一边，将下巴垫在床上，意味深长地叹了一口气，似乎是在暗示一个我已经知道的事实，那便是今天不会是个好日子。为了晚点再去想象今天的种种细节，我用遥控器打开了电视，播到了一个正在放早间新闻脱口秀的频道，一边优哉游哉地挠着奥卡姆的耳朵，一边期待着莉莉再次打电话过来。也许是因为我开了静音，所以当我看到自己正使劲挥舞着目瞪口呆的菲尼时，我并没有立刻明白这是什么意思。打开声音反而让我更加困惑了。挠耳朵时通常不会分神的奥卡姆听到主人的声音后变得活泛了起来，他看了看电视，然后又看了看我。见我没有给出解释，他便跑到了电视机前，对着它闻来闻去。这个短片结束时（这次我被剪辑得更狠了），让人惊掉下巴的一幕出现了，至少对我而言是这样，因为我意识到电视台切出镜头后，出现在画面中的并不是本地新闻。不，在电视上笑得几乎快要厥过去的是《早安美国》的常驻团队，之后他们便进入了天气预报环节。

当我从浴室走出来时，电话铃又响了起来。我已经不再迫切地希望把它接起来了，但我还是接了。

"我是茱妮。"泰迪的妻子对我说。

"嗨，茱妮。"

"你怎么能跟那种人来往呢？"她想要知道。

"哪种人？"话虽如此，但我知道她指的是托尼·科尼利亚。

"他就是个不知廉耻的酒腻子。"她滔滔不绝地说着，还在为昨晚的事生气，"吃生蚝那件事简直让人恶心。我敢打赌那个大胸记者现在肯定已经后悔了。"

"这我就不知道了，茱妮。我甚至不知道你为什么要打电话给我。"

"蕾切尔让我打的。"她坦言，"其实我现在就在你的办公室里。前台的电话全是忙线。蕾切尔肯定对你有意思，她可替你挨了不少枪子啊。"

"谁干的？"我大声问道，可与此同时我也暂时收起了疑惑，思忖起一种令人愉快的可能性来，那就是我有点喜欢的这个女人，可能也有点喜欢我。

"人可多了。她甚至因为拒绝把你的家庭电话透露给校园执行官而被他臭骂了一顿。"

"告诉她尽管给。反正我马上也要出门了。"

"她让我提醒你别忘了下午要跟迪基开会。换作是我的话，我会做好心理准备的，你到那以后肯定不会有好果子吃的。"

"告诉蕾切尔我得去一趟高中，但完事之后我就会去办公室。这样吧，让她回去吧，就说是我说的。"

"真的吗？"

"当然。"我说，我不希望蕾切尔因为我而挨骂，"让她回家吧。告诉她我会给她涨薪的。"

"我会告诉她的，但九个人里有五个都觉得你撑不过今天。"

"那你们就都可以涨薪了。"

在楼下，我留意到了某个昨晚没能引起我注意的东西，那就是答录机的信息提示灯一直在闪。我怀疑可能是因为昨晚我上了电视的缘故，所以答录机里有二十五条留言，创下了新纪录。这可不太妙。但好消息是，其中有二十条都直接挂断了。比利·奎格利也留了言，他显然心急到在嘟声响起之前就开始说话了，结果就是，他的留言只剩下了几个含糊不清的字眼，"无德坏鸟"。我妻子的声音是我唯一想听到的，它出现得很靠后，排在了所有留言的第十七位，虽然我不知道这说明她是几点打来的，也不知道她打电话来时，我是正在酒轨酒吧的小便池前驻足，还是正在公用电话上与梅格·奎格利打情骂俏，还是正在吃生蚝，还是正同一个裸女一起泡在托尼家的热水浴缸里。

莉莉平淡的声音从磁带中传来，说明她已经猜到了我捣的所有鬼。她的留言很短，留下了她下榻的那家酒店的名字和电话，这也解释了为什么昨晚我往她父亲家打电话找她时，她并不在那里。我努力回忆着为什么我会觉得她住在了她父亲家。她对我说过这件事吗？还是我自己推断出来的？我很确定是前者，但我的脑子还泡在龙舌兰酒里，一启用记忆功能就会发疼。"别忘了你要去慰问我班上的学生。"道晚安之前莉莉提醒着我，好像她莫名其妙地预判到了今早我会是什么状态。

我拨通了她留下的号码，可当总机的接线员将我转接到她的房间时，她却并没有接起电话。她要么已经离开了，要么就是在洗澡。我看了看表，想要访问一下掌管分析功能的那部分大脑，但它似乎也不在线。酒店接线员的声音再次出现时，我有了一个莫名让我感觉备受鼓舞的想法。也许，我在妻子语气中觉察到的平淡与懊恼并非因我的品行不端而起，而是因她的品行不端而起。我让接线员帮我转到雅各布·罗斯的房间，这或多或少透露了人脑是如何对各项功能进行排序的。我无法访问记忆与分析分区，但不论哪个分区掌管着嫉妒与疑心（直觉？），它都不请自来，主动提供着服务。过了很长一段时间后，接线员告诉我没有叫雅各布·罗斯的人办理了入住，但她话里有话。"有一个叫杰克·罗森的。"她主动告诉了我这则信息。

"我就是这个意思。杰克·罗森。"我解释说。片刻过后，杰克·罗森房间里的电话响了起来，我还没算出雅各布用这个化名的概率有多大，电话就被接了起来。一个男人的声音传了过来。他的声音和雅各布·罗斯的有点像。或说有点犹太味，反正这没什么好惊讶的，毕竟他的名字就那样，不管他到底是不是雅各布·罗斯。"雅各布，"我说，"谢天谢地我终于找到你了。"

片刻过去了。"您是哪位？"

"汉克。"管他是谁呢，我继续说道，"你以为呢？让莉莉接电话。"

"哪个莉莉？"

好吧，所以我断定这个人并不是雅各布·罗斯。我挂掉了电话，觉得既失望又困惑。我觉得我是不会乐意找到妻子对我不忠的证据的，但若我完成了令人胆寒的直觉之跃，然后发现自己是对的，那么这件事是会让人激动万分的。与做出了同样一跃却判断失误的人——也就是我——相比，这会给跳跃成功的人加很多分。

我的驾车功能还在，于是我开车进了城，来到了我最喜欢的小餐馆，准备吃个早餐，看看早报。我上十一点新闻的事显然发生得太晚了，还没来得及登上早报，但我却注意到第七页的下半折有一篇非常简短的单栏文章，是关于两周前卧轨自杀的威廉·谢利的。他的妻子和几个孩子都没有在他身上察觉到明显的灰心丧气或绝望无助的征兆，虽然他们承认事发不久前他的确变得更孤僻了。除此之外，他看上去还是挺乐观的，为退休生活做了不少规划。

最能解龙舌兰酒毒的东西是薄煎饼，所以我吃了一整盘淋满了糖浆的薄煎饼，然后来到了男厕所。进了厕所后，我找到了一个能上锁的隔间，将薄煎饼、昨晚的生蚝和龙舌兰酒一同排进了马桶里。同它们一起排掉的还有我坚定不移的信念，那就是当威廉·谢利的断头在火车的推动下沿铁轨向贝勒蒙德的方向滚去时，没有任何人知道那里面在想什么，就连他的至亲也不知道。

户外，天空呈现出了一片亮蓝色。深吸了一口气之后，我隐约感受到了我父亲的乐观情绪。宾州的这个凉爽春日无疑焕发着美感，我也无疑感觉自己舒畅了很多、很多。

我到达高中的时候，下课铃刚好响起。我躲进了门道里，以免被一群群年轻气盛的哥特人、西哥特人和汪达尔人踩死。他们疯狂奔跑，你推我搡，砰砰地往储物柜上撞，还用最稀松平常的语气恶语相向着，可这些辱骂似乎并没有被谁放在心上。我上学那会儿，这样的污言秽语是会导致互殴的，还会导致你去校长办公室走一趟。

我在楼道的另一头看到了莉莉的同事哈罗德·布朗洛。哈罗德似乎刚刚阻止了一起抢劫，将一个块头很大的黑人男孩按在了一块公告牌上，而他只不过动用了一根弯曲的食指而已，没有动用其他杀伤力更大的东西。"把午饭钱还给那个男孩，吉多。"哈罗德严肃地警告着那个大块头男孩。吉多低下了头，将几张纸币递给了一个瘦小的白人小孩。

"我不是故意要拿他的午饭钱的，布朗洛老师。"吉多说，"我是不小心的。"

"我明白，吉多。"哈罗德说这话的工夫，那个白人小孩蹦蹦跳跳地走了。"但我不希望你再不小心了，明白了吗？"

"好的，布朗洛老师。"语毕吉多迈着沉重的步子离开了，而且他看上去很莫名无辜，好像他觉得真有不小心敲诈别人这么一说似的。

看到我以后，哈罗德咧嘴一笑，朝我走了过来。

"吉多？"我边说边盯着那个块头很大的黑人男孩，直到他消失在了双开门之后。

"难以置信吧。"说着哈罗德伸出了手，"我觉得我可以代表这座监狱里的所有教员对你说，我们太为你自豪了。谁说电视上没有好节目的？"

"就是太暴力了。"我承认道。

"我觉得挺高雅的，但这只是我个人的看法。"哈罗德说，"莉莉跟你联系了吗？"

"昨晚她打电话过来了，但我没在家。"

"让她别冲动行事。"哈罗德建议道，"线人告诉我学校的理事会有了一些动静。大家真的很希望她留下来。"

"我会告诉她的。"

"当然，如果她想另起炉灶的话，我也能理解。"哈罗德愁容满面地承认道，"时间不等人啊。在她这个年纪的时候，我不知怎的脑子里突然有了个念头，觉得自己要死了。整个夏天，我每天都会去打高尔夫，坚信每一局都可能是我的最后一局。没少花钱。"

"而你现在还在。"

他点了点头。"倒是纠正了我的侧旋球。改天你应该跟我和玛乔丽一起出去打打球。"巧的是，他的妻子正是雅各布·罗斯的秘书。

"也许今年夏天可以安排一下。"

"高尔夫啊,头脑的游戏。"哈罗德自言自语道,"有一千零一种可能。"

"我想打只有一种可能的比赛。"我对他说,"至多两种。"

"介意我问你一个有点私人的问题吗?"

"尽管问吧,哈罗德。"话虽如此,但我真心希望他别问。不过,对哈罗德而言,没有比高尔夫更私人的话题了。在与我分享了他对这个话题最私密的看法之后,他可能觉得我欠了他点什么。

"你领子上的东西是呕吐物吗?"他想知道。

他为我指了指那东西在哪,可它在我的下巴下面,我看不到。

"路过男厕所的时候进去看看。"他提议道,"小玛不在的时候我过得也不怎么样。"他补充道,无疑是想让我好受一些。对我们这个年纪的已婚男性而言,妻子不在身边的时候吐到自己身上没什么好奇怪的,这就是他的逻辑。

进了男厕所以后,我用纸巾蘸着水龙头里的水,处理起被弄脏的衣领来。我也在思考要对莉莉的那些"顽石"说些什么。她说会去慰问低收入人家庭孩子的,差不多只有改过自新的吸毒人员和安全性爱推广大使。人们会告诉这样的孩子他们要避免什么,而不是要向往什么。她也提醒我做好心理准备,因为我会被问到一些直白、质朴的问题。实话实说,这是她给我的建议,虽然她可能没有预料到有人会问我领子上的污渍是什么。

当我走进教室时,她的顽石们正在紧张兮兮地窃窃私语。我看到莉莉找出了几本《在路丧》,这几本书正在班里传来传去,但却并没有激起太多兴趣。教室前排，一个看上去很不好惹的姑娘倒是疑心重重地眯起眼睛看了看我，之后她将书翻了过去，仔细看了看作者的照片，然后又看了看我。你这是怎么了？她想问这个问题，我看得出来。

"嘿。"一个瘦瘦的黑人男孩说，"你是电视上那哥们。"

听到这话后，他们又对我有了兴趣，仔细打量起我来。"是那个鸭男。"有人说。

"我们要是这么干的话，你知道会是什么下场吗？"有人想要知道。

于是他们开始了。我知道为什么莉莉喜欢这些孩子了。短短两秒钟的工夫，他们就聊开了。所有人都在谈论我。我就是他们正在努力破译的罗塞塔石碑，而且目前他们尚且不需要任何帮助。不过，过了一阵之后，他们想起了礼数这回事。莉莉可能在最后关头提醒过他们，让他们别忘了我是客人，别忘了他们要守规矩，别忘了他们不可以伤害我。

"我说，"坐在后排的吉多，那个不小心敲诈了别人的男孩说，"这本书给你挣了多少钱？"

当我路过亦然的办公室朝我自己的办公室走去时，他敞着门，邀请我进去。他的办公室是英语系所在楼层条件最差的一间，俯瞰着停车场，所以他无疑已经看到我来了。他穿着牛仔裤、运动鞋和T恤，搭了一件从二手商店里淘来的运动外套，类似学术界的垃圾摇滚风。这身装扮与雅各布·罗斯和小威廉·亨利·德弗罗曾经刻意打扮成的样子并没有太大区别，那时我们两个也正年轻，是校园里的激进分子。但我发现我们之间的相似性止步于此，这始终让我觉得非常欣慰。我这位年轻同事的办公室里没有几本书，但他却装了台小型电视机，里面还有内置的录像带播放机。他的书架上全是录影带，每一盘都录满了十年前的情景喜剧。这些带子他会从早播到晚，即便为学生答疑时也是。出于环保方面的考量，他会将自己对这些情景喜剧的研究发表在电子期刊上，这样别人就不能指责他的文章是在浪费纸了。目前，如果我没记错的话，他正在研究《细路仔》这部情景喜剧中的某一集。我调整了一下他示意我坐的那把椅子的方向，好让自己背对着屏幕。

"这部剧的影响可深远了。"亦然对我说。他似乎真的很激动。

"影响深远的情景喜剧吗？"我说，"评价够高的。"

如果他知道我是在挪揄他的话，那么他并没有上钩。

"保守派美国白人的伟大种族幻想。黑人小伙没有威胁而且和平友爱。白人老头对黑人群体关怀备至。棒极了。"

听他讲话时，我突然想到亦然上高中的时候很可能就是那个午饭钱会被敲诈勒索的孩子，而敲诈他的人从人口统计学的角度来讲会是吉多的某位亲属。进了大学以后，他终于安全了。甚至没有人可以嘲笑他的马尾辫。

"明年我想开一门特殊的专题课，也许会拿《细路仔》里的某几集跟《哈克贝利·费恩历险记》做对比。你知道的，就是那个伟大的美国种族歧视小说？展现一下白人的态度如何没有发生任何改变，还有那个根深蒂固的幻想如今为何依然完好无损？荬妮觉得这想法不错。"

亦然念出荬妮·巴恩斯这个名字时的语气让我想起了不断传到我耳朵里的那个谣言，那个谣言正是关于我这位年轻的同事和泰迪的妻子的。

"我以为你不想让他们读书呢。"我说，"写作是一种阳具崇拜行为之类的。"

他在论文中间摸索到了遥控器，按下了暂停键，定格了主演这部剧的那个黑人小孩天使般的胖嘟嘟面庞。"我不反对读书。但它们可能会让你停滞不前。"

"我知道。我从十三岁起就没再进步过了。"

他眨了眨眼。"十三岁以前你都不识字吗？"

"在那之前我不爱读书。是爱让我停滞不前的。"

"没错。"他严肃地点了点头，"嘿，住在阿勒格尼泉的感觉怎么样？"

"能看有线电视。"我请他放心，"有些人还安了卫星天线。"

"保罗就有一个。"他说，"就是洛克教授？"他补充道，这样我就能知道他在说谁了。

我断定刚刚他提起荬妮肯定没有什么特别的含义。他就是随口提几个名字，借机显摆一下而已。明年他就要申请终身教职了，他想让我知道他适应得多好，万一那会儿我还是系主任呢。他对所有小团体里的人都是直呼其名。我点了点头，好让他知道我跟得上他的思路。"那个大块头。就是他。"

亦然没有理会这句话。"我挺喜欢他家那栋房子的，只是我觉得那房子可能快要滑到山底下去了。"

我强忍着笑意。

"茱妮也这么觉得。"

我想起来了，他们两个一整年都在写一篇文章，是关于艾米莉·狄金森作品中的阴蒂意象的。按照泰迪的解释，因为茱妮自己有一个阴蒂，所以她对这东西在狄金森诗歌中的晦涩呈现会更加敏感。茱妮会拟出草稿，之后她和亦然会一起对文章进行修订，好好利用一下亦然那些时髦的批评理论术语。"很奇怪，"上个秋季学期的某一天，泰迪对我坦言，那时他家各处都散落着茱妮的便条，"十五岁那会，我对阴道着迷得不行。现在我五十岁了，我妻子倒是迷上那东西了。"

"我们去那边看了几栋房子，但我还是拿不准。"亦然说。我的表情一定很困惑，因为他很快就澄清了自己的意思。"我和莎莉。"

"哦。"我说。莎莉是四年前陪他来雷尔顿的一个年轻姑娘，很少露面，据说她"一直在写毕业论文"。

"我的意思是，那边确实很好，我也不介意周围都是树。但我们就得，怎么说呢，放弃住在综合社区的梦想。"

"哦。"说着我将大拇指举过肩膀，往电视屏幕的方向指了指。

"其实在我知道明年的终身教职有没有拿下来之前，我们是不该去看房的。"他承认，"但现在的市场供大于求。用我们的房地产中介的说法，现在出手正合适。明年的情况谁说得准呢？"

"明天的情况又有谁说得准呢？"我附和道。

"这是另一件我想说的事。"这时他仔细地打量起我来,"大家都在说今年要裁员的事。如果要先裁入校时间最短的……"

"常言道,四月是最残忍的季节[1]。"我提醒他别忘了。

"好吧,如果你听到了什么风声,希望你能告诉我,因为我们真的在考虑冒险尝试一下。茱妮觉得阿勒格尼泉是个不错的投资选择。"

"你想说的是莎莉。"

"不是,是茱妮。她一直在鼓动泰迪去那边买房。"

其实,她鼓动泰迪干这件事已经十多年了,但泰迪无法下定决心花那么多钱。

"我就是不想眼看着你放弃梦想。"我对亦然说。

他的目光十分呆滞。

"住在综合社区的梦想。"我提醒着他。

"哦,是。"他说,"不过我们也在看其他地方。"

"而且那里总会有变成综合社区的机会。"说着我从椅子上站起了身,"听说格林教练[2]也准备去那边建房子。"

"而且我们也没打算一辈子都待在雷尔顿。"他补充道。

听到这里,我忍不住露出了笑意。"我们曾经都是这么想的,小伙子。"

---

1 艾略特著名长诗《荒原》的开篇。

2 可能是指丹尼斯·格林(Dennis Green),他是美国橄榄球联盟历史上第二位黑人主教练,也是二十世纪九十年代最著名的橄榄球教练之一。

当我走进系办公室时，保罗·洛克正在收集自己的邮件。他从老花镜上方打量着我，我突然好奇他戴老花镜有多久了。我还发现与我上次仔细打量他相比，他的白头发和脸颊上的肉都变多了，而我上次打量他可能已经是十年前的事了。如今，他周身都散发着一种放纵无度的气息，令我不禁好奇他是不是和比利·奎格利一样，变成了一个独自买醉的人。他那样子就像要大干一架似的。不是跟我，但肯定是跟谁。也许不是跟任何教人文学科的人。也许是跟体育系的某些人。

"早啊，神父。"我说，"又是美好的一天，感谢上帝。"

"你好啊，赤佬。"语毕他将注意力放回了邮件上，这些邮件中的大部分他根本没拆，而是直接扔进了脚边的垃圾桶里，"昨晚我看见你的表演了。"他头也没抬地继续说道，"需要再打磨一下。"

洛克对我的看法从没变过——尽管我努力想把一切都变成笑话，但我一点都不好笑。蕾切尔停下了打字的工作，战战兢兢地看着我们。为了让她知道一切都好，为了让她知道我们两个上了年纪的前作战队员之间不会爆发冲突，我冲她眨了眨眼。她和所有人一样，都还记得洛克曾在系里开圣诞派对时将我扔到了墙上，所以她极不乐意看到我们两个共处一室。也许，如果她有点喜欢我的话，她也不想看到我受伤。

"帮我查查赤佬是什么意思。"说着我帮她拼出了这两个字，"我觉得我被骂了，但我不太确定。"

令我惊讶的是，蕾切尔真的点击鼠标进入了她的词典系统，查了起来。她一定是出于好奇才这么做的，因为她很少会听我指挥。如果她真的听我指挥的话，那她今天根本就不应该出现在这。

"听说可能要有新的邻居搬到咱们那边去了。"我对洛克说。

这会他已经翻完了邮件，其中只有一封让他觉得值得打开。他读了读这份文件的第一段，这一段至少有三页长，然后就将整份文件都扔进垃圾桶里去了。我的为人及做派一定有让保罗·洛克钦佩的地方，就像他刚刚扔邮件的行为也让我非常钦佩一样。如果真是如此的话，那么他肯定将对我的钦佩藏在了心里。

"咱们那个谄媚的初级教员同事吗？他跟你描述他想住在综合社区的梦想了吗？"

"刚描述完。"我承认，"他觉得他可能要放弃梦想了。"

"那你是怎么建议他的呢？毕竟你知道我们所有人的学术未来。"

我决定不问他这话是什么意思。"我建议他在路更好的那一侧买房子。"

"意思是说他不在你的名单上吗？还是说你不仅想看他被开掉，还想看他家破人亡？"

"名单？"我说。

"你想听实话吗？"他说，"我有点希望你把我列进名单里。"

我刚想再问一遍"什么名单"时，结果就听到蕾切尔双击鼠标退出了词典系统。"这里面没有这个词？"她对我们说，"赤佬？"

洛克先是看了看我，然后又看了看瑞秋。"当然不在那个里面了。"洛克对她说，"在外面这里呢。"

我不得不承认，这结束语不赖。"嘿，"洛克走后我对蕾切尔说，"你是我的秘书，记得吗？你得给我捧哏才行。"

"抱歉？"

"我怎么知道你觉得抱歉？"

这话让她摸不着头脑。我看得出来。"让你的尾音降下来。"我边往办公室走边提醒她。梅格显然又来拜访过我了，因为我被毁掉的吸墨纸中央摆着一个已经熟了的桃子。我端详了这个桃子一会儿，然后又看了看蕾切尔手写的一条留言，上面说我那位女性研究系的朋友博迪·派伊一直在联系我。我按下了内线呼叫的按钮，让蕾切尔来找我。

"昨晚的事我很抱歉。"在她将身后的门关上之后，我对她说，"我的意思是，如果你和卡尔和好了的话，那太好了。"见她没有立刻说些什么，我又喋喋不休地念叨了起来，"那么晚了我不该打电话到你家的，我也绝对不该说我不喜欢他那样的话。我太过分了。"

在我说这些话时，蕾切尔一直盯着自己的手看。我不知道她是不是和我一样喜欢它们。它们不是小姑娘的手。它们被洗碗水冲洗过、被纸划伤过、被烤箱门烫到过，但它们依旧纤细优美，让我很想将它们捧入自己手中。

"我们没有？"她说。现在换我摸不着头脑了。"没和好？"

我竟然松了好大一口气，这太荒唐了。我试着告诉自己，我对她的感情很纯洁，但事实却是，我并不觉得这份感情是完全纯洁的。她这个人太可爱了，我对她的感情纯洁不了，虽然这份感情也并不能算下流。纯洁和下流之间有没有一个多少带着点折中意味的状态呢？有没有哪个名字能形容一下这个区域呢？懦夫之国？无私之地？学院之林？

现实世界中，蕾切尔正在跟我说话。"他喝多了的时候，偶尔会想起自己还有个儿子？他也喜欢晚上过来一趟，好确保我没有在跟别人约会？"

"我不想插手你们两个的事……"谎言张口就来。

"最后他就睡着了？"解释完以后她又加了一句，"倒在沙发上？"但她的眼里充满了泪水。

"你想回去休息一下吗？"我提议道，"我是认真的，我以前也遇到过这样的情况。状态不会好起来的。"

她耸了耸肩，用衣袖擦了擦某只眼的眼角。"他可能还在家里？"

"那就留在这吧。"说着我努力挤出了一个微笑，"好了，我要去梵蒂冈了。"自从四年前迪基·波普[1]当上校园执行官后，老行政楼就有了这个名字。我看了下手表，现在步行穿过校园的话，刚好能准时到达行政楼。

"别让他们炒了你？"

"这辈子都不可能。"我向她保证，"我会自己先提离职的。想办法帮我弄张新的吸墨纸吧。"说着我将那个新桃子偷偷塞进了外衣兜里。我去过行政楼很多次，经常后悔自己没带什么可以扔的东西。我将那张染花了的旧吸墨纸递给了蕾切尔，尴尬之情溢于言表。与其说它延续着某个拐弯抹角的诱惑，不如说它看上去就

1　Pope 一词在英文中有教皇的意思。

像有人在上面风流过了一样。"你得换个地方藏你的万能钥匙了。"

"他们找不到钥匙的时候都会冲我发火？"

"我知道。只是按理说我应该是唯一一个知道那把钥匙在哪的人，可实际上我是唯一一个不知道它在哪的。"

"我跟你说过？你老是忘？"

"蕾切尔，"我对她说，"你说得对。问题在我。如果莉莉打电话来……"我起了个话头，可之后就想不到该留什么口信了。我会对自己的妻子说些什么取决于一系列变量。比如她有没有在《早安美国》上看到我。比如今早我在答录机中听到的她声音里的冷漠是不是因我而起。

"你爱她胜过爱生命？"蕾切尔提议道。

"行啊。"我让步了，"为何不可呢？这话从你嘴里说出来，也许她会信的。"

我发现比利·奎格利的门开着，于是便想偷偷溜走，但被他逮了个正着。他坚持要我进去，还让我把门带上。

"我有点急事。"我一边解释一边不情不愿地坐了下来。比利的办公室是全爱尔兰主题的。墙上挂着叶芝、乔伊斯、奥凯西的照片。书桌靠下的抽屉里放着一瓶上好的爱尔兰威士忌。他想给我倒上一杯，但我求他不要。有时我会和比利小酌一杯，但上午不行。过了昨天那样的一晚之后不行。"我赶着去送死呢。"

"那就迟到一会儿吧。"他说，"他们能拿你怎样？杀你两次吗？"

"没错。"我说，"这就是学术生活的美妙之处。你可以死上一遍又一遍。"

比利将一小口爱尔兰威士忌一饮而尽。"我想跟你聊聊梅格的事。"他说。

我仔细端详着他。比利看上去是完全清醒的，这对他来说是个很不自然的状态。我将手插进了外衣口袋里，结果在某个口袋里摸到了一个软乎乎的桃子，于是赶紧将手拿了出来。我感受到的这股突如其来的愧疚说明我父亲是对的。反正你无论如何都会觉得愧疚，所以你不如把那个桃子吃掉。我那搭错了线的良心发送给我的信号表示，因为我与比利的掌上明珠打情骂俏了，所以我背叛了比利，背叛了我的妻子还有我的秘书。

"我想让你搭我个人情。"他说。他用充满血丝的泪眼紧盯着我，使我无法挪开视线。"告诉她秋季学期你没法接着聘用她了。"

"这可不是一般的人情，比利。"我对他说。

"汉克，"此时他的声音很低沉，还有一些尴尬，"我总想尽可能地对孩子们好。其他几个孩子……这件事除了你之外我不会对任何人说……其他几个孩子都拿钱跑了。他们人不坏。不是那样的。可梅格，她是最有机会出人头地的那个。我跟我在马凯特大学[1]认识的一个人聊过了，秋季学期他能帮梅格申请到一笔助学金。"

"这笔助学金能覆盖多少费用呢？"

1　位于威斯康星州最大的城市密尔沃基。

"很大一部分。"

"你负责支付另外那一大部分吗？"

"我得让她离开这里。"

"密尔沃基也有酒吧。"我指出了这一点，因为我知道比利担心的是梅格在雷尔顿的下等小酒馆里浪费了太多时间。

但我觉得他根本没听到我在说什么。"只要能让她离开这个镇子就行。"

他的话音落下后，我任由沉默随之一同降临。可最后，面对这沉默，他反而比我更自在了。"这样吧。"我说，"咱们船到桥头自然直怎么样？反正我还没拿到经费，这你是知道的。"

"你会有的。"他狡黠一笑，露出了一口坏牙。如果他愿意在除学费、住房和伙食之外的任何事情上花点钱的话，那么这口牙他还是能治好的。"你会宰一只鸭子，当个称职的恐怖主义者，这样他们就会把经费给你了。"

我忍不住冲他笑了笑。"事情不是这样的。"我让他别忘了，"你不能羞辱这些人。不能真的这么干。你可以短暂地让他们难堪一下，但仅此而已。"

"好吧，这么说吧。"说这话时比利的眼神变得凶狠刻薄了起来，"如果你不帮我这个忙的话，那我是永远都不会原谅你的。菲尼和那个信神的浑蛋正密谋要罢免你呢，我会依着他们的意思投票的。我什么都不在乎。"

然而，这却是他对我撒的第一个谎。他的语气明白无误地透露着他的信念，正如格蕾茜的语气同样明白无误地透露着她的虚伪。比利，我想对他说，如果你真的什么都不在乎的话，那你大可以扔掉酒瓶子，溜出城去，和菲尼一起往下探探，一屁股扎进黄油里不要起来。

我指的是人类菲尼，不是大鹅菲尼。

第十五章

因为比利·奎格利的关系，与校园执行官的会议我晚了十分钟才到；还是因为比利的关系，这意味着我只能在前台无所事事地等上十五分钟，而若我准时到的话，我是能等上二十五分钟的。迪基·波普——他希望我们都叫他迪基，而我们中的大多数人叫得八九不离十——没有在等候区放可供人读的东西，这里的墙面都罩着一层青绿色的布料。可话说回来，人们也不会在忏悔室外面放杂志给天主教徒读。来这个梵蒂冈拜访迪基的人要么是来忏悔的，要么就是有求于他。显然，我们要用这段等待的时间反思一下自己的罪过与欲望。

不过，我也不是没有乐子。我的口袋里装着一个完美无瑕的桃子，于是我便在沙发上坐了下来，想看看在不碰到隔音吊顶砖的情况下，我能把这个桃子抛到离天花板多近的地方。我一直玩得挺好，直到我不得不扑向前方去接桃子，结果碰到了一盏灯。我一把抓住了灯罩，可桃子却啪嗒一声掉到了地毯上，而恰恰就在此时，迪基办公室的门开了。办公室里走出来三个人，他们先是看了看那盏灯，然后看了看我，最后又看了看那个桃子。这画面有什么问题吗？

站在迪基·波普身边的是卢·斯泰因梅茨，学校的安保主管。自打二十多年前，也就是七十年代我入校那会儿开始，他就对我没什么好感。那时我的头发有些长，还蓄着胡子。虽然当时学校里并没有爆发什么重要的反战示威活动，但卢每晚还是会看新闻，看看别的地方都发生了什么。他还详细地制定了一整套方案，以防雷尔顿的校园里出现乱子。多年后，在他的失望之情渐渐平息后，他给我看了他精心制作的图表，上面展示着各种可能出现的情况。那张图表显示，学校的几个入口已经封闭。学校南缘的几座球场及网球场将会供国民警卫队集结之用。之后，在卢的指挥下，军队将沿既定的路线前进，将暴乱的人群向西逼至操场及看台区，那里将被当作临时候宰栏使用。卢给我看这些东西时已经是八十年代早期了，可我看得出一想到这个计划，他的眼里还是会闪闪发光。

"但当时没发生暴乱啊。"我说这话纯粹是为了惹恼他。

"幸亏是这样，对吧？"说这话时卢将眉毛高高挑起，我隐约感觉他之所以想让我看他的图表，并不是因为他觉得我会感兴趣，而是因为他曾在脑海里想象过我带领一群斗志昂扬的学生从燃烧的老主楼中现身的场景。他想让我知道我差点就小命不保了。

我花了一点时间才认出这个邪恶三人组中的第三个成员。泰伦斯·沃特斯是学校的首席法律顾问。我曾在电视上见他极力掩盖着一些会让学校蒙羞的事实或境况，除此之外我就再也没见过他了。他个子高高的，打扮得干净利落，那张脸滴水不漏。在如此表情背后，任何信念都会土崩瓦解。

"总而言之，"片刻之后迪基发话了，"谨慎行事啊，各位。"之后他又加了一句，"卢，靠你了。"似乎是在暗指大家公认的一个事实——卢·斯泰因梅茨并不擅长谨慎行事。卢喜欢精心地画个图表，然后用真枪实弹保障计划的实施。

我将桃子从地毯上捡了起来，然后说："嗨，姑娘们。"

卢·斯泰因梅茨当即就觉得自己受到了侮辱，他对我怒目而视，而且竟然攥紧了拳头。而泰伦斯·沃特斯呢，他就像正戴着耳机，听着环境声录音带一样。

"泰瑞，你应该还没见过汉克·德弗罗。"迪基这话引得我们所有人都开始握手。我先是对卢伸出了手，而当他不情不愿地将手伸出来时，我却把那个桃子放了上去。他没有索性将桃子放下，而是想让我把它拿回来，可我已经接着去跟迪基·波普和泰伦斯·沃特斯握手了。而出于某些天杀的原因，卢死活无法再次引起我的注意。我挺同情他的。在大家互相认识时被晾在了一旁，手里还拿着个水果，这滋味并不好受。卢·斯泰因梅茨还是第一次遇上这种事，我看得出来。

"汉克不只是英语系的系主任，他还是地方电视台的名人呢。"迪基对他的首席顾问解释道。

这令我有些好奇，如果迪基觉得我只是个地方名人的话，那不知道他有没有听说《早安美国》的事。那位律师的手既干燥又凉爽，而我自己的手则被桃子弄得有些黏糊糊的，桃子掉下去的时候肯定破了。

"汉克，你先进去坐下吧。我想把这两个人送到门口。"

迪基的办公室非常豪华，比雅各布·罗斯的办公室强多了。在我还小的时候，我父亲也总能以访问学者的身份为自己搞到这样一间办公室。当我走到迪基高高的玻璃窗前想要看看风景的时候，我恰好看到他们三人出现在了下方。他们边下台阶边继续交谈着，卢·斯泰因梅茨还冲大门的方向指了指。卢的校园安保巡逻车就停在路边，他们三个人慢悠悠地朝着那辆车走去。我猜他们是要把卢送走，趁机再次对他强调一下他所欠缺的那种谨慎态度多么必要。可令我惊讶的是，走到巡逻车旁边后，他们三个人竟然全都钻进了前排，一起驾车离开了。如果他们是在耍我的话，那我实在难掩自己的钦佩之情。实际上，我还把这暗暗地记在了心里，决定自己也要来这么一出，近期就来。也许，如果今天我会被开掉的话，那么我会召集一个类似紧急大会的东西，邀请格蕾茜、保罗·洛克、菲尼、亦然和另外一两位总惹我不痛快的人都来参加。我会宣布会议开始，然后找个借口走出会议室，直接回家去。我会让蕾切尔给他们计时，然后向我汇报他们过了多久才反应过来。我甚至可能会设个赌注什么的。

我在这令人愉悦的幻想里沉浸了几分钟，之后便扫视起迪基高高的书架来，想用别的东西分散一下自己的注意力。实际上，我从雅各布·罗斯那里听到过关于这些书的故事，只是那时我并没有拿他的话当真。很少有人讲起故事来比雅各布更精彩，可话说回来，也很少有人比他更不尊重事实。雅各布并没有恶意，至少以学界那些极为灵活的标准来看是如此，可他喜欢添油加醋，为了让故事达到更好的效果也几乎无所不用其极。

雅各布的故事是这样的。在迪基·波普被录用后的那年初夏，他带着一辆巨大的搬家货车来到了雷尔顿，车里塞满了各种东西，但就是没有书。显然，校园执行官办公室里的这些内置书架能容下大约一千本书，可迪基却一本都没有，这令他感到了些许尴尬。他觉得用家人的照片和陶瓷小摆件堆满这些书架可能不太合适。他突然想到，也许格蕾茜·杜波伊能帮上忙，可能是因为她对迪基和迪基那个面无血色的妻子都极尽了阿谀奉承吧（"如果你们有什么需要的……什么都行……"）。于是，迪基便委派她去当地的拍卖会及州学院的二手书店为他找些书来，还要保证这些书赶在八月，也就是秋季学期开学以前，送到他的办公室。某天傍晚，它们如约而至。一辆厂房用的小货车倒车靠近了行政大楼的某个后门，两个管理员将五十箱书卸到了手推车上，以最快的速度将它们推进了楼内，就像在运偷来的录像机一样。等到开学时，迪基的办公室里已经摆满了一排排的书，从地板直抵天花板，这才符合高等教育学府首席执行官的身份。更厉害的是——雅各布讲故事时总爱这样收尾——迪基的书与盖茨比书房里的那些书不一样，因为迪基的书不仅已经被裁开了，而且还有人读过，上千位本科生都曾在这些书的空白处写满一知半解的潦草笔记。

在此之前，我一直没有太拿这个故事当真。可实际上，在仔细观察了书架上的书之后，我似乎并没有找到它们的共性，也无法用某种统一的思路去理解它们，而且这些书的摆放并没有什么规律可言，也许只是按大小和颜色排列了一下而已。某些书有两册，其中就包括了我父亲的一部作品，于是我便将它们拿了下来，想好好看一下。这是他的第一部批评著作，让他名声大噪的那部，也是我母亲眼中唯一真正优秀的那部。为了这本书，我母亲又当读者、又当参谋、又当编辑，可她的付出在很大程度上都没有得到认可。她的名字只在致谢页的小字里出现了一下，与我父亲欠下的其他人情债混在了一起——他感谢学校给予了他脱产时间，令他得以完成了研究；他感谢古根汉姆基金会为这本书的创作提供了资金支持，并感谢作者之家在某年夏天为他（而不是我母亲）提供了一个月的住宿。

说实话，作者照片中的老威廉·亨利·德弗罗并不像那种需要很多协助的人，这可能是我父亲最傲人的天赋之一——他通过一个姿势、一个动作便可以让人觉得他只需要自己。甚至，他之所以能将自己教授的各种研究生项目中的女生搞到手，或许也是拜他这我行我素的外表所赐。虽然他并没有帅得让人神魂颠倒，但我怀疑他还是成功地向她们传达出了一个信息，那就是她们需要他或不需要他都是她们自己的事，他无所谓，所以那些女生当然对他趋之若鹜了。我理解她们为什么会这样做，因为我也曾讨好过他。他这种我行我素的作风也曾让年幼的我备感折磨。如果他要去某个地方的话，那么他会清楚地对我说我可去可不去，随我的便，所以我总会选择待在他而非我母亲身边，可其实我更喜欢和母亲在一起，因为她眼里有我。不过，正是因为我母亲似乎喜欢我陪在她身边，所以当我可以在她和父亲之间做选择时，她就显得没那么有吸引力了。我不记得自己多大的时候才恍然大悟，明白我这么努力想要接近父亲都是徒劳的，原因很简单，因为他是无法接近的，根本没办法。如果不是因为我母亲的话，我可能会更早明白这个简单的道理，而那时我便开始怀疑，也许她到现在都还没有明白过来。

当我将老威廉·亨利·德弗罗放到茶几上时，另一本被塞在书架很靠下的位置的书吸引了我的注意。这本书的护封——其实是整本书——都如全新的一般，而当我将它翻过来、准备看看封底时，一个煞有介事的年轻人用拉斯普京般炙热的目光紧盯着我，眼神偏执、自以为是又不苟言笑。此时我有些好奇，当时我是不是在刻意模仿我父亲在第一本书的护封上摆的那个姿势呢？我好像记得，那时我以为只要穿上牛仔裤和无领衬衫，只要留起当时流行的长发，我就能与自己那个穿粗花呢外套的学者父亲形成鲜明的对比。可如今，我却觉得我的姿势和态度都是他的；与我那身衣服不同，这些东西都是我未加思索便招呼到自己身上来的。作者照片下方的说明写道："亨利·德弗罗于宾州雷尔顿的家中。"可这张照片似乎在刻意暗示一件事，那就是这样的人永远都不可能在宾州的雷尔顿感到家一般的自在。翻到扉页后，我看到了自己手写的一行字。"致菲尼。"那行字写道，"献上我的爱意与敬意。祝好运。"

我需要花一分钟的时间想想那时我为什么要祝菲尼好运（敬意和爱意我就当是自己瞎写的）。之后我记起来了，我们两个曾在同一年申请了终身教职和副教授的职位，而大家都知道菲尼完全就是痴心妄想。他来到雷尔顿校区已经六年了，可他还没有完成自己在宾夕法尼亚大学读书时就已经开始写的那篇学位论文。他的档案里几乎只有一封论文指导老师的推荐信，老师在信中写道自己还没有放弃菲尼，希望我们也不要放弃。而我呢，著书在手的我被大家认为胜券在握，虽然我也很自以为是，才入校一年就申请升职。不出所料，虽然也并没有人去预料这件事吧，那年菲尼升了职，而我则被拒之门外。这件事弄得我怒火中烧，于是在雅各布·罗斯的帮助下（来年他就会当上系主任），我直接申请了正教授的职位。这种彻头彻尾的自负之举大家闻所未闻，导致委员会直接同意了我的申请，而这也有效地将我钉死在了犯罪现场，让我被终身教职、职称和薪水压得喘不过气来，再也没有什么竞争力了。

我自己的判断失误我可以原谅，可菲尼那个卑鄙小人竟然卖了我送给他的书。现在，我清楚地记起当时我送他这本书是为了好心好意地跟他道个别，因为没有人比菲尼更不配拿到终身教职了。

奇怪的是，手捧这本书时，我只能感受到我对菲尼的愤怒。我的唯一一本书。我这本无足轻重的小书并没有真的让我名声大噪，不像我父亲的第一部作品那样，可它还是干了不少实事，因为它在某种程度上决定了它的作者及这位作者的家人的命运。它的签约使得我们来到了雷尔顿，它的预付金砍倒了阿勒格尼泉的第一批树，还买下了我们旁边那两块我从那时起便拒绝转让的土地，由此导致英语系萌发了各种小肚鸡肠的宿怨，而我们也用这些宿怨代替了真刀真枪的比试。我指的当然不是我手上正捧着的这一本，几乎没有哪本书会落得比它更为耻辱的下场。第一个拥有他的人显然不想将它当作礼物收下，之后拥有它的这个人又拿它当室内装饰。它就像雾都孤儿一样，从一个差劲的家庭换到了另一个更差的家庭。我听到迪基的声音从前台传来，他正在为自己的秘书下达指令，此时我偷偷地将这本书塞进了外衣口袋里。

他进来后，我们又握了一次手。在我看来，就今天这个场合而言，我们这个手握得未免过于隆重了，虽然到了这边以后，我的确也搞不懂今天这到底是什么场合了。这是我定期要和学校行政部门开的年度院系状况汇报会吗？还是说这是大家一直在提醒我的那场会，那场我会接到通知、得知大清洗即将到来的会？还是说这两项议题都会被放到一旁，好讨论一下我最近在电视上露面并让给我付薪水的人蒙羞的事？

迪基·波普几乎从不穿夹克、打领带，今天他也没有。他的蓝色扣领牛津衫被巧妙地卷成了七分袖的样子。他那条灰色的宽腿裤可谓打褶裤中的精品，脚上穿的高级皮鞋也像是今早来学校的路上刚买的一样。这个迪基，他就是个精致的普通人，像他的名字一样小巧[1]。

他的沙发横在书架正对着的那面墙前。他瘫坐在了沙发的一头，示意我可以坐到沙发的另一头。"又是律师又是警察。又是警察又是律师。我还以为自己是来教书育人的呢。"他一边夸张地感叹，一边仔细地打量着我。这无疑是他精心设计的伎俩。我是英语系的，所以也许他断定我不会太喜欢警察和律师。所以眼下这一会儿，迪基也不喜欢。共同的价值体系建立起来之后，也许我们能成为朋友呢。也许还能一起合作呢。谁知道呢？也许再过十或二十分钟，我们两个就会在他那边抱作一团。他要么是在想这

1　迪基（Dickie）名字结尾的 -ie 是常见的英文后缀，有"小"的意思。

些事情，要么就是真的不喜欢警察和律师。"谁知道学术生活会疯狂成这样呢？"

"我可是深有体会。"我坦承道，"我父母都是搞学术的。"

这简简单单的情报让迪基惊讶极了。"真的假的？我从没听说过这件事。"他化身成了一个目瞪口呆的小小执行官。

"你这正好有一本我父亲的书。"说着我将自己刚刚放在茶几上的老德弗罗拿了起来，将他递给了迪基。

"我的书架上也有你的小说。"迪基匆匆地扫了一眼老德弗罗，然后说道，"你看见了吗？"

实际上，他只是以为他有。小德弗罗正舒舒服服地在我的口袋里休息，坚硬的书脊顶着我的肋骨。迪基对住在自己书架上的书显然是略知一二的，发现这一点后我只感觉到了一丁点失望，这也说明就算雅各布·罗斯对这些书的来历的描述不是彻头彻尾的谎言，那他也夸大其词了。

"跟我说说。"说着迪基将老德弗罗扔回了茶几上。这一举动在我看来略显随便了，至少对一个自己没出过书的人来说是这样，因为他没有被别人扔来扔去的风险。"你觉得卢·斯泰因梅茨怎么样？"

我犹豫该怎么回答这个问题。

"实话实说。"迪基催促道，"这里只有咱们两个。"

"这个吗，他算是找到了适合自己的工作。"我对自己新结识的好哥们迪基说，他已经把我们两个置入了无话不谈的境地，"与那些真枪实弹的地方相比，他在这里造成的伤害可能不会有那么大。"

"哦，这里的枪弹也真实得很呢。"迪基对我保证。

"真的假的？"这回换我惊讶了，"哇，想想看这些年我是怎么欺负他的。我最好还是住手吧。"

"得了吧。"说着迪基脚踝交叉，将一条打褶的腿搭在了另一条上。"据我所知，你把所有人都惹毛了。"

我从一脸惊讶切换到了一脸无辜，但愿这过程是平滑流畅的，虽然我的观众似乎并没有注意到这一点。

"私下讲？"他继续说。此刻我们进展神速，已经大步跨过了无话不谈的境地，进入了悄悄话领域。"昨晚在电视上看见你的时候，我觉得你可能是在激我。"

"可后来你意识到我并没有。"我补充道。不知为什么，我觉得我有必要为他这个故事续上一个结尾。

他若有所思地让两条腿交换了一下位置。"实际上，我问了一下我妻子。我问，'这个人是在激我吗？'"

"啊，"我说，"所以是她明白过来了？"

"总之，"他摆了摆手，让激将这件事一笔勾销，然后继续说，"你猜今天早上七点我接到了谁的电话？"

我无法想象他真的想让我猜。然而，见我猜不出来，他并没有主动供出信息，而是咧嘴冲我笑着，好像我应该知道一样，于是我斗胆一试。"校监吗？"

"猜对了。"他的语气里明显透着一股满意之情，"你猜他想干什么？"

我又斗了一次胆。"想知道有没有什么方法能开掉一个拿了终身教职的正教授？"

迪基装出了受伤的表情。我让他失望了。我先是表现得很有预见性，但此刻却又展现出了一副想象力极其匮乏的样子。"他想道歉，还向我保证我很快就会拿到经费。他想让我向你转达一下目前我们所处的局面多么复杂。你没拿到你的经费是因为雅各布没拿到他的经费，这又是因为我没拿到我的经费。这件事可以一直上溯到校监那里，他也没拿到经费，因为州议会一直在故意拖沓。这已经是常规操作了。议会承诺下周初就把经费拨给校监，他也向我保证下周末之前我就能拿到我的经费。"

"这是个好消息。"我说，"一天一只鸭子的话，这意味着我只需要宰四五只就行了。咱们这有近三十只呢。"

迪基觉得这句话好笑极了，于是便放肆地大笑了起来，而我也放肆地冷眼旁观着。就算他因只有自己一个人在笑而感觉到了不安，他也没有表现出来。"不是，说真的，"他说，"你帮了我们所有人一个大忙，汉克。昨天晚上——我承认——我恨不得用碎冰锥捅穿你的脖子，可我越想越觉得，我们可以利用一下这件事。"

"捅脖子？"我说，"用碎冰锥？"我的意思是，毕竟我们正坐在迪基的皮沙发上，人在一所高等学府的首席执行官的办公室里。如果不换去另一所更好的学校的话，那这就是离文明核心最近的地方了。

迪基没有理会我。"我的意思是，一开始我把能骂的脏话全都用在你身上了。我说，'那个嗯嗯嗯嗯嗯'想对我做什么？"他停顿了一下，仿佛是想给我机会数一下他刚才说了几个叉，然后再用脏话替换掉那些空白，这样我就能知道他是怎么骂我的了。"可我越想越觉得，'这挺好笑的。'"

鉴于迪基·波普从未表现出自己有幽默感，所以我只得断定他觉得这些事一点都不好笑。除非他的好笑指的是用碎冰锥捅穿我脖子的那种好笑。我意识到，在这逢场作戏的伪装之下，迪基依旧盛怒未消。

"突然间，我笑得连腰都直不起来了，这嗯嗯太好笑了。我担心什么呢？我对自己说。不就是受了点侮辱吗？不就是在州议员面前丢了点脸吗？我的意思是，大家都是成年人了，对不对？"

我以为这又是一个反问句，可它显然不是。

"我说得对不对？"迪基想要知道。

"特别对。"我向他保证。

"所以，我说，好好利用一下这件事。每道难题里都包含着自己的解法。这是每个管理者都会学到的第一条金规。"

"一共有多少条金规？"我问道。我不是个没脑子的人，但我可以假装是。

他没有理会我。"忽略所有自作聪明的问题"也许是另一条金规。"而且我们也不是没有更严重的问题需要处理。"

"是啊。"我附和道，"不是没有其他问题。"

"既然聊到这个话题了，"迪基说，好像他才想到要把话题岔到这上面来似的，"你手底下这个总是惹是生非的系，现在还有多少没处理完的投诉？"

"是只针对我的，"我问，"还是泰迪当系主任时针对他的？"

他耸了耸肩，表现得非常大度。"你们两个加起来。"

"我数不过来了。"我承认道，"十五个？二十个？大多数是鸡毛蒜皮的小事。"

"鸡毛蒜皮。"说着迪基将身子往前倾了倾，用精致的食指戳了戳我披着粗花呢外衣的肩膀。"就是这个词。用这个词形容他们嗯嗯太准确了。还有那个扶持他们的工会，虽然你可能并不同意我的说法。"

没跑了。现在我们快聊到点上了。因为若不是提前做了一些功课的话，那么迪基是不会说出这种话的。昨晚的某些时候，他突然好奇了起来，想知道我，这个他恨不得用碎冰锥捅穿脖子的家伙，到底是个什么人。我肯定是个人物，所以我到底是什么人呢？他打了一两个电话，得知十多年前大家投票选工会代表的时候我并没有投赞成票。他甚至可能知道，我一向直言不讳地批判着工会进驻后弥漫在校园里的这股人人平等的风气。也有可能这些关于我的事他已经知道一段时间了。也许上个秋季学期，他开始好奇这个叫"幸运汉克"的家伙到底是谁，居然一直在给报纸写文章，讥讽学术圈里的事。也许他也曾想把碎冰锥插进这个幸运汉克的脖子里。可话说回来，如果他费心去了解了我对工会的看法，那么他也会知道我这个人非常善变，是个名副其实的烫手山芋。他现在想知道的是到底有多烫。拿我当朋友，他担得起后果吗？

"这些东西都是风水轮流转。"我决定如是对他说，"学术圈的每个工会运作了五年以后都应该被淘汰。"之后，在迪基的嘴角咧到耳朵根之前，我又加了一句，"再过五年，大学里的所有管理人员都应该被赶走，大家再投一个新的工会进来。"

"这也太见利忘义了。"迪基说，好像在此之前，他从未想过
见利忘义这种性格特质会出现在我身上一样，"好吧，我觉得持续
和远见才是正道。"

"远见不错。"我附和着。

"拿我这个位置来说。你说的风水轮流转也许是对的。"他承
认，"用你的话来讲，这个鸡毛蒜皮的工会已经抓着我们这所学校
的嗯嗯很久不撒手了。但任何一个有远见的人"——说到这里他
停顿了一下，指了指自己那个已经眯成了一条缝的右眼——"都
能看出局势正在发生变化。风水的力量啊，汉克，简单又纯粹。
婴儿潮那批生源已经彻底过去了。要想活过下一个十年，学校就
得瘦身、得抠门。得提效。"

"提效？"我说，"教育吗？"

"你说呢。"

"高等教育？"

"瘦身、抠门。"

"这个吗，这一行一直挺抠门的。"我承认。

"而且还要瘦身。很快就会开始了。"

我努力不表现出自己有多么不愿意听到这句话。

"没人阻挡得了接下来将要发生的事。"迪基对我保证，"你是
拦不住海啸的。你能做的就是找一块高地，带上你的朋友一起。"

又来了。如果我愿意的话，我可以成为迪基的朋友。

"你的意思是我可以救下我的朋友？看着我的敌人活活淹死？"

迪基斟酌着我的问题。"是这样的。我知道最近谣言一直满天飞，所以我要把我能说的都告诉你。坏消息是，校监委托给我一件事。不止委托给了我一个人。我倒希望只有我一个。但这件事涉及了整个系统，涉及了所有校园执行官。一个都不落。我必须想出一个方案，精简教师队伍和开支，所有学科加起来要减掉百分之二十。这个方案并不一定会被实施，但必须制订出来。百分之二十。"

听到这里，我忍不住嘴角上扬。"如果我们要救下汉克·德弗罗的朋友、淹死他的敌人的话，那我们减掉的可远不止百分之二十。"

"不要妄自菲薄。"迪基之所以这样建议，显然是担心我不够自信，"你在这所学校里还是备受尊敬的。你是个有天赋、受欢迎的老师，也是个出版战绩斐然的作家。你可能以为我们这群在池塘这边办公的人不知道谁好谁坏，但相信我，我们是知道的。尤其是我，我一直趴在铁轨上，听着远处的动静呢。"

迪基这句话令我不禁想起了威廉·谢利，他显然就是这样做的，结果脑袋被撞飞出去，卸在了贝勒蒙德。有那么一瞬间，我想象着这件事发生在迪基身上的样子。

"我说了什么好笑的话吗？"他想知道。

"完全没有。"我请他放心，"看看我有没有明白你的意思。我让你开谁你就开谁。你觉得在这件事情上咱们可以为所欲为，想做就做？"

迪基后仰靠在了沙发的扶手上，十指在脑后交叉。我发现，他的腋窝那里居然一点都不湿。而我呢，我已经汗流浃背了，这可能也是让迪基扬扬自得的事情之一。因为他显然正扬扬自得呢。"我觉得你没有完全领会我的意思。咱们不能为所欲为，想不做就不做。"说到这里他停顿了一下，好让我仔细琢磨一下这句话的意思，"因为如果我们不做的话，那么别人就会做。某个眼光不如我们好的人。"

"我明白了。"我说，"这件事可以干得漂亮，也可以非常难看。选择权在我们。"

"你也不用告诉我要开掉谁，汉克。我不会让你背上这种包袱的。你不会希望自己的良心被这种事玷污的。再说了，我们付你薪水也不是为了让你干这种事的。如果这件事必须要做，那么也会由专职处理这种事情的人来执行。你不用做，你只要提出一套标准就行了。这套标准相当于给了我建议，让我知道你们系缺不了谁，这样我就不会害你完不成教学任务了。在咨询过教务长的意见之后，我会根据你的建议给出一些提议。校长会根据我的提议采取行动。校监会根据校长的提议采取行动。"

"而这一切都会以我的建议为基础？"

他耸了耸肩，做出了让步。"我为什么要无视你的建议呢？毕竟你是专业的。如果我单枪匹马做这件事的话，那我随便撒个网就可以把我要的那些嗯嗯全都找出来。"

"我想象得到。"

他点了点头，轻轻摇晃着身子，手依然交叉在脑后。"汉克，我实话实说。我对你还是有些了解的。嗨，其实我还是挺了解你的。我知道你曾在公开场合说过你们系遍地都是到了职业倦怠期的人。现在，你有机会重新组建一个会让我们所有人都为之自豪的英语系了。"

"我说过英语系遍地都是到了职业倦怠期的人？"我问。我确实经常有这样的想法，但我想不到谁在听我说完这句话后会把它复述给迪基·波普。

"不用往心里去。"他挥了挥手，让这一切一笔勾销，"你确实说过，而且你说得没错。记住。这是咱们两人之间的事。只有你知我知，没有人会知道咱们在这里说了什么。可如果我不向你挑明一些事情的话，那我就太不负责了，因为我知道你是个正直的人，可能想不到这一点。你想知道从你的立场来讲，这件事最棒的地方在哪吗？首先，没人保证这些事情一定会发生。目前这个州议会对高等教育并不太感冒，没错，可到了最后关头，他们可能会回过神来的。就算他们没有回过神来，你也不会被当成恶人。最开始大家会一肚子牢骚，这是肯定的，但之后大家便会明白整件事是自上而下强制执行的，而不是自下而上。你会被一小撮人炮轰，但完全比不上我将会遭遇的炮轰。我遭到的炮轰与校监遭到的炮轰也完全不会是一码事。我们才是恶人，你不是。我们负责干坏事，我们负责吃嗯嗯，而你则可以全身而退。没关系。我们就是吃点嗯嗯而已，但所有人都能赢。学校能赢。学生能赢。而且如果一小部分枯枝烂叶能被清理掉的话，那么纳税人也能赢。"

"也就是把我们修理修理。"我若有所思地说，"瘦身、抠门。"

"你喜欢这个点子，汉克，我看得出来。"迪基说，"与备选方案相比，你的确应该喜欢这个点子。"

"啊，备选方案。备选方案看上去一点都不好。"我承认，"我甚至都不知道备选方案是什么。"

"你当然知道了。"迪基对我保证，"你这么聪明的人心里明白，如果你不协助我完成这些事关重大的审议的话，那么我就只好去别处寻求我需要的建议了。可别人的标准和你的标准未必一样。假设我去问，问谁呢，问菲尼亚斯·库姆吧，谁知道呢？他老是来我这里搞突袭，抱怨你是个嗯嗯嗯。他可能会建议我要求所有挂着教授头衔的人都必须拥有博士学位。这样的标准平等地用在每个人身上对你可没什么好处，汉克。你拿的那个奇奇怪怪的学位叫什么来着？"

"艺术硕士。"

他点了点头。"不是博士啊。万一有人建议大家都该有个博士学位怎么办？这可不妙。对你来说不妙。对莉拉来说不妙。对我们的学生来说也不妙。该死，甚至对我来说都不妙。我可不希望这样，汉克。"

"但如果你迫不得已……"我继续说道。

他的脸阴沉了下来。他终于受够了。很明显，他不喜欢我干涉他的事。我心满意足地发现，他还没来得及将胳膊放下，一滴汗水就将一个腋窝染成了黑乎乎的一片。"你就是管不住自己，是不是？"他说，"这种激将的伎俩。"

他脸上的每一块肌肉都面临着一个难题，那就是到底该拿我这种人怎么办。他终于知道该怎么理解我的为人了，但他似乎并不能就他知道的事情采取任何行动。

"行吧。"说着他站起身来，再度控制住了自己，"可能我要求的太多了。这些事够你消化一阵的。哎，二月刚接到消息的时候我也是一样的感觉。花一分钟的时间想象一下我的处境吧，如果这要求不过分的话。在我来这之前，我供职的上一家学府也刚经历完我们今天讨论的这种大裁员，同样也是金融危机导致的。你觉得我会想再经历一遍这样的事吗？"

不得不说，迪基还是相当厉害的。他那精打细算的诚恳劲与真情实感几乎无异。让我设身处地为他着想就是要我给予他心理上的支持，就算他已经提醒过我这样的事他已经做了一次，以免我质疑他的决心。

迪基将我送到了门口，这时他的书墙再次引起了他的注意。他走到墙边，扫视着书架，然后将手举起，停在了我的书所在的那片区域，他显然记得上次自己还在那里见过这本书。"我这里肯定放着你的书。"他说。

他判断失误这件事让人莫名觉得有些振奋。

最后他还是放弃了。他转过身来面对着我，面对着那本书的作者。作者代替那本书站在了他的面前，却比书本身差远了。他原本是想拿到那本书的，可谁知道他要用它做什么呢？阿谀奉承？一把点了？我强迫自己不要低头去看我的外衣口袋。迪基脸上的表情很奇怪，就像他可能已经知道自己正在找的这本书发生了什么一样。也有可能他正在重新考虑今早出现在他的脑海中的那个备选项，尽管他无比仓促地将它摒弃了——那就是他只要用碎冰锥捅穿我的脖子就行了。"听说你已经不写东西了。"他说。实话来讲，我完全没料到他会说这句话。

"没这回事。"我对他说，"你应该看看我给学生交上来的论文写的旁注。"

"但这跟写书不一样，对吧？"

"几乎没什么差别。"我向他保证，"这两个东西多半都没人看。"

"要不是因为这些律师和警察，我就有时间读书了。"他对我说，"你那本书我刚看了开头，还挺喜欢的。总之，周末好好想想这些事吧。跟莉拉好好聊一聊。"

渐入佳境了。我感觉到我的嘴角正在上扬，因为这是他第二次说错我妻子的名字，而这也让我来了精神。他费了功夫调查我，可即便如此，他还是搞错了一些事实。

"我与莉拉总是无话不谈。"我对他说，"莉拉是个小机灵鬼。你觉得我聪明？那你真该见见我家莉拉。说实话，没有莉拉我都不知道我会在哪。万一哪天我又写了一本书而且赚了很多钱的话，那我一定会买条游艇，给她起名莉拉。"

这会，迪基·波普正一脸困惑地看着我，他甚至可能认定我已经疯了。握手道别时，他并没有立刻松开我的手。"我不确定我有没有成功地说服你，让你明白事态的严重性，汉克。我希望你能明白，暴风雨真的要来了。倾盆大雨。"

鉴于此刻我们人在窗边，能够一眼望到野鸭塘，将整片校园景致尽收眼底，所以我便大手一挥，邀请他欣赏一下我们这终身制学术景区的全貌。"天上一片叉叉的云都没有。"我说。

第十六章

　　穿过校园往回走时，我看到博迪·派伊走后门溜进了社会科学大楼里。我想起她要找我聊聊，于是便冒着会在这栋大楼那些出了名的迷宫中走失的风险跟了上去。社会科学大楼是校园里最新的楼，建于七十年代中期，那时学校不仅有钱建大楼，还有钱请教员。据传，这栋楼的结构之所以被设计成了这样，是为了防止它被学生攻占，而这一说法也许不假。这栋楼是由一连串舱体组成的，楼里满是弯弯曲曲的走廊和非常突兀的夹层，令人根本无法从大楼的一头走向另一头。在某个点上，如果你人在一层，那么你就不得不上两层、穿过去、然后再下来，或先到楼外去、然后再进来，这样才能到达你站在原地就能看到的某间办公室。校园里流传着一个笑话，说卢·斯泰因梅茨的办公室就在这栋楼里，但没人知道具体在哪。

　　若说我是学校里四面受敌最为严重的系主任，那么女性研究系的博迪·派伊就可谓紧跟在我身后，可博迪总会将自己遇到的麻烦放在心上，这就令她的处境比我的处境艰难了很多。她通常都会需要别人给她打打气。

　　"我觉得我是没法在这种环境里工作的。"说这话时，我已经来到了她那间昏暗的办公室敞开的大门前。女性研究系位于地下，几乎没有露出地面的部分。博迪的办公室里有一条长长的横窗，能让人透过狭窄的缝隙看到外面的人行道，以及从那上面经过的人的脚和脚踝。"你连秘书都没有吗？这是最起码的吧。"

正在抽烟的博迪被我逮了个正着。她连忙将烟掐掉，一副见不得人的样子。"女生不需要秘书。她们自己就是秘书。"

"如果我给你倒杯咖啡的话，你会觉得好一些吗？"我这样说是因为屋里有一壶现成的咖啡，而且我自己也想来上一杯。我碰了碰玻璃壶，它还是滚烫的，不像已经在那里放了很久的样子。

"不，我不会觉得好一些的。"她说，"我看见你从梵蒂冈里出来了。我以为我及时躲进来了呢。"

"你伤到我的感情了，博迪。"我边说边将咖啡倒进了两个发泡杯里，"再说了，我还以为你想和我聊聊呢。"

"是和你聊聊，不是和你见面。这两者是有区别的。"见我不知道该如何回应这句话，她继续说道，"你有没有过希望自己谁也别撞见的时候？哪怕你对这个人有那么一丝好感？这样你就连客套的力气都省了？"

我端详着她。我和博迪已经是很久的朋友了，若不是因为我对自己的妻子爱慕有加，那么博迪就会是学校里另一位让我有一点点动心的女性，尽管她是个同性恋。她总会坠入那些在她看来浪漫却无果的恋情之中。有时她还会给我讲一讲。

"反正我看你收到我的礼物了。"我说。我留意到了我打印出来装裱的一个标语，这个标语就挂在她书桌后方的墙壁上：欢迎来到婊池谷。我并不是个厌女的人，但我可以假装是。我还专门为她印了一批信纸。在学校的落款下面，我加了一行座右铭："这里女子须作女娈，男子皆唤雄性。"

博迪转过身去，仔细端详着那个标语。"有些姐妹觉得这东西很没品位。"

"这是她们的反对意见？"

"她们很严肃的。几乎可谓真诚。"

此时我们冲彼此咧嘴笑了起来。"有人跟我说英语系的那个贱人把你杵坏了。"她边说边端详着我的鼻子，"实际上是所有人都在这么说。"

我努力想象着那个故事在女性研究这个地下院系里会得到怎样的讲述，毕竟这里的人怀疑我是个大男子主义者，并认为格蕾茜就是个日渐衰老、可怜可憎的荡妇。学校里只有极少数女性教员不受待见，不能在博迪主持的跨学科项目中教授课程，格蕾茜就是其中之一。

"最近我总上电视。"我坦言。说完这句话后我才想起来博迪原则上是没有电视机的，因此地方新闻和《早安美国》她可能都没看。鉴于还没有人跟她讲我扬言要处决鸭子的事，所以我便趁喝咖啡的工夫对她长话短说了几句。听完我的描述，博迪的反应与莉莉非常相似，这让我有些恼火。她疲惫地接受了这件事，似乎是在暗示她已经料到了我会干出这种事来。去年冬天，目睹我沿着白雪皑皑的欢愉街一路滑到山底的也是博迪。

我讲故事的时候，她本想再点根烟的，但愣了一下，然后停住了。"所以。"我讲完后她说道，"你去见小基基了。他用'暴风雨要来了'那套说辞唬你了吗？"

"是海啸。"我对她说。

"现在变成海啸了？"

"势不可挡。"我对她说，"我们能做的只有挪到高处去。带上朋友一起。你想跟我一起吗？我没准还能再带一个人。"

"祝他鸡飞蛋打。"

"别总是这一套说辞。"我建议道。

"所以呢？你是怎么回的？"她想知道，此时我发觉房间里的气压发生了变化。

"我说我们在内陆很深的地方，不会受到海啸的影响。他坚持要我利用周末的时间重新考虑一下自己的立场。他说我应该把整件事都跟莉拉聊聊。"

通常来讲，这都会惹得博迪轻声一笑，可今天她一点反应都没有。"然后你说没有必要重新考虑。你说你绝不可能背叛你的同事。你让那个混球有多远滚多远。"她看我的眼神让我感觉到这些箴言很可能会冲我的方向来，具体取决于我的回答。

"我得把你的话倒回去再听一遍。"我对她说。

她完全没有理会我这句话。"因为对工会忠心的人都是这样对他说的。我也是这样对他说的。"

"我不确定我对工会有那么忠心。"我坦承道。承认这一点时，我也做好了有多远滚多远的准备。

博迪环视着自己的办公室，好像在找啐痰的地方。"我不敢相信你居然还会考虑跟行政那帮人统一战线。"

"这两拨人都是祸害，他们给我的感觉就是这样的。"我对她说。

这让博迪稍微消了点气，虽然她对我依旧没有好感。"但你可能会被要求公开表态。"她警告我，"按原教旨做派表达。他们不会允许你冷嘲热讽、置身事外的。这一点我可以保证。"

我将喝完咖啡的发泡杯倒扣在了她的书桌上。"我得告诉你，博迪。这一次你还是没能让我对这个世界和我在其中的位置感到好受一些。"

突然间，紧张感不见了，我们又成了朋友。"我总是能让男性失望。"承认了这一点后她又悲伤地加了一句，"失望的女性也不在少数。"

"想跟我念叨一下吗？"她通常都想。

她端详着我，好像在严肃地考虑要不要向我倾诉她最近经历的这次心碎。也许是因为过去她总会对我袒露心声，所以当她挥挥手将这个问题抛在脑后时，我感到了一丝惊讶。"就是个无名小卒。"她说，"我甚至不该对这个人放松防备的。"

她这话刚说出口，一幅完整的画面就跃然出现在了我想象力的宽银幕上——全彩画面配杜比立体声——画面中的博迪和莉莉赤身裸体、汗流浃背地在博迪的书桌上扭作了一团。这画面就发生在此时、此地。浮现在我脑海中的这幅画面是如此戏剧、如此生动，就算它很荒唐也威力不减。毕竟，是吧。为了达到可信的效果，那画面需要莉莉，一个我认识的女性，变成一个我不认识的女性，而我一直在提醒自己教的那些小说作家，这种违背人物性格的做法是不可取的。没错，我对他们说，人人都有秘密。他们有着复杂的内心生活，无法一言以蔽之，但我们所知的那些关于他们的事实却不容被忽视、遗忘或亵渎。可我为我妻子新安排的这个角色却明显违背了叙事的原则，而且我违背的原则还不止这一项。在一个像样的故事里，博迪·派伊不可能一边与我妻子大汗淋漓地云雨，一边穿着衣服坐在我面前抽烟。她真的在抽烟，虽然我不记得她点过烟，而且她这根烟已经抽完一半了。当我将注意力集中在那根烟燃烧的一端时，这对恋人突然消失了，博迪这间小小的办公室里再次只剩下了我们这两位正在交谈的老友。实际上，只有博迪一个人在讲话，我意识到她是在解释为什么她给我留了言，让我给她打电话。"总之，"她说，"让他多加小心。"

很明显，我漏听了一些要紧的事。小威廉·亨利·德弗罗生命中的一小段时间偷偷坠入了某种虚空之中。"谁？"我问。

"托尼。"说着她仔细地端详起我来，"托尼·科尼利亚。咱们一直在聊的那个人。"

"对。"我使劲点着头，好像这就能把一切都解释清楚了一样。

但她一定怀疑我还没有搞清楚状况，因为她说："你刚刚去哪了？"

"什么意思？"我问，虽然我知道她是什么意思。

她若有所思地长叹了一口气，将肺里的烟都呼了出来。"你真该看看你刚才的表情。"

要想回到办公室，我就必须绕道学生活动中心和野鸭塘。在路上，我遇到了五六个我认识的学生，可他们之中的大多数似乎死活不肯看我。除非是我多虑了，否则有一个学生还特意调转了一下方向，以免迎面遇上我。这是我上电视以后的高人气造成的吗，我很好奇，还是说我脸上依然挂着博迪·派伊暗示的那个表情？我突然想到了第三种解释，于是便检查了一下，以确保我最近一次在小便池边结束了长驻后有将拉链拉上。这些日子，我的老二经常出现在裤裆外面。也许它开始觉得自己在那里待着很自在了。但一切似乎都很正常。

当我从学生活动中心拐过弯去时，我明白为什么那么多学生都尴尬得不肯看我的眼睛了。就在昨晚我面对镜头的那个地方，一大群示威者聚集在了一起。他们举着标语，反复高喊着一些我无法完全听清的东西，因为鸭子呱呱叫着加入了他们，大鹅也在大喊大叫，吵极了。电视台的摄制组又来了，准确地说是刚停好车。令我惊讶的是，美茜·布莱洛克也在这一行人之中。她像得了关节炎一样从面包车里爬了出来，轻轻关上了门，然后将宽宽的额头抵在了车子冷冰冰的金属外壳上。调音师，就是昨晚那个好奇我是不是在排石的家伙，见我走来后乐开了花。"你要倒大霉了，小伙子。"他说，"这些搞动保的混球下手可狠了。"

"他们就是干这个的？"

"他们就是干这个的，而且他们不拆了你的蛋是不会罢休的。"他安慰着我，"对了，嘿，我还想问一嘴。你们昨晚对她做了什么？"

我们转过身去端详着美茜。听到我的声音后她抬了一下头，哼哼了一声，然后又贴回了面包车上。

"我真的特别讨厌来这里。"她说，"我有提过这一点吗？"

"我觉得你并不是错在来了这所学校。"我说。

"说的是呢。"她附和道,"我得跟你聊聊那个家伙。"说这些时,她的额头依然没有抬离面包车。

"行啊。"我对她说,"但你比我更了解他。"

她挺直了腰板,眯起眼睛看着我。"还有,我知道你手上有一张我的照片,希望你能把它还给我。"

"好吧。"我不情不愿地答应了,"可我花了一上午的时间给它找合适的相框呢。"

当摄制组开始往池塘的方向搬运设备时,我主动提出了帮忙,希望这样大家就注意不到我了。靠近了一些之后,我看清了示威者举的标语。最受欢迎的似乎是停止杀戮,抗议人群反复高喊的口号也是这句。他们放大了我的照片,印在了一部分标语上,而将这张照片框在中央的,则是一个如今无处不在的标志:⃠。

这些人我一个也不认识,但我不得不佩服他们的效率,佩服他们拥有迅速行动起来的能力。毕竟,他们只有十四个小时的时间组织这次抗议活动,找到他们想要符号化的那个恶人的照片(我发现这就是我那本书护封上的照片),将它放大,然后再把海报板粘到木棍上。况且他们可能还遇到了其他我没有想象到的组织难题。

仔细观察这些示威者时,我意识到他们并非全都是陌生人。我认出了我在教职工大会上见过的一个又瘦又秃的年轻人,虽然我不知道他是哪个系的。我注意到他时,他也恰好注意到了我,于是他便为站在自己身边的两位略显年轻的女性指出了我。她们眯起眼睛观察着我,之后又将这信息传给了其他人。你甚至可以追踪这则令人将信将疑的信息在这群人中间的传播进展。有些人需要经过一番说服才会相信我与他们标语上的那个更加年轻的小伙是同一个人。

"露馅了。"调音师提醒我们，"你们最好分开。"

没了凉爽的厢货可以倚靠的美茜用麦克风圆圆的那头揉搓起自己的太阳穴来。"有没有人能让他们喊得小声点？"

"别胡搞那个麦克。"她的调音师说，"你这么干我怎么测得出音量？"

美茜转身面对着他，隔着粗花呢裙子使劲在屁股上摩擦起麦克风来，惹得那个人赶忙摘下了耳机。

我指了指一个举着停止杀戮标语牌的示威者。"那时你还小，还不记事。"我对美茜说，"但越战那会儿我也举过这样的牌子。"

"狗改不了吃屎。"她说。她居然觉得她是在附和我。

与对个人安危的担忧相比，她的这句评论令我更加确信我该走了。示威者挽起彼此的手臂，在鸭子和大鹅周围围成了一个半圆，看恶魔敢不敢靠近。他们换了口号，现在他们直接冲我喊着：阻止德弗罗。停止杀戮。（大鹅，而非人类）菲尼也许在如此过度地保护下犯了幽闭恐惧症，他冲出了防线，扯着嗓子，跑着调地高喊着。

"有了。"说这话时调音师自信满满，觉得自己测到了音量，"一切就绪。"

此刻，示威人群已经扩大到了约一百五十人。在人群的另一头，我看到了迪基·波普与卢·斯泰因梅茨的身影。卢的神色看上去十分凝重，但他貌似已经做好了准备，万一局面失控就会采取行动。而不知为何，迪基正咧嘴冲我笑着。实际上，他正用食指指着天空。我抬起头来，还以为会看见秃鹰，但情况并非如此。在我离开他办公室后的四十五分钟时间里，天阴沉了下来。我头顶正上方的乌云看上去不祥极了。

· · ·

从我的办公室出来沿着走廊走到尽头就是男厕所。厕所里只有我一个人，因此纵然我思绪万千，却也有很多时间。想象一下这幅画面吧——一个鼻青脸肿、年已五十的男人手上捧着一个沉甸甸、软塌塌的老二，心情，不得不承认，也颇为沉重。他在小便池前想什么呢？实际上，他在想他自己。想小威廉·亨利·德弗罗。我这样的人可能也会想些其他事情，但此刻，我却不可避免地成了自己疑神疑鬼的对象，而且我这样做是有原因的。从某个层面而言，我将自己把握在了手中。可在这里，我也被男厕所内无数面绝情的镜子中的自己包围了。回望着我的小威廉·亨利·德弗罗面容憔悴、安于世事，与外面那个无忧无虑、充满活力、被人钉在木棍上冲着野鸭塘愤怒挥舞的哈尔王子[1]有几分神似。如果所有这些"我"还不够的话，那么我还在我自己的口袋里，因为我的书在那里，就是我从迪基·波普的办公室里偷来的那本。我，我，还是我。好多的我。却也无我。

1　这里应是指美国历史上最出色的一垒手之一哈罗德·霍默·蔡斯（Harold Homer Chase），绰号"哈尔王子"。

站在此地，我觉察到了一阵低沉的嗡嗡声，就像远处有吸尘器在工作一样，之后便隐约感觉到了剧烈的疼痛。我不禁好奇最近几天自己经历的这些短暂的断片是否预示着我要生病了，可我也提醒自己，这些症状与我创作此刻霸占了我外衣口袋的这本书时经常出现的那些症状并没有太大的不同。那会儿，每当莉莉发现我在席间谈话中消失了的时候，她都会谴责我人虽然在场，但脑子已不告而别。多年后，我女儿凯伦对我说，她只要看我一眼就知道我人是在当下还是去了别的某个世界，温习着某些虚构的现实。如果不是要生病的话，那么会不会是另一本书在扰得我心绪不宁呢？过了这么久，我还认得出它们的样子吗？如果的确是某本新书在大吵大闹地博取我的关注，那么我该怎么做呢？就算我真的曾对著书一事抱有幻想，情况也今非昔比了。烂书与好书会用同一首余音绕梁的塞壬之歌对作者发出召唤，但并没有哪条金科玉律要求你必须洗耳恭听，毕竟堵耳朵用的棉花多的是。想到这里，我拉上了拉链。

厕所外的走廊空荡荡的，于是我走专用门偷溜进了办公室里，轻轻地将其关闭，然后打开了小小的台灯而非吸顶灯，希望能够得到片刻的安宁。来到这里后，我在男厕所里一直能听到的那个低沉的嗡嗡声变得更加明显了。然后，突然之间，它消失了。我晃了晃脑袋，却无法让它回来。我看到蕾切尔为我找来了新的吸墨纸，于是便将年轻的哈尔从外衣口袋里拿了出来，但我并没有像之前计划的那样将他放在书架上，而是翻到第一页读了起来。刚读了几句，蕾切尔的声音就噼里啪啦地从内线中传来，吓得我跳得老高。"你在里面吗？"她想知道。哪个我？我很好奇。是年轻的哈尔，那个跑动范围很广的外场手吗？还是这个手握终身教职、有实力跑到打墙警示区的一垒手？蕾切尔的语气里充满了担忧，好像她一直贴在哲基尔博士[1]实验室的门上，听着里面的动静一样。

"我在考虑要不要再写一本书，蕾切尔。"我对她说。

"真的吗？太好了？"

嗡嗡声回来了，像是被我的声明触发了一样。此刻，它听上去犹如远雷一般，此起彼伏，轰隆作响。迪基指向天际的那场暴风雨似乎已经来临。

"你有几条留言？"蕾切尔对我说道。

我叹了口气。这些留言，我突然想到，就是刚才在男厕所里我想塞耳朵用的棉花。学术备忘、语音留言和（我收不到的）电子邮件加在一起就成为淹没塞壬之歌的棉花耳塞。起初，这些东西看起来面目可憎，可渐渐地，我们这些学者水手便念起它们的好来。

"大声唱出来吧，蕾切尔。"我无畏地对她说，虽然我看到自己前方礁石嶙峋[2]，"也不用顾及我的感受。有话直说，姑娘。我受得住。"

"赫伯特·勋伯格来了两通电话？"就是我躲了好几天的那个工会代表，"他说他今天下午想见你一面，别逼他动用猎犬搜你？"我意识到我躲他躲错了。我本以为他想用各种针对我的投诉刁难

---

1 小说《化身博士》的主人公。
2 在古希腊神话中，塞壬是海中女妖，她们会用动人的歌声诱惑水手，导致船只触礁沉没。

我一番，包括最近的这一次，也就是格蕾茜的投诉。可如今我意识到，他是想聊迪基的海啸。

"太无聊了，蕾切尔。你可以做得更好。"

"院长又来了一通电话？长途的？他说真是谢谢你了？他说你会明白的？"

我确实明白。我的这些伎俩，以及它们出现的时机，并不利于树立雅各布的形象。我违反了他要求我在他外出期间什么都不要做的铁令。我可能直接把他踢出了短名单。我和雅各布认识很久了，如果我捣毁了他逃离雷尔顿的路，那么丢了他这个朋友是我活该。

"不然我们还是接着说那些无聊的留言吧，你觉得呢，蕾切尔？"我提议道。

轰隆隆，轰隆隆，轰隆隆。我靠在转椅上，仔细端详着天花板，那里似乎真的在震。"你女儿来了通电话？"

"朱莉吗？"

"她想知道今天下午你能不能去趟她家？"

"不能。"我这话不该对蕾切尔说的，"想都别想。"

"她好像带着哭腔？"

"你有她的电话吗？"

蕾切尔说她有。

"打回去。问问她是不是在哭。"

一阵沉默。

"好吧，我同意。烂点子。破老板。打回去，我跟她聊聊。"

我合上了年轻的哈尔。倒也无妨。

"打过去是答录机？"蕾切尔的声音再次从内线中传来。

"我来吧。"我对她说。

我听完了拉塞尔的语音提示，然后在嘟声响起后说："是我，亲爱的。如果你在家的话就把电话接起来。"我等了几秒钟，"好吧，已经快到中午了。我尽量晚些时候过去。"

突然，她把电话接了起来。"好的。"她说这话的语气像极了她母亲，之后，她同样突然地挂掉了电话。我重新拨了回去，转到了答录机里，静静等待，叫她接起电话，然后听着电话那头的沉默，直到答录机咔嗒一声关闭为止。这是什么意思？演戏呢，是朱莉的风格。

我回到内线中，找到了蕾切尔这个讲道理的女人。"咱们去慢悠悠地吃个午饭吧。"我提议道，"咱们开车出城，去雷尔顿的喜来登吃。如果咱们两个一起去的话，就没人记这些留言了。"

"不好意思？今天是性骚扰午餐会的日子？"

性骚扰午餐会？"好吧，你说什么就是什么。"

"是为所有系秘举办的午餐会？"她解释道，"类似于研讨会？"

"性骚扰午餐会上有什么可吃的？"我一时兴起问道。

"新式烹饪[1]？"她暗暗说道。在我的印象里，这是蕾切尔第一次当着我的面讲笑话。

"都已经到这个地步了。"我对她说，"现在我在给自己的秘书捧哏。"

1　餐食清淡，量少而精。

"你真的要再写一本书吗？"

这个想法似乎已经烟消云散了。"大概不会吧。"我坦言，而在她有机会反驳以前，我又加了一句，"咱们听见的这个是雷声吗？"

"是拆石棉的声音。"

我松了一口气，因为我发现我的外在现实与蕾切尔的外在现实是一致的，至少在这一个方面是一致的。我仔细盯着天花板，发现它的确在震，真是该死。

"轮到我们了？他们在移除整栋楼的有毒物？"

"天呐。"我说，"动保暴徒守着池塘，性骚扰午餐会，现代语言学大楼去毒。这里发生着什么。具体是什么还不完全清楚。"

内线中传来了环境音发出的噼啪声。这意味着什么？是在对我影射水牛春田合唱团[1]表示困惑吗？大家说得没错。我们的文化四分五裂。就算我再写一本书，谁会看呢？

我听到前台的电话铃声响起，听到蕾切尔接起了电话。之后她又出现在了内线中。"勋伯格教授已经在往楼上走了？"她说，"换我我会抓紧离开？走南边的楼梯？"

我照她说的做了，但在此之前我还是先在已然拥挤的书架上为年轻的哈尔腾了个地方。即便对如此纤薄的家伙来讲，书架上的空间也不多，所以我只得勉强将他塞了进去。说到勉强，我刚迈出走廊南端的双开门，就听到走廊北端的门哐的一声打开了。我没有听到我的名字。我没有回头。

---

1 "这里发生着什么。具体是什么还不完全清楚"是水牛春田合唱团的歌词。

第十七章

雷尔顿校区有个后门，但几乎没有人走，因为到了冬天，那条路上全是隐患，且不论在哪个季节，那条路都弯弯曲曲、坑坑洼洼的；还有一个原因是那条路差不多只能让人硬着头皮、翻山越岭到达阿勒格尼泉。人们从这个方向出校的原因只可能还有一个，那就是前往镇上一家臭名昭著的酒吧，一家名叫"怪圈"的路边小旅馆。这个小旅馆坐落在市区的边缘，刚好就在雷尔顿司法的小短腿插足不到的地方。怪圈周二台球免费，周三飞镖免费，周四有湿衫比赛，周五及周六晚上会举办舞会，现场还会有乡村或西部乐队驻唱。舞会过程中，怪圈巨大的沙土停车场里往往会爆发五六起打架斗殴事件。如果《马后炮》可信的话，那么夜幕中偶尔会有白刀子进红刀子出的情况，但使用比牛仔靴的鞋尖更为致命的武器会招致不满。周末的夜晚，若你在怪圈外打架打输了，那么你大概率是被人踹倒在地的，而不是被刀捅坏的或被枪射中的。周六早晨，你会出现在医院里，肋骨折了，颧骨也碎了。你可能会咳血，但你还在喘气。比利·奎格利希望自己的女儿梅格能少泡在雷尔顿地区的某些酒吧里，怪圈就是其中之一，这也是今年早些时候我将她接回家的那间酒吧。

快要到达怪圈时，我意识到自己被一辆又大又闪的红色皮卡尾随了。卡车司机按着喇叭比画着一个手势，从我的后视镜看去，这手势可能下流，也可能并不下流。我的第一个念头是，这辆车的司机是蕾切尔的丈夫卡尔，他想办法偷听到了我们在内线中的对话，对我们在谈话中流露出的那种亲切感，对蕾切尔的性骚扰午餐会，产生了疑惑。可这辆卡车比我想象中卡尔开的那种卡车好看多了。而且，这个人不可能既是蕾切尔的丈夫又是普迪先生，因为在我抓住机会又看了一眼之后，我发现那人正是普迪先生。我并没有很失望，可若我被拖到了车外，被一个没有任何理由吃醋但还是打翻了醋坛子的人夫打得鼻青脸肿，那我就占理了。就连博迪·派伊的婊池谷成员都会站在我这一头。或许，就连我们系的大多数人也会对我表示同情。

我驶入了怪圈的停车场，停在了预告周五夜场舞会的那个巨大的标识牌下，这场舞会的音乐将由威龙乡村兄弟提供。个头小小的普迪先生灵活地从卡车的驾驶室一跃而下，调整了一下自己的助听器，然后冲我露出了大大的笑容。"你觉得怎么样？"他想知道。

我吹了个口哨。"新车？"

"差不多。两万四千多公里，买之前只跑了这么多。奇瑞的，豪华版，350发动机。挂拖车轻轻松松。前排能坐三个人。"普迪先生对我解释道，"我也没按那个价签上的钱付。"

"真棒啊，普迪先生。"说这话时，我注意到了价签上的价格。我不知道二手皮卡竟然这么贵。也不知道全新的皮卡要多少钱。

"我从那个价格上咔嚓了他。"他并没有意识到自己在说什么。

"你什么？"

"让他降了不少钱。"普迪先生解释说，"小伙子。二十来岁。玩了他两个星期。每天下午我都到店里去看这辆车，每天都问他一个新问题，问完就走。每天下午都问一个不一样的问题。油耗是多少？你确定这车以前没出过事故？这价格里有多少水分？问完我就走。第二天下午，我又去了。一样的流程。最后，他也不知道自己是该吃下这口屎，鱼和熊掌都争取，还是无能反抗。他不想按我说的价格把这辆车卖给我，但他最后没辙了。还给换了新轮胎，子午线轮胎，不是那种翻新过的废胎。"

　　我仔细观察着普迪先生，想找出他在开玩笑的迹象，却什么都没有发现。和他在一起的时候，我常常感觉我才是该戴助听器的那个。"这车真漂亮。"我对他说，虽然我知道这并不是普迪先生真正期待的反应。他真正期待的是我问一问他让那个小伙子降了多少钱。此前我与普迪先生的谈话告诉我，他是个钟情砍价的人，他宁可用超低的折扣买下自己并不真正想要的东西，也不愿意全价买下自己真正渴望的东西。廉价，我母亲是这样归纳他的。

　　"上车。"片刻之后他说，"听听这车的音响。"

　　我正准备拒绝，准备告诉他我有点急事。虽然朱莉喜欢演戏，但我越琢磨她的那通电话就越不放心。可我也知道这对普迪先生来说意义重大，于是我绕到了副驾那一侧，钻进了车里。我这个人身高腿长，可即便对我而言，这辆车的踏步也相当舒服。想到我母亲那位"贵旅"的时候，我不禁露出了笑容，因为得有人伸出援手托一下她的屁股才行。

　　普迪先生将点火开关中的钥匙拧到了附件通电挡，然后将一盘磁带送入了音响中。佩茜·克莱恩的声音如雷鸣般从扬声器中传来，其分贝之高足以掀了佩茜·克莱恩的棺材板。普迪先生任由这场面持续了几秒钟，直到他确定我已经领略到了这套系统的全部美妙。"扬声器不错。"说话的工夫他调低了音量，这样我们就可以交谈了，"不过你和我一样，我看得出来。你不喜欢音乐声太大。"

我承认这话说得没错。

"你妈呢？"他问道，"我猜她也不喜欢音乐声太大。"

"你要是敢让她经历刚才那一遭，她会报警抓你的。"

我看得出普迪先生非常重视这项警告。与我们之间的大多数对话一样，这次对话的目的也是给我创造机会，让我告诉他一些应付我母亲的诀窍。我比他更了解我母亲，他是这样想的。他不太明白的是我知道的东西和他知道的东西之间有多大的鸿沟。就算他能弄明白"咔嚓了他"这个说法的正确意思，他也会惊讶地发现竟有人会反对这种做法。他觉得自己的做事方法欠缺的只是一点微调。我都不知道该如何开口让他知道他错得有多离谱。

他按下按钮，将佩茜从磁带卡座中拿了出来，把她埋进了变速杆后面一个特质的隔层中，然后将另一盘磁带送进了音响。这次换成了威利·纳尔逊，威利除了蓝天之外什么都看不见。"佩茜是我为你妈挑的。"普迪先生解释说，"我呢，我喜欢威利。你爸呢？"

"除非他变了，否则他还是喜欢安静。"

普迪先生耸了耸肩，似乎是在承认喜欢音乐和喜欢安静的两拨人的确谁都不会妥协。

我用手摸了摸仪表盘，欣赏着普迪先生这个可怜虫为讨好我母亲而买的这辆卡车的内饰。"真时髦啊。"我说，希望听完这句赞美之后他能把我从驾驶室里放出去。这个希望很渺茫。

"这车还能防抱死呢。"他边说边指了指地板，好像你只要看一眼踏板就能知道它能不能防抱死一样，"有加长驾驶室。"

我欣赏了一下座位后方的驾驶室空间。

"那块缝布一般是要单加钱的。"他解释说，"但我让那个小伙子免费送给我了。"

关于买缝布要花多少钱，我自己是没有任何概念的，因为我不知道缝布是什么，直到我追随普迪先生的目光从后窗户向外望去，看到了盖在后斗上的青灰色篷布。

"你觉得你妈会喜欢这辆车吗？"

有缝布还能防抱死？她怎么会不喜欢呢？

"咱们一起吃个早饭吧。"说着他指了指怪圈。我从没想过怪圈还卖吃的。

"我大约四个小时以前就吃过早饭了，普迪先生。"话虽如此，但我突然想到吃完早饭之后没多久我就把它排出去了。也许正是因为如此，所以我又饿了，而且实话实说，普迪先生让我来了精神。他为自己选择的那项苦差——用亮红色皮卡、佩茜·克莱恩的磁带和一连串谐音错字讨我母亲欢心——为我提供了充足的理由，让我不要太拿这个世界当回事，尽管这个世界没完没了地让我心碎着。

"我喜欢吃早饭。"普迪先生说，"很多时候我会拿它当午饭吃。

有时甚至会拿它当晚饭吃。你妈也喜欢吃早饭，是不是？"

"我从没见她吃过。"我实话实说。

他愁眉苦脸地点了点头。他已经料到了。"这里的玉米面肉饼是全宾州最好吃的。"他向我保证，"我猜你还从来没吃过玉米面肉饼呢。"

"从来没吃过。"我不得不承认。

"那就来吧。"他不耐烦地说，好像他拿不准我会不会喜欢那个味道，但至少我会庆幸自己试过了一样。

事实证明，玉米面肉饼与许多从概念上来讲令人难以接受的食物没什么两样。换句话说，它比想象中要好一点。我们默不作声地咀嚼着自己面前的动物内脏 [1]，直到普迪先生看到了我的笑容，看穿了我的心思。"我永远都不会约你母亲来吃玉米面肉饼的。"他向我保证。

1　玉米面肉饼用到的猪肉碎中往往会掺入猪内脏。

第十八章

　　不知是不是这么回事，但朱莉和拉塞尔的房子在白天显得更加荒凉了，房子未完工的感觉变得更为强烈，黑漆漆的窗户也显得更为空洞。朱莉那辆小巧的福睿斯停在大到足以容下几辆小箱货外加一辆骑乘式割草机的双车库里，形成了更为鲜明的反差。从怪圈出来后，我开车翻越了山头，进入了阿勒格尼泉所在的村落，路上，玉米面肉饼还在我的脑海里催生了一些场景。不过，鉴于福睿斯正孤零零地停在那里，所以我便能排除掉这些场景中的某一个了。我本来还有点期待，以为自己会看到长长的车道上停满了眼熟的车，包括莉莉的那辆。进屋后，他们——朋友、亲戚、心爱的人——全都在等我，要对我进行干预治疗。我妻子已经这样干预了她父亲一次，也许她觉得是时候在我身上试一下了。在山顶上，这种可能性无比鲜活地出现在了我的脑海中，导致我将车停在了观景台上，好将整件事情想清楚。在温度寒冷、空气稀薄的高山之顶，整件事用奥卡姆剃刀定律几乎就可以解释清。干预治疗多多少少能解释为什么朱莉打了那通奇怪的电话。一段时间以来，莉莉也一直声称她并不是唯一一个不放心我的人。我想，也许他们都聚到了一起。也许，宰鸭子的插曲令爱我的那些人相信，他们需要对我加强管理了。

　　观景台的问题在于，你看不到地面上的细节。所以此刻，当我打开车门，听到最后一波秋日枯叶在微风中晃动的声响时，也许是奥卡姆的威廉在拿我消遣，悄声嗤笑。毕竟，干预治疗的意义是纠正某个具体的行为。比如，对莉莉的父亲而言，他的子孙是要阻止他把自己喝死。他的这个意图毫不含糊，他就差把它说出来了。一大家子人聚在一起，没完没了地对他进行着各种控诉，可这些控诉都是同一主题的不同变体。你酗酒这件事是这样影响我、伤害我、侮辱我、激怒我的。可针对小威廉·亨利·德弗罗进行的干预治疗却不会聚焦在这样的一个点上。泰迪·巴恩斯会说我对莉莉的爱不够深。我母亲会表达一下她的失望之情，因为我变成了一个油嘴滑舌的人。比利·奎格利会懊恼我是个无德坏鸟，他的女儿梅格则会懊恼我连吃桃子的胆量都没有。（人类）菲尼和保罗·洛克会控诉我没有原则，迪基·波普会控诉我太过理想化。换句话说，在这一整群人共同的眼中，我是根相当模糊不清的钉子。

我从厨房进了女儿家，虽然敲了门但并没有等人来应门。对一个走进了连细枝末节都与自家的房子无比相像的建筑物中的人来说，这是他的特权。刚一进屋，我就听到约翰尼·马蒂斯的歌声从音响中传了出来，这强有力地证明家里只有朱莉一个人。拉塞尔是个布鲁斯迷，不会主动听"永无月十二日"这种辞藻堆砌出来的歌词，更何况还有哭哭啼啼的小提琴在渲染气氛。

我女儿人在客厅里。她坐在长沙发的一头，透过露台的门朝马蜂窝的大致方向张望着，而我发现那个蜂窝还挂在屋檐下。她肯定听到我进来了，但她并没有起身，也没有打招呼，甚至连头都没有回。我站在门口就能看出她还穿着浴袍，虽然现在已经过了正午。若只看她肩膀以上的部分，看她那纤细、优雅的脖子，那么坐在那里的也可能是她的母亲。

我绕过沙发，来到了露台门前，目光被半空中的一些动静吸引了。那边，房檐之下，不可思议的场景出现了。五六只黑马蜂正绕着那个锥体盘旋，先是猛地冲向已经干枯的如羊皮纸般的灰色蜂窝，然后又突然转向，好像被某道看不见的屏障击退了一样。

"它们就是不长记性。"朱莉的声音传来。当我转过身想要接她的话茬时，我看到她的左眼，也就是她小时候伤到的那只眼，肿得都快睁不开了。她的眼球只有一小部分还能露出来，这一部分也是血丝密布。

"朱莉。"我站在原地，无助地说道。

"我想让他滚出这栋房子。"她说。

"是拉塞尔干的吗？"

"我已经打包好了几箱行李……"

"朱莉，"我说，"停一下。是拉塞尔干的吗？"我需要她亲口把话说出来，这有什么错吗？

她若有所思地琢磨着我这个简单的问题，好像这问题里有我未能意识到的哲学维度一样。

"拉塞尔打你了吗，朱莉？"

同样，她花了很长时间才组织好了一句回复。"我摔倒了。"最后她说。

"你摔倒了。"

"他推我。"她一字一句地对我说，"我摔倒了。"

整个对话过程中，朱莉都没有要从沙发上起身的意思，我也没往她的方向挪动哪怕一步。当然，此时我们所缺的，我们最需要的，是莉莉。并不是说她在场我们就知道该怎么做了，而是说我们会知道该对此事作何感想，会确定哪些情绪是合理的。有时，我能从我妻子的表情中看穿她的灵魂，而在这样的时刻，我几乎也能看穿我自己。

"他现在在哪？"我一时兴起问道。

"不知道。"她说，"问这个干什么？你想核实一下我的说法吗？"

我仔细端详着我的女儿，仔细思考着她的指控。说实话，我不愿意相信拉塞尔会做出这种事。我一向很喜欢他，在大家罕见地允许我站队的场合，我偶尔会站到他那一边。说实话，我还有很多问题想问。其实我想一直问下去，直到我排除掉整件事就是一场意外、一个误会的可能。朱莉无疑只是一厢情愿地将这件事视作了不忠之举，而事实也许的确如此。

她低头看着自己的双手。"我想让他消失。滚出我的房子。"

我留意到了她用的物主代词，却并没有追问什么。我们似乎已经过了某个初始阶段，来到了某个需要采取行动、某个大家期待我超常发挥的节骨眼上。"好吧。"我对她说，"那你最好到我们那边住上一两天，等……"我似乎无法把整个流程想透，因为我不太确定我们要等什么。等拉塞尔回来？等莉莉回来？等天外救星？"你去把衣服穿好，收拾出一箱行李怎么样？"

令我惊讶的是，朱莉并没有反抗。站起身来后，她突然出现在了我的怀里，一遍一遍地用哭腔喊着："哎，爸。"这一切发生得太过迅速，我不知道是她投奔了我还是我奔向了她，虽然这并不重要。

她往行李箱里塞东西时，我又观察起露台门外的马蜂来。朱莉说得没错。它们就是不长记性。如果这个又薄又脆，像羊皮纸一样的死亡陷阱不是家的话，那什么才是呢？

　　我和朱莉驶入我家车道时，上面已经停了两辆车。其中一辆是没牌子的中型车，另一辆是保罗·洛克的红色科迈罗。片刻迟疑后，我认出了坐在露台最高一级台阶上的那位年轻女性，她就是第二任洛夫人，这会她正光着脚，扭着脚趾头。朱莉端详着她，然后往我的方向投来了责备的目光。至少我觉得墨镜后面投来的是这样的目光。"少安毋躁。"我对她说，"不然另一只眼睛也得肿。"

　　我又数了一遍堵在车库门口的车，得到了同样的总数——两辆。除非第二任洛夫人是同时开着两辆车一起来的，否则现场还差至少一个人。她的丈夫，我突然想到，也许正在树上用十字瞄准线瞄我呢。这念头让我后脖颈的汗毛都立了起来，虽然我知道奥卡姆剃刀定律并不适用于这种戏剧化的场景。如果保罗·洛克想躲在我家屋后的树林里开枪打死我的话，那他一辆车都不需要，更别提两辆了，而且他大概是不会想为第二任洛夫人制造在场证明的，除非他已经有第三任洛夫人的人选了，没准是他英国文学概论课上的某个二十岁美女。不过，正在我家最高一级台阶上喝酸奶的第二任洛夫人看上去还有很长的路可走。在我看来，她舔塑料勺子的样子似乎是在暗示什么。

"他们在后面。"我和朱莉下车后她坐在上面喊道，"想对策呢。"

"他们可真棒。"我说，信誓旦旦地认为任何不以混沌理论为依据的对策都不可能对付得了我这样的人。我将手伸回车里，按了下车库门的开关，这样朱莉就可以拿着行李进屋了。

事实证明，"他们"指的是保罗·洛克和赫伯特·勋伯格。看来，下午勋伯格说要搜捕我显然不是闹着玩的。他们慢悠悠地从房子的拐角处绕了过来，低着头，手插在口袋里。赫伯特似乎正急切地往同伴的脑子里灌输一些想法，但这位同伴既不买账也没提出别的想法。他们这对组合真是奇怪极了。通常来讲，赫伯特和洛克是不太合得来的，但现在是非常时期。

见到我后，赫伯特表现出了一副很开心的样子。他匆匆走上前，伸出了手。"我们在你家树林里散了个步，汉克。"他承认道，"希望你不要介意。"他不懈地喘着粗气，这种大腹便便的小矮子并不习惯耗费体力的活动。而洛克呢，我发现他并没有在喘粗气。

"想把你逼到墙角里真难啊。"握完手后赫伯特继续说道。他的语气很轻快——他并没有因为我如此狡猾而怀恨在心，他貌似是这个意思。

"我还没被逼到墙角呢，赫伯特。"我提醒着他，"你没把车停在我后面，是我把车停在了你后面。"

保罗·洛克对我的了解比赫伯特深多了，因此他明白我并没有被逼到墙角，也没有装出很高兴见到我的样子。我和赫伯特握手时，他都没把他的手从口袋里拿出来，而是用目光追随朱莉进了车库。他似乎并没想弄明白墨镜遮着什么，也没想弄明白为什么我女儿拉着一个行李箱。他愣神的样子不仅被那个年轻姑娘的父亲看在眼里，也被第二任洛夫人逮了个正着。第二任洛夫人将塑料勺扔进了空酸奶瓶里。"怎么了？"洛克抬头扫了她一眼，好奇地问道。

"没怎么。"

洛克哼了一声，好像一想到说话的人是谁，他就毫不惊讶这个人没怎么一样。

到目前为止，他还没有与我进行目光接触，承认我的存在。这对我来说倒没什么。多年来，自他在英语系圣诞派对中把我扔到墙上那天起，我们就不再与对方正面对峙了，以免在公开场合起冲突。如果供我们起冲突的竞技场是个拳击台的话，那么他已经把整个外围都让给了我。我可以像个轻量级懦夫一样，蹦蹦跳跳、绕场奔跑，在拳击场的围绳上尽情玩耍，不用担心受到惩罚。他会假装自己并不想追上我，因为这种行为对他这样的重量级选手来说是有失尊严的。但如果哪天，我蠢到斗胆进入了拳击台中央，那么他就会快速解决掉我，像以前一样。这就是他的公开姿态，辅以狡诈的侮辱、会意的嘲笑和偶发的讥讽。我怀疑他色眯眯地看着我女儿也是在用某种方式讥讽我。

我不是个懦夫，但我可以假装是。我将注意力放在了赫伯特身上，假装友好地对他笑了笑。我拿得下赫伯特。小菜一碟。

"我们希望你能给我们半小时的时间，汉克。小保提出可以去他家，如果去那边说话更方便的话。"

"算了吧。"我说，"这边挺好的。"

洛克的下巴微微动了一下，但他也就只有这一个反应。我算是从远处狠狠地戳了他一下。有时，我坐在拳击台角落的螺丝扣上就可以搞定他。

"莉莉在家吗？"赫伯特好奇地问道。

我妻子的名字一定是他在树林里接收到的简报的一部分。"你是说莉拉吗？"我问。

惊慌失措的赫伯特扫了洛克一眼，而洛克则叹了口气。

"开玩笑的。"我说，"有人这么称呼她来着。"

"因为这件事必须严格保密。"说着赫伯特恢复了平静。

"我能进去吗？"第二任洛夫人想要知道，她的声音追着我们进了屋。

"也许她可以跟你女儿聊会儿天？"赫伯特建议道。

"她们可以开个睡衣派对。"洛克提议道。

"实话实说，朱莉现在心情不太好。"我对他们说。

奥卡姆急不可耐地守在厨房门口，因为可能有人要来了而激动不已。如果我能确定他会去拱洛克的话，那么我会让他去的，但我确定不了，于是便抓住了他的项圈，直到大家都进了屋才将他撒到屋外，让他跑圈去。之后，我又赶在奥卡姆冲上台阶、拱起第二任洛夫人之前请她进了屋。她立马就坐到了沙发上，将脚跷上茶几，然后拿起了遥控器。"你说得对。"她边说边卧倒在了沙发上，看都没看我一眼，"这边确实挺好的。"

我领着赫伯特和保罗·洛克进了被我用作书房的那间屋子，关上了身后的门，然后清出了一些空处，这样他们就有地方坐了。

　　"婚姻，"洛克这样说也许是在指第二任洛夫人的评论，"真是让人蛋疼。"

　　"你敢这么说是因为我妻子不在，听不见你说这句话。"我对他说。

　　"你觉得是这样吗？"他想要知道。

　　"你够狠，"我对他说，"但又没那么狠。"

　　赫伯特，我看得出，已经开够了玩笑。"汉克，"他说，"你这个人挺聪明的，所以我猜你已经知道了，一场相当大的腥风血雨就要来了……"

　　他停顿了一下，也许是为了让我好好琢磨一下这句话，也许是为了看我会不会露出狐狸尾巴。我不知道奥卡姆的威廉会如何理解这样的开场白。赫伯特显然想要奉承我，这毫无疑问。他参考了自己的蠢货分级标准，然后自愿做出了让步，承认我这个人"聪明"，至少是"挺聪明的"。他也知道我的聪明没什么了不起的，毕竟蠢货也完全有能力听信流言。

　　"我最近的确总听人说暴风雨要来了。"我承认。这件事令我饶有兴致、备感欢乐，因为迪基·波普和他想要捣毁的工会在分头行动之后显然用上了同样的比喻，"但你是第一个指出降水类型的。"

　　听到这话，洛克被迫挤出了另一抹恶心的坏笑。自从公开表态我从不好笑之后，他就不能允许自己纵情享受真心的微笑了。

　　赫伯特也很严肃，虽然据我所知，他尚未就我好不好笑这个话题发表意见。"我希望你能意识到这不会是个局地现象。我们说的并不是分散性的阵雨。这场雨会下得昏天黑地，汉克。连下四十个日夜 [1]。是这样的雨。"

"听你的口气，好像半条方舟都是你的，赫伯特。"我说。

"我巴不得是这样呢，汉克。我真心希望是这样。在一切结束以前，很多人都会希望自己能有条方舟的。没准你也会这样想。"

洛克望着窗外，好像他已经找好了高地，对下面的人只有学术兴趣一样。

"我不是来给你施压的，汉克。"赫伯特继续说，"没错，我确实想托你帮我一个忙，但是个很小的忙，我觉得说这个忙合情合理你是不会有意见的。"

说到这里他又停顿了一下。如果不是因为我没那么蠢的话，那我敢发誓他是想让我同意这个忙合情合理，尽管我还没听到这个忙是什么。

"我们知道你跟迪基开完会了。"赫伯特意味深长地继续说道。

"接下来你会告诉我那间屋子里装了窃听器。"

赫伯特貌似真的被这句话伤到了。"我们用不着在任何地方装窃听器，汉克。那些混球到处宣扬会上发生了什么。他们假装一切都要高度保密，可实际上他们一点都不在乎。这就是可怕的地方。他们已经自信到了这个份上。他们像看虫子一样看着我们四处逃窜，还很享受这个过程。"

1　该典故出自《创世记》中诺亚方舟的故事。

"这想法怪偏执的。"我说。

洛克站起身来。"赫伯特，"他说，"我告诉过你，你这是在浪费时间。这家伙混得很。他一点都不在乎。你想让他严肃地对待这件事，可他脑子里根本就没有这根弦。如果他真的打算做点什么的话，那他会把整件事写下来好好讽刺一番，寄给报纸的周末版。你猜谁会被写成傻子。"

"我想让他明白这件事也关乎他的去留。"赫伯特说。

"别费口舌了。"洛克说，"等你走了、我走了、迪基·波普也走了以后，汉克·德弗罗会是最后一个留下来接着领薪水的人。幸运汉克这个名字不是白叫的。"

赫伯特看着我，似乎是想弄明白这话有没有可能是真的。这时我突然想到，也许他们一个在唱红脸，另一个在唱白脸。也许他们在树林里想出的正是这个对策。

"小保。"说这话时赫伯特谨慎地斟酌着自己的措辞，"我不赞同你这个说法。如果你不介意的话，我想单独跟汉克完成接下来的沟通。"

"我压根就没想来。"保罗提醒着他，手已经放在了门把上。

"冰箱里的东西随便拿。"门在他身后关闭时我冲他喊道，"就当是在自己家。"

"那个人真的很讨厌你。"确认洛克不会回来后，赫伯特说。

"我不这么认为。"我笑着说，"我只是让他的生活有了个中心，仅此而已。"实际上，可能赫伯特才是那个讨厌我的人，但我没有把这句话说出口。

"听着，"赫伯特说，"我觉得咱们没必要藏着掖着。你我都很清楚这些年你和工会之间有些分歧。差不多从最开始就是这样。我这个判断够公正吗？我这话说得够公正吗？"

"我和其他人之间也有那么一点分歧。"我提醒他，"不是只有你们觉得我无赖。"

所有这一切他都没有理会。"我指的也不仅仅是所有那些针对你的投诉。"他补充道，"我知道问题比这严重得多。你觉得我们总在袒护没能力的人，在宣扬平庸的东西。"

"我倒希望你们能宣扬一下平庸之道呢。"我向他保证，"平庸对我们这所学府来说是个合理的奋斗目标。"

赫伯特做了个手势，示意他并不完全赞同这一说法，但现在也并不想与我理论。"我想说的是这个意思，汉克。是这样，有一部分人是赞同你的观点的，但这次他们站在了我们这边。你的好哥们小保就是其中之一。当时他也给工会投了反对票，如果你还记得的话。"

"投票是十多年前的事了。"我提醒赫伯特，"我也不记得他是怎么投的，因为投票是不公开的。"

"他投的是反对票，"赫伯特说，"和你一样。相信我。"

在这件事情上我的确相信他的说法，虽然要我们两人都清晰地回忆起只有一个人应该知道的事，这难免让人有点摸不着头脑。

"我的意思是，没人指望你加入工会。我们赢下这场仗之后你可以立马变回原来的样子。混一点，就像小保说的那样，如果这种事你乐在其中的话。我不怪你。有人巴结你、没人觉得你做的事是理所当然，这种感觉挺好的。我理解。"

"赫伯特。"我张口想要提出异议，但他却抬手止住了我，好像在说他比我更了解我的动机，所以没必要开口。

"我们想让你站在我们这边，因为这是正确的选择，也因为我们用得到你。你在电视上的言行举止，我能想象出这件事由你来领军的样子，只要你愿意。至少你可以召集一下自己的部队。英语系的票数比其他院系的票数都多。"

"但他们是永远都不会列着队去某个地方的，赫伯特。"我向他保证。

"这次也许会的。嗨，我刚跟泰迪和茉妮谈完。他们上一次跟小保和菲尼统一战线是什么时候的事了？"

此刻他目不转睛地盯着我，想看看我要怎么咽下这则消息。我意识到，这次讨论的潜台词与明台词是大相径庭的。表面上，赫伯特想让我觉得我对他的大业来说不可或缺。可表面之下，我要明白我的系和我的朋友已经联合起来，站到了我的对立面。我可以是领军人物，也可以人间蒸发。这证明赫伯特在遣词造句方面确实高明，因为他的明台词和潜台词看上去并不相左，没什么区别。

尽管我不知道他是怎么做到的，但我觉得还是有区别的。对赫伯特，对迪基·波普，对我来说都是。"你说让我帮忙，赫伯特。"我提醒着他。

他缓缓地点了点头。"我们想了解一下你的打算，汉克。如果你决定和朋友们一起抗争到底，那么我们愿意接纳你。如果你想和迪基做朋友，那就去吧。我们就是需要知道谁靠得住。别遮遮掩掩的，汉克，我是这个意思。"

"如果我说你们两拨人都是祸害呢？"

这让赫伯特再度变得若有所思起来。"你是不见棺材不落泪，非要混到底，啊？我猜你可以试试看。至于我？这个节骨眼上我可不想众叛亲离，但也许你不一样。就我个人而言，我觉得保持中立就相当于找死。"

听到这话我忍不住笑了出来，虽然明显只有我一人感觉到了这句话中的幽默。赫伯特露出了受伤的表情。"告诉我一件事，说完我就走。"语毕他挣扎着站起了身，"我们做了什么十恶不赦的事？你能给我解释解释吗，因为我挺想了解一下的。每年正经涨点薪水有错吗？要求生活品质体面一些有错吗？善意的沟通有错吗？给生活上点保险有错吗？你真的想让那些没心没肺的混球为所欲为吗？"

"这可不是一件事，赫伯特。"我提醒他，"这是很多件事。"

"我同意。"他说，好像他已经把话说明白了。也许他的确已经说明白了。"可以麻烦你想一下所有这些问题吗？"

"当然可以，赫伯特。"说着我也站起了身。

"可以麻烦你别想太久吗？"

"可以麻烦我。"

我们的对话就这样结束了。我们走出书房时，客厅里一个人也没有。洛克和第二任洛夫人又回到了屋外的露台上。奥卡姆那个叛徒正开开心心地在他们两人之间转悠，任由第二任洛夫人给他挠着痒痒。我们穿过推拉玻璃门，加入了他们的阵营。太阳又露面了，这是一个温暖的春日午后。

"这边的树有叶子。"第二任洛夫人说。她说得没错，而且今天的绿叶子比昨天多。再过三四天，叶子就会全长出来。

"你们那边没有吗？"我假装惊讶地问道。

"幸运汉克。"她丈夫说。

赫伯特说他随后就来，于是洛克和第二任洛夫人吃力地走下了台阶，钻进了洛克的科迈罗里。当两边的车门都关严后，赫伯特说："我还是很乐观的，汉克。我是真心的。我就是觉得你不会跟迪基·波普那种人同流合污。我猜你也是一样的想法。"

我不知道我为什么会鬼使神差地对赫伯特吐露心声，哪怕只有下面这一点，但我确实这样做了。"我的确不喜欢迪基。"

听到这句话，赫伯特要与我握手致意。虽然我有理由拒绝，但此刻这些理由似乎都不够充分。

"至于我？"赫伯特说，"再过一年半我就退休了。他们再怎么折腾我也不会差到哪去。"

说这话时他出奇的真诚，也许这是他今天第一次流露出真情。

"这地方待我没那么差。"他承认道，"我的工资很体面。总的来说这里待我不薄。我不介意回馈一些东西给这座学府。如果我能往那个小混球的坟头上滋泡尿的话，那我就当是给高等教育送了个大礼。"

从很多层面上来讲，我都能与这种情绪产生共鸣。我无比希望自己能痛痛快快地往别人的坟头上滋泡尿，管它是谁的坟头呢。

我的下身因为逐渐高涨的欲望突突跳了起来。

"你明白，是不是？你知道所有针对你的投诉都可以一笔勾销。"赫伯特说。他与他那个见利忘义的亲兄弟迪基·波普一样，必须甩出一点诱惑才行。他没有这么蠢的，但他就是管不住他自己。

我也管不住我自己。我直视着他的眼睛。"什么投诉？"我问。

幽默感并不突出的赫伯特一路大笑着走下了台阶。他的车门应声关闭，但我看得出在他转动点火开关、绕开我的车向后倒去时，他还在暗自窃笑。他被卡得很死，所以他揉了五六把才成功地把自己摘出去。我主动提出挪一下林肯，但赫伯特没有领情。他想让我看到，没有我的帮助他照样能成功。这其中的象征意义我心领神会了。就连被我抓着项圈、在露台上紧张观望的奥卡姆似乎也明白了这层意思。

当赫伯特、保罗·洛克和第二任洛夫人全都消失在了树林中后，我感觉棒极了。我知道他们来这里的目的是什么，也知道他们无功而返了。这就意味着我可以继续逍遥法外，继续油嘴滑舌。

可要论纯粹的开心，我是比不上我的狗的。在我松开他后，他绕着露台的边缘，这个世界上最小的狗狗跑道，跑了十几圈以示庆祝，指甲在木板上嗒嗒作响。是想象力在驱动他，我知道。在奥卡姆的想象里，他并不是唯一一条在我家露台上跑圈的狗。他只是最快的那条，最聪明的那条，最勇敢的那条。

"我知道。"赛跑结束后我给他吃了颗定心丸。他气喘吁吁地坐到了我的面前，筋疲力尽、欢欣鼓舞。他对未来充满了希望，对自己会赢得的其他比赛充满了希望。

我刚要对我的狗吐露其他几个秘密，就想起朱莉还在屋里。实际上，可能正是我女儿如炬的目光使她如此强势地重回了我的意识之中。我抬头望向被莉莉用作书房的那间屋子的窗户，看到朱莉的身影出现在了窗框之中，就在屋檐之下。我尴尬地冲她摆了摆手，然后又指了指我的车，让她知道我又得走了。见她没有反应，我才意识到她正在打电话，也许根本没有在看我。她的表情很复杂，让人无法一眼看穿，可透过她的表情，我想象得到幸运汉克的好运要往霉运的方向发展了。

第十九章

　　上课前我去了趟办公室，发现莉莉几分钟前来了电话，并留下了一个电话号码，让我给她打回去。蕾切尔将一叠粉色的留言递给了我，说还有另外几个人也想跟我聊聊。"还有，那个红发男孩最近又开始在你的办公室外面鬼鬼祟祟了？"她对我说。一般来讲，我们是不鼓励学生在英语系办公室外面徘徊的，因为他们无意间偷听到的东西可能会暴露他们的老师对彼此的厌恶有多深。可里奥是唯一一个被严令禁止这样做的。他极强的存在感让蕾切尔觉得尤为不安。"每当我抬头的时候，他都在用那种表情看我？好像他的眼睛能射 X 光一样？"早在一月时她就对我坦言，"我感觉我就像穿着内衣坐在这里似的？"

　　"如果你在里奥的想象里能穿这么多，那我还挺惊讶的。"

　　"还有，菲尼每隔十五分钟就会过来看看你有没有回来？"

　　"这就是在学术圈掌权的本质。"我愁眉苦脸地对蕾切尔说。我对她的提醒上了心，所以准备再次出逃。"但凡有点权力的人都得从后门溜走。"

　　离上课只有十分钟的时间了，但我还是坐电梯来到了地下室。这里有一间娱乐室，大量饮料机沿着远处的墙面一字排开，让这间屋子有了点光亮。屋子里还有一个老式电话亭，就是进去以后可以关上折叠门的那种。我就是这样做的，虽然本科生在里面尿完尿后留下的味道浓得沁人心脾。我用了电话卡，电话铃刚响一声莉莉就接了起来。

"汉克。"她的语气无比疲惫、悲伤，令我不禁好奇是不是她的面试进行得不顺利，直到我突然回过神来，想到我出门时看到朱莉在打电话，当时她那通电话一定是打给莉莉的，"感觉像过了一个礼拜似的。"

"我也是这么想的。"我承认，可我想的不止这些。因为当这个与我共同生活的女人熟悉的声音传来，当我感受到自己有多么想念这个声音时，那感觉既美妙又让人莫名有些伤感。她有什么魔力，能够温柔地呼唤我的名字，让我重新打起精神来？更重要的是，为什么面对如此馈赠，我常常不知道感恩呢？是因为她的魔力也会驱散魔力吗？是因为即便此刻我只闻其声不见其人，她的声音也能让最近总是出现在我脑海中的那些幻想变成痴念吗？"莉莉……"开口后，我任由自己欲言又止。我很好奇当我呼唤她的名字时，我的妻子是否也感受到了同样的魔力。

"你到底在哪？"莉莉想要知道，她显然被完全不同的声音疑云搞蒙了，"你的声音听起来怪怪的。"

我解释说我正在现代语言学大楼地下室的一个电话亭里躲菲尼。莉莉并不觉得这有什么奇怪的，这也足以说明她已经跟一个搞学术的人过了多久的日子。

"你又感冒了。"她说。

"才没有。"尽管我嘴上这样说，但我当然又感冒了，和她预料的一样，虽然今早出门前我又吃了一粒抗组胺药，药效能持续十二个小时。

"刚才我跟朱莉聊了聊。"她说,"我猜我出远门的时机选得不太对,是不是?"

"我还不知道该怎么去理解这件事。"我对她说,"我还没见到拉塞尔。"

"这件事已经发酵很久了。"她说。

"是吗?"

"是的,汉克,很久了。"她的这句话带着指责的意味。

"我怎么不知道这件事?"

片刻停顿。"我不知道,汉克。你为什么不知道这些事呢?"

"因为我不想知道?你是这个意思吗?"

"不是。"我妻子的语气很温柔,甚至可以说充满了爱意,"我只是想说你总是指望我去了解这些事情。不说了。朱莉的事还好,我更担心的是她父亲。"

"我猜你在电视上看到我了。"

"对,今天早上。"

"我在某些群体里成了英雄。"我对她说,"迪基·波普不这么认为。当然,洛克还是坚持认为我这一整出戏都需要打磨。"

"我真希望……"她开口说,可这次换她欲言又止了。

"希望什么?"我说,"说出来。"

"我真希望你能直接请一段时间的假。或者干脆辞职算了,如果你想这样的话。你得做点更出格的事他们才会开掉你,但我不想让你做任何更出格的事了。"

"你觉得我是想让他们开了我？"

"难道不是吗？"

我考虑了一下这个可能性。"我想要什么可能已经无关紧要了。今天早上，迪基告诉我秋季学期可能会裁掉百分之二十的教员。"

"所以那些谣言是真的。"

"我的同事们迫切地想要相信我已经出卖了他们。"

"你有向他们保证你没这样做吗？"

"你是了解英语系的。他们只会信自己想信的东西。"

"不是的，汉克。大多数人还是会信你的，只要你把情况告诉他们。只要你有话直说。"

"我答应了迪基在跟你聊过整件事以前不会做任何决定。他坚持要我这样做。他对我说的最后一句话是，'跟莉拉好好聊一聊。'所以，告诉我，莉拉，你什么时候回来？"

"周二吧。"

"我以为你周一就回来呢。"

"我也以为是呢。我不得已推迟了面试。"

"怎么回事？"

"听我说，汉克，费城这边……出了点事。"她说。她刚一开口，我就知道那边真的出了很严重的大事，一件我们聊学术圈里的事情时她一直克制着没说的大事。"咱们今晚再聊怎么样？"她提议道，"你不是应该在上课吗？"

我看了看表，发现这会儿课已经抛下我径自开始了。

"安吉洛出事了？"我想起我打电话过去时一直没能联系上她

父亲，于是便问道。

"对。"

"他还好吗？"这问题太蠢了。安吉洛已经很久无法用"好"这个字来形容了。极有可能是他的酒瘾犯得太大发了。

"有好有不好。"这时她的语气变得非常平淡。我要明白，继续问下去对我是没有好处的。"今天上午你没忘去我班上拜访吧？"

我对她说我没忘。"吉多想知道《在路丧》为我挣了多少钱。"

"可怜的吉多。"

"可怜的吉多抢白皮小瘦孩身上的午饭钱。"说完之后我又加了一句，"你丈夫曾经也是个白皮小瘦孩。要知道，学校里的恶棍以前也经常抢我的午饭钱。"

"天呐，我真希望你在这里，汉克。过去二十四个小时里你是第一个让我嘴角上扬的。"

"我以前还能让你笑出声呢。"我回忆道，"笑得可大声了，完全控制不住。"

"才没有控制不住。"她纠正着我的说法。

"好吧。"我让步了，"也许没有控制不住。"

"那时咱们的精力更旺盛。"我妻子提醒我，"有精力笑。有精力干大多数事情。而且那时候一切都更新一些。"

"你会不会希望它们再变成新的？"

"偶尔会。"她承认道，"不常想。"

"真会说话。"

挂掉电话时，我发现一个人影在电话亭折叠门的玻璃上晃了一下。我看出那个人是里奥，他显然发现我从系里溜了出来，于是便跟着我进入了地下室。我说不好，但也许他全程都站在电话亭边上。此时，他离得实在太近了，所以当我开门时，他只得往后退。我仔细端详着他，好奇我懊恼的是否真的是自己青春不再。里奥手里攥着一份手稿，颤抖的声音中带着一点兴奋，更奇怪的是还带着一点愤怒。他无法让自己的手不抖。他把稿子递给我的样子好像稿子的一头着火了似的，就是他想让我抓住的那头。而我想抓过来使劲拧一拧的其实是里奥那条鹅颈般的大长脖子。

"好消息。"他对我说。我有点期待他告诉我索兰奇，就是研讨课上把他大卸八块的那个女生，被卡车撞了。可实情比这还要古怪，一如既往。"我的故事被采纳了。"他说，"要出版了。"

第二十章

　　周五下午，出勤的人一向稀稀拉拉，临近期末、讨论话题是议论文时尤甚。到目前为止，我还没有说服我的大一新生，让他们相信说服别人的能力是一项非常重要的本领。就连我最得意的门生布莱尔也似乎对这一整个工程持怀疑态度。布莱尔是一位面无血色的女生，我一整个学期都在试图诱导她，让她自信地说出自己的想法。这个班上的学生同现下的许多班级一样，似乎不均等地分成了两拨，一拨虽不惧直言但一无所知，另一拨虽沉默寡言但思想深刻。不知为什么，布莱尔和其他与她类似的同学都得出了一个结论，那就是在当下的教育背景下，最重要的就是避免嘲笑那些天赋不如自己的人。而沉默恰好就是规避这种事情的方法之一。如果我能教会布莱尔如何隐身，那么她是会感兴趣的，可她不想跟任何人理论，谁能怪罪她呢？布莱尔这样的学生从他们的老师那里学到了一点，那就是说服别人——据理力争——在大学生活里已经不吃香了。如果他们的老师——女权主义者、马克思主义者、历史决定论主义者和其他各种理论家——是某些疑神疑鬼、门槛颇高的思想群体的一员，若与交流相比，他们对划地盘、追进度更感兴趣，那么学习辩论有什么用呢？尽管我耐着性子熬过了一场又一场教职工大会，但我已经不记得上次有人在理性交流后改变他（女性亦然！）的想法是什么时候的事了。任何观察过我们的人都会认为，所有学术讨论的目的都是提供充足的理由，让我们能够在自己原本所处的位置上扎得更深一点。

或者，我就是不适合传授说服之术。毕竟，我自己最近没能说服的人已经有相当长一串了。这份名单包括了迪基·波普、赫伯特·勋伯格、保罗·洛克、格蕾茜和（人类以及大鹅）菲尼。我甚至没能说服里奥，让他不要因为自己的故事要被一个收录美国学生新作的"赫赫有名的选集"出版了而太过激动。这个骗局已经不新鲜了。接受学生想要出版的故事或诗歌，说服作者自掏腰包印制，然后再把文集以敲诈勒索般的价格卖给被自豪感冲昏了头脑的亲属。在我解释骗局是如何运作的时候，里奥狐疑地眯起了眼睛，愤愤不平的认可变成了义愤填膺的质疑。针对的都是我。我也没能说服里奥，让他觉得自己应该写一个没有暴力元素的故事。我猜，这个建议已经让他构思起小说下一章节的内容来，在那里，他那个杀人不眨眼的魂魄没准会去拜访一下自己年迈的写作课老师。这一章我早就读过了，虽然里奥还没有把它写出来。

（拜里奥所赐）课程迟了十五分钟才开始。班上最差的那个学生今天之所以在场，是因为我扬言他要是再敢翘课，这学期我就让他挂科。在距下课还剩十分钟的时候，他往椅背上靠了靠，没头没尾地说了一句："所以，怎么着，你要宰鸭子吗，还是不宰？"

差生几乎总会给人启发。通常情况下他们启发的是绝望情绪，但偶尔他们也会启发一项作业。"你来告诉我吧，波仔。"我说。波仔不是那个学生的真名，而是我给他取的外号。"最迟周一交。我要大家每人交一篇有说服力的议论文上来。一共有两个论点可写：我该或不该宰鸭子。不要模棱两可地建议我虐鸭子或拔鸭毛。"

在我解释作业该怎么写时，教室里哀声四起，但我却觉得欢欣鼓舞，因为怒视波仔的人比怒视我的人多。波仔的姿态活像一个不该傻到这个份上——他的确没傻到这个份上——但突然抽疯害惨了自己的人。他的同班同学似乎也都明白，刚刚自己离度过一个没有书面作业的罕见周末只有几分钟之遥了。

"最迟周一交？"波仔的语气里透着不可思议。

"我扬言周一要宰鸭子，波仔。"我提醒他说，"到了周二我就不需要你的建议了。"

"需要机打出来吗？"有人想知道。

在回办公室的路上，我绕着池塘走了一圈。池塘已经回归了平静，因为早些时候挽起手臂对抗我的那些示威者连同电视台的摄制组都回家了，使得这些家禽在周末变成了无人看守的状态。岸边孤零零地竖着一块停止杀戮的标语牌，用以阻挡邪恶的力量。这招并没有奏效，因为我就在这里，有能力却没准备搅起腥风血雨。我发现（大鹅而非人类）菲尼就在沿池岸往前走大约四十多米的地方，可他的样子却让我觉得有些古怪。凑近之后我明白了是怎么回事。菲尼被套上了一个泡沫颈托，就像是脖子扭伤了一样。我靠近时他好奇地打量着我，好像怕我会拿他消遣，让他难堪一样。我确信，在维护尊严这方面，动物和人类一样意志坚决，而菲尼似乎正费力地维护着自己的尊严。一只穿高领套头衫的卡通大鹅，他根本无法直视我的眼睛。"菲尼，"说着我环顾了一下四周，以确保里奥没有躲在近处偷听我与大鹅的第二次对话，"怎么啦？"

一个声音从菲尼身体深处传来，但我并不会将这个声音与这只大鹅联系起来。这声音的音调更高，也更尖细，好似一首挽歌。如今这个事态难道不好吗？他似乎在说。我有什么资格反对呢？附近有条长凳，于是我便坐了几分钟，听菲尼详细地展开，直到我突然连打了好几个喷嚏，事发之突然与来势之汹涌让我们两个都吓了一跳。

当我回到办公室时，泰迪和茱妮·巴恩斯正在系里晃荡，假装有事要处理。现在是周五下午，时间已经很晚了，这招我才不会买账。我看上去显然也很可疑，至少对泰迪、茱妮和蕾切尔来说是这样，因为他们全都警觉地盯着我。"你哭了吗？"茱妮想要知道。

"别瞎说。"我对她说，"我跟一只大鹅聊天来着。"

"你的眼睛只剩一条缝了。"泰迪说。

"没准是过敏了。"我说。极其严重的感冒症状像迪基的海啸般向我袭来，同莉莉的预测一模一样。对我这样的男人来讲，和一个在预测生病这件事上从未失手的女人共同生活二十五年并非易事，何况这女人最爱说的一句话就是她比我更了解我自己，而且她似乎从不缺现成的证据。我这种天生会被全知叙事吸引的男人，大概不应该跟一个女祭司结婚。他会穷尽一生去证明这个女祭司是错的，可这将会是一场硬仗。问问俄狄浦斯吧。问问麦克白吧。问问瑟伯吧。而且这个角色对莉莉来说也不可能有多愉快。女祭司们一定已经厌倦了与从不听劝的人费口舌（问问卡珊德拉吧。问问奥普拉吧），尤其是那些把全知全能当儿戏的人。

我进了办公室的内间，还没来得及关上门泰迪和茱妮就跟了上来。"咱们得谈谈。"见我已经擤完了鼻涕、擦完了眼睛，泰迪开口对我说。除了我自己的椅子之外，我在办公室里只放了另一把椅子，而他径自坐了上去。

"周一再谈。"我对他说。我能感觉到我的眼睛正在闭合，快要瞎了。俄狄浦斯在科罗诺斯。瑟伯在曼哈顿。我已经像是在从邮筒投递口里看泰迪和茱妮了。

当泰迪发现茱妮没有地方坐之后，他赶忙站起身来，把自己的椅子让给了她。这一搞错了时机的举动为他赢得的奖赏是一通意料之中的鄙视。你和这个女人结婚多久了？我想问他。我可能瞎，可就连我也不会傻到这个份上。我坐到椅子上好好放松了一下。

"这事等不到周一了。"茱妮说，"可能你没发现，但我们已经切换到全面危机模式了。所有人都知道你和迪基开过会了。菲尼到处说你已经和管理层谈好了条件。到了周一，你这个系主任就要被罢免了。"

一阵敲门声响起，蕾切尔把脑袋伸了进来。"不好意思？"她说，这个可爱女人的时机感恨不得能让我这样的男人达到戏剧高潮，"我可以打断一下吗？"

"蕾切尔？"我说，好像我无法确定我从眼睛缝里看见的是不是她一样，"是你吗？"

"我就是想告诉你我要回家了？"

"已经到点了吗？"我说着我常说的那句台词。我看了看表，发现她半个小时以前就应该走了。"过来坐我腿上。我想好好听听性骚扰午餐会的事。"

这超过了茱妮的承受范围，正如我所愿。"跟这个王八蛋谈谈。"她对她丈夫说，"跟他讲讲他还剩几个朋友。"

坐拥这么多高级学位的人居然会用王八蛋这样的字眼，这让蕾切尔吓了一跳。站在门口的她向后退了一步，好给茱妮让出一条路，而当英语系的大门被重重砸上，搞得玻璃哗哗直响时，她又吓得跳了起来。

"我真的得走了？"她将信件和留言放在我面前，满怀歉意地恳求道。

"我配不上你，蕾切尔。"我对她说。笑话刚讲到一半，我就发现自己已经没有勇气继续讲下去了。

"周一见？"说着她小心翼翼地瞥了眼泰迪，之后又看了看我，"也许咱们可以一起吃个午饭？聊聊我的那些故事？"

"订个桌。"我对她说，"找个好点的地方。咱们系的公款还剩下大概一百美元。看看能不能把那些钱都花了。"

她走后，泰迪开口说道："你想让他们罢免你，是不是？"

"我已经想了一年的办法了，哥们。"我边说边快速翻阅着那些信件，"该有人发现了。"

我突然打起了另一串喷嚏，这让泰迪心软了。"好吧。"他说，"周日下午，紧急会议，而且咱们会被甩下很远。菲尼整个下午都在打电话，他搞得每个人都在摩拳擦掌。"

"他们居然会信菲尼的话？"我说。当然，这是一个很蠢的问题。我的同事都是搞学术的。他们会沉浸在被害妄想之中，与狗会舔生殖器是一个道理。"他们觉得一个愿意为他们宰鸭子的人扭过脸去就会出卖他们？"

"他们不信你会宰鸭子，汉克。"泰迪说，"你必须拿起电话，说服为数不多那几个愿意听的人。系运营手册要求票数超过三分之二，菲尼觉得他已经超了几票。茱妮觉得他说得没错。"

"那他就是没错。"我让步了。毕竟，系里没有谁比茱妮更会数数。一年前，她曾预言自己的丈夫会以一票之差失去民心。"咱们就别费力气了。"

"这是什么胡话。"泰迪说，"以前哪怕只剩十一个小时了，咱们也想出了对策。咱们挫败了菲尼，建起了自己的事业。"

"没错，但那并不是什么雄心大志。"我觉得我有必要指出这一点。

"难道输给他会更好？"

"也许这比咱们想象的无所谓得多，泰迪，事实就是如此悲哀且操蛋。"

不过，即便在我说这句话的时候，我也知道这件事还是会有影响的。如果菲尼能成功地罢免我这个系主任，那么他最后很有可能会去给迪基·波普当参谋，就像迪基亲口提醒我的那样。而我知道我会出现在菲尼的名单上。

我环顾了一下办公室，想看看这四面墙里有没有什么我可能会留恋的东西。坐在我对面的这个人怀念过这间办公室，现在还在怀念它，虽然这办公室目前被他的朋友占着，所以我觉得我也有可能会怀念这里，尤其是如果这里会被敌人霸占的话。其实，我挺享受在系主任这个位置上调皮捣蛋的，虽然我对自己的实力非常自信，认为自己不论在棋盘的哪个位置上都能搅起一摊浑水，但我不确定换到更加平起平坐的位置上，我还能不能惹得格蕾茜毁了我的脸。不，如果我丢了系主任的位置，那我就登上了人生巅峰。在大家的记忆里，我短暂的系主任生涯——想到这里我露出了笑容——会是一段靠激将法一统四方的日子。十年后，尚未被聘用的年轻同事会惊讶地发现，小威廉·亨利·德弗罗居然还当过系主任，不论他的任期多么短暂。不会讲故事的泰迪会摇身一变成为历史学家，负责讲述我的故事。还记得那天汉克·德弗罗惹怒了格蕾茜，结果被格蕾茜用线圈本上的圈环扎穿了鼻孔吗？或者。还记得那天汉克上了电视，扬言拿不到经费就每天宰一只鸭子吗？虽然他讲起这些故事来毫无技巧可言，但他还是会将所有人逗得哈哈大笑，除了决不食言的保罗·洛克。还有我。如果到了那会我还是如此不幸，还在这些走廊里游荡的话，那我怀疑我是笑不出来的。

　　回到家后，我发现朱莉在客房的床上睡着了，这让我颇感欣慰，因为实话讲，我看上去糟透了，两只眼睛都肿得几乎睁不开了。我到厨房里吃了两片抗组胺药，然后决定上床睡觉去。我太累了，连去洗手间尿尿的力气都没有。电话答录机上的留言提示灯在闪。我很确定我不想听别人给我的留言，但我还是按下了播放键，结果录音带只往回倒了一点点。也许对方直接挂掉了。可之后我认出了比利·奎格利的声音。"你这个犹大转世的无德坏鸟"就是他的全部留言。

到了楼上后，我躺了下来，任由自己闭上了双眼。犹大转世的无德坏鸟，我把这几个字说出了声。离开迪基·波普的办公室后，我一直在脑海里列名单，所以就算比利·奎格利和其他人枉然断定我背叛了他们，也许他们也并未失之偏颇。除掉教师队伍中最差的那些人并没有那么糟。菲尼是没有任何借口开脱的，他的名字赫然出现在了我攒出的第一个人名单的最上方。问题在于，将教学质量差作为标准就意味着紧随菲尼出现在这个名单上的会是泰迪·巴恩斯和另外一两个我很喜欢的人。其他标准也存在类似的问题。我们可以砍掉那些从没出版过一个字、提交过一篇论文或参加过一场学术会议的人，从某种程度上来讲，就是那些没有学术脉搏的人。这样一张网还是能捞起菲尼，可也会捞起比利·奎格利和其他几位已经到了职业倦怠期的前高中老师。这些老师都是三十年前学校扩张时招进来的，他们只有硕士学历。不管我怎么努力，我都无法想出一个标准，或凑出两三个标准，好牺牲掉那些该被牺牲的人。

这无疑点出了这项任务的一些本质。我竟任由自己做起了练习，哪怕只是练习，这一定意味着什么，虽然我太累了、太难受了，根本感觉不到愧疚。所以问题在这。若不是因为心里有愧，"犹大转世的无德坏鸟"这个名字怎么会不停地出现在我脑海中的一个又一个名单上呢？

卷二

犹大转世的无德坏鸟

我未曾料到的

是悠长一日

将削弱意志

令天光点滴流逝

——斯蒂芬·斯彭德

几周前，本报刊载了幸运汉克所养的第一条狗的故事。自那以后，故事作者收到的信件数量便较平时翻了三或四番（具体数量留待读者自行想象），且大多数信件希望能够进一步了解一下我的父亲老威廉·亨利·德弗罗。在上一篇文章的结尾，他手上磨出了水疱，站在刚刚挖好的及膝深的坟墓中，穿着已经报废的卡其裤和乐福鞋，准备将一条刚进家门两分钟左右就被我害死的狗下葬。我母亲——订阅本报的读者对她并不陌生（她的专栏所催生的读者来信比我多多了）——反对我讲这个故事的方式，认为我对父亲的刻画有损形象、有失公允、有悖情意，可其他读者的反应却恰恰相反。他们本能地同情起了故事中的父亲。有几位读者还与我分享了他们自己鼓起勇气来取悦自家那些冥顽不化且不知感恩的孩子的故事。他们非常同情我的父亲，想知道我有没有他的最新消息。他们想知道我能不能多讲点关于老威廉·亨利·德弗罗的故事，多讲他的事，少讲我自己。所以，我决定从上次结尾的地方继续讲述我父亲的故事。

　　那条狗下葬后不久，我父亲就收到了两个非常诱人的邀约。第一个是哥伦比亚大学的教授职位，他接受了。前面我提到过，到了这个时候，我父亲已经是一位颇具名望的学者了，他显然已经厌倦了贯穿我童年及少年时代的所有杰出客座教授工作。也许，他觉得是时候安顿下来了，就像一段时间以来我母亲一直提议的那样。第二个诱人的邀约来自他 D. H. 劳伦斯研讨课上的一位年轻女研究生，他和这个人一起在纽约安顿了下来。

哥伦比亚开出的条件非常丰厚。学校为他提供了豪华公寓，稍微走上几步就可以到达校园，还给了他一部分住房补贴。他的薪酬在六十年代末那会是闻所未闻的，作为回报，他需要在课堂中履行的职责也少之又少。他是某个颇具名望的学术期刊的名誉编辑，也是图书馆某个特藏项目的主管，可他也被分配了一个研究助理，这个人负责履行他的众多职责，包括为他每年教授的唯一一个本科班判作业。他还教授着一门规模超小的研究生研讨课，这门课的作业他会自己判。也就是说，他会为那些论文打一个分，而且谁知道呢，他甚至有可能真的读了那些论文。他已经写了五本杰出的文学批评著作，其中一本讲的是政治与小说。这本书广受欢迎，正如有些时候，某本话题时髦的学术书的确会流行起来。所有人都买了这本书、炫耀着这本书、讨论着这本书，却找不到时间正经地读一读这本书。他在哥伦比亚大学真正的工作就是继续写这样的书，不吝溢美之词地感谢学校给予自己的鼓励，并确保他在别的地方写的那些书的所有再版都会提及如今他在哥伦比亚大学担任杰出名誉系主任。

话说回来，尽管教学在我父亲的新岗位职责中并不占据重要地位，可他刚一入校就被发现竟连这点职责都履行不了，这一定还是让学校大为惊讶，毕竟他们的期待并不高。我知道我父亲是很惊讶的。他的遭遇是前所未见的。九月，他走进了第一堂课的教室，按照花名册点了一遍学生的名字，可他刚要开始讲自己此前已经讲了五六遍的课就发现自己的大脑一片空白，连一个跟这堂课有关的音都发不出来。他并不是搞不清自己想说什么，也没忘记开场白，也没忘记讲义的要点。他的脑子就是直接被清空了，好像他脑海中的思绪是铁屑做的，而他站的地方又离磁铁太近了一样。他扫视着自己面前那些翘首以盼的面孔，感觉自己陷入了十足的恐慌之中。他使出浑身解数才挤出了几个字，让自己得以暂时脱身；他快速走出教室，到走廊的饮水池那里去喝水，因为他的嗓子已经冒烟了。在昏暗的走廊中，我父亲的整篇讲义都完好无损地回到了他的脑海中，可他的恐慌感却并没有消散，于是他找到了最近的男厕所，从壁挂纸巾盒里抽出了一张棕色的纸巾。在这张靠不住的羊皮纸上，他完整地写下了讲义的前两句，以防自己生命中最离奇的遭遇再次上演。之后，他回到了教室中，但他对自己采取的所有合理防护措施并非毫无顾虑。他站到了讲台后，打开了纸巾，刚要张嘴讲课就发现纸巾上的单词，还有组成那些单词的字母，已经搅成了一团。它们开心地在他面前晃来晃去，然后重新组合在一起，给他逗着乐子。就在如此一瞬，所有理解力都消散无踪了。他连字母 B 和芝麻街免费游都不可能分清，虽然他在自己那本讨论流行文化的书里为这个节目写了很长的一章。新一波恐惧席卷了他，他知道自己别无选择，只能以身体不适为由取消这堂课，让学生周四再来，并希望那时候自己能够缓过来。

这件事极速传播开来，学术界的八卦一向如此。那堂课是午后上的，而到了下午晚些时候，全体教员似乎都听说了老威廉·亨利·德弗罗在讲台上莫名瘫痪的事。与大多数学术八卦一样，关于这件事的大部分事实也被歪曲了。我父亲的同僚们似乎很困惑，因为他是能够与他们在走廊里交谈的。在当晚系里举办的鸡尾酒派对上，他们惊讶地发现他不仅在场，而且风度翩翩、口齿伶俐地讲述着自己奇怪的失能事件，将新鲜出炉的尴尬经历变成了喜剧相声，描述着一切如何在自己眼前晃来晃去，词语如何突然失去了意义，字母如何不再能指导发音。他解释说，那感觉就像他穿越了时空，回到了书面语尚未问世的时代一样。他依稀记得语言为何物，以及它是如何运作的，但一切看上去都很蠢。听完我父亲对那件事的陈述之后，他的同僚们都发出了赞叹的笑声，但他看得出他们全都吓坏了，看得出自己为他们细致描述的，正是他们最害怕的噩梦。不能说话？无法交流？就算承认自己性无能都不可能让这些人更加震惊。我父亲竟能对这种情况如此轻描淡写，这令他在这些人心中的地位又抬高了一截，如果他的地位还有抬升空间的话。如此聪明伶俐，但就是说不出话来。这不就是古典悲剧的素材吗？他走出了地狱，为这些人讲述自己的遭遇，这多妙啊。他的病显然只会在教室里发作，而没有逸散到职工鸡尾酒派对上，这是何等的好运啊。

当然，在谈及自己生的这场病时，我父亲之所以能如此油腔滑调、口吐莲花，是因为他坚信这件事不会再发生了。实际上，参加鸡尾酒派对前他胆战心惊，生怕自己到了那里又会变成哑巴。在同事的簇拥下发现连珠妙语并未弃自己而去，他松了多大一口气呀。他原本还在担心自己这次失能也许是怯场的表现，与他新换的这份工作有关，毕竟这是十多年来他换的第一份工作，而且大家都指望他别待上一两年就走。鸡尾酒派对证明事情不是这样的，毕竟这个场合更难应付，他在这里也要有更高水准的表现，因为在这里表现糟糕所受的诟病可比搞砸一堂本科课严苛多了。实际上，他并没有搞砸那堂课。他只是没上成那堂课而已。没关系。周四他会上成的。这段经历使他借助这个故事更上了一层，而不是后退了一步。

只不过当时间来到周四，当我父亲回到教室点完名后，他感觉自己刚刚念出维恩莱特小姐名字的最后一个字就又陷入了令人两眼一黑的恐惧之中，单词与字母又调皮了起来，又开始当着他的面在纸上重新排列组合了。他扔下了讲义，再次拿起了学生的花名册。片刻之前，花名册上的字母还是讲得通的，可此时，就连它们也搅成了一团。他知道排在那串名字最下方的是维恩莱特小姐，可他费了好大的劲才找到那串名字的末尾在哪。这些字母拼出来的是维恩莱特这个词吗？你怎么看得出来呢？他抬起头，毫不费力就认出了维恩莱特小姐。他先是端详了一下她的鼻子，然后又端详了一下她的某只耳朵。最后的这个东西——这只耳朵——也是字母表里的一个字母吗？他记不起来了。如果你把它和鼻子放在一起，它们能组成一个单词吗？这个词是拼作维恩莱特吗？不可能的。那样的话，班上的每个学生就都叫维恩莱特了。这一切已经超出了他的承受范围。他感觉自己膝盖打软，只得被搀扶着下了讲台，坐到了维恩莱特小姐旁边的空椅子上。他忍不住盯着她的鼻子看了起来。"温恩莱特。"他对着那鼻子轻声低语道。

重蹈覆辙后，他生病这件事便不再是闹着玩的。我父亲会提前将讲义的全部内容都写出来，做好准备再去上课，可一旦他点完名，同样的事情就会再次上演。这种情况出现时，他会将讲台交给自己的研究助理。这个人会将他的讲义念一遍，而我父亲则会怀着恐惧与耻辱的心情到走廊里去等待。站在门外的他能够听到自己的讲义被念成了什么样子，能够听到助理忽高忽低的发音和放错了重点的吐字。这时，他比以往任何时候都更为心酸地领略到了传递信息与教书育人的区别。更糟糕的是，没有了他的权威人格撑腰后，他的这些评述——即便是他最引以为豪的那些——似乎……也并没有显得很深刻。

这种情况不能再继续下去了，他心知肚明。他只能辞职。他不得不把这让人颜面尽失的烂摊子从头到尾对院长解释一遍。最糟心的地方在于这件事他是能够做到的。与院长交谈对他来说不成问题。令他哑口无言的是学生。

在九月余下的时间与十月的大部分时间里，这种情况一直在持续，直到某一天，我父亲有了一个令他目瞪口呆的发现。在从走廊进入教室后，他开始说话了。实际上，他在走廊里就开始说了，毕竟在走廊里，一切向来都讲得通。他手刚握到门把、人还在屋外时就起了头；往教室里走时，他就这样继续说了下去。那堂课讲的是狄更斯，一位因多愁善感、缺乏戏剧微妙性而备受我父亲诟病的作家。从没有哪个学者像那天我父亲对待查尔斯·狄更斯那样，将一个已经入土的作家批判得如此体无完肤。知识分子的不屑也从未像那天下午一样，冷静地藏身于温文儒雅的才思化作的薄薄粉饰之后。我父亲一边侃侃而谈，一边从自己强有力的声音中获取着信心。同样的课他以前讲过，但从未如今天这般。一阵事先并未经过安排且颇具戏剧性的狂喜突然将他席卷，他将《荒凉山庄》中乔之死的情节读得如此令人捧腹，其效果是毁灭性的。待他读完时，全班同学都已笑倒在地。之后，他们站起身来，向他鼓掌致敬。这才是他们交学费的目的。他们终于觉得自己见证了伟人的存在，不屑地将《荒凉山庄》砰的一声合上了。

我父亲终于在教室里开口说话、大家还起立向他鼓掌致敬的消息席卷了整个英语系，那时，说实话，大家对他的耐心已经磨掉了一些。他们以为自己雇了个清垒者，却发现他连这里其他所有击球员所拥有的那股爆发力都施展不出来。为什么没人要求他做个体检呢？把老师当得索然无味甚至糟糕透顶是一码事，但你不能是个哑巴呀，就算你是老威廉·亨利·德弗罗也不行。

在得知自己的杰出同僚终于开出了长球后，系里的几个成员私下里有些失望，也有些嫉妒，因为到处都在谈论狄更斯那节课，好像只有那节课重要，好像过去十年大家在哥伦比亚大学讲的课都无足轻重一样。他们之所以失望，也是因为当我父亲到办公室里收邮件时，他们再也不能满腹狐疑地冲彼此挤眉弄眼了。（我父亲要了两个大箱子才装下了他从读者及其他向他寻求建议的学者那里收到的海量信件。）你只消看一下我父亲的步态便会知道，老威廉·亨利·德弗罗回来了。狄更斯那堂课后，他看上去就像换了一个人一样。他看上去就像一个刚跟双胞胎云雨完的人一样。

尽管看上去不一样了，但我父亲并不认为他的苦难已经结束。《荒凉山庄》那堂名课结束后，当他再次踏入教室时，事实的确证明他的苦难还未结束。刚点了半个班的人名，他就感觉那股如今自己已轻车熟路的恐惧感正逐步蔓延开来。于是，M 开头的人他刚点到一半就找借口离开了教室，来到了走廊上，在那里讲出了这堂课开场白最开始的那几个字，然后一边继续讲一边重新进入了教室。今天这堂课是关于《大卫·科波菲尔》的。人还在走廊、手还握在门把上时我父亲便开始说"要知道，狄更斯根本不在乎……"，之后他转动把手，重新进入了教室，"……穷人的工作环境。大卫·科波菲尔并不反对孩童在黑暗、肮脏、有损健康的工厂里工作。在大卫看来，错出在这样的境遇竟落在了自己这个聪明伶俐、心思敏感的孩子头上。狄更斯笔下的主人公并不是追求社会正义的战士，其创作者也不是，虽然当他被误以为是这种战士时，他并没有站出来反对。"于是他便滔滔不绝地讲开了。我父亲望向研讨课教室高高的落地窗，紧盯着窗户中间偏上的某个点，这个点比他个头最高的那几个学生的脑袋顶还要高出许多。他相信，从他们坐的地方看过来，他更像是在"回"望，而非"仰"望，十九世纪的伦敦。我父亲沉浸在大卫·科波菲尔受雇的那家昏暗工厂的深渊之中，你很难指望他留意到二十世纪有人举起了手，想要提出疑问或反对意见。

我父亲继续说着，心里充满了惊奇之感，没想到自己这场病的治法竟如此简单，没想到自己竟这么久都没有想到它。他只要不点名或不去直视学生热切期盼的面孔就可以了。维恩莱特小姐在我父亲对着她的鼻子轻声低语那天就退课了，这让他觉得很不好受，但他又能正常运转了，这才是正事。老威廉·亨利·德弗罗回来了。

说完了。

希望上述内容能够满足各位读者的好奇，让大家知道上期专栏所述的那些事件结束后，老威廉·亨利·德弗罗又做了些什么。与上一个故事相比，这个故事会让人开心一些，相信这一点所有人都会认同，毕竟上一个故事里死了条狗，导致不止一位订阅这份报纸的读者停下了手头的事，思考起死亡的话题来，而这向来不会让人感到愉悦。从各个方面来讲，上面这则故事都更为乐观。我希望本专栏的读者能够明白，只要我们保持开放的心态，那么就连我父亲曾面临的那种复杂的难题也会有简单的解法，并希望这个认识能让大家振作起来。我无需提醒各位读者，开放的心态是大学生活的致胜关键，甚至可能会对工作、生活于学界之外的人也产生间接的影响。

第二十一章

周一一早电话铃声响起时，我决定让朱莉去接。她整个周末都在打电话，所以这通电话很可能也是打给她的。我不想偷听她聊天，所以我不知道她在跟谁讲话，也不知道她都说了些什么。但我非常确定，该打的电话她一个都没打。比如，她没有给房地产经纪人打电话，好把她家的房子挂到市场上。我也不觉得她与拉塞尔谈过了，虽然平心而论，这也许是因为她不知道拉塞尔在哪。她似乎只做了一件事，那就是与自己认识的所有人谈论拉塞尔。"这是一种互助体系，爸。"昨天下午她对我解释说，"坏事发生的时候，逞能当独行侠可不明智。"

"好吧，没错。"我让步了，"拉上一两个汤头[1]什么的，但……"

但我女儿是脱口秀一代，这代人似乎正在丧失区分公共与私人恩怨的能力。她不明白为什么她不该跟朋友聊自己的婚姻状态，甚至还撺掇他们站队、说三道四。最令我担忧的甚至不是这种条件反射般的倾诉模式。反常的是我女儿对沉默与独处的恐惧。如果她没有在跟朋友聊天，那么她便可能会听到自己脑海中的其他声音，听听这些声音说了什么对她也许是有好处的，可她却选择了打电话。当她没有电话可打了时，她会转而寻求电子产品的陪

---

1 Tonto，独行侠的伙伴。

伴，一个屋子开着电视，另一个屋子开着音响。我说不好，但可能连这些东西都被她算入了自己的互助小组里。

她带过来的那个大大的手提箱里装着她觉得在父母家活过一个周末所需的各种东西，我不用看就知道里面一本书也没有。我女儿从没有在书本中找到过片刻慰藉，这令我百感交集。她做到了我曾经想做的事，而且貌似并没费什么脑筋或力气。作为一双书呆子父母的后代，我打小便决定将来我要尽己所能地与他们不一样。成年后我下定决心，从书本中抬起头来时绝不能露出困惑、出神、失望的神情，因为当我父母从书籍的世界中猛然惊醒并回到现实生活中时，他们脸上就会挂着这样的神情。我甚至可能觉得，成为作者就是在用某种讽刺的方式对我父母这样的人进行打击报复。他们会被我天花乱坠的故事骗得团团转，而我则不会。我知道梦是如何铸就的，把戏是如何起效的，所以它们不会对我产生影响。当然，我成了笑柄。创作《在路丧》的那三年，我生活在两个世界之间，未曾真正身处任何一个世界之中，也许还对两个世界都造成了伤害。手术摘除肾结石的前一晚，我父亲在医院里读完了这本书，事后他坦承我的小说并没有像他期望的那样彻底分散他的注意力。他总会去留意那些情节是怎么被编排到一起的，他说。那会儿我感觉很受伤，虽然如今，到了快五十岁的年龄，我意识到了结石会如何霸占一个人的注意力，甚至会如何削弱文学的力量。

与一周以来的每个早晨一样，今天早晨我也是在上厕所的迫切需求中醒来的。否认现实是没有用的。我从父亲那里继承了大部分我本希望能够规避的东西。归根结底，我和我父亲一样，是英文教授。我和他之间最大的区别在于，他是个事业有成的英文教授。凯伦，我家大女儿，是另一个继承父业、步学术后尘的孩子。大学毕业后，她试着做了一些与学术无关的事，但后来却突然决定重新回学校念硕士去。最近，她在学校里完成了关于马修·阿诺德的论文，也了结了自己与论文导师之间的一段不伦恋，虽然这件事我是最近才知道的，同我知道许多事情的方式一样：通过莉莉；后知后觉。

不，朱莉才是那个奇迹。一个信守了童年的誓言，坚决不让自己被书本愚弄的孩子。《人物》杂志也许可以愚弄她，但《白鲸》绝对不行。她的志向我明白，但她是怎么做到的呢？还有，她为什么不接电话呢？

当电话那头的声音说要找德弗罗博士时，我差点就听出了对方是谁。那个人的吐字既浑浊又缓慢，听上去非常固执。当一个人自以为掌握了你所不知道的信息时，他才会发出这样的声音。那个人听上去有点像学校保卫科的卢·斯泰因梅茨。鉴于我想不出为什么卢·斯泰因梅茨会在——我瞥了眼床头柜上的闹钟——周一早上六点半给我打电话，所以我琢磨起自己认识的人里还有谁听上去像卢·斯泰因梅茨，并且有打电话给我的理由。

"我是卢·斯泰因梅茨。"那个声音说道，"我想问问你愿不愿意来学校一趟。"

他说这话的语气听起来就好像他在要求我向当局投降一样。就好像他想知道我会不会心平气和地交出自己，或者他是不是得过来抓我一趟。我几乎想象得到他让我不要敬酒不吃吃罚酒、自己看着办的样子。"卢，"我说，"我每天早上都会去学校，和你一样。"这当然不是大实话，但自从我掌握了英语系的大权并开始滥用它起，实情就与这相差无几了。

"因为学校里出了点小状况。"卢解释道。

"小状况？"

"目前这个阶段我无权告知太多。"

"我会去的。"

"什么时候？"

"我无权告知，但很快吧。"

我还没来得及把脚伸进拖鞋里，电话铃就又响了起来。这次是泰迪。"太难以置信了。"他说，"你真的那么做了。太难以置信了。"

"现在是早上六点半。"我提醒着他，"我连咖啡都还没喝。我做了什么？"

"意思是那件事不是你干的？"

我挂了他的电话，坐在床边，努力想让自己从白加黑的药劲中清醒过来。我整个周末都窝在床上看电视、打盹，还在笔记本电脑上为《雷尔顿镜报》敲了一篇小短文，讲我父亲在哥伦比亚大学的事。可在创作的过程中我却发现，只靠摄入肉汤、感冒药和鼻腔喷剂并不利于写出好文章。总的来讲，今天早上我并没有感觉很糟。如果电话不要响个不停的话，那我的感觉会挺不错的。

"别挂电话。"泰迪恳求道。

"好的。"我不假思索就同意了。必要的情况下，我是不介意食言的。

"有人杀了只大鹅，还把它挂在了学校的树上。卢·斯泰因梅茨觉得是你干的。"

"你怎么会知道卢·斯泰因梅茨脑子里是怎么想的？你怎么能确定他有脑子呢？"

"你知道保卫科的兰迪吗？当时是他在值班。他给卢打了电话，卢说的第一句话是，'我敢打赌是那个疲沓派英文教授干的。'"

"疲沓派？"我说，虽然光听这字眼我就认出了卢的风格。

"需要我过去找你吗？"泰迪主动请缨道。

"何必呢？"

"咱们可以一起开车去学校？"

"何必呢？"

一阵沉默。毫无疑问，他还在因为昨天下午我拒绝参加他组织的紧急会议而生气，毕竟我保证过我会参加的。"好吧，跟我说实话，我不会告诉别人的，就连茉妮也不会告诉。是你干的吗？"

我有种强烈的冲动，想告诉他是我干的。我看得出他多么迫切地想要相信这件事。"在和律师沟通以前我是不会再多说一个字的。"

"也许这正是你今天需要的。"泰迪说。我搜寻着夹杂在这句话中的讽刺，却没有发现蛛丝马迹，"开系会的时候，这也许会让大家重新站到你这边来。"

"什么系会？"说着我挂掉了电话。

我煮上了咖啡，然后刮了胡子、洗了澡、穿好了衣服。倒上咖啡后，我刚要敲一敲客房的门，告诉朱莉我得去学校了，结果就听到外面有车开了过来，而开车的人正是我女儿。她抱着一个硬纸箱走了进来，之后将纸箱放在了厨房中岛的中央。

　　"他去过了。"这是更为传统的那句"早上好"的一个变体。

　　她摘下墨镜，将它扔到了操作台上，然后转过身来面对着我。她的眼睛今天看上去没有那么糟了。肿已经消了，青紫已经化为不再那么怒气冲冲的黄绿。可朱莉本人呢，她的怒气却一点都没消。"他拿了几件衣服和其他一些东西。还洗了个澡。"最后一项似乎让她尤为恼火。

　　"他用马桶了吗？"

　　她无视了这个问题和问这个问题的人。"今天就换门锁。"虽然她的眼睛看上去好些了，但今早她眼角的那个皱纹却深了一些，让眼皮都耷了下去。

　　"朱莉——"我开口说道。

　　"别劝我收手。"

　　"好吧。"说着我将咖啡杯拿到了水池边，把它冲干净了。

　　"看见了吗？"我转过身来后她说，"这简单得很。可就连这种事我都指使不动他。"

　　我感觉不明所以。"哪种事？"

　　"把那破杯子冲干净。"

　　说实话，她瞪我的样子意味着她恨不得拿我们两个——丈夫加父亲——去换一个波多黎各独腿女佣。

到了山脚下后我并没有右转，而是左转朝阿勒格尼泉而非雷尔顿的方向奔去。我并不急着去学校。如果真的有大鹅被宰了，那我还不知道会有什么样的烂事在那里等着我。我承认，被卢·斯泰因梅茨盘问的念头让我觉得蠢蠢欲动。通常情况下，那个被自己的母亲指责油嘴滑舌的小威廉·亨利·德弗罗都会享受用自己的三寸不烂之舌把卢·斯泰因梅茨绕得云里雾里，可今天，幸运汉克的心思却不在这件事上。实际上，当他沿着双车道柏油路往前开时，他想起了一个著名的儿童实验，实验的目的是评估——怎么说呢？——这些孩子的雄心？自信心？自尊心？实验过程中，每个孩子都被分发了一个沙包并看到了一个圆圈；之后，他们会被请到某条线后，站在那里将沙包往圆圈里投，这件事就连最笨手笨脚的孩子也能轻松完成。下一步，孩子会撤到第二条线后，这样一来，投沙包的距离会变远，难度也会提高。每一投过后，孩子都会后撤一米多，所以每次投沙包的难度都会提高，失败的概率也会变大。最后，孩子在领完沙包后会被告知他们可以再投一次，位置由他们自己任选。有几个孩子选择了难度最高的一投，他们虽然说不出为什么，但隐隐感觉荣誉就潜藏在最后的那条线上。可更多的孩子却径直回到了第一投的位置，毕竟在那里，成功是板上钉钉的事。我突然想到，与卢·斯泰因梅茨较劲就有点像站在第一条线上投沙包。至少今天早上，我对这件事没什么兴趣。

进入阿勒格尼泉所在的村庄后，我向山上开去；见到拉塞尔和朱莉家的邮筒后，我驶入了他们的车道。我突然想到，也许拉塞尔在监视这栋房子。若真是如此的话，那么他就知道朱莉已经离开了，也许还趁没人的间隙回来过。不过，四下并没有他或他的车的影子，只有那栋凄凄惨惨、尚未完工的房子。不论朱莉想表现得多么强硬，这房子她都不得不卖掉了。她会和莉莉一起做出决定。我的任务会是闭上我这张嘴，直到木已成舟为止。之后，等我们要搞明白如何将一栋未完工的房子卖出最好的价钱时，这任务又会落到我的头上。是原封不动地卖掉？还是我们——我和莉莉——先花钱把它建完，然后再把它卖掉，以期回本？我在脑海里列了一下必须要做的工作：装百叶窗；至少做一点景观规划；填上为建游泳池而挖的那个坑，然后重新把草皮铺好。即便到了那会，这栋房子也不好出手。光我们那个小区就有八或十栋房子处于待售状态。

我们的任务——我的和莉莉的——都是量身定制的，不止是在朱莉和拉塞尔的这件事上。周末的时候我们聊过了。聊的时间不长，部分原因是那时我被白加黑搞得晕晕乎乎、头脑迟钝，还有一部分原因是在安吉洛——她父亲——的话题上，我总会小心翼翼、尽量规避。但对于周五莉莉不愿与我分享的那些事，至少我已经模模糊糊地知道了个大概。事实证明，上周我打电话过去时安吉洛之所以不在，是因为他进监狱了。他显然已经被关了一周多的时间，而他之所以没跟任何人提及自己的行踪，要么是因为他太固执，要么就是因为他觉得太难为情。他被捕时身上背了好几项罪名，从危害公共安全到在城市里开火都有。尽管莉莉周五大部分时间在安排她父亲的保释，但周末他还是在县看守所里度过的。

莉莉从出警报告和邻居的口述中拼凑出了事件的经过。据她所言，一个黑人小伙犯了个错。这个小伙走上了安吉洛家的门廊，按响了门铃，并在安吉洛带着泵动式霰弹枪来应门时拒绝按他说的离开现场。很明显，这个故事并没有这么简单，但我不想去追问那些会让这样的叙事跃然纸上的细节。前面我已经说过了，我和莉莉很久以前就达成了协议，约定永远不让对方的父亲在我们两人之间挑起激烈的冲突。我们意识到我们两人都很喜欢对方的父亲，因此这个协议的必要性便突显了出来。莉莉觉得老威廉·亨利·德弗罗很迷人（他的确迷人），而我觉得安吉洛很滑稽（我依然觉得他很滑稽，虽然我得承认他从没有用上了膛的枪威胁过我）。当然，我父亲的魅力和安吉洛总能让我笑破肚皮的能力（不论这一举动多么无心）并不是这两个人身上的重点，至少不是我们——他们更为正统的后人——心中的重点。忽视亲家的性格缺陷是有可能发生的，原因很简单，因为你既不用为他们负责，也不用觉得自己在遗传的层面受到了牵连。

莉莉的情况比我的情况糟得多。她和她父亲之间的关系之所以会变得复杂，是因为她就是无法放弃自己对父亲的爱，虽然她父亲的极端偏执不仅让她觉得颜面扫地，也让她气愤不已。但她忘不了在自己年岁尚小便失去母亲后，安吉洛一心扑到了"他家小姑娘"身上。这份关爱发挥的效力胜过了其他一切事物，最终帮助她走出了丧母之痛。他们就像一个团队一样，直到莉莉要离家去上大学了，而这也让他们之间的关系一夜之间就起了变化。

不过几个月的工夫，她就不再是他家小姑娘了。突然间，他们好像说起了不同的语言。每当她放假回家时，她都又学会了一些让他插不上话的新词。更糟糕的是，很多他喜欢用的旧词她也不允许父亲在她面前用了。曾经亲密无间的父女此刻已是形同陌路。莉莉开始跟安吉洛看不上的那种男人交往，最后还嫁给了这群人里最差劲的那个——我。

我很同情他。这就是中低产家庭送孩子去念书所要面临的两难处境，而且他们往往要付出高昂的代价。他们的愿望很天真（而且他们并不觉得自己的愿望不合理），以为自己送出去的孩子除了会衣锦还乡之外不会发生任何变化。肯定不会瞧不起自己。如今的安吉洛看着他家小姑娘选定的配偶，听着她满腹学识的谈吐；他目睹了她如何将孩子拉扯大，也见证了她对他眼中那些社会危险人渣小青年的付出，不禁感慨这是对他的为人及教子之方的全盘否定。我和莉莉结婚前不久，安吉洛到我们为了省钱而住的那间又脏又暗的公寓探望了我们。他请我们去外面吃了晚饭，鼓励我给他讲讲我的规划。我不记得我对他说了什么，可等我说完后，他扭头望着自己的女儿说："我哪里做得不好，姑娘？能不能至少把这件事讲清楚，因为我真的很想知道。"

当然，安吉洛并不是史上第一个问出这个问题的家长。想到这一点时我正坐在被压出了车辙的沙土车道上，这条车道的尽头就是我自己的女儿的房子。莉莉赞同我母亲的看法，认为我并没有准备好迎接我父亲的回归。她认为我与老威廉·亨利·德弗罗之间的关系很不正常，可我却觉得我们情感上的疏远既合理又令人钦佩。我们对彼此的失望之情根深蒂固，而且很可能是无法补救的。我们并没有将那些失望之情说出口，也没有试图改变彼此或索要一些对方给不了的东西，这不仅明智，而且可谓谨慎。安吉洛可以问女儿自己哪里做得不好而不必担心承担恶果，因为他知道女儿太爱他了，是不会回答这个问题的。我和我父亲不仅清楚地知道我们没有达到对方期望中的哪一项，而且也知道无比详细的长篇大论正等着傻到问错了问题的那个人。

第二十二章

我决定走山路前往学校，这样我就能从后门溜进去了。因为大家可能正在学校正门那里挥舞印着我的照片的标语。

我在怪圈烧烤酒吧对面的十字路口停了下来。虽然我并不饿，但把车开过去、与普迪先生之流共进早餐的想法还是挺让我心动的。确切地说，在我看到一辆酷似普迪先生那辆卡车的车拖着拖车停下来之前，在我看到一个穿着牛仔裤、牛仔靴和西部衬衫，长相酷似普迪先生的人从卡车上下来之前，我就已经心动了。我驶入停车场，按了两下喇叭他才抬起头来，而在认出按喇叭的人之前，他好像一门心思只想给这个按喇叭的人点颜色看看。他那双牛仔靴的鞋尖看起来尤为致命，于是我并没有下车，而是摇下了车窗。定睛看过后，普迪先生的表情就好像他被某个穿着跟他差不多的靴子的人踩了一脚一样。

"亨利啊。"他叹了口气。

"嗨，普迪先生。"我说，"你把我妈扔哪去了？"

"她回家了。"他耸了耸肩，"还有你爸。你知道纽约的酒店有多贵吗？"

"等我停一下车，普迪先生。"我对他说，"早饭我请。"

"行。"他说，"搞不懂为什么有人愿意住在那种地方，什么都那么贵。"

我停在了他的卡车旁边。不知为什么，他的车看上去不太一样了。它依旧亮闪闪的，可它似乎发生了一些我无法一眼看透的变化。

"他们真是没少动手脚啊，是不是？"见我下车后端详起他的卡车来，普迪先生说道，"拿走了我的轮毂罩。音响。喇叭。反光镜。"

我往驾驶室里瞥了一眼，可不是吗，仪表盘上的电线都耷在外面。

"他们把我的缝布也偷走了。"说着他指了指卡车光秃秃的后斗，"怎么会有人想住在那种地方呢？我们也就离开了不到二十分钟而已。"

"你的车上保险了吗，普迪先生？"

"上了，但这不是重点。"他意味深长地叹了一口气，"至少我们安然无恙地回来了。拖车里全是你爸的书。家具他们寄存起来了，里面有几件还挺不错的呢，比这些书加起来值钱。不过没人希望我多嘴。"

我们端详着那个拖车。

"那两人，他们是一丘之貉。"他说。

更多的玉米面肉饼和鸡蛋下肚后，我得知了事情的始末。归根结底，这个故事讲的是普迪先生终于明白了自己苦苦追求我母亲这么久是多傻的一件事。在这一点上他其实存疑已久，就算我母亲宣布了我父亲回归在即，他也依旧怀揣着某种期望。只有在他看见他们两人在一起的样子之后——意识到他们是一丘之貉之后——他才终于明白了这个女人到底是谁。这个周末对他来说一定很漫长吧。

我父亲，据普迪先生说，压根帮不上忙。这一点我本可以事先告诉他的。小时候，我看到老威廉·亨利·德弗罗干的唯一一件实事就是为小红挖坟墓，而在那之后的一周里，他一直在抱怨自己的手掌磨出了水疱。

"他的状态看上去不太好，"普迪先生坦言道，"所以我没想让他帮忙。但他怎么能哭成那个样子呢？"

哭？老威廉·亨利·德弗罗？难以想象。哭可不是一种讽刺的姿态。"你这话是什么意思？"我问这话的语气或许有些犀利。

"他全程一直在哭。"普迪先生解释起来惜字如金。

"他在哭？"

"离奇到家了。上一秒他还笑眯眯地坐在那里，然后突然之间就开始像个小孩一样号啕大哭。之后，呼一下子！他又停了。咧嘴冲你傻笑，好像不记得自己刚才哭过鼻子一样。"

"你亲眼看见的？"

"我猜你有一阵子没见过他了。"

从字面意义上来讲其实并没有那么久。几个月的样子吧。得知他垮掉后我和母亲去了一趟纽约，但那会儿他人在医院里，而且被注射了不少镇静剂，所以从最实在的角度来讲，普迪先生说得没错。上次见我父亲已经是很久以前的事了，大概有五年了吧。

我并不觉得这有什么好奇怪的，直到我思考起我要如何向普迪先生这样的人解释这件事，因为在与我母亲交谈过后，他很可能断定我和我父亲已经绝交了。

"你妈说无视他就好，"普迪先生又解释了起来，"随他哭去吧，他早晚会停的。我寻思她说得没错。"回忆起那个场景后他摇了摇头，"那个架势，你敢打赌他是要哭到天荒地老。可之后他又不哭了，还开始冲你傻笑。你等着瞧吧。"他加了一句。

我试着想象起这幅画面来，却没有成功。这时我第一次考虑到了一种可能性，那就是我母亲也许是对的，也许我并没有准备好迎接我父亲的回归。

"你不是要哭鼻子吧，啊？"普迪先生问道。他正满脸狐疑地盯着我。

我向他保证我是不会哭鼻子的。

他看上去将信将疑但还是比较乐观。"我本想吃完早饭去你家一趟的。"他边解释边用餐巾纸擦了擦自己粘满鸡蛋的嘴，"你妈说让我把所有东西都暂存到你家车库里。"

"她真这么说了？"

"看来她没告诉你。"

我受不了了。突然间，她让我觉得怒不可遏，我也没有原谅她竟以为我和莉莉会乐意让出大半个车库，给老威廉·亨利·德弗罗当私人图书馆用。"她谢你了吗，普迪先生？"

他耸了耸肩，将自己的盘子推到了一旁。"还没呢。"他坦言，"当然工作还没做完呢。她可能还在等，这样她就不用谢我两次了。你不吃吗？"

没错。我只叉了几口鸡蛋吃。我胃里正在犯恶心，我不确定用别的肠子填满我自己的肠子是不是个好主意。

"在纽约，这么一盘鸡蛋会卖到十三四美元。为什么有人会愿意住在那种地方呢？"

我将我那盘鸡蛋推到了普迪先生面前。"别人仗着你脾气好就欺负你，你不会觉得困扰吗？"我问他。

他将我那盘泛着血色的鸡蛋塞进嘴里，然后若有所思地嚼了起来，好像在为鸡蛋掏了那么多钱之后，他对鸡蛋的敬意也有所加深。"大概只要她幸福我就开心吧。但我得承认，整件事并没有按我希望的路数发展。"

"你觉得她幸福吗？"我问道，我真的很好奇在这件事情上普迪先生是怎么想的。

他耸了耸肩。"他们说起话来一样，他们两个。"

我琢磨起这个增加幸福感的良方来。

"你也是。"他补充了一句。我看得出他并不是故意要伤害我的感情。

"我得去尿尿了，普迪先生。"我对他说。

"去吧。"他说。

"之后我得去学校待一会儿。"

"去吧。"

"拆下拖车，把它放在车道上就行。"

"你妈不会乐意的。"

"那又怎样？别管这件事了，普迪先生。又不是你的问题。"

"今天不还拖车的话她就得交滞纳金了。"

"让她交呗。"

他琢磨了一下这个方案。"其实押金是我交的。"

"我尽量中午赶回去。"我叹了口气，"在那之前就别管了，行吗？你知道我住在哪里吗？"

他点了点头。"你妈告诉我怎么走了。"

我把我们的早饭钱放在了桌子上。

"你爸说外面那堆书他每本都读过了。"语毕普迪先生琢磨了这句话片刻，"但我不信。"

"为什么呢，普迪先生？"

"因为根本不可能啊。"他说，"那么多书呢。"

"你是说我父亲是个骗子吗，普迪先生？"我冲他咧嘴笑了笑。

"可能是吧，亨利。"他也冲我咧嘴笑了笑，承认道。

在怪圈烧烤酒吧男厕所的小便池前，我努力想象着普迪先生刚刚描述的那种状态下的老威廉·亨利·德弗罗——一个此生最大的天赋就是总能让自己的需求得到满足的男人。由于周末我灌进肚子里的白加黑超过了推荐剂量，所以我现在感觉很抽离。伤风的症状已经消失了，可我心里的平静也没有了。男厕所墙上的涂鸦像我父亲的讲义一样在我眼前晃来晃去。我头晕目眩，无法理解此前来这里朝圣的人在墙上留给我的简简单单的信息。"吃屎去吧。"我得到了这样的建议。

我年少时代的那个老威廉·亨利·德弗罗不会觉得这种毫无智慧可言的污言秽语有任何可取之处。是不是正因如此,所以此时此刻,这几个字在我看来反而成了英语里最搞笑的几个字呢?谁知道呢?也许新的老威廉·亨利·德弗罗,也就是普迪先生刚刚为我描述的那位,也会觉得这几个字好笑。也许他会像疯子一样哈哈大笑。可话说回来,这几个字在他眼中也可能会显得无比悲伤,悲伤到泪水会顺着他满是老年斑且已经凹陷进去的苍老面颊流下,令他在自己眼中也变得面目全非。

第二十三章

从教职工停车场里，我能看到电视台的厢货又停在了池塘附近的某个贵宾车位中，示威者也再次聚集了起来。实际上，他们的人数看上去翻了一倍。这与当初反对越战的规模比差远了，可话说回来，这些人反对的毕竟是我。他们反对的是一只大鹅的逝世。话虽如此，可他们喊口号的声音还是很洪亮，我坐在车里、无需摇下车窗就可以听到他们的声音。

我自己高举标语的那些日子令我回想起，四月是借道义之名大泄怒火的最好时机。春假已经结束，所以示威活动不会有被打断的风险。渐暖的天气让户外活动看起来非常明智，也非常自然。当期末考试不过两周之遥时，一场痛快的道义示威能给大家提供必要的理由，让大家离开宿舍、教室和图书馆的藏书室。我和莉莉谈恋爱时参与了一连串示威活动——我不禁认为那时的示威含金量更高一些——我至今依然记得我妻子手举示威标语的样子。狂热。美丽。强壮。养眼。我不知道在这群示威者中间，某个和她很像的年轻姑娘是否正模糊着某个手举标语的年轻哈尔的道德焦点。

从教职工停车场我所坐的地方望去，我能看到远处有几根巨大的钢梁趁周末的工夫拔地而起，这就是技术职业学院的轮廓。这让我想起了上周我做的那个梦，那个我家房子突然变成了庞然大物的梦。今天上午，当我的脑袋里塞满了一团乱麻的感冒药、入狱的安吉洛、哭鼻子的老威廉·亨利·德弗罗还有分居的朱莉和拉塞尔时，那个梦对我来说有了别的意义。突然，有人敲了敲我这一侧驾驶室的门，吓得我跳起来老高。我猜我已经在这里坐了好一阵。我看出那个人是梅格·奎格利，把我吓得直跳脚令她乐不可支。在我摇下车窗后，她说："你要在里面坐一上午吗？"

"你有更好的提议吗？"

见她只是咧嘴冲我笑着，我摇上了车窗并下了车，因为自己出神被逮了个正着而羞愧不已，而出神这件事似乎在我身上发生得越发频繁了。我看了看表，想估算一下我在那里待了多久，以及多少时间在这次断片中流逝了。"你不怕别人看见你跟我在一起？"见她跟上了我的步伐一起向现代语言学大楼走去，我问道。

"别人总能看见我跟见不得光的人在一起。"她对我说，"他们要是都跟你一样人畜无害就好了。"

我不确定我是否愿意被美如梅格·奎格利这样的年轻姑娘说成人畜无害，但我没有继续追究。"听说你明年又要去念研究生了。"

"是这么计划的。"她承认道，"我父亲是这么计划的，我没有。"

"这不赖啊。"我听到自己站在了比利那头。这个建议错得很离谱吗？

"我不确定自己想要博士学位。"她说这话的语气比我想象得更若有所思，而并没有那么好斗，"就算你现在给我一个，我也不确定我会想要。"

"那就彻底离开这一行。"我提议道，"你还年轻，干点别的。"

"如果我这么做了，那他辛苦赚来的钱就全都白费了。硕士学位证书就是在浪费纸。"

"那就把博士学位拿下来。"

"浪费更多的钱在我根本不想要的东西上吗？让他彻底变成一个穷光蛋，这样他就能开开心心地入土了？"

"总得有人开心吧。"我说。

"你开心吗？"

"开心得快要疯了。你看不出来吗？我甚至连博士学位都没有。"

她打量了一下我。"不管怎样，你的鼻子看上去倒是好些了。"

我也打量了一下她。天呐，这姑娘太漂亮了。"谢谢。"

我们到达了现代语言学大楼。梅格的办公室比英语系的其他办公室低一层，大大的房间里摆了十几张桌子，由二十四位外聘教员共用。

"我觉得我得等一下，先看看明年他有没有工作。"

我能听到这句陈述中的疑问。

"我想不出你家老爷子怎么可能会被炒掉，梅格。"我对她说，"基督还是血肉之身的时候他就在这里了。"

"看来他不在你的名单里？"

我意识到这周开始的方式与上周结束的方式是一模一样的，只是更糟了而已。这会儿已经没有水嫩的桃子可供我咬上一口了，因为我成了被指责的对象。不仅在梅格的父亲眼里，在梅格本人眼里，我也成了犹大转世的无德坏鸟。

"你知道他年轻的时候想当作家吗？你知道他写过一本小说吗？"

"比利吗?"说这话时我真的很吃惊,虽然我不知道我为什么要吃惊。在英语系,几乎每个人的抽屉里都塞着一本没写完的小说。我之所以会知道这件事,是因为在他们全都开始投诉我以前,他们会把这些小说拿给我看。都是些可怜的小破船。玩具船,进了大海就迷失了方向,惊慌失措的。他们的语言都很优美,都有着同样的艺术目标——证明自己拥有超人的敏感度。或许我之所以会对比利感到吃惊,是因为他没有让我读过他的小说。我一向很喜欢比利,现在我更喜欢他了。写了小说还不让别人知道,这个人好得很。

"告诉朱莉我今晚会打电话给她。"

"哪个朱莉?"我的困惑不是装的。

"你有个女儿叫朱莉?"她提醒我,"周末我没在家。她给我的答录机留了言。"

"我不知道你们两个认识。"

梅格只是看了看我。好像我不知道的东西还挺全面的。

"所以你还没跟她谈过?"我说。

"我知道她和拉塞尔的事了,如果你指的是这个的话。"

我开口想要问些什么,可随后却意识到我并不想知道梅格对这些事情的看法。"拉塞尔好像人间蒸发了。"我小心翼翼地说。

"并没有。"她说,"他就在附近。"

"如果你见到他了,告诉他我想跟他谈谈。"

"老天爷,又要打架。"

"别犯傻了。"

"好吧，我会告诉他的。"她说，"如果我见到他的话。"

英语系办公室的窗户能够让人一眼望到野鸭塘。当我走进办公室时，茱妮·巴恩斯和亦然正站在敞开的窗前看示威的人群，而蕾切尔则抬头瞟了我一眼。蕾切尔这个人看上去总是一副担惊受怕的样子，而且她有她的理由，可今天上午，她看上去真的吓坏了，而且筋疲力尽的。她的白头发比我之前留意到的多，大概也比一个——多大呢？——不到四十岁的女性该有的白头发多。她的眼睛有了黑眼圈，还肿了起来。再一看，我发现她的整张脸都是肿的。

"过来看看。"见我进屋后茱妮说，"名场面。迪基正在话筒前讲话呢。"

我端详着他们两人站在窗前的样子。他们的亲密，他们的姿态，预示着亦然马上就要把手伸进茱妮的毛衣里面，从下往上摸了。这无疑只是我自己的猜测。一分钟以前，当我为梅格·奎格利开门时，我自己的幻想之手也游走了同样一遭，顺着梅格的后腰向上伸到了她胸衣带子的位置，如果她穿了胸衣的话。其实她没穿。

"他站在了一个盒子上。"茱妮继续说道，"看来他们没法调整话筒。天呐，他就像个小癞蛤蟆一样。"

听到这句评价，亦然紧张兮兮地傻笑了起来。他只比迪基高几厘米。作为教员中尚未拿到终身教职的那个，他不确定听到拿首席执行官消遣的笑话后哈哈大笑是否明智。当然了，不笑可能也不明智。"咱们在三楼。"他提醒茱妮，"咱们是在俯视他。"

就像我前面说过的，在英语系，大家争得最激烈的是捧哏的角色。

"不管我在几层，我都能俯视他。"茱妮的这句回复就像扬起球杆开了一球一样，毕竟球已经架好了。

蕾切尔递了一把留言条给我，然后用口型对我说："咱们得谈谈？"

"你们两个换个地方怎么样？"我提议道，"我要好好陪陪我的秘书。"

"我们的办公室朝向不对。"茱妮解释说。他们谁也没有从窗前挪开。在英语系当系主任有很多好处，但发号施令却不在其中。实际上，你可以尽情地下达命令，只要你不介意没人理会它们就行。

"咱们去里面吧。"我提议道，随后蕾切尔跟着我进了办公室的内间，并关上了身后的门。我快速翻阅着留言条。其中一张是院长留的，他显然面试完回来了，想要与我见上一面。菲尼也是。赫伯特·勋伯格想知道我能不能一有时间就赶紧给他回电话。我母亲希望她一有时间我就赶紧给她回电话。"你肯定把好消息都扣下了。"我对蕾切尔说。

当我抬起头时，我发现蕾切尔的表情真的很痛苦。"我感觉我快要吐了？"她的措辞吓了我一跳。读过蕾切尔写的故事之后，我对她的了解多了很多。我知道她出身卑微，知道她花了很大的力气学习礼仪，学习礼貌的举止。她的措辞还是会暴露她的出身，但这极其偶尔才会发生。她的衣着、姿态、举止——无一不是后天习得、熟能生巧——完美地模仿着中产的做派。

"坐下。"我对她说，"要是这里有窗户的话，我就开窗了。"

她坐了下来，身体前倾，将头埋在了双膝之间，努力让自己不要过度呼吸。见她摆出如此私密的姿势，我心里涌起了一连串复杂的情感反应，其中最强烈的竟是愧疚，这让我觉得很不可理喻。我锁上了门，这样就不会有人打扰我们了。不论她要说什么，我断定那都不会是好消息。

最后，她使劲咽了一下口水，然后抬起头来，深深地呼了一口气。不过，等她开口时，她的声音又变成了我几乎听不到的低语。"今天上午温迪给我打了电话？就是你的经纪人？"

此时，我心中的愧疚再也不是不可理喻的了。看到蕾切尔这么难受，我明白了未经她的允许就将她的故事寄给别人是多么错误的一件事。温迪这个人并不残忍，只是很忙、不会打圆场、说话很直罢了。她觉得，任何会被别人挫掉锐气的作家都应该被挫一挫锐气，而且她这么想并不是毫无道理。我没有事先想到这样的人会对蕾切尔产生怎样的影响。

"听着——"我开口说。

"她想代理我？"蕾切尔脱口而出，圆溜溜的眼睛里满是恐惧，"我该怎么办？"

"蕾切尔，"我说，"这简直太棒了。你这是怎么了？"

"我……被吓着了？"她说，好像她不确定自己有权拥有这种情绪一样。

"她是怎么说的？"

这个问题反而引得她更加恐惧了。"她说那些故事写得……棒极了？"

温迪说的远不止这些，我看得出来。她都快把蕾切尔夸出精神分裂症了。

"我就跟你说它们很棒吧。我已经跟你说了一年多了。"

"是啊，但是……"

我忍不住咧嘴冲她笑了起来。此时浮现在我脑海中的是上一次我们在这个问题上发生的对话。"凭什么她说了算？"我又问了一遍。

"那谁说了算？"

"我。我不停地这样对你说，可你就是不听。"

"她说有些故事太糙？这是什么意思？"

"意思是它们需要打磨。"

"这很糟吗？"

"只有在你不想打磨它们的时候才会糟。"

"我的确很想打磨它们？"

我不禁好奇，出版完短篇小说集之后，蕾切尔的性格会不会变得更笃定一些，她会不会学着让自己的尾音降下去。"蕾切尔，"我对她说，"好好享受这一切吧。好好吹吹牛。给你之前嫁的那个混球打个电话，告诉他'我说什么来着'。这是英语里最让人痛快的几个字。要是把它们憋在心里的话，指不定哪里会被撑爆呢。"

走廊里一阵骚动，有人想要打开被我锁死的内门。我走到了另一扇门，也就是朝走廊开的那扇门前，打开了一个小缝，偷偷向外望去。摄影团队来了，他们正在架灯光和灯伞。

"他们早些时候打电话来了？"蕾切尔说，"他们想采访你？"

"成了瓮中之鳖。"我宣布道。

"我应该先跟你说这件事的？"蕾切尔的声音里满是悔恨。

"别犯傻了。"我说，"你不问问我有没有宰那只鸭子吗？"

"不问？"

"为什么？"

"因为你没宰？因为那不会是个太高级的笑话？"

自己的心思被分毫不差地领会是件非常美妙的事，尤其若对方是时机赶巧时会令你倾心的女性。尤其若这些时机没有错得太过离谱的话。"你有没有意识到，蕾切尔，如果你出了书，那么我们的系秘就会比她服务的那些教员还要杰出？"

我真的不应该继续吓唬这个小可怜，但我就是控制不住自己。再说了，只有部分的她在担惊受怕。蕾切尔那颗纯洁无瑕的秘密之心已经哼起了小曲，因为它一定在哼小曲。我自己的心则在哼唱和声。

"他们会恨我吗？"她想要知道。

"他们已经恨你了。恨你帮了我。"

"说到这我想起来了？"说着她打开了她拿进来的一个三环活页夹，从里面取出了一个厚厚的小册子，我看出那是英语系的运营手册。她将册子翻到了描述罢免系主任所需走的程序的那一页，然后将它递给了我。她用黄色标出了想让我细看的那一段，上面说票数需要超过四分之三才可以。

"嚯。"我说,"我以为是三分之二呢。"

"菲尼也是这么以为的?我听他提起过?"

"在这种事情上犯错可不是菲尼的风格。"说着我看了一下手册正面的日期。

"从一九七一年奎里教授被罢免那次开始就不再是三分之二了?"

我隐约记得这件事。正是吉姆·奎里聘来了我和雅各布·罗斯。怪不得他们要罢免他。我只是想不起来当初我是怎么投的票。"系里多少人有投票权?"

"二十八个人?"

"复印三十份。"我提议道,"别告诉任何人。"

她将它们递给了我。三十份复印稿,真让人惊喜。

她走后,我又偷偷朝门外望了望,发现人群壮大了。美茜·布莱洛克已经到达了现场,正在没完没了地测音量。"你确定他在里面吗?"我听到有人问起。"就在那间办公室里。"另一个人说。此时,所有人都转过头来,直勾勾地盯着将我藏在后面的那扇门,我正躲在后面偷看呢。

我深吸了一口气,迈入了走廊与灯光之中。很快,美茜就挽住了我的胳膊,将我领到了镜头前。走廊的尽头,标语此起彼伏,上周五的口号又响起来了。"阻止德弗罗!停止杀戮!"我那些没有在上课的同事都来到了走廊里,想要一睹这奇观。

"我们正在宾夕法尼亚中西部大学的雷尔顿校区与该校英语系的系主任亨利·德弗罗教授对谈。教授,上周您扬言如果自己拿不到经费就每天宰一只鸭子。今天早些时候，有人发现学校的树枝上吊着一只鸭子。"（"是大鹅。"有人更正道。）"关于这件事，您是否知情呢？"

"无可奉告。"我对她说。此时走廊里传来了一阵哀号。

"就是他干的。"有人高喊，"看他那副德行。"

"你拿到你需要的那笔经费了吗？"

我坦言我没有拿到任何经费。

"这个情况与那只死鸭子之间有因果关系吗？"

"是大鹅！"有人愤怒地大喊了起来。我在人群中搜寻着托尼·科尼利亚的身影。

"无可奉告。"

"我们刚刚与校园执行官理查德·波普谈过。波普博士信誓旦旦地说你是无辜的。"

"他怎么会知道呢？"我指出，"除非那件事是他干的。"

这无端的揣测令美茜完全乱了阵脚。"你的意思是那件事跟他脱不了干系？"她不敢相信自己的耳朵。

"他也没拿到经费。"我说。

"你觉得杀戮还会继续吗？"

"你觉得我会拿到经费吗？"

摄像机上的拍摄指示灯熄灭后，有人高喊了一句："凶手！"之后，新一轮的口号又喊起来了。卢·斯泰因梅茨从人群中穿了过来。有人吼道："逮捕他！"

卢转身面对着示威者，要求他们当场解散，他们照做了，只是多少有点不情不愿。在我眼中，卢·斯泰因梅茨已经显出了老态，就像一个知道自己不会有太多机会挫败学生起义的人一样。把一个激进的英文教授关进牢房里或许能稍稍给他一些补偿。"借一步说话，教授？"

"现在不行，卢。我正忙着呢。"

"我可以执意要求。"

"你可以试试。"

"是啊，我可以试试。"

"只不过我的关系一直通到了州长那里。"我对他说，"你可以逮捕我，把我关进牢房里，但你程序还没走完，我就会跟其他所有混混一起继续为非作歹了。"

卢严肃地端详着我。他几乎可以确定我是在开玩笑，但又不敢完全确定。

"今天下午下课后我去找你怎么样？"

他离开后，美茜凑了过来。"我还是得跟你聊聊你那位伙伴。"她对我说。

实际上，美茜想跟我聊托尼·科尼利亚这件事让我有些反感。毕竟我没有跟他们这两个开开心心、赤裸身体、你情我愿的成年人一起泡在托尼的热水浴缸里。如果美茜·布莱洛克后悔了——我想象不到她怎么会不后悔——我希望她别跟我念叨这些事，尤其是如果她想博同情的话。"你走以后发生了一件特别奇怪的事。"

"我走以前事情就挺奇怪的了，真是谢谢你们。"

可她非常严肃，根本不想转移话题。"让他给你讲讲。"她说，

"如果他不肯讲的话，那我会讲。"

"好吧。"话虽如此，但我并没有想追究到底。我和托尼约好了今天下午打回力球。如果他主动聊起我走后发生了什么，或没发生什么，那没问题。不然的话，我就什么都不想知道。

"私下聊。"说这话时美茜压低了声音，"那只鸭子你是灭的吗？"

"是大鹅。"我提醒她。

"大鹅。"

"无可奉告。"

第二十四章

　　等我能够脱身去见雅各布·罗斯的时候，时间已经快到正午了。在这之前，半个英语系的人都磨磨蹭蹭地从我的办公室里穿行而过。菲尼停下了脚步，好看看关于今天下午的会议我有什么样的打算。我让他提醒我一下他指的是什么会，就是为了看看他的脸扭作一团的样子。就是那场将把我逐出这间办公室并从系主任的位置上赶走的会，他想让我明白。我会参加吗，这才是他关心的问题。当然了，我完全有权参加。大家会提出指控并进行讨论，我当然有机会，甚至可能有义务，对这些指控进行回应。话虽如此，但我还是要明白，在目前的情况下，就连我最忠诚的政治盟友也已经公开对我表达了反对。我不可能得到太多支持，听到那么多对我系主任工作的差评，以及那么多项投诉的细节，我可能会觉得不舒服。如果我参会的话，那么我就要做好被控诉的准备，因为我与管理层同流合污，因为我误导、背叛了我本该坦诚相待并细心呵护的这个院系。菲尼也想让我明白，虽然他对外的态度是希望我能够参会，但私下却希望我别去。他无比希望我别把今天的议程变成一场闹剧。在菲尼看来，今天的会议是一件非常严肃的事，因为英语系被大学系统视为笑柄已经太久了。他真的说了这句话。我再重复一遍：在英语系，大家争得最激烈的是捧哏的角色。我们最后商定我不去参会。我可以委托别人代我投票，前提是我能找到愿意接受委托的人。

泰迪和茱妮也分头来找过我，每个人都希望最后再敦促我一下，让我在这件事情上不要躺倒认栽。一想到要和洛克和菲尼投一样的票，他们就脊背发凉，可他们又觉得我的行为刚愎自用。我只需要出席会议，声明自己没有向迪基·波普提供名单，并向同事们保证我永远都不会这样做就可以了。这样一来，我们系就又会回到四分五裂的状态，再次陷入由来已久、已经开始趋于常态的僵局之中。泰迪让我不要忘了，上次全系意见达成一致的时候，我们把格蕾茜聘了进来。达成共识对我们来说是不正常的，这是他的看法。我们可是个英语系，得拿出点英语系的样子来。

我刚要去见院长，亦然就来了。他坦言自己整个周末都在想系里的事，越想越不明白我们怎么会落到这步田地。"我的意思是，咱们都是讲道理的人。"他说。（"谁？"我忍不住回了一嘴，"说出咱们系里一个讲道理的人就行。"）当然，真正让亦然心烦意乱的并不是我们系的可悲现状，而是他自己在其中的位置。他有一个周末的时间去思考自己在上次人事会议中的草率立场，那时，他不仅敦促我们在寻找系主任时取消所有男性候选人的资格，还鼓励我们在他明年申请终身教职的时候投反对票。他并不是担心可能会有人拿他的劝诫当真。周末时他对茱妮解释说，在我们的文化里，性别歧视无处不在，对此他太深恶痛绝了，不会介意牺牲自己以促进性别平等的大业。即便如此，他还是担心自己的立场可能被大家误解了，还有可能被大家误传了。万一，在转述的过程中，别人以为他根本不想要终身教职怎么办？万一他内心最深处的信仰被误认为是他的私怨怎么办？因为他惊恐地发现，茱妮本人就是这样想的。

他希望系主任能够明白，作为白人男性，他不确定自己是否配得上终身教职，但他确实想要一个。实际上，他在认真考虑出价买下阿勒格尼泉的一处房产。他的房地产经纪人一直说现在出手比较合适，茱妮也赞同这个看法。问题在于，在这种敌意满满、相互仇视的环境中，你怎么能看房，怎么能思考未来呢？拿今天的会议来说。大家会记住他投的是什么票。要知道他还没有决定自己要投什么票，但他明白不论自己怎么投，他都会树敌。就连茱妮都这么说。若我处在他的位置上，我会怎么做？他十分好奇。"做个有道德感的人太难了。"他慨叹道。

如果小威廉·亨利·德弗罗是个更为诚恳的人，那么他会对自己这位年轻的同事坦言不论他怎么投票，自己都不会太待见他的。可我给亦然的建议却是让他听房地产经纪人的劝。我对他说我相信他能拿到终身教职，相信他过气之前一定能当上系主任。在这一点上我的确有信心。就算他怀疑自己受到了侮辱，他也没有表现出来。

雅各布·罗斯的秘书玛乔丽·布朗罗在这所大学任职的时间比我认识的任何人都久。以前她是英语系的秘书，雅各布·罗斯成为院长后，她就追随他去了文学院。从那时起，管理层已经向她发出了五六次工作邀约，但都被她拒绝了。我始终认为这是出于对雅各布的忠诚，或是出于对迪基·波普领衔的新班底的厌恶。我不经常来学校的这一边，而见到玛乔丽后，我惊讶地发现有一件事竟被我忘在了脑后。十一月底时她给我打了个电话，想知道她有没有回英语系的可能。如果蕾切尔有离职的打算，我会记着点她吗？我向她保证，如果哪天蕾切尔真的递交了辞呈，那我马上就会给她打电话。可据我所知，蕾切尔还是挺喜欢这份工作的，尽管她的顶头上司是我。"你想聊聊这件事吗？"我记得自己这样问她。"当然想。"玛乔丽回答说，"但我不能。别告诉雅各布，汉克。向我保证。"我向她做出了保证，可我信守这类诺言的方式总会招致莉莉的责难。因为我总会把我不能告诉别人的事忘得一干二净。

不过，这会一见到玛乔丽，我就回忆起了我们之间的完整对话，随之而来的是一种预感——不论学校里正在发生或即将发生什么，去年秋天时玛乔丽就已心知肚明或起了疑心。院长的秘书总是知道所有见不得光的丑闻，阻止系主任直接与她们往来并完全略过她们的上司的，只有性别与阶级歧视。

"玛乔丽，"我站在门口说，"一五一十地告诉我。别漏掉任何细节。我承受得住。"

玛乔丽已经在这个环境里及我的身边工作了太久，很少有什么会让她措手不及，但这个自以为是的招呼却好似一记左刺拳一样，重重地锤在了她的身上。她仔细地端详了我很久，然后才开口说："你瘸了。"

我扑通一声坐到了为求见院长的人准备的椅子上。实际上，我们是在两间办公室的内间，系主任和工会代表这样的人会在这里等待。办公室的外间是为学生准备的，我已经路过了几位。他们恶狠狠地瞪着我。"不许插队。"他们想对我说。谁能怪他们呢？我不能，因为我就是来插队的。我认出了菲尼早间综合课上的几个学生，一群可怜虫。他们也许是来向雅各布抱怨菲尼无聊的。此举就是在浪费时间，就算我这样的人没有插队到他们前面。雅各布·罗斯自己在课堂上也毫不激情四射，而针对菲尼的一成不变的抱怨他已经听了十年。无聊的老师多了去了，但不是所有人都能被提拔为院长。

玛乔丽说得没错，我确实瘫了。"老伙计呀，"我说，"让我看看你的电话本。"

她将电话本递了过来。我找到了我的医生菲利普·沃森的电话号码，将它念给了玛乔丽。玛乔丽拨通了电话，然后将听筒递给了我。我听出隔壁的雅各布也在打电话。

铃响了几下之后，有人接起了电话。我报上了大名，然后问对方我是否可以与医生沟通一下。对方问我能不能保持别挂。我解释说我遇到的问题恰恰相反。作为回应，电话里响起了没完没了的背景音乐。

"啊，玛乔丽，咱们老了，咱俩都是。"我端详着她，然后说道。她六十出头，可依旧充满了活力。她的身体并没有松弛，反而变得紧实了起来，好像她把非必要的东西全都减掉了一样。将近十年前，我会同她和她的丈夫哈罗德一起打高尔夫，哈罗德是莉莉高中的同事。玛乔丽的球技在我见识过的人里面是数一数二的。她手握三号木杆从发球台开球，每次都能开出一百八十码的距离，而且每次球都会落到球道的正中央。她的球落在哪里，你就可以在哪里设码数标记。"但我们还拥有回忆。那些炽热的八月夜晚，我们赤身裸体躺在沙滩上。沙粒的热度尚未散去，你我的身体冰凉冰凉的，除了头顶的繁星之外什么也没有。你还记得吗？"

"不记得。"她坦言，"但我喜欢你的描述。"

"沃森。"菲尔接起电话后我说，"我需要你。"

"汉克。"他认出了他的左外野手的声音，"我也需要你。需要你这个赛季打一垒。我说服了我侄子，让他参加一下今年的选拔赛，我想让他打左外野。"

大多数该给医生打电话却不打的人有非常充足的理由这样做。他们不希望自己对身体的担忧得到证实。可当你的医生也是夏日垒球队的队长时，你就更有理由在休赛期时离他远一点了。我本希望六月之前不与菲尔见面的；到了那时，我准备直接一路小跑到左外野的位置，用这种方法避免与他进行交流。

"你之所以需要我，是因为在你需要我之前我永远都见不到你。"他继续说道，"如果定期体检，你就不会出现这些紧急状况了。"

"好吧。那你罚我。"

"这次是怎么回事？"

"我在尝试排石。"说着我对玛乔丽眨了眨眼，"但它就是不肯出去。"

玛乔丽站起了身。"也许我可以先去别处？"

"不用。"我说，"待在原地。握住我的手。"

"什么？"菲尔说。

"没跟你说话。"我对他说，"我想让你给我拍个 X 光片。"

"你知道自己在排石吗？还是说你只是怀疑自己在排？你每次来的时候都宣称知道自己出了什么毛病，可每次你都是错的。"

"我知道我尿不出尿了。"我对他说，"我父亲可是官方认证的结石小能手。你真该看看他得到的所有褒奖。"

玛乔丽将椅子向后推了一下。"一会儿就回来。"她笑了笑，然后离开了。

"然而你等到疼得受不了了才给我打电话。"他的直觉告诉他。

"疼是上周的事了。"我对他说，"再上一周是不舒服。这周我急需排尿。"

"傻子。"

"我本想熬过这个学期再说。"

"可现在你连午休都熬不过了。"

"看见了吗？你还是懂我的。"

"一小时以后。"

"一会儿见。"

挂掉电话后，我听出雅各布在内间里做了同样的动作。趁玛乔丽不在，我给他打了个电话。"喂，大傻子。"我跟他打了声招呼。

"玛乔丽，"他说，"你模仿起汉克·德弗罗来一向惟妙惟肖。"

我走了进去，坐到了雅各布某把奢华的皮革椅上。他的办公室真不错，我的这位院长哥们。比我的办公室强多了。"说说吧。

加州怎么样？"我问道。

"是得州。"他纠正道，"热，已经三十多度了。而且得州没有犹太人。"

"我听说他们的要求可苛刻了。"

"那边的塔可倒是不错。"

"我猜也是。"

此时我们咧嘴冲彼此笑了起来。

"说说吧。"我说，"你觉得是谁灭了那只大鹅？"

雅各布耸了耸肩。"卢·斯泰因梅茨觉得是你。我对他说我觉得在一对一的情况下你是打不赢大鹅的。"

"你的心情真不错呀。"我说，"事情肯定进展得很顺利吧。"

雅各布停顿了片刻，好仔细思考一下该怎么作答，好像精准的措辞很重要似的。"今天上午我的确收到了工作邀约。"

"恭喜。得州哪里呀？"

"这个邀约不是从得州来的。它完全在我的意料之外。"

说实话，我非常吃惊。雅各布人不错，但并没有那么杰出。我本以为就连平级调动都不会这么简单呢。

"你怎么突然成了香饽饽呢？"我问道，因为这一直让我备受困扰。我们二十年前就来到了这所大学，我们中的大多数人在入职后的很多年里还会不停地投简历。可之后，终身教职和升职加薪会把我们钉死在这个地方，于是我们就放弃了。

"因为去年十月迪基让我滚蛋。"他说。这条情报对我产生的影响令他露出了笑容。我意识到他正乐在其中，而我能理解个中缘由。他从高空坠下，之后却稳稳着陆了。我并不觉得他有什么竞争力，他本人或许也是这么想的。他和我一样吃惊。而且，他对自己被解雇的事守口如瓶，任何一个认识他的人都不会猜到他还有这种能耐。他的回报就是可以在公布自己被解雇的同时，宣布自己逆袭成功了。

"你怎么没跟朋友们说一声呢？"问这话时我意识到自己给他铺垫了一个包袱，但为时已晚。

"我说了。"他向我保证。我看得出他高涨的情绪根本无法遏制。他刚收到的工作邀约一定厉害得不得了，向他发出邀约的机构也一定是我们所有人听后都会心生嫉妒的那种。我想不出这等好事怎么会发生在他的头上，但它显然已经发生了。"但别说我了。"他咧嘴笑了笑，"咱们说说你吧。据说上周五你和迪基谈过了？"

"你本可以告诉我会发生什么的。"

"我以为你知道呢。这件事已经持续了好几周。你是最后一个。"他承认道。

"这有点伤到我的感情了。"我坦言。

"原因倒是有很多。"他说，"你是个跛脚鸭——抱歉用了这个字眼——是个代理系主任。再者，梵蒂冈那边也觉得你是个名副其实的烫手山芋，难以捉摸，因此是个危险人物。不过，我觉得最后一个去没什么不好的。我是第一个，现在你知道为什么了。"

"所以你觉得那件事会发生？百分之二十的事？"

"告诉你吧。百分之二十是大家心里的理想状况。很多人可能都不知道，百分之三十的情况也是有可能发生的，具体取决于州议会会怎么做。"

我摇了摇头。"就算他们正在往新的技术大楼上倒混凝土？"

"没错。而且我会小心一点，再死一只鸭子，你可能就被埋进某个柱基里去了。"

"这些事你觉得讲得通吗？"

"当然了。好好想想。"

实际上，虽然我对外保持着怀疑的姿态，但周末时，一幅画面却在我的脑海里逐渐成形。整座学校都在经历重组，重复的课程被一一剔除，每个校区的学术任务都得到了重新的定义。我们这个校区的核心会是技术职业。

"能甩掉这堆烂摊子，你肯定松了口气吧。"

雅各布似乎又仔细地思考起自己的答复来。"我还没有完全甩掉。"他说，"我听说你会赶在我之前甩手。就在今天下午，据我所知。"

"我的军队造反了。"我承认，"也许我可以让他们重整旗鼓。别人对我说这事还有希望做成。问题在于，我该这样做吗？"

雅各布与我四目相对，然后耸了耸肩。"实话实说？我看不出这有什么用。"

我点了点头。"你又没能让我好受起来。"

真正让人难过的是雅各布要离开了这件事。他是一位还算好心、懒惰可敬、略不称职的院长，而你几乎无法再奢求更多了。他也是一位会令我怀念的朋友。更糟糕的是，我不得不承认自己像螃蟹一样，对成功爬到桶外的同类产生了嫉妒之情。

"我怀疑接下来的事也不会让你好受的。"雅各布说,"但管他呢,我还是要问。给我当伴郎怎么样?"

我冲他眨了眨眼,心想这比喻真的好奇怪。我想起上周雅各布说如果他拿下了那份工作,那么他会带我一起走,但他不可能是认真的。之后我突然意识到这不是比喻。雅各布要结婚了。

他壮着胆子微微一笑。"格蕾茜肯定会发飙的,但慢慢就好了。"

我瞪他的样子一定很蠢。他好像忘了我对他要娶的这个人一无所知,不论她是谁。我不知道他在谈恋爱,更不知道他对谁动了真情。而且他为什么要委派格蕾茜去操办他的婚礼呢?没错,学校在举办各种庆典活动的时候经常会请她当参谋,据说迪基·波普在为自己的空书架找书的时候也与她沟通过。可这还是很奇怪。我听见自己开口问道:"这跟格蕾茜有什么关系?"而片刻之后,整件事就变得明晰了起来。

"这个吗,因为这也是她的婚礼。"雅各布说。新娘负责选伴娘,新郎负责选伴郎,但谁都不能选对方不待见的人,他是这个意思。

虽然我恍然大悟,但我还是非常困惑。"格蕾茜已经结婚了。"我忍不住挑明了这一点。

"她的离婚手续下个月就办完了。"他说。这是我第一次听说有人要离婚。没错,最近麦克·罗看上去尤为郁闷,但我以为这是因为他和格蕾茜是一家子,而不是因为他们要散摊子了。"我们可能会在六月办婚礼。"

我努力想着该说些什么。

"这种时候一言不发挺不正常的。"雅各布说。

也许是吧。"上周你仔细看过我的鼻子吗？"

他又咧嘴笑了起来。"承认吧，"他说，"你是自找的。再说了，我太了解她了，她的缺点，她的不安。我们两个打打闹闹了二十年，床也上了二十年。我妻子因为格蕾茜的关系把我赶出了家门，你还记得吧。格蕾茜嫁给麦克就是为了气我，因为那会儿我不肯和她结婚。"

"你觉得这些是你迫不得已必须结婚的理由？"

"结婚没有迫不得已一说。"雅各布承认道，"结婚是尽管迫不得已，但你还是要做的事。"

"你提要带她去得州的事了吗？"

"如果我们决定要去，那她是不会有意见的。实际上，我觉得我们不用去得州了。另外的这个工作邀约看上去更好。"

我又哑口无言了。

"总之，我们会想办法解决问题的。婚姻就是解决问题。"

"你有没有发现，只有离过婚的人才会说这种话？"

"别事事都耍小聪明。"雅各布建议道，"你和莉莉也总会想办法解决问题。我也该做成点事情了。真的。如果你一个人孤零零地在西雷尔顿住上十年八年，那么你看事情的角度就会变得不一样。我可不想孤独终老。"

我把话咽回了肚子里。雅各布离开英语系是明智的。尽管捧眼一角的竞争十分激烈，但他总是能够脱颖而出。"娶了这个女人之后你就会明白"——这就是已经到了嘴边却被我生生咽了回去的那句包袱，"娶了格蕾茜之后再回过头去看那段寂寞得可怕的日子，你会觉得它们简直是一去不复返的好时光。"

但这不该是我对老友说的话，哪怕他一直将我蒙在鼓里。我知道。不，我在这件事里扮演的角色只能是他给我安排的那个。我会当他的伴郎，为他献上一段祝酒词。看来我有几个月的时间去准备这段祝酒词。

"好吧，那我就在日历上标记一下六月。"我对他说。

此时我们站起身来，面对着彼此。突然，雅各布流露出了难以言喻的悲伤神情。在我看来，他这样做是情有可原的。一个更加卑鄙的念头蹑手蹑脚地从我的潜意识中穿行而过，它停下脚步，啃噬着我，就像老鼠啃噬着绳子一样。我可以成为院长。一通电话打到迪基·波普那里。口头列出极其无能、已经到了职业倦怠期的英语系成员，承诺停止并不再宰杀大鹅（这承诺简单得很，毕竟在第一只大鹅的事情上我就是无辜的）。就像迪基·波普本人所说的那样，被裁掉的人都是活该被裁，而其他所有人——不论是学府本身还是莘莘学子——都会成为赢家。我也会成为赢家。我觉得，我并不觊觎雅各布·罗斯的职位或他的办公室，可因果报应就在眼前摆着。英语系的同僚们今天刚刚弹劾了我这个系主任，明天就发现我以院长的身份重生了，这念头对我有着巨大的吸引力。

尽管如此，我还是愿意拿这一切换自己酣畅淋漓地尿上一场。

"总之，谢了。"雅各布一边同我握手一边说。他似乎觉得这是一个尤为令人感伤的时刻。也许的确是吧。

"谢什么?"

"谢你没有嘲笑我的决定。谢你没有说我是个傻子。"

"我是这种人吗?"

他给了我一个眼神。我们松开了手。

"你确定婚礼不能在六月以前办吗?"我问道。

"我看不到有什么办法。"他严肃地说,我们的感伤时刻模糊了他的视线,"怎么了?"

"我就是在想,也许你可以趁驴上篮球赛中场休息的时候把事办了。"我对他说。

突然,我身后传来了一阵狂笑,导致我差点以为一头驴凭空出现在了现场,好为我的笑话收尾。可那不过就是玛乔丽而已,我进屋的这会工夫她已经回来了。她稍事片刻才恢复了平静,平静下来后,她的样子好像恨不得抹了自己的脖子似的,只要有人愿意借刀给她。羞耻的泪水涌上了她的眼眶。"哎呀,雅各布,"她说,"实在是太抱歉了。"

实话讲,我几乎和她一样羞耻。我不敢看雅各布,他连动都没动一下。但我应该看看他的,因为如此一来我就不用盯着又开始狂笑的玛乔丽看了。

第二十五章

"那它到底在哪呢？"菲尔·沃森一阵好奇。

我们正在研究挂起的 X 光片，想找到那颗结石。我之所以确定它在那，原因很简单，因为它肯定就在那。菲尔尽最大努力掩饰着他看到我之后的反应，但不太成功。他觉得没有必要安排我拍这个 X 光片。他这样做完全是为了迁就我，我知道。想拍 X 光片的是我，因为我想证明他是错的，证明我的确长了结石。不知什么东西把我堵住了，使得我一周以来一直在幻想这颗结石的存在并为它担惊受怕。它太真实了，真实到我不能不战而败。菲尔·沃森的优势是他不用被想象力折磨，他的父亲也不是结石大王老威廉·亨利·德弗罗，因此他并没有贸然得出我的结论，而是怯生生地缩回了常规医学检查流程中。在同意为我拍 X 光片之前，他给我做了尿检；同时，尽管我抗议说他处理问题时分不清前后，但他还是给我做了个在我看来异常彻底的直肠检查。他还做了个名叫静脉肾盂造影的东西，结果明天就可以取，并且还安排我验了个血，结果周末会出。与此同时，如果我身体里真的有结石的话，那它肯定隐形了；沃森没有讲出"我说什么来着"这种话，至少没说这几个字，这还是很值得赞扬的。如果我真的长了结石，他解释道，那么我的尿液里是会有血的。结石不像沙滩上的鹅卵石，不会被潮汐运动打磨得光滑平整。它们是一群棱角分明、参差不齐、丑陋难看的小坏蛋。他给我看了照片。不，他说我的问题在于前列腺有所增生，膀胱略有肿大，但哪个都不足以引起我所宣称的那些严重症状。而且，菲尔坦言，我看上去的确糟透了。我到底是怎么了？他想知道这件事。至少我们在想问的问题上达成了一致。

"也许它藏在哪里了？"我提出了这种可能性，因为我还是不想放弃那颗石头，"也许它躲在了什么东西的后面。"

菲尔给了我一个眼神，让我知道这并不能把问题解释清。"结石是不会躲起来的。体积大到足以引发尿道梗阻的结石一定会出现在X光片上。"

我端详着那张X光片。"照这上面来看，我连老二都没有。"虽然我嘴上这样说，但实情并非完全如此。那上面有个大概的轮廓，有个阴影，隐约有个老二。

"这么说吧。"菲尔又解释了起来，"与尿道有关的结石一共有两种。肾结石在这里，它们是有可能会堵住输尿管的。肾结石的体积很小，痛感会非常强烈，甚至X光可能照不出来。问题在于肾结石并不会妨碍你排尿，你的症状会是腰疼，而且你的尿量也会汹涌得堪比赛马。"

实际上，在他说出这点之后，我的确隐约回想起我父亲曾疼得直不起腰来，他还让我母亲帮他按摩过后背。而且他永远都在厕所里。"这根老二可做不到。"我说，"我见过赛马。"

沃森没有理会这句话。"而膀胱结石呢，它们在上面这里，它们是有可能会把你彻底搞垮的。把尿液直接拱进你的眼球里。除非把它们摘除或击碎，否则肾功能会衰竭，人也会完蛋。问题在于，足以引发这些后果的结石体积会非常大。它会像个纪念币一样出现在 X 光片上。"

"所以我没长结石。"

"其他情况的可能性更大。我能想到的情况有三种。"他斩钉截铁地关掉了屏幕。我和我那隐约可见的老二瞬间就消失了。"前列腺增生，刚才我已经说过了。你已经到岁数了，真是倒霉。也许发生得稍微有点早，但这种情况是有的。"

"那我们能怎么办？"

"长远来讲？可能要摘除前列腺。短期来讲？可能有必要导一下尿，好把压力释放掉。但咱们等静脉肾盂造影的结果出来了再决定吧。"

我努力不让自己的表情拧作一团。"第二种情况是什么？"

他犹豫了一下。"血象的结果回来以前，咱们先不去操心这种情况。"

"癌症吗？"

他又犹豫了起来。"肿瘤是有可能的。但你要记住，不是所有肿瘤都会发生癌变。"

"X 光难道拍不到肿瘤吗？"说这话时，我突然意识到菲尔在开始讨论这些可能性以前就关掉了屏幕。

"不是总能拍到。"

"咱们再看一下。"我提议道。

他摇了摇头。"等血象的结果出来以后再说。"

"把它打开。"我探身向前，准备自己动手。

"不行。"说着他拦住了我，"做直肠检查的时候，我摸到里面有不对称的地方，还是挺担心的。体积不大。兴许没事。"

我该如何解释呢？该如何解释听到这件事后，我心里涌起的那股奇怪的兴奋感呢？是恐惧吗？当然。但又不止于此，正是"不止"的部分令我不知该如何解释。因为考虑到眼前的情境，恐惧当然是一种完全合理的情绪反应。纯粹的对死亡的恐惧会让奥卡姆的威廉满意，那么它应该也会让我满意。我们谈论的是我要死了这件事。没有必要让事情复杂化，没有必要徒增实体，没有必要心生期待。可尽管如此，那股兴奋感就在那里。我能感觉到它从我的腹股沟生发而出，然后像我那股被堵住的尿液一样四散开来、直冲脑门。"第三种情况呢？"我好奇道，"难道我已经死了，这一切都是你做的梦？"

"第三种情况的可能性更小，也更罕见。"他坦言，"以前出现过一些案例，证明紧张和焦虑的情绪会引发你所描述的这些症状。"

"我不觉得我这是心理问题。"我对他说。

"坦白来讲，你也不像是那种人，汉克。"菲尔坦言，"眼下你没遇到跟钱有关的大麻烦吧？"

我摇了摇头。"据我所知没有。钱都是莉莉在管。"

"她和你家那两个女儿都还好吗？"

我预判到了这个问题，所以根本没有迟疑。"都好。"

"你没和小研究生什么的搞到一起去吧？"

我冲他眨了眨眼。我向菲尔·沃森提过我父亲有长结石的癖好，但没跟他说过我父亲还有跟女研究生上床的嗜好，除非我又断片了。为什么他觉得我可能遗传了出轨的基因呢？"没有。"说这话时我努力想让自己听上去言之凿凿，这应该是轻而易举的一件事，毕竟我拒绝了和梅格·奎格利共品一个桃子，"我该搞吗？"

他没有理会这句话。"还有其他症状吗？"

"什么样的症状？"

"什么样的症状都行。"

我心想，管他呢。"时间漏了。"

他眨了眨眼。"你是说时间在流逝吗？"

"不完全是。"我向他解释了一下我理解中的断片现象，解释了一下我会如何恍然大悟，意识到一小块时间悄然而逝，可却说不出这段时间里发生了什么。我对他描述了一下上周五发生在博迪·派伊办公室里的事，上一秒她还坐在那里，努力不去点烟，下一秒她就问我去了哪里，唇间叼着一根已经抽了一半的烟。

"在我看来这不过就是走神而已。"我话音刚落菲尔便耸了耸肩，"但这件事挺有意思的。你多大了？"

"今年夏天就五十了。"我坦白道。

他端详着我，点了点头。"难挨的年纪。"

"我过得可滋润了。"说这话时，我隐约对谈话的走向感到了一丝愤慨。谈论假想的肿瘤时我的期待之情及由此而来的那种激动人心的喜悦已经消失得无影无踪了。

"到了五十岁的年纪咱们都得变成一垒手，汉克。"

"我来理解一下这句话。"我说，"你觉得我之所以尿不出尿来，是因为我不想打一全？这就是你的诊断结果？"

听到这句话，他不情不愿地挤出了一抹坏笑。"我还没出诊断结果呢。这个咱们得等血象的结果出来了再说。"

这时有人敲了敲门，一个护士走了进来。菲尔跟着她进入了走廊，留我一个人在屋里更衣。我听到他们的声音沿着走廊渐行渐远，于是便找到了 X 光屏幕的开关并将它打开了。屏幕上满是各种图形和阴影，我不确定哪个才是让菲尔·沃森心烦意乱的那个不对称的地方。在我端详这幅画面时，我感觉那股期待的暖流又回到了我的身体里，并一直涌向了我的指尖。我直面起一个问题来：有没有可能我巴不得自己死掉，尽管这可能性微乎其微？

菲尔·沃森回来时的样子好像他猜到了我刚才在打什么主意。"明天静脉肾盂造影的结果出来以后我会给你打电话的。"他说，"在此期间，尽量别担心这件事。"

"控制不住啊。"我说，虽然准确来讲，我感受到的并不是担忧，"咱们说的可是我最喜欢的器官。而且我还是个知识分子。"

菲尔对此嗤之以鼻。"所有知识分子最喜欢的器官都是它。"他向我保证。而他甚至还从未见过我的父亲。

当我驱车出城，准备回阿勒格尼泉去帮普迪先生一把时，我发现他无视了我叫他甩手别管的建议。拖车已经没了踪影，而在我按下车库门的遥控开关后，我发现装着我父亲那些藏书的箱子已经沿车库的后墙整整齐齐地码好了。里面肯定码了上百个箱子。

难道这些都是普迪先生一个人码的？也许朱莉帮了忙，我心想，但我之前和朱莉合作过，我知道有她帮忙跟你自己孤军奋战没什么两样。箱子堆了三层，有将近两米高，把从车库进入厨房的门完全堵死了。不过，我觉得这没什么关系，毕竟车库里已经放不下我的林肯了，就算我小心翼翼地顶着后墙停，这辆车也只是能将将停进车库里去。我试着不去琢磨如此种种的象征含义——我父亲的藏书，他个人学识的化身——竟将我从自己的家中扫地出门。

朱莉不知去了哪里，所以家里只剩下了我和奥卡姆。他出奇安静，好像我去找菲尔·沃森看病时他也在场，这会他正在琢磨直肠检查查出来的那个"不对称的东西"意味着什么一样。当我让他到后院露台上去透风时，他并没有像往常一样激动地绕圈，而是走到了围栏旁，警觉地嗅了嗅外面的世界，然后回到了玻璃推拉门处卧下，将脑袋枕在了自己的爪子上，叹了一口气。我给自己倒了一小杯冰茶，按下了电话答录机上的播放键，然后坐到了厨房中岛的一个高脚凳上。我小心翼翼地抿着茶，因为我知道自己咽下去的每一滴液体都需要排出去。

机器倒完带后，我母亲的声音迎了上来。她的语气同以往在答录机上留言时一样，还是那么暴躁。她对这种经历厌恶至极，通常宁可直接挂掉也不张嘴说一个字。"亨利？"她说，"你在吗？"她停顿了一下，整整五秒过去了。"你在吗？如果在的话就接一下电话。是我。"又一阵停顿过后，她小声嘟囔了一句"真该死"。紧随其后的是暴躁的挂断声。之后她又打来了。这次连招呼都没打。"你又让我失望了，亨利。如果你的状态已经好到能出门了，那你也应该好到能过来跟你父亲打个招呼才对。别回电话。下午大部分时间我会在外面，我不想让你父亲受到打扰。他的状态不太好……"她又挂断了。然后又回来了。"他没病，只是搬家把他搞得筋疲力尽……我不能什么事都自己扛，你知道的……"她的话还没说完，我听得出来，但剩下的话她不能对着该死的答录机说。

我努力想象着老威廉·亨利·德弗罗被独自留在她家公寓里的样子。在那里，他会不会意识到，或他是否已经意识到，报应终于找上门来了？他对生活的观察太过敏锐，不会去相信现世报这种东西，但他的感觉一定跟遭报应很像。整个上午，普迪先生描绘的我父亲失声痛哭的场景都在我的脑海中挥之不去。也许我父亲已经疯了，而这就意味着命运又对我母亲开了一个残忍的玩笑，仅是允许她夺回了当初自己委身的那个男人的空壳。

电话铃响起后，我待在原地没有动弹，手中握着空空的冰茶杯。一种可以意会却难以排解的感伤情绪令我变得麻木不仁，我女儿的声音不但没有缓解我的悲伤，反而让它变得更加强烈了。"我来我家这里了。"她对我说，"在等那个天杀的锁匠，好像再也没人说得清他们到底几点来了。你约上午也好，约下午也罢……"

她试探性地降低了音量，好像她知道我人在厨房里，所以给了我一个接起电话、承认自己在场的机会。"我以为那个穿牛仔靴的搞笑小老头卸完那些箱子会中风呢。我以为他是个搬家工，结果他说他就是我奶奶的朋友。总之，他年纪太大了，不该一个人干那么多活的。"

电话答录机听不下去了。它切断了电话线，尽职尽责地发出了一连串咔嗒声和嗡嗡声，刚好赶在电话铃再次响起前完成了全部工作。

"没礼貌的答录机。"我女儿继续说了起来，"我晚点回去，等锁匠来了以后再回。也许我们……算了，我觉得还是到时候再跟你说吧。"

但她还没有说完。这会儿她的声音比谈论普迪先生时更近了一些，也更私密了一些。"关于拉塞尔，有些事你应该知道，爸。"她说，"这件事不全怪他，他并没有……真的推我。你大概已经知道了。就好像，我骗谁呢，是不是？我有点……不正常……我一直都知道。我就是会变得特别……"

此刻，我站在桌台边，手按在电话上。我不记得自己站起了身或穿过了房间，但我肯定这样做了，因为现在我人就在这里。

"我本以为这是个秘密，但现在我猜它并不是……"

"朱莉。"说这话时我的嗓子紧得很，勉强才哽咽地挤出了这两个字。我还是没有拿起听筒，我知道我是不会将它拿起来的。

"总之，别怪拉塞尔，好吗？"

答录机又挂断了。在它嗡嗡作响、咔嗒不停时，我站在原地，手还按着听筒，呆呆地望向厨房窗外。奥卡姆已经溜到了别处，好像他无法忍受朱莉的声音一样。况且此时正值春季，有几片新的园子可以供他拱土玩。一个周末的工夫，树上的叶子就已经尽数长出，令我们再次与外界隔绝开来。从我站的地方望去，我已经看不到路对面的阿勒格尼小区二期了，就连保罗·洛克的卫星天线也已经消失不见了。实际上，就连菲尼的前妻，也就是离我们最近的那位邻居，也几乎已经消失在了繁茂的绿叶之间。尽管如此，此时此刻，这里才像是道路已然枯萎的一侧。

第二十六章

在二十五年的时间里，我始终会开车从学校的正门驶入，然后将车停在离现代语言学大楼最近的教职工停车场中。可我显然变得鬼鬼祟祟了起来，因为最近四次，我每次都会翻山越岭前往校园，这样我就能神不知鬼不觉地从后门溜进去了。犹大转世的无德坏鸟，校园后门侠。今天早些时候，我有了走后门给迪基·波普打电话，让自己成为院长的想法，哪怕这想法稍纵即逝。接下来呢？快要到达学校的后门时，天空下起了小雨，路面变得湿滑起来。至于到底有多湿滑，当一个疯婆子毫无征兆地从一辆逆向停在路边、车身上还贴着 21 世纪不动产商标的车子的副驾驶位夺门而出，迈步到我面前时，我才领教到。

不过，这并不是一个普通的疯婆子，我定睛一看才发现了端倪。这疯婆子是我母亲，我打着滑停在了她的面前，离她不过一步之遥。陪她一同前来的房产经纪人脸上的惊恐神情说明她死都不想丢了眼前这个客户。在刺啦作响的轮胎面前，我母亲不为所动；当她抬起头来，看到是谁让轮胎发出了刺耳的声响后，她依然不为所动。她等了四十年才盼到老威廉·亨利·德弗罗的回归，她知道上帝不会如此鲁莽，不会在她大功告成的当口来索她的命。上帝只是在借我的手戏弄她而已，她才不会赏脸呢。她将车门重重关上，然后用浮夸的反抗姿态打开了她的雨伞。之后，她指了指自己准备进入的一栋三角墙式二层维多利亚小楼。

待我将车停到更远一些的地方后，两位女士都已经进入了那栋小楼中。就算我母亲没有为我指出那栋房子，就算它的前院草坪上没有歪歪扭扭地立着一个"待售"的标志，我也能知道她们进了哪一栋。我之所以能知道，是因为那房子与我小时候同父母住过的每栋房子都一模一样。我甚至连门都不用进就知道房子里面是什么样的，知道里面会有股潮味，会让人觉得黏糊糊的。

我母亲和她的房产经纪人正在门厅中等候，雨伞在她们身边滴着水。房产经纪人貌似还在因我母亲死里逃生的事惊魂未定，这说明她不过刚和我母亲认识而已，因为她竟觉得有任务在身的威廉·亨利·德弗罗夫人会被干掉。实际上，德氏夫人正百般苛责地看着我一瘸一拐地缓缓向她们走来。"你应该帮可怜虫查尔斯一起搬那些箱子的。"她说，"更何况你那么喜欢他。"

"我觉得虐待普迪先生这个话题不该是你主动想要挑起来的，母亲。"警告完她后，我向21世纪不动产的那位女士做了一下自我介绍。胸牌显示她的名字叫玛吉。

"希望你不要因为那个倒霉蛋一厢情愿就怪罪我。"我母亲心不在焉地说，她正试着透过内门的装饰彩绘玻璃往里看呢，"我也许是他一厢情愿的对象，但绝对不是他一厢情愿的诱因。"

"你把他耍得团团转。"

"胡说。"我母亲说，"我们在纽约度过了一个特别美好的周末。我们吃饭的地方都是查尔斯选的。回家的路上甚至还在为卡车司机准备的廉价小餐馆里吃了一顿。如果你想找个人同情一下的话，那你真该看一下你父亲费力吃烤肋排的样子。"

"我确实挺同情他的。"我向她保证。

"他得换一副假牙，等我们安顿好以后，这是我们最先要去处理的事情之一。"

玛吉好像找不到开内门的钥匙了，这一拖便给了我母亲更加仔细地观察我的机会。"你的眼睛全都肿了。你是哭了吗？"她抬手想要摸我的右眼。

我挡开了她的食指。"别犯傻了。说到哭，听说我爸哭鼻子了，这是怎么回事？"

"我去里面等。"玛吉主动提议道，她无疑觉得自己在这场奇怪的对话中是个边缘角色。

待玛吉找到钥匙并进屋之后，我母亲用意在保密但其实并不私密的声音对我说："你父亲不在巅峰状态。上一个女的——就是研究弗吉尼亚·伍尔夫的那个——把他害得不浅。"

我母亲会通过学术专长来区分我父亲苟合的所有女性。他抛弃她时看上的那个女生在上他的 D. H. 劳伦斯研讨课，自那以后，他同一个勃朗特女和一个约瑟夫·康拉德女交往过，最后意外地栽在了弗吉尼亚·伍尔夫手上。

"我敢说你父亲垮掉都是她的责任。你知道吗？她在抛弃你父亲之前把他的活期和定期存款都清空了。你父亲实际上已经是个穷光蛋了。"

她停顿了片刻，好让我去想象一下世界上怎么能发生这种事。"我不关心医院那些人说了什么。他就是还没有完全康复，并不是说留在医院里对他有任何好处。他需要的是正常的氛围。他需要回到熟悉的环境里。他需要他的书，需要有人跟他聊聊对他来说重要的那些事。他要等到秋天才能继续教书实在是太可惜了，但时机这种事没有办法。"

我冲她眨了眨眼。"在哪教书？"我想都没想就问出了口。

"当然是在这了。"我母亲仿佛是在对小孩子解释这件事一样，"我觉得，每学期教一门课也没什么好指望的。那个什么都管，名字也特别奇怪的小老头叫什么来着？"

"迪基·波普？"

"我约了他下周聊这件事。"

"反正我是不会提起我的名字的。"

"应该不会有这个需要。"她给我吃了颗定心丸，"你父亲自己的名字已经相当有分量了，你是知道的。而且校监跟他也是老朋友了。他答应会让那个教皇小老头把那门课给你父亲。有你父亲这种德高望重的人加入是他们的荣幸。他得有个头衔，这是当然，但这些都可以后面再商量。"

说到这，我们从门厅进入了屋内，了不起的玛吉正在那里等我们。

"啊，哇，太好了。"当我们穿越两道玻璃落地门进入宴会厅时，我母亲开口说道。那间屋子里摆满了书架，从地面直通屋顶；而我猜，她想象的不仅是屋里摆满了书的样子，更是里面挤满了人的样子——最优秀的研究生（我们这个校区没有这样的人），偶尔到访的客座诗人或其他达官贵人（没有这笔经费），一个对我父亲崇拜有加、认真聆听他的观点的英语系教员（菲尼？）。她眼前所见的是她自己的信念，她苍老的面庞上绽放出的笑容就是十足的证明。

"母亲，"我忍不住说，"你真是让我无言以对。"

在学校的后门处，我遇到了三辆原地待命的雷尔顿警车，还有一辆校园安保巡逻车。第一个浮现在我脑海中的荒唐念头是，他们等在这里是为了阻止我进入校园。可他们显然有别的事情要处理，因为在我驶入校园后，第一辆车驶离了原地，钻入了车流之中，之后另外三辆车也跟了上去。最后一辆车中，一位年轻女性坐在了专为不法分子准备的后座上。两辆车疾驰而过时，我快速地瞥了一眼她的面庞。她看上去很面熟，虽然我对不上号。她在今天上午的动保示威者人群中吗？更古怪的是，在我注意到她的面庞的那一瞬，她似乎也看到了我，也许甚至还认出了我。是我产生了幻觉，还是说她真的扭过了脑袋，用目光追随着我？

我来到了现代语言学大楼后方，将车停在了离大楼很远的一个停车场里。一辆红色的科迈罗停在了后门的禁停区内，但车子并没有熄火。坐在方向盘后面的是洛克的妻子，她显然在等自己的爱人露面。即便科迈罗的车窗关得严严实实的，但我靠近后还是能听到里面震天响的音乐。第二任洛夫人同往常一样光着脚，还将其中的一只放在了仪表盘上，这会儿正扭脚趾头呢。任何一个摆出这副姿势结果被抓包的人都可能会心生一两个顾虑并因此而备受煎熬，但第二任洛夫人却不会。我招手时，她神情恍惚地冲我笑了笑，好像她觉得我可能想要加入她，想要脱掉鞋子和她比一比脚趾头一样。

就在这时，她的丈夫从后门走了出来。他端详了我片刻，然后说道："你的脸色真难看。"

我向他道了谢，然后，令我大吃一惊的是，我居然听到自己说："听着，不要误会我接下来要说的话，因为我不是在争取你那一票。但我没有给迪基·波普列任何名单。"至于我为什么要对他说这句话，我自己也不清楚，毕竟这颗定心丸就连我的朋友们都还没有吃下。

洛克点了点头。他的表情几乎可以用失望来形容。"好笑的是我居然相信你说的话。"

"好吧。"我说。不知为何，在与宿敌达成了如此简单的共识之后，我感受到了一种非常荒唐的喜悦之情。实际上，几天以来，这件事给我的感觉比其他任何事情都好。

"但这并没有改变你是个浑蛋的事实。"说这话时，他的唇间浮现出了一抹淡淡的微笑。

"嗨，当然。"我对他说，"这还是没变。"

难不成洛克也感觉到了这奇奇怪怪、一时兴起的战友情？因为若非如此，我们的对话会就此结束，可他反而却说："你错过了楼上的劲爆场面。"

"什么场面？"

"茱妮和亦然。茱妮说亦然是个虚伪的小傻瓜蛋子。实际是冲他嚷来着，就在走廊里。"

我不确定该对这消息作何感想。"泰迪在场吗？"

"不在，他躲在办公室里。可能是太害怕了，不敢出来吧。现在亦然也躲进他自己的办公室里去了。"

"谢谢你的提醒。我想我干脆也躲到我的办公室里去吧。"

他点了点头，似乎想说对我这样的人来讲，这不失为一个好对策。

"话说，"他继续说道，"你在这个可悲的小破系里只有几个小时的系主任可当了，感觉怎么样？"

"你听上去十拿九稳的样子。"

对此他嗤之以鼻，动身朝科迈罗走去。"我会数数。别担心，我会回来开会的。"

"给我讲讲。"我冲他的背影说道，"为什么你不开车了呢？"我才意识到，最近五六次见到这辆科迈罗的时候，开车的都是第二任洛夫人，可以前洛克从不会让任何人碰这辆车。

他转过身来面对着我，显然是在考虑要如何，或要不要，回答这个问题。他的迟疑令我意识到这个问题的私密性已经超出了我的本意。"我不能开。"最终他开口说道，"新年前后我犯起了眩晕症，晕倒过一次。"

"我都不知道。"

"这又不是什么人尽皆知的事。"

"我不会说出去的。"

"不许说。"不是勒令。是警告。

我有点想要告诉他我自己的医生怀疑我出了什么问题，只是为了不把话憋在心里。

"他们在给我做检查。在此期间她负责开车，以免我弄伤别人。"

"而我一直以为你想弄伤所有人。"我说。

听到这话他哼了一声，但似乎并没有被冒犯到。"如果你都不能睁眼看着自己弄伤别人，那就没意思了。"

"没错。"

他又露出了笑容。他似乎和我一样，意识到了这是十五年来发生在我们之间的最长、最愉快的一次对话。这意味着什么呢？我们两人似乎都颇为好奇。"咱们应该把大家召集起来，周日下午再打一场橄榄球赛。赶在咱们中间有半数人被炒鱿鱼以前。"

"你还记得咱们把格蕾茜招进来以后，她也打过一阵子吗？"我问道，"雅各布会接过发球，把球直接递给她，然后再亲手把球从她那里抢回来？"

"去他妈的雅各布。我真想把那个小浑蛋撅成两半。"他说这话的语气好像是认真的。怀旧环节结束了。

我摇了摇头。"神父，"我对他说，"你让我振作了起来。一如既往。"

"我从无此意。"

"我知道。"我向他保证。

一辆校园安保巡逻车悄悄驶过，司机朝违法驻停的科迈罗内部望去，紧盯着第二任洛夫人。"来啊。有种你停车。"她丈夫小声嘟囔道，"下车说几句。信不信我把你的手枪杆进你的嗓子眼里去。"

巡逻车继续向前驶去。这提醒了我。"刚才雷尔顿的那些警察是怎么回事？"

"某个脑子不正常的镇民闯进了课堂里，脱光了衣服之后就开始说胡话，我听到的是这样。"

"谁的课？"

"这我倒没听说。"他说，"有女性在你的课堂上脱过衣服吗？"

"从来没有。"我坦陈。

"我的课上也没有。办公室里呢？"

"也没有。你的办公室里呢？"

"就一次。她干的。"他朝第二任洛夫人的方向点了点头，她正若有所思地看着我们，嘴里嚼着头发，"我本该有所准备的，但我没有。"

第二十七章

我下午那堂综合课上的学生并不买账。实际上，他们觉得自己遭到了不公正的对待。我让他们以论文的形式提交自己的建议，可他们还没来得及把论文交上来，我就显然已经自顾自地宰了只大鹅。今天上午我在镜头前接受采访时，这个班上的几名学生也在场，那时我并没有否认自己是行凶者。更糟糕的是，当我话里话外威胁说除非拿到经费，否则杀戮还将继续时，他们也听到了。所以，他们对我非常失望，尽管我显然听从了大多数论文给出的简单明了的建议。收上论文后，我快速地将它们过了一遍，并把它们分成了一高一低两摞。我从更高的那摞"支持宰鸭"的文章中挑出了三篇篇幅较短的念给了全班同学听，但并没有指名道姓，目的是启发讨论。如果讨论无望的话，在大家心里激起一些秘而不宣的不安也行。我的心愿是，如果这些无脑小青年中的大部分人听到自己写的东西真的被念了出来，如果他们迫不得已，不仅要消化一下自己给我的建议，还要消化一下导向这个建议的逻辑，那么哪怕他们不会改变心意，至少也会知道还有质疑这么一回事。

我读给全班听的那三篇论文出自两位男生和一位女生之手，这些文章展开的思路相差无几。我应该宰鸭子，他们论述道，因为我已经把话放出去了；如果我半途而废，那么今后再也不会有人拿我的狠话当真了。这些文章的作者都用外交政策打了比方。

他们很讨厌美国先是对第三世界国家大放狠话，然后又，用我扬言他再敢翘课我就让他挂科的学生波仔的话说，"没种地跑开"。沙漠风暴行动[1]的伟大之处在于，我们说了要打得他们满地找牙，之后就真的打得他们满地找牙。若说我们哪里做得不对，那就是我们收手太早了。我们应该把他们的牙一路打到巴格达去。和二战的意思一样。把德国人打得满地找牙以后，我们应该去把俄罗斯人也打得满地找牙，省得今后还得打。三位作者似乎都认为后来我们真的有把人家打得满地找牙。

　　我无需问班上的学生他们觉得这样的论述是否具有说服力。类比越反常、越不尊重历史、越荒谬，文章跑题跑得越严重，作者收获的欢呼声就会越高。显然，某种形式的游说已经在这里发生了。我学生中的大多数人已经说动了彼此、说动了自己，且他们的这一举动是如此热血、如此刺耳，以致他们高效地消灭了所有异见。在这门综合课我所教的二十三个学生中，五六个学生斗胆皱起了眉头，以示自己的异议，但他们只敢做这么多。我最得意的门生布莱尔可谓坐立难安，她既苍白又瘦小，纤细到难以想象的手上青筋暴起。可过往的经验告诉我，她会害羞到无法动弹，也许正因如此，她才会觉得让这些糙汉意识到他们的行为多么荒谬是我的责任。毕竟我是拿了钱出现在这里的，而其他人都是出钱的。这个论点有可取之处，虽然我并不赞同。即便如此，或许我的确有责任牵头开始纠错。

1　海湾战争期间，美国及其盟国对伊拉克发动的大规模军事行动。

"我并没有被说动。"最终我对卑劣的大多数说道，而这也招致了大范围的抱怨。他们已经预料到了这一点。他们很了解我。他们知道如果他们在想一件事，那么我就会另想一件。他们的父母同意为他们掏学费，前提是他们要学一个说得过去的专业，也不要理会我这种人，因为，他们提醒自家孩子，我们这种人一门心思想要改变他们的价值观，贬低他们信奉的宗教原则。如果安吉洛在场的话，那么他会向这些人保证他们小心一些是对的。看看他女儿的下场吧。

　　当然，我没有被说动只意味着一个实际的后果——更多的人会被打低分。当我提到自己没被说动时，寥寥几位有思想的学生打起了一点精神，但他们知道自己只是少数。何况，大多数那边是暴力的拥趸，所以他们更有理由谨慎一些了。布莱尔本想举手，可后来又将手放下了；不知为什么，这一举动比我刚刚念的那些文章更让我恼火。"除了我之外，还有谁没被说动，觉得我不该宰鸭子吗？"说这话时我直勾勾地盯着布莱尔，让她知道我看到了她的小动作。她回望我的眼神再传神不过了。"不要这样对我。"她默不作声地恳求道，"回家再读我的论文吧。你会看到我是怎样想的。"

　　"布莱尔？"我说。全班又是一阵抱怨。波仔和他的同伙不仅了解我，也了解这个叫布莱尔的姑娘。他们知道她的成绩很好。他们知道她识字什么的。他们相信，如果她没有出现在这门课上，那么他们自己的成绩就会显著提高。她会招致一些令人眼红的对比，所以他们巴不得她退课呢。

布莱尔深吸了一口气，就像你担心这是麻醉将你拖入深渊前你吸的最后一口气一样。"我看见了。"她的声音特别小，我几乎什么都听不到。

"你说什么？"后排的波仔问道。

"我看见了。"布莱尔重复道，"那只大鹅。今天上午吊在树上的那只。那东西让我觉得很恶心。"

我猜说最后一句话时她很尴尬，但并不是因为她不可避免地会被大家嘲笑，而是因为把大鹅吊在树上的人也许就是她的老师。

"我猜你圣诞节的时候吃过鹅肉。"波仔继续发动着进攻，这让他的那些后排同胞高兴得不得了，"我敢打赌你吃完一盘之后又去盛了第二盘。"

尽管布莱尔吃什么都不像盛过第二盘的样子，但她并没有就对手的说法提出任何异议，甚至没有理会他。我看得出她已经缴械投降、放弃抵抗了。如果她心里有火，那这火肯定是冲我来的。或说如果她觉得自己有权生气的话，那么她肯定会生我的气。

"布莱尔。"我说。

"求你了。"她小声说。可她求错人了。

"那东西让你觉得很恶心。"我重复着她的话，并注意到此时她看上去不是一般地难受，"但告诉我，看到大鹅吊在树上，你觉得吃惊吗？"

起初她似乎并没有明白我的问题。我是在给她挖坑吗？给学生挖坑这种事我是干得出来的，大家心知肚明。如果她说没错，她很吃惊的话，那她不就是在指责我心口不一吗？如果她说不，她一点都不吃惊的话，那她不就是在暗示她当然觉得我下得去狠手吗？她似乎无法在不冒犯老师的情况下闯过这一关。

"说实话。"我提议道。

"嗯。"但愿她说这话时是真心的，"我很吃惊。"

"为什么？"

她又痛苦地深吸了一口气。在她因担心自己会害怕得晕厥过去所以深吸了最后一口气之后，她又深吸了好几口气。

"我不觉得你会这样做。"

到了这一步，我是可以转换一下语气，帮她一把的。是什么在阻止我这样做呢？为什么不帮我最优秀的学生摆脱困扰呢？为什么要让她承受如此折磨呢？她身边坐着另一位成绩也很优异的学生，而且这个人已经举起了手。我本可以转而问他的。"为什么？为什么你觉得我不会这样做？我已经放出狠话了，不是吗？"

她坐在前排，而我已经从讲桌后面走了出来，站到了她的身边，给她制造着压迫感。她隐约让我想起了年轻时同我一起挥舞标语的莉莉，只是布莱尔没有莉莉那种钢铁般的好斗个性。你能感觉到这个姑娘内心的羞耻，其效果就是令我得以脱离自我，像客观的旁观者一样审视眼前的整个场景。我想象着菲尼站在我这堂课门外的样子，就像我曾站在他的课堂外一样；只是与那时他的举止相比，我在这堂课上的举动会令他更为吃惊。

再度开口时，我尝试降低了音调，让自己的声音显得柔和一些，但发出来的不过是一些沙沙的哑音。我以人类菲尼的视角看着眼前的一切，却通过大鹅菲尼紧缩的喉咙发着声。"不是吗？"

布莱尔没有说话，也没有动弹。谁能怪她呢？

我能。"布莱尔。"我尽可能用平静的语气说道，"你是对的。可如果你不说出来的话，那么就算你是对的也没用。"

"那就错着好了。"说着她从椅子下面拿起了自己的东西，匆匆将它们全都塞进了背包里。此时，所有人都在看她，根本没有人在意我的问题。当我后退好给她腾出空间时，她已经以惊人的速度和优雅的姿态冲出了门外。

接下来该我说话了，但我过了好一阵才说出话来。"有人知道吗。"我问，"为什么布莱尔感到惊讶是对的，即便我已经在公开场合放了狠话？"

没有人动弹或说话，就连那个举了很久的手却一直被我忽略的男生也是。最终，是下课的铃声打破了我们的沉默。

"因为，"我用并不坚定的语气对他们解释道，"那是一句插科打诨而非严肃的狠话。因为那个扬言拿不到经费就每天宰一只鸭子的人当时戴着假鼻子和假眼镜。因为让一句插科打诨的狠话产生严肃的后果是没有道理的。"

无需多言，我们又回到了起点，谁也没有说动谁。我的论点，也就是喜剧和悲剧并不兼容，两者必须相互分离，与他们的经验是相悖的。的确，这可能与我自己的经验也是相悖的。这些学生眼见这门课从低俗喜剧起步，最终以某种就算称不上严肃、至少也不再好笑的东西告终。他们鱼贯而出，默不作声，一头雾水。波仔是最后一个出门的。他在我的讲桌前停下了脚步，此时我正在将论文往包里塞。"你想挂掉我的话随便。"他说，"但你那样对她太浑蛋了。"

"恭喜你，波仔。"说着我抬起了头，"你刚刚表达出了一个让人心服口服的伦理立场。"

英语系的走廊里，大家开始在办公室外聚集，期盼着即将在二十分钟后开始的系会。保罗·洛克如约归来，正在走廊的另一头与菲尼和格蕾茜开骨干会议。刚上完课回来的泰迪垂着脑袋，快速消失在了办公室之中，并将门在身后关闭。茱妮和亦然都不见踪影。

令我备感遗憾的是，蕾切尔已经去接儿子放学了。她留下了一摞留言，并用秀气的字体写了张私人便条给我：祝你好运？晚上给我打个电话？让我知道结果如何？我忍不住嘴角上扬。就连便利贴上也有问号。也许这不全是不安感导致的。蕾切尔对模棱两可的东西非常敏感，她知道在这种情况下，好运可能意味着是我的对手获得了胜利。她甚至可能怀疑我不打算将她翻找出来并为我复印的那些罢免系主任的流程分发给大家。"抱歉天花板上一团糟？"便条继续写道，"我已经给维修部门打了电话？他们明天就会来换？"

果不其然，在我办公桌的正上方，一大块长方形天花板不见了。很明显，某个负责为现代语言学大楼清除有毒物的石棉拆除工把那里踩漏了。尖利的天花板碎片就杵在我的废纸篓里。实际上，看到天花板上的漏洞和废纸篓里的瓦片后我松了一口气，因为我一直在困惑为什么这间屋子的空气里似乎满是浮尘。令我不禁好奇的是上面还有没有人在。站到桌子上后，我差一点就能望进天花板的那个窟窿里了。一切似乎都很平静。石棉拆除工的工时安排显然非常合理。

右脚脚后跟处的电话响起时，我依然站在桌子上盯着那个黑漆漆的洞看。我看得出是蕾切尔的外线在闪，但我还是从桌子上爬了下来，接起了电话。如果电话是打给我的，那我总可以假装自己是别的什么人。"我想找蕾切尔·威廉姆斯。"一个隐约让人觉得熟悉的声音说道。

"温迪？"我将声音和人对上了号。

"汉克·德弗罗？"我的经纪人好奇道。

我承认了我的身份。

"好吧，我猜你到头来还是成了名人。"她说，"我不敢相信鸭子那件事产生了多大的影响。如果咱们处理得当的话，它没准有被拍成一周最佳电视电影的潜力。"

我搞不清她是不是在开玩笑。"温迪，"我说，"你知道我有多喜欢你，但我把蕾切尔家里的电话给你怎么样？"

"今天不好过啊？"

"今天已经是我这辈子最糟最漫长的一天了。"我向她保证，"可它还没结束呢。"

"其实我刚刚往她家里打过电话了。"

"再打一次试试。你可能正好赶上她没在。她这会儿大概刚接完孩子放学。"

"我现在也要出门了。可能要明天再打给她了。"

"我很开心你决定接纳她。"说这话时我也许有点旁敲侧击的意思，"她说你很喜欢那些故事。"

回话之前她停顿了片刻。"我不止喜欢它们，我已经把它们卖出去了。"

"什么时候的事？"

"大约二十分钟以前。"见我没有立刻接话，她说，"我刚才的行为很不专业，还没告诉作者就先告诉了你。只是我知道你帮过她，我觉得你会很激动的。"

"我确实很激动，温迪。"我向她保证。

"你的语气很奇怪，所以我才要提这件事。"

如果我的语气有些奇怪的话，那么个中原因我不确定是否可以与她分享。实际上，这个消息将我带回了二十多年前，带回了这个人打电话告诉我《在路丧》被一家大众出版社买下了版权的那个下午。那个消息最终导致了朱莉的降生，导致我们在阿勒格尼泉买下了那片将在教职工之间掀起一阵风潮的土地，导致我拒绝将地卖给保罗·洛克，导致我升任了教授，而这一切都让我们在这个我们从没想久居的地方越陷越深。一切都是由一个电话而起。她的这通电话对蕾切尔而言意味着什么，我不得而知，但我知道蕾切尔的生活马上就要发生变化了。

"钱不多。"温迪说，好像这会让我好受一些一样，"书不会卖得太好。雷·卡佛之后，满大街都是垃圾文学。"

"现实生活里，满大街都是垃圾。"我觉得自己有必要指明这

- 366 -

一点。

"她丈夫是故事男主那样的人吗?"

"他们已经分居了,但他就是那样。"我说,"现在就打给她,好吗?"

"她早上几点上班?"

"现在就打给她,温迪。你不知道这对她而言意味着什么。"

"好,我会一直打到联系上她为止。"

"听着,既然我已经跟你通上话了……你觉得这种事有过先例吗?"

"什么事?"

"一个人接到了经纪人的电话,经纪人告诉他自己刚刚把他的秘书写的书卖出去了?"

她先是停顿了片刻,然后说道:"你不写书我就没法给你卖版权,汉克。你有在写书吗?"

我手上拿着一张复印纸,我已经心不在焉地把它反复折成了五六种形状。当我再次将它展开,并用手心将它在新的吸墨纸上压平后,我才意识到那是三十份系运营手册复印件中的一份,这一页详细讲述着罢免我的规则。我一直期待我的经纪人兼老友会问出这个问题,这样我就能告诉她我有考虑再写一本书。如果刚刚被我折来折去的那张纸是新书的第一页,那么不论它写得有多糟,也许我都可以对她说出这句话。但它却不是任何东西的第一页,所以我觉得自己不得不告诉她那个简简单单、未经矫饰的事实。"没有。"我对她说,"给蕾切尔打电话吧。"

在我们两人都挂断了电话后，我将那张纸再次纵向对折了一次，然后将它塞进了大衣的内口袋里。透过办公室大门上的磨砂玻璃向外望去，人影正在移动；他们浩浩荡荡地沿走廊往前走，朝着英语系会议室的方向而去。从理智上来讲，我知道人影移动的目的是决定英语系代理系主任、一个叫小威廉·亨利·德弗罗的人在短期内是否还有继续掌权的前景。但咱们坦诚一些吧。这前景并不能激起我的兴致。

第二十八章

　　高二那年，我爱上了一个长着乌黑秀发的美丽姑娘，她的名字叫伊莉莎。我们第三次约会的那个夜晚正好赶上了返校节舞会，她在舞会现场甩了我，没有给出一句解释，留我一个人在漆黑一片、莫名其妙没有上锁的学校食堂里用一瓶又一瓶奶油苏打淹没着自己的悲伤。只身一人待在那又大又黑、十分熟悉的房间里很符合我痛失所爱的心情，尤其是艾佛利兄弟的歌声还会从隔壁的体育馆里偷偷钻进来。每当我需要你，我只需进入梦里。在梦里，梦着你，不停息。我无法鼓起勇气走出食堂，直至我听到有人宣布接下来将是最后一支舞。听到这句话后我站起身来，捧起一摞汽水瓶，将它们放在了汽水机旁边的架子上，然后拖着沉重的脚步回到了体育馆里，去拿我放在看台上的外套。最后一支舞曲响起时，灯光总会变暗。我的计划是拿上外套，然后神不知鬼不觉地钻入悲伤的夜色之中。可突然间，她出现了，我的伊莉莎。她想知道我愿不愿意和她跳一支舞，虽然她这个人很糟，但我可不可以和她跳一支舞，拜托了。她妩媚地碰了碰我的臂肘。

　　好吧，我可以也的确与她跳了舞。当我们在舞池中相拥时，她小小的胸脯贴在了年少的我外突的胸骨上，此时任何解释都是多余的，虽然我还是听她说着她如何突然意识到我对她而言意味着什么，以及她多么不想失去我。即便在一片漆黑的体育馆中，我也能看出她的眼里满是泪水，而一想到归根结底她还是那么爱我，我也有些湿了眼眶。第二天，我从她的闺蜜那里得知了真相——伊莉莎甩了我之后就可以和另一个男孩在一起了，因为她听说那个男孩很快就要和交往了几个月的女友分手了。见这件事未能成行，她就回到了我的身边。即便在我听伊莉莎泪眼婆娑地讲述她的顿悟时，部分的我也怀疑实情是她朋友所说的这个版本。但不得不说，我还是更喜欢那个甜美地偎依在我怀里的小狐狸精讲的故事。毕竟，什么才是真相呢？

真相是我正在做梦。我并未完全清醒就意识到了这一点。真相是我不想醒来。在梦里，我正和我妻子一起躺在床上，而那张床则被放在了某个空荡荡的高中体育馆的正中央。艾佛利兄弟正在背景中用缥缈的声音低声哼唱着我只需要这样做，这小事一桩。我妻子正在为什么事懊悔。实际上，莉莉正在忏悔，她的眼里噙满了泪水。我不愿相信她有什么可愧疚的，所以她在给我解释我错得有多离谱。在费城，她和二十五年前我们在巴亚尔塔港度蜜月时她认识的一个男人共度了周末。她不确定我还记不记得他。那时他孤身一人坐在我们旁边那桌，她当即就爱上了他，而他也爱上了她。这些年他们一直保持着联络，如今，暗送秋波之后，他们共度了周末，让他们的信念和爱意交融在了一起。我妻子想知道的是，我还有没有可能原谅她。

我很想相信我妻子说的话，因为她给我讲的这个爱情故事很美，而且我自己在其中也扮演着一个心理活动丰富、充满了戏剧张力的角色。我的意思是，她恳求我给予她的谅解非同小可。我在这个故事里重要极了。于是我原谅了我的妻子，尽管她故事中的部分情节根本就不可能是真的。比如，我们并没有在巴亚尔塔港度蜜月，而且她在其他事情上可能也撒了谎。尽管如此，可我在梦中的逻辑却是，如果我连记忆中那个满口胡言、撑起了这段梦境的小伊莉莎都能原谅，那么我能对自己的妻子小气吗？

好吧，没错，我之所以像个基督徒一样原谅了她，还有其他诱因。我梦中的那个莉莉盖着被子、一丝不挂，而且显然她还没有对自己的丈夫丧失所有爱意。当她在我身上动来动去时，我感受到了一阵极为美妙的释放。我们做爱时温柔得几乎令人无法置信。实际上，这一过程似乎并没有产生什么摩擦，这也许就是为什么我梦境中的高潮没有了，怎么说呢，任何感觉，让人觉得非常奇怪。即便如此我也不希望它停下来，而它也的确没有停。我喜出望外。这是我这辈子最持久的一次高潮，而且你猜怎么着，我什么感觉都没有。即便如此，如果摆在我面前的只有这些，我也是会照单全收的。我就是如此开心自己见到了莉莉，如此感动她对我倾诉了衷肠，告诉了我这些年她一直爱着另一个人。

对我这个年纪的男性而言，没有比承认自己尿了裤子更难以启齿的事了，但令我惊恐不已的是，这正是我干的事。等我一个激灵完全清醒过来后，我这条卡其裤裤裆的位置已经从棕黄色变成了深棕色，并顺着一条裤腿一路向下蔓延开去。我的一只袜子和一只鞋也湿了。整间办公室都泛着八月中旬曼哈顿下城区的银行门廊在早上八点时散发出的味道。我一通电话打到了菲尔·沃森那里，让前台叫他来接电话。

"沃森。"我对他说，"我睡着了，尿了裤子。"

"尿的多吗？"

我看到一个人影从磨砂玻璃窗外走了过去，于是便压低了声音。"我得换一把新的办公椅了。"

"噢。"

"我肯定把结石排出去了。"

"你没长结石，汉克。"

他的言之凿凿让我非常恼火，但我没有完全表现出来。我记得自己睡着时有一只脚搭在了桌子上，我的逻辑是这个姿势改变了我的重心，导致结石发生了挪位，释放了我的尿液。这个解释当即便令我茅塞顿开，使得我放弃这个念头时非常不情愿，但在医生的专业意见面前我必须做出让步。我意识到，当我建议学生对文风进行修改时，他们就是这种感觉。他们喜欢自己写的句子。他们之所以对学问更深、经验更足的我言听计从，是因为他们没得可选，但他们还是喜欢原句读起来的那种感觉，一个不知道该修饰谁的修饰语就在那里悬着。他们也会偷偷怀疑这一次我的判断出现了失误，虽然整体来讲它一直可靠合理。他们也会对我的执念感到一丝恼火，正如此刻我对菲尔·沃森也很恼火一样。

"你觉得我得癌症了，是不是？"我指责道。

"我觉得你长的不是结石。"他坦言，"实际上，这次排尿可能是个好消息。"

"在我坐的这个地方排尿可不是什么好消息。"我对他说。

我挂掉了电话，更加仔细地审视起自己的处境来。今天上午，我花了半个小时的时间才灌满了一针筒的尿液，差点连做尿检的量都不够。而现在，在我睡过去的这半个小时左右的时间里，我竟然把膀胱清得干干净净，足以浸透一条裤腿、一只羊毛袜、一只四十三码的鞋，还有一把很厚实的办公椅。

我现在需要的，我意识到，是一个逃跑计划。我刚刚和世界上唯一一个可能会理解我的窘境的人谈了话。此刻我的任务是躲开其他所有人，直到我把自己收拾干净为止。现在是五点二十分，外面的天还亮着，这意味着我不得不穿着湿哒哒、臭烘烘的裤子穿越半个校园。如果不这样的话，我就只能等到天黑下去、裤子干了为止。好消息是，到了这个时间，教职工（除了准备开会罢免我这个系主任的那些以外）都回家了，大多数学生也已经移步到了食堂。另一个好消息是，清空了膀胱之后我感觉好极了，比几天以来的感觉都好。我觉得我可以极速冲刺跑上四百米，从现代语言学大楼回到我停放林肯的后区停车场。实际上，我差不多已经决定了要按这个计划行事，却听到走廊另一头的双开门吱扭一声开了，之后人声循着我的方向而来。我立马就认出了比利·奎格利的声音，我很庆幸来者是比利。如果我必须从学校里找出一个人，让他看看我此刻的惨状的话，那么我会选比利，因为他同所有酒鬼一样，知道羞耻为何物。如果他是一个人来的，那么我会走到走廊里，要求他交出自己的裤子。我了解比利，他会把裤子乖乖交给我的。

但比利并不是一个人来的。听见他女儿的声音后，我心里充满了难以遏制的恐惧。有很多罪我都希望比利家的这位漂亮姑娘不要去受，她一直在和一个尿失禁的男人打情骂俏就是其中之一。脚步声和说话声停在了我的门外。有人敲了敲磨砂玻璃窗。

"他刚才就在里面。"我听到梅格对她的父亲说，"我听见他在打电话。"

"从那里滚出来，你这个无德坏鸟。"比利·奎格利命令道。傍晚时分他又喝得不少，我看得出来。"那群傻瓜蛋同事还没死心呢。咱们赶紧过去搞点乱子。我们保你这不中用的无德坏鸟一次。"

"没准他去厕所了。"梅格说。也许是从门缝下面飘出去的尿味让她想到了这种可能性。

"得了吧，他就躲在里面呢。"比利用拳头砸着门框，砸得玻璃哗哗作响。

"没准他……"她停住了。我几乎能听得到她在想什么。"你还好吗，汉克？"

我屏住了呼吸。

"我知道蕾切尔把钥匙放在哪了。"我听到梅格说，"放我进去。"

他们去了隔壁，我听到比利用他的钥匙把他们两个放了进来。他不该有这把钥匙的，但大部分教职工都有，这样他们就能趁夜深人静的时候偷偷把颇具煽动性的匿名留言塞进信箱里了。办公室的外间亮起了一盏灯。

"有人在那里面。"我听到比利说，"我能听见他的声音。"

"这里。"梅格话音刚落，一把钥匙就被插入了锁孔中。

他们同时闯了进来，然后环顾了一下办公室，想找到一个大到足以容下我这个块头的人的藏身之地。梅格检查了一下我桌子下面的空隙。"这股味闻着就像他在这里养猫了一样。"她说。

比利抬头看着天花板上的洞。见到他正盯着哪里看后，梅格的目光也跟了上来。"你不会觉得……"她说。

我缩到了阴影更深处。我的眼睛逐渐适应了黑暗，但我脑袋顶上有一根很粗的橡木斜梁，令我无法起身。

"得了吧。"比利说，"咱们从办公室进来的时候，他顺着另一道门溜走了。我都听见了。"但他依然狐疑地抬头盯着天花板。这是有可能的，他心里正在想。我这个人疯得到这个份上。"好吧，去他的。"他说，"我要去干扰一下这场会。他们肯定要开始投票了。他们已经装模作样了一个小时。"

"我在这等几分钟。"梅格说，"万一他回来了呢。"

等她父亲离开了现场，已经听不到她的声音了之后，我听出梅格拿起电话并拨通了一个号码。片刻之后她说："嗨，是我。如果你想见他的话，他还在学校里……我不知道……你随便吧。"

待她挂掉电话后，我将身子往前倾了倾，偷瞄了一眼下面的梅格，此时她已经踱起了步。除了发现我的藏身地之外，我最害怕的就是她决定体验一下坐在系主任的椅子上是什么感觉。也许她猜到了那会是什么感觉，因为她并没有坐上去。她站在她那一侧的桌边，我刚要说梅格真是个令人尊敬的天主教好姑娘，她就迟疑了一下，把头扭到了一个奇怪的角度，这样她就能看看我桌子中间放着什么了，而我桌子中间恰好放着今天上午蕾切尔给我的英语系运营手册复印件。梅格倒着读了部分内容，然后明智地将文件转了过去；她旋转了一下我那盏台灯的长臂，趴在小字上聚精会神地读了起来。她穿了一件低圆领衬衫，里面没有穿内衣。

我突然意识到，我此刻的行为是有失尊严的。我仰回了我强加给自己的黑暗之中，想好好思考一下我的处境，虽然我刚刚享受到的特权画面恰恰会驱散所有的抽象思维。在我的眼睛适应了黑暗后，我发现高处的房椽之间并不是漆黑一片。借着从身下办公室映射上来的灯光，我终于得以仔细观察一下这个十分低矮、让我窝得如此不自然的密闭空间了。在我身体的正上方，在距离我的脑袋和膝盖均只有几厘米的地方，就是倾斜的屋顶。我很难转动身体，但转过身后，我发现远处有几道光束如同激光一样从下方直射上来，还听到比利·奎格利进入会议室时跟同事们打了招呼，虽然他的声音微弱到我几乎无法听清。而在我开始聚精会神后，我还听到了远处的其他声响。

这些低语中的急迫感令我想起了小时候我听到的那些发生在远处的争吵。我们住过的那些老学区房会通过墙体及地板上的暖气出风口传声。某些夜晚，在我没有睡意的时候，我会爬下床，趁暖气咔嗒一声吹出来前将耳朵贴在冰冷的出风口上，尽我所能去了解我父母在想什么。有一次，我听到他们在讨论圣诞节给我买什么礼物，这个信息很有用，因为他们说的那个东西我并不想要。提前这么久知晓他们的计划意味着我会有许多自然而然的机会去推翻它。另一次，我听到一个男人抬高音量，说出了"你用屁股蛋子都能想明白"这几个字，这令我断定楼下来了客人。在此之前，这句话我只听到过一次，是在我母亲带我去吃饭的某家餐馆门外。那次，当我们从餐馆里往外走时，一个衣衫褴褛的男人正倚在停车计时器上，好像是在等我们似的。他用半睁半闭的眼睛直勾勾地盯着我们，然后说："你用屁股蛋子都能想明白。"我母亲小声对我说不要理他，说那个男的喝多了，但我很难理解他这句话怎么可能不是针对我们的。此刻，将耳朵贴在冰冷出风口的我备感好奇，不知道那个男的来我家做什么？还没来得及一探究竟，暖气就咔嗒一声吹了出来。

第二天清晨，当我下楼吃早饭时，这个问题依然还在我的脑海中盘旋未散。我刚要开口问些什么就看到了我父亲的表情，于是便闭上了嘴。自我进屋后，我父母还没有跟对方说过一句话；我突然明白过来，是我父亲说出了那几个奇怪的字，那些话他是怒气冲冲地冲着我母亲说的。我觉得，那可能是我第一次意识到成年人过着秘密的生活，意识到关于我父母，有些事我并不知情。这些事他们并不想让我知道，也许永远都不想让我知道。更重要的是，我这个举止优雅的父亲和餐馆外那个衣衫褴褛、一脸色相的醉汉之间显然有着某种情绪上的共鸣。那天一整天，每当我想起这件事的时候，我都会感到奇怪，而且我记得刚开始时我还感觉有些害怕。可这天结束的时候，我感觉到的就只有知识带给我的刺激感了。当我回到家，被母亲问起今天在学校过得可好的时候，我差点就说出了自己一下午都在练习的那几个字：你用屁股蛋子都能想明白。

我在脑海里回想这几个字时，灯光熄灭了，令我陷入了近乎全黑的境地。本想等我回来的梅格显然已经等得不耐烦了，于是便关上了台灯。我听到自己办公室的门先是被人打开，然后又再次关闭。多亏了磨砂玻璃窗另一侧的灯光，这片黑暗才没有变成伸手不见五指的样子。我几乎无法看到天花板上那个我刚刚钻过的洞的轮廓，我也意识到如果我盲目地让自己顺着那个洞下去，那么我很可能会进医院，就像莉莉预测的那样。但没关系，我暂时还没有回办公室的打算。许多精彩的计划都是在黑暗中孵化出来的。一旦放下尊严，选择就会变得多起来。

"咱们赶紧投票走人，真是要了命了。"比利·奎格利在我正下方说道。

"集体讨论的时候你人都没出现。"代替缺席的系主任主持会议的菲尼说道。

"你们这群人的话我已经听了三十年。"比利提醒着自己的同事，"少跟我说集体讨论的时候我不在。"

"这不代表你可以慢慢悠悠地晚到一个小时，浑身酒气，而且到了就让大家结束讨论。"菲尼的话并非全无道理。

"酒腻子总比伪君子强。"语毕比利枕着桌子睡着了。

"我们似乎的确已经把话都说明白了。"我听出这是雅各布·罗斯的声音。他的出席令我有些吃惊，直到我想起院长或院长代表必须出席他人针对系主任发起的议程。而且，严格来讲，雅各布依然是英语系的一员。

我这高高在上的位置一点也不理想。我就在长长的会议桌的正上方，刚才我是被一丝细细的光线吸引到这个位置来的。我不敢四处乱窜，怕发出的声响会让我露馅。尽管如此，我还是看不到什么。比利·奎格利的大秃脑袋就在我的正下方。保罗·洛克坐在他的对面，正在记事本上随手乱画一些几何图案。格蕾茜就在附近的某个地方。我能闻出她的香水味飘了上来。我试着用笔尖去撬天花板，好再给自己一厘米左右的视野，但最后不得不作罢，因为原本压得很紧实的天花板飘起了微粒，像花粉一样落到了比利·奎格利的脑壳上。

"我们面前似乎出现了一个结束讨论的动议。"菲尼叹气道，"有人附议吗？"

"我附议。"雅各布·罗斯说。

"你只是职权所需来这里充数的而已。"菲尼这个一向老到的议事员说，"规则既不允许你动议，也不允许你附议。"

这个动议因为没有人附议而终止了。

"继续讨论？"

一片沉寂。是我的系无疑了。要求结束讨论的动议因为没有人附议而终止，可讨论也随即石沉大海。我们还是懂讽刺的。我发觉身下传出了紧张兮兮的窃笑声。

"听我说。"雅各布说道，"随你们的便。你们想聊多久就聊多久，但等你们聊完以后，还是有两件事摆在我们面前。如果你们想罢免汉克这个系主任，尽管去做。但在这之后，你们还得选个新的系主任出来。"

"你确定找系主任的事没戏了？"格蕾茜想要知道。

"确定。"雅各布说，"我知道你们都指着引入外援，但经费没批下来。我能说什么呢？你们知道这是有可能的。"

"你了解人事委员会花了多长时间才确定最终名单吗？"格蕾

茜问她打算嫁的那个男人。

"不了解。"雅各布坦言，"但我了解你们所有人。这个系连结束讨论这种事都无法达成共识，不论讨论的问题是什么。所以我猜，你们花了不少时间。但事实还是没有改变。如果你们要罢免系主任，那就得再选一个新的出来。你们是想投一次票还是两次票？春季学期还有两周就要结束了，你们真的想再换一个代理系主任吗？然后八月再为秋季学期投一次票？我建议你们先把程序上的问题解决掉。在确定好什么时间、以什么样的方式选出新系主任之前，不要罢免你们现在的这个系主任。"

"这件事你知道多久了？"问这句话之前，保罗·洛克已经半天没乱画了。

"找外援的事吗？"雅各布说，"上周五临近中午的时候知道的。我刚要出城就接到了消息。我今天早上刚回来，现在已经把这个消息告诉你们了。"

"汉克知道多久了？"又是洛克。

"鉴于这会儿他人不在，所以我只好假定他现在都还不知道。"

"你们两个没聊过这件事吗？"

"我出城了。我告诉你了。"

洛克百无聊赖地笑了笑。"鉴于你没有回答我的问题，那我再问一遍好了。你和汉克有没有聊过找外援的工作已经终止了这件事？"

"没有。"雅各布说。要不是因为我已经知道了这件事，那我肯定会相信他的。

而洛克呢，我看得出他并没有买账，虽然他接着回去画画了。

"不好意思，"他说，"逼你睁眼说瞎话总会让我觉得舒服一点。"

"我为什么要对你说瞎话呢？"雅各布想要知道。委屈又无辜的角色他演起来会更得心应手一些。

"因为院长就爱干这种事？"洛克说，"因为你和汉克是朋友？"

"嘿。"雅各布说，"在座的各位都是朋友啊，不是吗？"

洛克嘴里发出了放屁的声音。

"这才是大家该提的动议。"亦然的声音传了过来，"这样吧，我来提。我提议在座的各位互相交个朋友。"

一阵沉寂。这项动议同样因为无人附议而石沉大海了，虽然大家可能并没拿它当回事。我听到茱妮·巴恩斯在下面的某个地方小声嘟囔道："成熟点吧，伙计。"

听到这句话后，我也许是第一次开始相信泰迪的妻子和亦然之间真的有些什么。也许这不过是她的那句嘟囔引发的沉默在作祟，好像是在承认不知怎的，生命力——某种实实在在的东西——左拐右拐地进入了这个满是议事员的活死人墓中，但没有人确切地知道该拿它怎么办。过去二十年，这样的会议我们已经熬过了多少场？如果用普鲁弗洛克的咖啡勺去量一量[1]，它们会加出多少小时、多少周、多少个月？有多少好书未被翻开，多少文章未能写成，多少研究就此中断，就是为了给像这样让人抓耳挠腮的会议让路？我自己可能会写出多少本书？我知道奥卡姆的威廉会怎么说。他会说不碍事的。如果我注定要写书而不是在英语系的系会

1　这个典故出自艾略特的名诗《普鲁弗洛克的情歌》，其中的一句诗行写道："我已用咖啡勺量取了人生。"

中干坐着，那么这些书我肯定已经写出来了。我做出了选择，尽管我并不记得自己做出过选择。

如今，我真的可谓傲视着这一切。很长一段时间以来，我一直试图让自己坐在办公桌边就可以传递出这种姿态。这些年，莉莉一直敦促我站出来表个态。我要么与这些人是一丘之貉，要么不是。在她看来，我要么就与他们同流合污，在这群人——我的朋友与同事——中间继续苟活，要么就有尊严地离开，找到真正适合我的地方。其他人可以与自己是谁、与自己成了什么握手言和，为什么我不行呢？为什么要像个柔体杂耍大师一样，蜷缩在房椽之间度日呢？这样我就可以付出昂贵的代价，维持我与父亲不同的假象了吗？这个表象值得我费这么大力气吗？面对这合情合理的论证，我要献上我父亲亲口说出的那几个字：你用屁股蛋子都能想明白。

在我下方，程序的问题已经解决了。菲尼-洛克代表队看穿了雅各布的计谋，于是便强制大家今天投票解决罢免的问题，之后又安排大家周五再开一场会进行提名，而选举本身则会在下个周五举行。我很庆幸一切都在加速。房椽之间的温度肯定得有三十多度了。我冒汗冒得厉害。当我倚身向前时，鼻尖上的一滴汗珠顺着我偷看用的那个缝隙漏了下去，落到了长长的会议桌的正中央，发出了几乎清晰可辨的丁零一声。菲尼边发选票边解释，"同意"将会被视作赞同罢免，"反对"则会被视作对系主任的信赖。我的几名同事对此感到一头雾水。比利·奎格利被大家叫起来投票，虽然他搞不懂"同意"和"反对"的含义。见他在"同意"

那一栏打了勾，有人，我猜是茱妮，气冲冲地从他手里夺过了选票，填上了"反对"。

"我是支持他的。"比利抗议道。

"那你就选'反对'，不同意罢免。"她叹了口气。

比利耸了耸肩，将选票交了上去。

"你是怎么跟这个指手画脚的泼妇过到一块去的？"他想知道。这意味着泰迪一定就在下面的某个地方。我想起了下午早些时候他从课堂回到办公室时的样子，垂头丧气的，不愿直视同事的眼睛。他知道多久了？我试着让自己站在他的立场，想象一下他此刻的感受。他和茱妮的结合素来像是为了满足职业与政斗之便，不论泰迪允许自己拥有怎样的浪漫幻想，这些幻想都被安安稳稳地投射到了莉莉这个他知道自己不可能拥有的女人身上。即便如此，自己的妻子与亦然这类人厮混到了一起，这种事任何男人消化起来都好受不了。这一切归根结底就是一场讨价还价的交易，结果你换来的是分离，而非真心；之后，你又换来了一些必要的心理把戏，让真心继续好好运转下去。不信的话，就去问问我母亲吧。

唱票工作正在下面进行。椅子被刺啦一声推到身后，十几场私密对话同时开始了。我一直在等待的那个戏剧时刻就要来临了，于是我先将泰迪的难题推到了一旁。我断定，一个聪明如小威廉·亨利·德弗罗的柔体杂耍大师是可以鱼和熊掌兼得的，而此时我也正准备以某种方式加入同事们的行列。我将那张折好的纸从外衣口袋里拿了出来，塞进了天花板之间的缝隙里。刚好能塞下。释入空中之后，它乘着穿堂风轻轻飘落到了比利·奎格利汗毛密布的指关节上，吓了他一跳。他盯着那张纸，脸上写满了困惑。他环视着离自己最近的那些人，想看看这东西是从哪来的。

格蕾茜和雅各布出现在了我下方的视野里，我听到格蕾茜小声嘟囔着："这是什么味道？"我忍不住嘴角上扬。这是有史以来我第一次靠味道压制住了她。

雅各布没有理会她，因为他注意到比利·奎格利面前有一张折起来的纸。"你最好把票全数进去。"他对菲尼建议道，因为他显然以为这也是一张选票。

而比利呢，我看得出他也得出了同样的结论。他正准备把纸递出去，却将它打开读了起来。读完后，他将纸揉成了一团，好像要把它扔进房间另一头角落里的废纸篓中一样。为了阻止他这样做，我与他心电感应了一下。我看出他接收到了我的感应，扔到一半时突然攥紧了拳头，然后打开了那张纸。这时，菲尼正好公布了投票结果：十八张"同意"票，赞成将我罢免，九张"反对"票。

"达到规定所需的三分之二，系主任被罢免。"菲尼宣布道。

同事们已开始鱼贯而出，此时我听到比利·奎格利清了清嗓子。

第二十九章

当我这种人被困在脏兮兮的管道层中，当石棉污染过的天花板和隔音材料令我见不到光、感受不到来自同事的情谊时，许多事情都会发生。在投票开始后的半小时里，在我于黑暗中四处匍匐，想找地方下落的那漫长且闷热的三十分钟时间里，我无可奈何地被迫接受了一个阴暗的现实。那就是我似乎遇到了麻烦。我一直不愿意承认这一点，可事实就是事实，我也知道奥卡姆的威廉会根据这些事实推导出什么样的结论。上周临近周末时，我还觉得泰迪·巴恩斯担心我的身体状况是危言耸听呢。我的朋友和敌人的观点是一致的，他们觉得我失控了，觉得我着实是个烫手山芋。这个观点我还是想反驳一下的，毕竟我这个人固执得很。可事实就摆在我们面前。我已经快五十岁了。今早起床后，我穿上了卡其裤与扣领牛津衫，系上了棉布领带，登上了已经磨坏但还能穿的乐福鞋，披上了颇具职业特色的粗花呢外套，这外套虽然已经穿旧了，但还是很有型的。起床时，我在某座高等学府的大系里当着系主任，此时依然如此，不论我的任期会有多么短暂。我创作并出版过一本书，这本书在《纽约时报》上收获过好评。还有，我不该被困在现代语言学大楼的天花板上，穿着被尿液浸透的裤子，连地都不敢下。

降落到我自己的办公室里已经不可能了，就算我愿意在黑暗中斗胆一试也不行。走廊里满是激动不已的同事，他们从各自的办公室里冲进冲出，而且每隔几分钟就会有人到我的办公室侦查一下，看看我有没有回来。系会戏剧般的进展让我的同事们炸开了锅。他们让我想起了拉塞尔和朱莉家露台上的那群马蜂，想起拉塞尔用雷达浇了它们的蜂窝之后，它们是什么样子的。明明有广阔的天地可供它们闯荡，可它们偏偏就要围着那个蜂窝转。惊慌不安的它们寻求着彼此的陪伴与慰藉。它们把所有能想象到的阵型都排了一遍。

言归正传。鉴于男厕所有人在用，所以我降落到了女厕所里，然后迅速锁上了门，以防与那些理由更为正当的人共用这间厕所。到了厕所里后，我发现我的处境比我想象的还要糟糕。在弄湿裤子后的四十五分钟时间里，它已经干得差不多了，可它却也像磁铁一样，把困住我的那个管道层里的所有灰尘、泥土、污垢、石棉纤维和老鼠屎都吸了过来。在女厕所那面长长的、被灯光照得极亮的墙镜面前，我可真是一景。我不知道大楼建成后的这些年里，多少女性曾在这面镜子前仔细端详过自己的模样，但我敢肯定它从没有映射过这样的现实。就连预料到她不在家这几天我的日子不会好过的莉莉，肯定也想象不到这个场景。我就像是 B 级片里的突击队员，脸被汗水和污垢弄得又脏又黑，衣服被纤维状的脏东西染得灰扑扑的，头发也因为出汗而打了结。我的肘部粘着一张糖纸。我这个样子是会被判谋杀罪的，而且我说的可不是宰鸭子这种谋杀。我的脑海中浮现出了一些感悟，与上周我在电视上看到自己将（大鹅而非人类）菲尼举到镜头前时的感悟有几分类似。那就是这并不好笑。

我把自己稍微打理干净了一些，这时有人想要开门，之后我听到格蕾茜小声咒骂了起来。之后门晃得更厉害了，此时我听到雅各布说门好像反锁了。我有种想要放他们进来、速战速决的冲动。承认自己遇到了麻烦这个可能性后，我只对一件事还有把握：我不会再回到天花板上去了。

"它怎么会反锁上呢？"格蕾茜好奇地问道。

"我怎么知道？"雅各布说，"没准茱妮·巴恩斯又在里面贩毒呢。"

"茱妮，你在里面吗？"格蕾茜抬高了音量，对着厕所门说。

"不在，我在这呢。"我听到茱妮的声音从走廊的另一头传来。一扇门被关上了，是茱妮从办公室里走了出来，之后她又将门在身后锁好。"我听到那个贩毒的屁话了，雅各布。"

"贩毒的屁话？谁说的谁说的？我吗我吗？"

"别站在那了，泰迪。"我听到茱妮说，"咱们回家吧。"我能想象到这幅画面。泰迪守在我的办公室门外，等待着我的归来。有人闯了进去，报告说我的包还在，这就意味着我肯定就在附近。

"我不懂。"他说，"他能去哪呢？"

很明显，所有这些骚动都分散了泰迪的注意力，让他忘记了自己的难处。

"没准他正跟那个吃嫩草的家伙打手球呢。"

"是回力球。"她丈夫澄清道。

"我跟你们说。"格蕾茜说，"他在天花板上。"

"老天爷。"雅各布说。

"那张纸是从天花板上掉下来的。"

一阵沉寂。

"它是从天花板上出来的。"格蕾茜重复道,"我是亲眼看见它掉下来的。它是蹭着我下来的。"

"你们这群人的脑子都不正常。"雅各布说。

"我真的得去干女孩子家家要干的事了。"格蕾茜说,"我没开玩笑。"

"哎哟。"茱妮说,"我就知道在这个国家的某个地方,肯定还有女的会说出'去干女孩子家家要干的事了'这种话。"

"去男孩子那边干吧。"雅各布提议道,"里面没人。我们给你守着门。"

"帮我检查一下。"格蕾茜说,"确认一下。"

我听到男厕所的门先是打开,然后又关闭了。"一切正常。"雅各布说。

之后门先是打开,然后关闭,接着又被更加粗暴地打开了。"你是不是找死,雅各布。"格蕾茜说。外面传来了轻微的撞击声,就是女士钱夹砸到院长身上的那种声音。"菲尼正端着他的老二在里面站着呢,你心里清楚。"

"我以为你不介意菲尼在里面呢。"说这话时,雅各布又装出了委屈且无辜的样子。

"该死。"说着格蕾茜又推了一次女厕所的门,以防自己刚刚出现了幻觉,"好吧。我去楼下上厕所。"

我听到男厕所的门又打开了。菲尼走了出来。

"不好意思，菲尼。"格蕾茜说，"我什么都没看见。"

"现在你真的伤到他的感情了。"雅各布说。

这会我听到的是双开门打开的声音，说明格蕾茜已经离场了。

"我不懂他能去哪。"泰迪再次开口说道。

"他疯了。"菲尼说，"上周我发现他站在我的教室门外，冲我的学生做鬼脸。"

"他似乎真的激起了你们的想象力。"雅各布说。这会儿他们一行人全都朝走廊的另一头走去了。"格蕾茜觉得他在天花板上。你看见他在你的教室门外。"

"如果我们的院长能严肃地对待这些事情……"菲尼开口说。

"那他好几年以前就自杀了。"雅各布替他把话说完了。

"也许我应该开车去趟阿勒格尼泉，去看看他。"泰迪敷衍地提议道。

我听到走廊某处有间办公室的门被打开了，然后又关上了。

"雅各布。"比利·奎格利说，"你知道格蕾茜到处跟人说你们两个要结婚的事了吗？"

"我请咱们的好哥们汉克来当伴郎了。"雅各布用反驳的方式回应着他，"但如果他执意要宰鸭子，还要在天花板上爬来爬去的话，那我可能就得重新考虑一下人选了。"

"我觉得那只鹅不是他宰的。"听上去，泰迪语气里的懊悔似乎是真心的。

"你不会觉得他太有条理吗？情绪太稳定？"保罗·洛克的声音传了过来。

"你袖子上的这些粉色圆点是什么？"雅各布想要知道，这话明显是对菲尼说的。

"你能看见它们？"菲尼的语气里显然充满了警觉。

"也不是。从某些角度才看得见。"雅各布给他吃了颗定心丸。

"格蕾茜不是已经结婚了吗？"比利·奎格利说。这让我感到了宽慰，毕竟这也是我问出口的第一个问题。他们的声音渐渐远去了。

"仅仅是法律意义上的结婚。"雅各布向他保证。之后，走廊尽头的双开门在他们的对话声中开启又关闭了。

我小心翼翼地打开女厕所的门，向外望了望。走廊里空无一人、寂静无声。我端详着同事们越过的那道位于走廊尽头的双开门。每扇门上都有一个小小的长方形窗户，可它们离我太远了，光线也太弱了，我看不清是否有人脸贴在窗户上。我斗胆溜出了女厕所，然后快步沿走廊前行进入了办公室内，拿起了书包和明天研讨课要用的故事。之后，我顺着后楼梯溜下了楼。

楼外，夜幕正在降临，对此我感到非常庆幸。我溜出了现代语言学大楼，穿越草坪朝后区停车场走去，我的林肯正在那里待命。这么晚了，占地两英亩的停车场里只有五六辆车，可有一辆竟然停在了我的林肯旁边，这也许挺奇怪的，但我并没有在意。今天太漫长了，我不想去与一些无关紧要的谜团、一些轻微的统计学异常较劲。反正这两辆车里都没有人，我在五十米开外的地方就看见了。我打开了我那辆车的车门，进入了车内，然后将钥匙插进了点火开关里。我通过余光发现旁边那辆车轻轻地摇晃了一下，之后一个脑袋冒了出来。我得出了奥卡姆的威廉也会得出的结论。威廉当然也年轻过，也被荡漾的春心支配过，尤其是在晚间荡漾起的春心。毫无疑问，我打断了一对自以为远远躲到后区停车场就可以高枕无忧的年轻情侣。此刻，他们一定希望自己刚刚能等到天完全黑下来再开始。我挂上倒挡，开始倒车。喇叭声响起的时候，我忍不住看了眼旁边那辆车，发现我女婿拉塞尔那个剃成了圆寸的脑袋出现在了车窗里。我将林肯挂到了停车挡，而拉塞尔也下了车，一边舒展身体一边打着哈欠。我倚身打开了副驾驶的车门。他上了车，手还在揉眼睛。

是我身上的气味让他清醒了过来。"哇！"说着他目瞪口呆地打量了我一番。他还没有关上车门，所以车内的阅读灯还亮着，令他能够好好看看我。"天呐，汉克。你这是怎么了？别告诉我又是诗人干的。"

"教英语这门差事没有以前那么干净了。"我解释道，"大多数人没有意识到这一点。"

他将身子探出车外，大口大口地喘起气来。"抱歉。"他说，而且他听起来真的很抱歉，"我的呕反射来得特别突然。我闻到有人在做洋白菜就会控制不住。"

"那口交呢？"我一时兴起问了这个问题。

"哦，天呐，汉克。"他的身子依然悬在车外，我这位爱干净的女婿，这位可能跟我女儿的黑眼圈有关也可能没关的女婿，"做个好人吧。"

"我是说总的来讲。不是说咱们两人之间。"

他又下了车。他看上去确实很难受。

"你来这干什么，拉塞尔？"

"等你啊。我已经等了一个多小时了。我想咱们可以找个地方喝点酒，聊聊天。"

"没问题。走吧。"

他望向车内、紧盯着我，想看看我是不是认真的。

"不过如果你不介意的话，我想先洗个澡，换身衣服。"

"我坚决同意。"

"你想跟我去我家吗？"

他犹豫了起来。"朱莉会在吗？"

"可能吧。但我对此存疑。我觉得她可能回她家去了，回你们家去了。毕竟门锁已经换完了。"

"我觉得我还没做好见她的准备。"他说。

"你们两个是夫妻，拉塞尔。你总会再见到她的。"我怀疑换锁的事他可能都没往脑子里去。

他依然紧盯着我，脸上写满了痛苦的表情。"你真的是上课把自己上成这副德行的吗？"

拉塞尔跟着我出了城，向阿勒格尼泉驶去。这段路给了我们各自十五分钟的独处时间。他可能用他的那十五分钟想了想，自己打算从一个宰鸭子、尿裤子的五十岁男人那里讨教一些关于婚姻的建议，这意味着什么。我用我的独处时间思考的事情很可能是我最糟糕的性格缺陷，因为在生活的严肃、琐碎、悲剧与前后不一面前，我太容易重燃斗志了。我们到达阿勒格尼泉时，天色几乎已经完全暗下来了。我们的车灯仅能照亮狭窄柏油路两侧的宾州树林的边缘。我很容易想到，在黑暗的丛林深处，游走的野狼正集结成群；它们绕着圈，逐渐向我逼近；它们号叫着，将我层层包围。它们甚至可能离我足够近，听得到我的窃笑声。

洗完澡、换完衣服后，我发现拉塞尔人在屋外，在一把露台椅上驻扎了下来，而奥卡姆则在他身边平静地打着鼾。电话答录机里的磁带看上去已经快要满了，答录机的绿色指示灯像连珠炮一样狂闪不止。我考虑了一下，但我不想按下播放键，任由同事与我分享他们的心里话，坏了我自己的好心情。他们中的大多数人只是想告诉我开系会时发生了什么，可是说个鬼啊，当时我也在场。对比他们各自的版本，然后再将他们的版本与真相进行对比会很有趣，可实话来讲也没那么有趣，于是我穿上外衣，到露台上去找我的女婿了。早些时候我脑海中那些正逐渐向我逼近的野狼似乎已经找到了其他令它们分神的东西。我嗅了嗅空气的味道，想找到狼存在的证据，却一无所获。也许洗澡的时候，我已经把它们追寻的那股味道洗掉了。

拉塞尔说我去洗澡以后电话响了好几次。我没有理会这句话，而是拉了一条躺椅过来。"冰箱里有啤酒。"我对他说。

"有个鬼。"他说，"我看过了。"

"真的吗？"

"真的。"

我琢磨了一下这个情况。"朱莉喝酒吗？"

"当然喝。"

"从什么时候开始喝的？"

"从十六岁开始，和所有人一样。"拉塞尔信誓旦旦地说。当女婿的喜欢知道一些老丈人不知道的事情。他们也喜欢分享自己知道的事情。

今晚暖得出奇。天气依旧凉飕飕的，不能不穿外套坐在外面，但已经暖到足以让人想象夏天的样子了。在我和莉莉建完这栋房子之后的这些年里，我们也曾在这样的夜晚以同样的方式迎接夏天的到来；我们忍受着若即若离的春日带来的轻微不适，用期许代替了现实，因为我们知道日子正在朝正确的方向发展。天气预报说，一股冷锋将于今夜快速掠过宾州中部，气温预计会大幅下降，虽然到了明天，更为温暖的天气就会回归。

拉塞尔发现我正深情地抚摸着躺椅的扶手。"破产以前，露台家具也在我们的购物清单上。"他对我说。

见我没有立刻回话，他试探性地继续说了起来："实话告诉我。你喜欢你家这栋房子吗？"

"在这件事情上我没有太多想法，拉塞尔。我觉得我足够喜欢这栋房子。建完这栋房子之后我们一直过得挺舒服的。"如果莉莉在场的话，她会说我同大多数男人一样，对自己所处的周遭环境一无所知。但我的确很喜欢一点，那就是我们建的这栋房子有很多窗户，光线非常充足。我也喜欢住在离学校足够远的地方，这样就不至于总在别人忘记关灯的时候被叫回学校里了。

"我之所以问。"拉塞尔说,"是因为我这辈子从没如此讨厌过任何东西。"

"你讨厌我家房子,拉塞尔?"

夜色中,他望向了我。"我家房子。"他澄清道。

"但这两栋房子一样。"我提醒着他,"我难免会觉得你侮辱了我家房子。"

拉塞尔非常明智,并没有理会这句话。"我讨厌那个房子。"他继续说道,"我讨厌里面的家具。我甚至讨厌所有如果我们没有破产那么我们将会拥有的东西。"

"接下来你就要说你讨厌我女儿了。"

我本以为他会迅速否认这个说法,但我的期待却扑了空。"有一点我一直没弄明白。"他说。他的措辞非常谨慎,这一点他做得没错。他知道我喜欢他,但他不知道从全局来看,这能起到多大作用。他希望我对他的好感能成为他在这场对局中的王牌,但他怀疑事实并非如此。也有可能他只是很难启齿而已。"你和莉莉……就没有这么贪得无厌。"

我又不知道该如何接话了。他的赞美里夹杂着侮辱,这一点他心知肚明。他想弄明白的是,我和莉莉这样的两个人,怎么养出了这么一个贪得无厌的女儿呢?他似乎真的想让我给他解释一下。我想向他说明的是,我并不觉得朱莉在内心最深处是如此贪得无厌的一个人。她只是不太开心、有些沮丧而已,加之她还没有弄明白自己该如何"存在"于这个世界上。由于不确定自己想要什么,所以她只好什么都要。或说这只是我得出的结论。也许

- 395 -

是一个父亲过于宽宏大量的猜想。若将这个猜想平等地应用在每个人身上，那么也许它能为所有人的贪得无厌提供理论依据，而不仅仅只能说明我女儿的情况。谁真的能在这个世界上潇洒过活呢？谁真的确定自己想要什么呢？这个吗，很多人都是这样，我自问自答道。很多人都清楚地知道自己想要什么。我只是无法相信朱莉是这些人中的一员。我无法相信我女儿的灵魂会被如此轻易地收买。

"你想给我讲讲她的黑眼圈是怎么来的吗，拉塞尔？"趁谈话还没有变得过于抽象，我开口问道。

"她没告诉你吗？"

"上周五她说你推了她。"我对拉塞尔说，"今天上午她暗示事情的原委也许不是这样。"这些其实是我为他做的近似陈述。今天上午朱莉既没对我说什么，也没向我暗示什么。这些话她是对我的答录机说的，而我只是站在一旁听着，动弹不得。

拉塞尔点了点头，然后站起身来，倚身靠着露台的围栏向下方的黑暗望去，具体在看什么我想象不到。风向改变后，我明显嗅到了一丝狼群的味道。我本盼着拉塞尔能说些什么，可我却看到他的身体剧烈起伏着，然后他便站在露台边吐了起来。奥卡姆醒了过来，他快速站起身，走到那边去勘察情况，然后转过身来，满怀期待地看着我。面对反刍，人类的反应比动物复杂得多，我希望奥卡姆能明白这一点。我希望他能明白，我们这些当人的对身处如此窘境的同胞会生发本能的同情，就算我们选择克制自己，不插手其中。我试图用一个表情向我家狗传达这一切，可我看得出来他丝毫没有买账。他想要做些什么。如果他能想到做些什么的话，那么他是不会介意脏了自己的爪子的。事后他总可以把爪子舔干净。与受罪比起来，脏爪不值一提。他想知道我这个人到底有什么毛病？这个吗，首先，我刚洗完澡。即便如此，他也是对的。我的确应该做些什么。于是我回到屋内，拿起了一小摞纸巾，并在感觉一切安全了以后带着纸巾回到了露台上。拉塞尔还站在围栏边，但他的身体已经不起伏了。我将纸巾递给了他，他满怀感激地收下了。"我警告过你我有呕反射。"他说，"一整天我都觉得我要吐了。不知道我是不是得了什么病。"

他瘫回了露台椅上。奥卡姆嗅了嗅那叠纸巾。整件事情没有任何一个环节是他不想了解的。

"下面到底放了什么东西？"拉塞尔指了指刚刚自己清空胃中物的那个位置下面的东西，好奇地问道。我没有开室外灯，所以除了被厨房灯照亮的露台之外，其余的一切都是一片漆黑。

"别管了。"我对他说。

他用一张干净的纸巾擦了擦额头。"我感觉好些了。"他坦承道。

"我猜也是。"

他看着我，对我微微一笑。"你有没有意识到在过去的一个小时里，咱们成功地恶心到了对方？"

"大家管这叫男性友谊升温大法。"

"挺管用的。"他耸了耸肩。

拉塞尔这话很风趣，也很让人感动，而且我的确被感动到了，尽管这感动因为我的呕反射同样说来就来而变得复杂了一些。

"我很感激你没有因为所有这一切而勃然大怒，汉克。整个周末我都在想你可能恨不得宰了我。我觉得这就是为什么我必须见你一面，弄明白你的想法。"

"我脑子里有过一两个以暴制暴的想法。"我信誓旦旦地对他说。虽然如今我们升了温，但我并不想让他觉得我不会义愤填膺，觉得他可以随便推搡我女儿而不用担心受到惩罚，就因为她父亲是个英文教授，因此从理论上来讲是个息事宁人的人。并不是说我真的相信拉塞尔推搡了朱莉。但肯定发生了一些不好的事，而且他明显很想告诉我发生了什么。不论他想告诉我的是否是真相，不论我在听到真相后是否会认可它，这些都是后话了。有一件事我是有把握的。拉塞尔准备告诉我的要么是难以启齿的真相，要么是难以启齿的谎言。他并没有直入主题。他挠着奥卡姆的耳朵，这家伙心满意足地将四肢瘫在了地上。

"她带了一把椅子回家。"最终拉塞尔开口说道。黑暗中，他的话语显得非常渺小，而我则再次想象起了狼群在屋后的丛林中集结的样子。"是给客房用的。好像我们招待得起客人一样。她告诉我折扣力度特别大，因为那家商店要破产了。四折买的，只花了三百美元。"

他没有继续挠奥卡姆，而是用左手的大拇指和食指揉搓起自己的太阳穴来。他的右手攥着那些被揉成一团的纸巾。我看得出他想把它们扔到围栏外面去，但他并没有这样做。

"一想到趁清仓大甩卖的时候买东西……"他开了口，然后苦笑了起来，"我的意思是，你根本不知道我们手头紧成了什么样子，汉克。"

他摇了摇头，不知所措。"其实这话挺蠢的，毕竟你们借了那么多钱给我们。"

我点了点头，附和着什么，但不确定自己到底在附和什么。"我们借了多少钱给你们？"问这个问题是因为我真的很好奇。

"太多了。"这话听得我云里雾里，如果莉莉在场的话，她会说云里雾里那种地方很适合我，"总之，我感觉心里的某些东西失控了。"说着他将目光投向了树丛之顶。暗夜已经变得无比漆黑，树丛已经与夜空融为一体。

"我看了看她，又看了看那把椅子，那一刻我真的很恨她，汉克。承认这一点让我觉得很惭愧，但那个瞬间，我真的恨她。最近，我主要是恨自己在她辛苦工作的时候赋闲在家，可那一刻，我对她的恨比对我自己的恨更深。天呐，恨她甚于恨自己的感觉可真好，看看她搬椅子进来时脸上的那副表情吧。"

我觉得他只会提起朱莉的脸，而不会提到她的眼睛，对此我感到很欣慰。我知道他说的那个表情，我也知道那道旧伤会将朱莉一侧的面庞往下拉，让她看上去像是中风了一样。这件事她控制不了，所以拉塞尔只字未提。他的为人还是很正派的，不会将这个细节作为证据呈现在女方的父亲面前，虽然那个细节包含并代表了他最想让我理解的东西。他想让我理解的是，时机赶巧时，你爱的人怎么会变得如此面目可憎。

"总之，"他继续说道，"我知道我不能在任何一栋放着那把椅子的房子里待下去了。这听上去很荒谬，我知道，但我只对这一件事有十足的把握。"他窃笑了一声，活像一个知道自己嘲笑的事情其实并不好笑的人，"你会喜欢这种情节的，汉克。丈夫和妻子。激战一番。现在到了最后通牒时刻：我和那把椅子，你选一个吧，男人面色凝重地说。不是我和他，你选一个吧。选你的丈夫，还是选另外那个你爱的人。这可不好选，是不是？没有，我让她在我和那把她四折买来的椅子之间做个抉择。"

"这个吗，虽然那把椅子是打折买的，但它并不便宜呀。"我对拉塞尔说，"三百美元的椅子可不便宜。"

"我觉得你没抓住重点。"拉塞尔坦言，"重点在于，当她要在自己的丈夫和一个无生命的物件之间做出抉择的时候，她选了那把椅子。"

"我明白，拉塞尔，我真的明白。我也知道这多伤你的感情。"

"她甚至都没有犹豫，汉克。"

"但这并不能证明她不爱你。"我对他说。

"她只是更爱那把椅子？你是想对我说这个吗？"

"实际上，我是想说这证明她知道该从哪里下刀。她并不是真的更在意那把椅子。她只是知道如果自己假装这么做的话，你会多伤心。"

他低下了头。"我知道。"他承认，"等我收拾好行李再回到楼下的时候，我看得出一切都变样了。她把椅子搬到了一旁。她眼里含着泪水，挡在门前。我们可以当场和好的。我可以让她三分的，但我却做不到。那时我已经不恨她了。实际上，那一刻我真的很想抱住她，跟她做爱。"

"注意点，拉塞尔。"我警告道。我知道他只是想让我理解，想描绘一下他的情绪轨迹，但我们聊的可是我女儿啊。

"我想维系这段婚姻，也想留住我的妻子。真是见了鬼了，我甚至喜欢上了那把破椅子。它并不难看。"

"她的好品位随她母亲。"我坦言。

"可就像你说的，她伤了我的感情，所以我要以牙还牙。那时候我感觉到了一股奇怪的……冲动。你看，她想把这吓唬人的把戏糊弄过去，可我早就料到了这一点。她已经输了，现在该让她长长记性了。所以，我没有……"

我等了一会儿，以为他会把话说完，但他并没有。"是的。"我说，因为我不想看他挣扎着说一些我已经明白了的东西。说个鬼啊，我都能替他把这个故事讲完。

"所以我走到了门前，走到了她站的那个地方，叫她别挡道。我记得连那时的声音都不像是我自己的。我一直好奇，这两个人到底是谁？那时我脑子里也还在想着，现在我就可以结束这一切。"

"但你没有。"

"是的。"他说，"见她不肯让开，我放下了行李包，抓住了她的肩膀。"

黑暗中，他将双手举到了自己面前，仿佛看到朱莉就在那里似的。

"之后……我也说不清。她一定是被我的包绊倒了。我听到哗啦一声，等我转过身时，她已经趴在地上了。她摔到了……"

他停了下来，无法继续说下去。

"椅子上。"我说。

他眼中含着泪水，用困惑的目光打量着我。"不，摔到了音响柜上。"

"哦，不好意思。"我说。在写作研讨课上，我向学生解释过为什么为了达到前后呼应的效果，她必须摔到椅子上。

可拉塞尔对前后呼应并不感兴趣。"我不停地想，这不对劲。她不可能摔倒。我只是将她挪到了一边去而已。可能我粗鲁了一些，但我没有推她或撞她。她趴在地上做什么？"

我再次等着他继续说下去，直至我意识到他的故事已经讲完了。关于这些事，他尚且没有得出任何结论，因为他还停留在自己转过身后看到朱莉趴在地上的那个瞬间，觉得这都是自己的错，虽然他并不明白自己是怎么犯的错。听他讲述事件的经过时，一件事情让我感到非常困惑，那就是他自始至终没有问朱莉怎么样了。他越是大谈特谈他的故事，我就越担心他不问的原因是他并不在乎。可现在，我却怀疑这件事另有缘由。朱莉趴在地上的一幕深深地烙印在了他的脑海中。他没想过也许她没事，因为每当他想起朱莉时，他都看见她在那里，在地上，一只手紧抓着那只已经受伤了的眼睛。后来是完全不存在的。如果我问他，他觉得朱莉现在在哪，那么这个问题会让他一头雾水的。从理智上来讲，他知道事情已经发生了好几天，可朱莉在哪，依拉塞尔来看，她还在自己抛下她的那个地方。也许他走到了朱莉身边，想看她伤得严不严重，想把手从她的眼睛上拿开，可那时，整个场景的戏剧焦点已经发生了变化。几分钟以前,他还是主角。如果他愿意的话,他本可以改变剧情的走向。可现在,主角变成了她,她想让剧情怎么发展就怎么发展。她决定将他驱逐出去,这与他决定让她尝点苦头如出一辙。

如今,他的生活变得神秘了起来。由于日子无法向前,所以他只得一遍又一遍地回想自己是如何走到今天这步田地的。"总之,"他说,"我想让你听听我的看法。我知道你只能相信朱莉的话,但是……"

"听我说,拉塞尔。"虽然我开了口,但我却浑然不知自己接下来要说些什么。

"我想让你和莉莉知道,你们借给我们的钱,我会一分不差地还上。我的意思是,就算我和朱莉没有破镜重圆,我也会还的。"

"拉塞尔。"

"可能会还上一阵。"我家这位从去年秋天起就一直赋闲在家的女婿懊恼地坦言道,"我的意思是,也许这件事终于能让我抓紧行动起来了。我得做点什么,哪怕我做的事是错的。"

"人们在做错事之前总会这样说,拉塞尔。"

"今天我给亚特兰大的一个人打了电话。"他说,"去年夏天他给我提供了那边一个很棒的岗位,挣钱很多。但那时候我们正在建房子,所以我拒绝了。"

"这个故事我以前听过。"

"我不这么认为,汉克。"他说,"这件事我连朱莉都没告诉。"

我只是在夜色中咧嘴冲他笑着。

"哦，我懂了。"他说，"你是说这个故事已经司空见惯了。结局怎么样？"

"我忘了。"我对他说。我和英语系的大部分同事就是这个故事的结局。但我没有必要让他感觉更加低落。

"之前他想让我接下的那个岗位已经没有了，这是当然。"他继续说道，"但他说他觉得能为我再挤出一个岗位来。"

"在亚特兰大。"

"他们的公司在那边，汉克。在亚特兰大。如果那家公司在雷尔顿的话，那么整件事就会变得不一样。"忘掉朱莉后，拉塞尔又做回了那个调皮捣蛋、略带嘲讽的自己。

"我明白，拉塞尔。"

"那就好。有一瞬间我以为你坐在那里打上盹了。"

我向他保证每个字我都有认真在听。

"总之，如果这个人给我回电话的话，那我猜我会接下那份工作的。如果我能凑够机票钱的话。"

屋里的电话响了。"肯定是莉莉。"我对他说，"打电话来要把机票钱给你。"

"她永远都在。"他坦言，"你可真是有福气。"

我们听着电话铃继续作响。

"你不去接吗？"拉塞尔想要知道，与此同时答录机开始工作了。

几秒钟后，我们听到一个声音留下了一条信息。由于紧闭的露台门挡在了我们与答录机之间，所以我听不出那声音是谁的。

拉塞尔站了起来。"我觉得我还是让你继续过你的日子吧。如果你可以不对朱莉提亚特兰大的事,那么我会非常感激的。"

我向他保证我不会说的。

"谢谢你所做的一切。"说着他环视了一圈露台,"不知道为什么,这里总会给我家的感觉。"他满怀爱意地打量着我的房子,我从未见他如此深情地看过他自己的房子,"不过马蜂的事你是瞎编的。"说着他往屋檐的方向指了指。如果我们这两栋房子真的一模一样的话,那么那里应该挂着一个蜂窝才对。

我们握了握手。"答应我,不要和朱莉不告而别。"我对他说,因为我怀疑他就是这样打算的。

"我会给她打个电话的。"他说,"但我觉得她是不会想要见我的。"

"那你也应该去看看她。"我对他说。他需要看到朱莉一切都好。看到她已经不在地上趴着了。看到她不会下半辈子一直捂着眼睛四处奔走。"莉莉明天就回来了,具体时间还不清楚。如果你愿意的话,你们可以在这里见面。"

"我会考虑一下的。"

"你现在住在哪?"

"一个朋友家。"

我递给了他一张纸和一支笔。"给我留个电话号码,必要的时候我得能找到你才行。"

他不太情愿,但还是照做了。

"你不打算告诉我今天早些时候你是怎么掉进臭水沟里的吗?"

我观了下星象，以制造戏剧化的效果。"我睡着了，尿了裤子。之后我觉得很难为情，所以就躲到办公室的天花板上去了。"

他耸了耸肩。"如果你不想告诉我的话，直说就好了，汉克。"

"改天再说吧。"我说。过一阵，我确定我能想出比真相更令人信服的说辞来。没错，我已经生疏了，可《纽约时报》却曾这样评价著名文学批评家之子小威廉·亨利·德弗罗，说他的故事"稳稳地扎根在了现实小说的花园之中"。

"我有点伤心。"拉塞尔坦言，"我的意思是，我把一切都告诉你了。"

"不是一切，拉塞尔。"我说，"我们从不会把一切和盘托出。"

见我竟然知道这一点，他似乎很吃惊，就像也许他心里藏着秘密似的。他以为我这样的人是靠什么吃饭的？

第三十章

拉塞尔离开约二十分钟后，一辆车从山脚处拐上了我们这条支路。它沿斜坡蜿蜒向上，从邻居们的房前经过，而我则看着它的车灯在林中穿梭。当它驶过最后一个邻居的车道时，这只可能意味着一件事——我家来客人了。

有那么一刻，我希望是莉莉提早回来了，要给我个惊喜，但我知道那个人不会是莉莉。如果你和一个女人过了很久的日子，像我和莉莉这么久，那么你不仅会知道她那辆车会发出什么声响，也会知道当她坐在方向盘后面时，那辆车会发出什么声响。我已经看着我妻子爬了几百次这个坡，我知道来者不是她。那不是莉莉的车，不是她的车速，不是她的车头灯投下的图案。这个人以前来过，但已经有一阵没出现了，至少没在晚上出现过；这个人记得弯道有多急，但无法精准地记起它们的位置；这个人必须开得足够慢才能真的把路看清。我真害怕是泰迪·巴恩斯要来与我庆祝胜利，要来问一问格蕾茜说我人在天花板上是不是真的，要来布局一下未来的策略，要来看看莉莉回没回家，好给她讲一讲她丈夫刚刚干出来的疯癫事。更糟糕的是，他可能想聊聊他妻子和亦然之间的事。

我让奥卡姆待在原地别动，这个命令他偶尔会服从一下。之后，我起身打开了户外灯，然后向围栏走去，结果刚好看到托尼·科尼利亚从车上走了下来。今晚，全世界只有为数不多的几个人的陪伴可能会让我真心感到喜悦，托尼·科尼利亚就是其中之一。"你不接电话。"他说，"也不照你那台满嘴瞎话的答录机承诺的那样回电话。"

他手里拿着一瓶酒。奥卡姆冲着低处的他吠叫着。

"今天晚上我接了十多个找你的电话。"托尼对我说，"你的同事们说系会结束以后你就失踪了。他们似乎觉得你可能在我家躲着。"

"你知道我身边都是些什么人。要是没了错误的结论做参考，那么这些人就什么结论都得不出来了。"

他并没有走上露台与我会合，而是靠在了他那辆车的进气格栅上。夜晚已经安静了下来，我能听到他的引擎冷却时发出的滴答声。拉塞尔离开后，气温就开始下降。奥卡姆原地转了两圈，瘫倒在了露台上，叹了口气，然后重新将脑袋枕在了爪子上。

"上来吧。"

"我会上去的。"话虽如此，但托尼并没有表现出任何想要上来的意思，"我想先解个谜。"

"好吧，我配合你一下。"我对他说，"什么谜？"

"你这辆车的引擎盖上有呕吐物。"他说。

他把车停在了我的车旁边，如今我定睛一看，发现他说得没错。这，我意识到，都是我父亲的错。若不是因为他的书霸占了车库，那么我的车就会平安无事地停到车库里去。

托尼走过去检查了一下那摊脏东西。"要我说，还是新鲜的。

像样的法医团队会说它出现了还不到一个小时。"

我忍不住嘴角上扬。

托尼快步登上了露台台阶，顺着推拉门进入厨房，带着两个玻璃杯回到了露台上，然后递给了我一个。"佳酿。"他鬼鬼祟祟地说，然后举起瓶子让我好好看了一下。那是一瓶规格七百五十毫升非常名贵的肯塔基酸麦芽威士忌，瓶里还剩三分之二。即便借着露台昏暗的灯光，我也能看出托尼的眼睛里充满了血丝，能看出他还没等到我就已经开喝了。"等这瓶喝完了，我知道咱们去哪能再搞一瓶。"

他将酒瓶放下，向前探了探身，然后将手放在围栏上，看着我的汽车引擎盖。"不管刚才谁吐了，"他说，"那个人坐的都是这张椅子。"他检查了一下自己的双手，想找到更多的证据，之后将手在裤腿上蹭了蹭，倒了满满两杯威士忌。我抿了一小口，那味道你别无所求。如果比利·奎格利在场的话，他会流下虔诚的泪水。

托尼面无表情地端详着我。"他个头不高，是个左撇子，瘸着腿。他在印度服过兵役。这些都太明显了，但除此之外我只能告诉你，他最近可能吃过芦笋。"

托尼调查这个谜团的时候，我解开了今天下午一直在我脑海中若隐若现的那个谜团。不知为什么，见到托尼后我恍然大悟。今天下午我在警车后座上看见的那个姑娘正是上周四晚我离开托尼家后看见的那个人，那个当我凌晨三点从树林中钻出来时对我没有丝毫畏惧的大块头姑娘，她还对我说我不是他。她口中的"他"，此刻我明白了，指的是托尼，我也明白了那时她的目的地正是托尼的家。我想起了那些令托尼隔三岔五就要离开热水浴缸的电话，也想起了最后一通电话打完后，他并没有将听筒放回原位，这一定令那个姑娘下定决心要来见他一面。我也想起了今天下午，美茜·布莱洛克坚持要我问问托尼我离开后他家发生了什么。直觉最终告诉我，今天下午那个姑娘闯的一定是托尼的课，令警方不得不将她移出校园，而这件事的后果也使托尼取消了我们原定的回力球比赛。奥卡姆的威廉会喜欢我的推理的，这套推理将主要的事实都解释清了，没有与任何一项事实相悖，而且并没有过分复杂。我的理论缺少的是原因，是人性的动机，是既定事实背后的真相。我身体里那个曾经的小说家对下面这一点非常好奇：若从事实框架入手，那么我离更深层次的真相能有多近呢？

大概不会很近。托尼假意调查汽车引擎盖上的呕吐物这件事就能说明，已知的事实与真正理解这些事实的含义之间有着多么巨大的鸿沟。他怎么可能想到拉塞尔与朱莉，想到他们的婚姻正在解体，想到他们的爱已成往昔。令人们备受煎熬的事从不简单，就连奥卡姆的威廉，这个为人类提供了一座理性的灯塔、让大家得以透过这座灯塔去观察物质世界的人，也不会傻到在非理性的世界里挥舞自己的剃刀，毕竟那里，实体翻倍的速度有如显微镜下的病毒链一般。拉塞尔块头不小，不是左撇子，没有在印度服过兵役，腿不瘸，最近可能也没吃过芦笋，但过了某个点之后，几乎任何一组随机组合起来的细节都极有可能是真的。

恐怕，是直觉和想象力的有限使得小威廉·亨利·德弗罗这样的人成了只能写一本书的作家，也许这也是为什么今晚我对蕾切尔心生了嫉妒之情。因为尽管我对自己的经纪人说我并不嫉妒蕾切尔，但事实却是我嫉妒她。我并不嫉妒她的成功。我感受到的嫉妒之情与成就或他人的认可没什么关系，却与它们注定会滋生的艺术自大有很大关系。今晚，通常满头问号的蕾切尔会觉得自己得到了一些正确的答案，她清楚地看到了某些事物的规律，足以用颇具说服力的口吻将它们娓娓道来。她会思考起一种可能性来，那就是到头来，她这艘漏水的才华之船还是能够出海的。她不会再被威胁着所有航海者、要将他们悉数淹没的自我怀疑的巨浪摆布，而是会勇敢地逆风前行。她迈出这一步的那一瞬，就是让我心生嫉妒的那一瞬。

托尼用奇怪的目光打量着我，使得我意识到刚才我又断片了。这种事发生时我一般都会看一下手表，好确认我出神了多久。可同往常一样，我并没能得出确切的结论，因为我没有留意断片是从什么时候开始的。

"注意了。"托尼说，"因为我们马上就要聊到一个错综复杂的话题了。"

听到这话我很开心。没有什么比知道托尼是带着议题来的、准备与我大谈特谈一番更让我高兴的事了。

"我一直在思考人和人之间的感情这个谜题。"他用这句话拉开了帷幕。

我点了点头。"你进步了。上周你还在思考乱搞的事。"

"我在考虑戒掉乱搞。"他面无表情地说道，一如既往。

"戒掉这个行为还是戒掉这个话题？"

"两个都戒。跟你讨论这个话题没什么意义，而且我总结出了一个道理，那就是这个行为可能挡在了我和我的天职、我的宗教天职中间……你笑了。"

"你是说你能为上帝做很多贡献？"

"在你认识的所有人里，我的宗教维度恰好是最广的。"托尼坚称道，"你知不知道一周七天，我每天都会去做弥撒？"

我告诉了他实情，那就是我并不知道。实际上，从他讲这件事的语气来看，我根本判断不出他的话是真是假。

"在宗教问题上，我确实很有发言权。人和人之间感情的这个谜题，尤其当它跟欲望沾边的时候，就变成了宗教问题，虽然并不是人人都理解这一点。"

我在露台椅上陷得更深了。我们开始了。

"拿咱们两个这样的人来说。"他说，"到头来，咱们才是真正的信徒。"

"是吗？"

"骗你是狗。"

"好。"我说，"太好了。"

"比如。我认为，说你相当爱你妻子应该没错。要我说，她真是个可爱的女人，完全够格成为你最尊敬的人。"

"在泰迪看来，我对她的爱还不够深。"我对他说。

"啊哈！"托尼大叫起来，"泰迪也背负着对这个女人的情感包袱。谁的感情更胜一筹呢？是你因为了解自己的挚爱所以对她的感情更胜一筹，还是他因为不了解她而生的感情更胜一筹呢？"

"咱们是在聊《圣经》所指的那种了解吗？"

"咱们是在聊大写的了解。咱们是在聊认识论。咱们不会再聊乱搞的事了，除非乱搞能帮助咱们了解自己的精神世界。我以为这一点咱们已经明确了呢。你爱自己的妻子，但如果我没说错的话，你对其他女人也有好感？"

我没有立刻回答，因为我以为这个问题和托尼的大部分问题一样，是反问句。但这问题明显不是。"咱们在聊什么呢，亲爱的？"

"感情。"托尼说，"人和人之间的感情。哦，好吧，在聊爱。你爱你的妻子。"

我并没有否认这句话。

"但你对其他女人也有好感？"

"我会有"——我寻找着合适的词——"心动的感觉。"

"啊。"他的语气听上去有些悲伤，还有些失望，"这很不幸地佐证了大家的一个共识，那就是你是个典型的巨婴。但咱们先别妄下结论。咱们假设心动是对另一个人所具有的美德的本能认知。而美德对我们的吸引，归根结底，就是我们想要了解上帝的渴望。"

"这是当然。"话虽如此，但我想不出为什么我们要做这样的假定。我想起今天下午我曾低头盯着梅格衬衣的前胸看，不可否认那时我感觉到了吸引力，但这吸引力却几乎没有任何神学维度可言。

"但那是爱吗？你爱其他女人吗？"

"一半一半吧。"

听到这话托尼眯起了眼睛，但他根本停不下来。"你对不是自己妻子的其他女人半推半就。"他边总结边点了点头，好像这个立场非常合理一样，"半推半就是可以的。半推半就是合法的。取中位数一点问题都没有。别超过一半就行，这是规定。你确定没比一半多一点？"

我又抿了一口威士忌，感受着那股热流直通我的腹部。"但泰迪觉得我对我的妻子也只是半推半就。如果他说得没错，那么这就意味着我对这些女人的爱是平等的，她们是我妻子也好，不是我妻子也罢。"

"如果他说得没错。"说这话时托尼留意到了虚拟语气的极端重要。"对妻子的爱要超过一半，这是规定。"他承认道，"那会儿我对朱迪的爱高达九成呢。"

在我们这一代的雷尔顿教授里，托尼是第一批离婚的——已经多久了？——到现在得有二十多年了吧。要么是在我们来雷尔顿的那一年，要么是在来这之后的第二年。他总是在追那些年轻姑娘，以至于在很多人的印象里，他是婚姻中那个用情不专的人，但实情却并非如此。他妻子弃他而去是他能给女人很多东西的原因，而非结果。

"轻松拿到优秀。"他继续说道，显然因找到了能用在自己这个话题上的比喻而沾沾自喜。

"我这种人在饼图里只占小小一牙。在图表的最上方。在我们那段婚姻的大部分时间里，她对我的感情也还不赖。没有拿到优秀，但也在可接受的范围内。七十分左右吧，不算差，算良好。用'温情'这个词描述她对我的感情刚刚好。那时候，我总想推她一把，让她拿到八十多，我觉得这对她来说是个很现实的目标。脱离良好，进入优秀。我的意思是，当你自己是优秀生的时候，你对'良好'就没有那么痴迷了。可我越是敦促她往八十多的方向努力，我是指感情上，她就越会朝着另一个方向下滑。没过多久她就陷入了六十多里面，都快不及格了，根本没好好努力。要知道，我的成绩依然是优秀。日日如此。九十五、九十六、九十七对我来说是家常便饭。最后，她终于滑到了你所说的五十以下。她的爱还不及五成，至少对我的爱还不及五成。"

如我所料，托尼正是今晚我所需要的那个人。听他讲话时，我忍不住露出了笑意。至少我觉得我在笑。我的脸在黑暗中做着什么，我感觉得到。

"最后，她的离开是件好事。你成绩优异、高高在上地爱着别人，而你爱的人却挣扎着想拿个平平无奇的七十多分，从长远来讲，这并不健康。这种状态持续久了，总有人会夺门而出去买枪的。"

他探身向前，又往我的酒杯里倒了一些威士忌，但倒得并不多，因为之前他给我倒的那些我还没怎么喝。

"为什么只有我一个人在说话，可我还是比你多喝了一倍？"

说实话，我很怕实打实地喝起来。我怕在托尼拿来的这瓶佳酿面前，我会停不下来。如果我能确定喝完这瓶之后我们就会收手，那么我会和他比试比试，看看谁先把这瓶酒喝光。可托尼提醒过我，他知道去哪能再搞一瓶，而这样的地方我知道大约二十个，最近的一个就是我家的橱柜。我在里面藏了一瓶还没打开过的爱尔兰威士忌，比我们现在正喝的这个东西还贵。

"在她离开之后的很长一段时间里，我一直停留在高分段没下来。没怎么下滑，我是指感情上。但我得告诉你，大家说得没错，高处不胜寒啊。而且过了一段时间之后，你还会觉得自己有点蠢。你会开始想，你可以给女人很多东西的，只要你略微不那么优秀就行了。"

"你忘了我知道这个故事的结局。"我提醒着他，"我知道你给了女人多少东西。每周两次你都会在更衣室里吹嘘这件事。"

"你把乔·纳玛什[1]给忘了。"他说，"如果你说到做到的话，那就不是吹嘘了。"

我酒杯中的威士忌莫名其妙地消失了。我举杯又要了一些。

"但问题在这。"托尼若有所思地补充道，"大多数时候，鉴于我可以给女人很多东西，所以在我前妻的问题上，我很容易降到六十分出头的水准，有时甚至会降到五十多分。上周和地方媒体一起泡热水浴的时候，我的成绩又下降了，顶多五十多分。我喜欢在这个分值附近待着，因为五十多分的时候你有的可选。这也可以，那也可以。你有维持尊严的可能性。你知道我的座右铭是什么。"

我露出了笑容。"尊严第一？"

"我以前对你说过？"

1　美国著名橄榄球星。

"凑巧猜对了而已。"

"但问题在这。"他又开口了。我不知道这与他刚才想要阐明的是同一个问题，还是换了个别的问题。"你在五十多分附近猎艳，你正在和奶子一流的地方媒体一起泡热水浴，可突然间，没来由地，你的感情又回到了高分段，只因一个你已十多年没见、可能已经变得肥头大耳的女人。谁知道呢，你曾想和这个女人共度余生——在某个阶段，你甚至当着目击者的面说过这句话——而你想知道的是，为什么你要在此刻想起她？我的意思是，你正在接受一个重要的采访，而且你再也不想那么优秀了。你喜欢在五十多、六十多的低分段附近晃荡，比平均分稍高一点，这没什么可羞耻的。"

"所以你的建议是什么？"

他像看傻子一样看着我，可还是把我们的酒杯斟满了。"谁说建议的事了？仔细听行吗。话题是人和人之间的感情这个谜题。我说的是统计学的事。我说的是用科学的方法完成的精细的人心校准。你这个人，在我看来，让我一头雾水。你说你半推半就。我只是在试着捋清你的统计学逻辑。我甚至不知道你和谁半推半就呢。"

"这要紧吗？从统计学上来讲？"

"不要紧。"他坦言，"但我很好奇，什么样的女人会让你这样的人半推半就。"

"你知道比利·奎格利的女儿梅格吗？"我听到自己说。

"你这种人有这样的想法，谁会怪你呢？"

"还有我的秘书，蕾切尔。"

"一个好女人，适合你这样的人半推半就。我理解。"

"还有女性研究系的博迪·派伊。"

"同性恋。"托尼说，"你知道她是同性恋吗？"

"这意味着她不会跟我半推半就，不意味着我不会跟她半推半就。"

"也是。"托尼在我区分这两点的逻辑面前败下阵来，"但这就牵扯到了尊严的问题。"

我瞥了他一眼。

"我反对的是你的徒劳，不是你的生活方式。"他解释道，"哪怕你告诉我你在跟套筒扳手半推半就，我也会说一样的话。我觉得你的问题可能在于你恰好卡在五十分那里。这个位置非驴非马的。说到这，你吃晚饭了吗？"

我坦言我还没吃。

"我知道城里的一家小馆，那里的食物不错。而且还有一个可能会让你感兴趣的东西。"说着他举起了酒瓶。酒瓶已经空了，只有半指高的混浊液体还在瓶底晃荡。"如果你知道怎么问的话，那么他们会给你上酒的。"

"咱们喝得太多了，开不了车。"

"走过去太远了。再说了，挡在这里和餐馆中间的除了树以外什么都没有。"

"我担心的就是树。"我对他说，"就算你撞上它们，它们也不会动。"

"跟着我就行了。"托尼说。

"我敢打赌餐馆已经打烊了。都快九点了。"

"你在宾州生活太久了。在纽约，文化人刚开始想晚餐的事。只有信奉原教旨主义的基督徒才吃完了晚饭。"

"他们也能为上帝做很多贡献。"

"胡说。他们觉得上帝应该为他们做很多贡献才对。拿上外套。没准咱们能遇见某个你半推半就的女人呢。"

我们把两辆车都开走了。在去往常青树餐厅的整个途中，我们的车速都没有超过每小时四十公里。以雷尔顿的标准来看，常青树算是一家很体面的餐厅了。这样的地方并不多，这也是为什么不论哪天晚上，你总能在这里撞见熟人。这一晚，我在大堂中看到茱妮和泰迪正在第三个卡座上吃晚饭。看到他们一起出现在公共场合我非常惊讶，毕竟茱妮和亦然在现代语言学大楼的走廊里搞出了不小的动静。更令我惊讶的是，我竟然看到泰迪默默地将手伸到了桌子对面，拉起了茱妮的手。在餐厅的另一头，保罗·洛克和第二任洛夫人似乎正在等着结账，桌子下面，第二任洛夫人正用大脚趾挑着自己的凉鞋。在餐厅中央，我看到博迪·派伊正和一个很漂亮的年轻姑娘在一起。

"你就是这命。"托尼的声音过于嘹亮了，"碰见同性恋了。"

开车过来的路上，我清醒了一点。至于托尼，要我猜的话，他的状况比我糟多了。既然我们来了这里，那么吃点东西也是好事。

泰迪和茱妮看到我们两个站在门廊里，于是我便朝他们挥了挥手。他们的脑袋同时动了起来，我们无需在场也可以跟上他们的讨论。泰迪想邀请我们加入他们。对托尼毫无好感的茱妮则说绝对不行。

"大周一的，这些人为什么要出来吃饭？"我很想知道。

"今晚买一送一。"托尼说。

"咱们两个中间有一个人可以免费吃？"我问。

"我可以免费吃。"托尼把话说明白了，"上周那些生蚝我花了五十五美元呢。"

"我还好奇那些东西都是谁结的账呢。"我对他说，"我很欣慰是你结的，毕竟那些生蚝都是你吃的。"

我们在餐厅的最后一桌坐定，虽然大约两分钟后，洛克和第二任洛夫人就开始往外走了，还在我们这桌前面停了一下。我对第二任洛夫人连半推半就的意思都没有。我不禁好奇的是，一个人是怎么做到这辈子脸上都挂着同一副百无聊赖的表情的。我是不会想要嫁给保罗·洛克这种人的，但我不信他会让人觉得无聊。"你好啊，神父。"我说。

"幸运汉克。"他说，"你肯定是在庆祝自己又多当了一周的系主任。"

"那我就点龙虾吧。"我对他说。

"你应该早来十分钟的。茱妮居然倚到桌子那头去亲她丈夫了。我正准备点甜品呢，结果看到了那一幕。"他刚要离开就想起了些什么，"找系主任的工作会被叫停，这件事你知道多久了？"

就算我已经醉成了这副德行，我也听出了这句话中的陷阱。没有比抓住雅各布·罗斯撒谎的小辫子更让洛克开心的事了。"工作被叫停了吗？"我问道。我自然是偏心自己的，但我的确认为在装无辜这件事上，我和院长一样令人折服。而这甚至有理由让我相信，我也能成为一个好院长。也许是七百五十毫升上好的威士忌或宿敌的靠近在作祟，但成为他的院长这个点子越发让我心痒。犹大转世的无德坏鸟。我几乎都能看到门上的名牌了。

"我不该傻到问这个问题的。"洛克说，"我认识你和雅各布已经二十年了，你们还从没说过实话。好好享用你的龙虾吧。"

"你开车小心点。"我对第二任洛夫人说。她丈夫的身体抽搐了一下，但他并没有回头。

"那位以前可是只小野猫。"他们离开后托尼说道。

"别告诉我你也给过她很多东西。"我叹了口气。

他并没有将视线从菜单上移开。"你以为我的学识都是关于肉体的，但事实并不是这样。"

餐厅中央，和博迪·派伊在一起的那个年轻姑娘起身去了洗手间。她身材高挑、外形健美，看上去隐约有点眼熟。也许是某个女队的教练吧。博迪的表情预示着她们正在吃的这顿饭是散伙饭。博迪拿出了香烟，刚想点上一支就想起自己在无烟区，于是又将它们收了起来。当我们目光相汇时，我给了她一个怪笑，本来是想表达一下理解与同情，但可能只表达出我醉成了什么样子。她回馈给我的表情说明她把我误当成了她的前夫，那个说服她成了同性恋的人。

服务员来后，我点了一大块牛肋排，这令我的同伴给了我一个厌恶的眼神。"你不想。"

"我不想是什么意思？"

"你知道那东西对你有多不好吗？"做完心脏搭桥手术后，托尼就对红肉幻灭了，"你知道一个普通美国人的身体里存着多少无法消化的动物脂肪吗？"

一想到今晚托尼喝了那么多酸麦芽威士忌，我就没有心情听下去了。我发现服务员在点餐之前犹豫不决的，于是便重复了一下我要什么。"五分熟。"我补充道。

托尼点了鳟鱼。

服务员已经离开，茱妮·巴恩斯也起身去了洗手间，这时泰迪来到了我们这桌，拽出了一把椅子。他激动得脸都红了。"洛克想干什么？"他迫不及待地问道，"开完会以后他把自己办公室里的台灯砸了，把灯扔到了墙上。"

"他只是想知道我觉得你会不会再次竞选系主任。"我对他说，"他不想提名你，除非他确定你会接受这个职位。"

泰迪不会傻到去琢磨我这话是不是真的。保罗·洛克正是他从系主任的位置上下台的操盘手，后来这个位置暂时被我霸占了。即便如此，我还是能从他的眼神里看到希望。在院系政治这个不断变化的世界里，很有可能事情变化得刚刚好，令洛克能够接受泰迪了。也许，相较之下，我比他更会滥用职权这件事令他的统治显得民主了一些。也许，他出任系主任的日子如今已经成了大家追忆的往昔。也许，与我相比，他还显得正常一些。在他出任系主任的六年时间里，他从没有一次扬言要宰鸭子。

你无需成为泰迪也能知道这些想法正从他的脑海中一闪而过。这些想法同那些蠢到了极点的情景一样，在欲望的驱动下变得真实可信起来。这个世界疯狂得很，他对自己说。如果雅各布·罗斯和格蕾茜·杜波伊能在这样的世界里结婚，如果与自己成婚了二十多年的妻子能与一个学术专长是情景喜剧的人有染，那么难道他真的有理由相信自己不会再度当选系主任吗？这个吗，真的，但泰迪花了太久才想明白这一点。

"你开玩笑呢，对吧？"最终他开口说道。他极力掩饰失望之情的行为在我心里搅起了一股强烈的欲望，让我想要对这个与自己交好已久的人下狠手。之前我说过，我和我的狗有许多共通的深刻思想与情感。此刻，我完全能够理解上周他为什么会有猛拱泰迪裆部的欲望。他拒绝不了这个诱惑，我也没好到哪去。

"别像个废物一样，泰迪。"我建议道。

从他的表情我就能看出我把他的感情伤得多深。这种用尖嘴直捅裆部的下三烂招数的确很有奥卡姆的风格，而驱使泰迪为我的无礼举动开脱的，要么是他本身的大度，要么就是我们多年的情谊。"天呐，你真的没少喝。"他说。

"这无关紧要，但的确如此。"我坦承道。

他耸了耸肩。"我只是想过来祝贺你——"

"祝贺个屁。"说这话时，我对泰迪眼里已经涌起的泪水无动于衷。他的样子与他对我坦白他对我妻子有意、说我对妻子的爱不够深的那晚如出一辙，那时我们两个都还是小伙子。"你是来说闲话的。"

我有点希望托尼能训斥我几句，可不知为何，我的这位伙伴却陷入了近乎昏迷的沉默。当服务员送来我们点的沙拉时，我瞥了他一眼，惊讶地发现他的脸上带着类似恐吓的神情。他非常用力地戳了一下沙拉中间的小番茄，却没有戳中，导致小番茄从盘子里一跃而出，快速地滚到了桌子的另一头。鉴于小番茄离泰迪最近，所以他伸出手去，准备把它捡起来物归原主，却发现托尼已经从座位上站了起来，猛地用叉子又戳了一下。这次，叉子的三道齿全都插在了小番茄上，把它死死地钉在了桌布上，弄得汁水和番茄籽全都流了出来。他差点就戳到了泰迪的手指，导致大惊失色的泰迪向后跳了起来。博迪·派伊，以及半个餐厅的人，都目睹了这一切。至少就今晚来看，我们这两个醉鬼说话的声音太大了，而且当然没有任何声音会像怨气一样，如此清晰地在餐厅里传播开来。

"啊呀。好吧。"说着泰迪将椅子往后撤了撤，"我走好了。"

"哎，坐好吧。"这话说得很没有必要，因为泰迪并没有真的想要起身的意思。泰迪的狠话都是学术性的，尤其是他扬言自己要离开的狠话。也许他感觉到了我姗姗来迟的羞耻感。驾驶员手册说只有时间才能让醉酒的人清醒过来，但就我自己的经历来看，羞耻感也能。"真的。坐下吧。"

他赶忙把椅子拽了回来，急不可耐的样子与奥卡姆很像。"你为什么对我这么不耐烦？"他想知道，"我可是给你投了票的。"

"也许这正是原因所在。你有没有想过？"见他没有说些什么，我继续说道，"也许是因为在这个镇子里，就算你周一晚上出来吃饭也不免会撞见半个雷尔顿校区的人。"

这句话并没有让气氛得到缓和，我看得出来。我的本意是指洛克的出现，可这当然也会把泰迪和茉妮包括进来。还有无疑偷听到了这句话的博迪·派伊。

"总之，忘了我说的那些话吧。"我对他说，"今天太漫长了。你怎么样？"

泰迪面露喜色，我意识到他一直在等我问这样的问题。"我和茉妮要去坐游轮了。"说这话时他两眼直放光，"我们是刚刚决定的。我们真的需要离开一段时间。这会花不少钱，但是……"

而托尼呢，我发现在我把生菜叶当意面往叉子上卷的工夫，他已经奇迹般地吃完了整份沙拉。他依旧没有和泰迪说一句话，而且他脸上的恶意反而在泰迪提起妻子的时候变得更强烈了。就好像他进入了我那股莫名其妙的怒火汇成的巨浪之中，正在这舱来的情绪的浪尖御浪而行，殊不知情绪的主人已经宽宏大量地滑入波谷之中。他不请自来，将手伸到了我这边，怒气冲冲地戳起我的小番茄来。戳第三下的时候他成功了，尽管大部分被戳烂的瓤流到了我的生菜叶上。泰迪受不了了。这次，他真的将椅子向后错了一下，站起了身。

"帮我个忙。"托尼出其不意地说。他的嘴里塞满了我的沙拉，第一次正眼看了泰迪。我们都在等着托尼嚼完嘴里的东西。"告诉你娶的那个臭婊子，我从没碰过那个姑娘。"

泰迪当然没有帮他这个忙的道理。餐厅里的每一个人，包括刚从洗手间回来的茉妮，都听到了这个请求。博迪·派伊努力想用信用卡引起某位服务员的注意。她的同伴一直没有回到她们那桌。

托尼把我那一整份沙拉都拽到了自己面前，大口大口地吃了起来，残暴程度令人咋舌。我忍不住盯着眼前这一幕看了起来，而泰迪呢，尽管我们用尽了各种可能的招数允许并鼓励他离开，但他似乎还是钉在了原地。他望向我，我们的目光相汇的那一刻，我对他耸了耸肩。只有到了这个时候，他才一言不发地离开。我那份沙拉里的最后一片生菜叶很大，可托尼并没有停下来将它切开，而是将它整个塞进了嘴里，然后用手指协助自己实现了意图。没想到这一举动竟来自我认识的人里除了菲尼以外最细心，实际上是最挑剔的那位。这一举动竟来自托尼·科尼利亚，这个只因我把酱汁倒进了生蚝里就说我是傻子的人。此刻，我不用担心自己会做出没素质的事了。我的同伴已经把他的沙拉连同我的那份一起吃了，就连面包也快被他一扫而光了。留给我的只剩下了调味汁，可就连这我都不确定自己是否有资格享用。

我只能想到一个也许可以缓和眼前这个局面的人，那就是雅各布·罗斯。我真希望他在场，尽管我知道为了缓和局面，他会拿我消遣。他说的第一句话会是我在餐厅吃饭的运气简直臭到家了。大多数情况下我会被忽略掉，而在餐厅真的给我上了菜的时候，我还是吃不上饭。而且我已经事先被告知了，这顿饭我掏钱。

打扫完面包后，托尼环视四周想找一位服务员，但他们都已经躲开了。他的水杯和威士忌酒杯都已经空了，我还发现托尼出了很多汗，虽然餐厅里面并不暖和。鉴于他有心脏病史，所以我突然想到也许他心脏病犯了，可当我问他是否还好时，他却从桌边站起身来，用餐巾布擦了擦自己的脸、额头和后颈，之后将餐巾布扔到了椅子上。"我去去就回。"他向我保证。

由于我以为他要去洗手间，所以我并没有试图阻止他，可他反而去了泰迪和茱妮那桌，这两个人也一直没能让服务员过去给他们结账。餐厅里一个服务员都没有，于是我在心里暗暗记下，今晚决不能多给小费。通常情况下，你并不会要求服务员有勇有谋，但这家餐厅的全体员工胆子都太小了，成不了气候。

看到托尼在往自己的方向走，茱妮本想站起身来，但太迟了，不过反正托尼做出了举手投降的动作。至少我认为那是投降，他的两只手里什么都没有。他悄声坐到了茱妮旁边的卡座上。

突然，博迪·派伊出现在了我身边。"这局面是会好转还是恶化？"她想要知道。

我示意她坐下，但她拒绝了。"我不知道他这是怎么了。"我坦言。

她点了点头。"上周五我就警告过你了。"

"什么时候？"

"你去路边采野花的时候。他还没告诉你吗？"

"没有。"我对她说，"但他渐入佳境了。"说出这句话后，我才意识到此言不虚。一整晚，我们都是朝着这个方向发展的。"如果他没有先晕过去的话。如果我没有先晕过去的话。"

"你没开车吧，是不是？"

"天呐，我才没开。"

她摇了摇头。"那个天杀的耶稣会会士说得没错。你从来不说实话，是不是？"

"这个……"

"需要搭车的话就给我打个电话。"她说，"他又来了。"

托尼的确正绕来绕去地朝我们的方向前进。此刻他面露愧色，不再是个危险人物了，虽然其他食客对此并不肯定，导致餐厅里满是大家将椅子往前错、为他腾地所发出的刺耳声响。我看到他接过了泰迪和茱妮的账单，这是向泰迪表达歉意的好方法。可似乎并没有什么好办法能向茱妮表达歉意。

"科尼利亚教授。"博迪说，"很开心今晚能见到你。"

"派伊教授。"说着托尼殷勤地捧起了她的手，亲了一下，"我可以叫你宝贝吗？"

在他离开的这寥寥几分钟时间里，他又找回了曾经的自己。故作迷人、阴阳怪气，令人无法拿他的话当真。

"今晚我要把所有人都冒犯一遍。"他解释道。

"私下讲。"博迪说。她一有机会不失体面地收回自己的手就马上这样做了。"关于茱妮你说得没错。她就是个臭婊子，而且她什么都不会忘。"

"好吧，这样的话，"说着托尼举起了我的水杯，敬自己的好战友，"她就只好把这些都记在脑子里了。"

这时，我们的正餐来了，毕竟所有服务员都一股脑地返回了餐厅，而博迪也离开了。"不得不说，"托尼说，"她真是个有品的同性恋。"

我惊讶地发现，见到上桌时冒着香气、泛着血色的牛肋排之后，我的胃口好极了。托尼小口地吃着他的鳟鱼，最终还是开口问了一下他能不能尝尝我的晚餐。我刚要动手切一部分给他，他就阻止了我。"只要肥的。"说着他倚过身来，拿走了肋排尾部他想要的那一块。他怀着类似宗教狂热的心情咀嚼着那块肥肉。

我们并不想要对自己有益的东西。

第三十一章

她叫尤兰达·艾克尔斯，已经在附近的赫福德健康诊所住了很久，直到人们决定应该让她融入主流社会中去。在雷尔顿塔楼区的新公寓安顿下来后，尤兰达做的第一件事就是报名了学校的课程。她的咨询师鼓励她这样做，还向她保证州政府会出这笔钱。除此之外，咨询师只给了她一条建议，那就是按时吃药："别忘了你停药以后会发生什么。"

吃药的问题在于它会让一切都变得模糊、抽象、灰蒙蒙的。尽管如此，一想到这些药能让自己融入人群之中，尤兰达就觉得非常欣慰。若她按时吃药，那么这些人对待自己就会像对待随便哪个留着鼠棕色直发的大块头超重女生一样，看她们迈着无比沉重的步伐从自己眼前经过，弄得各种物件哗哗作响，引得杯子里的液体有如沸腾了一般。不被当成有特疾的人区别对待令她松了一口气。上课时她会坐在后排，或贴着教室的墙坐；她会记很多笔记，虽然课后这些笔记她根本看不懂。她仔细观察着自己的老师，想找到他们所展现出的善意的迹象；通常来讲，与老师在细胞分裂这个话题上讲了什么相比，她反而对这些迹象更感兴趣。她没有报任何一门女性教师授课的课程。

尽管她消化起信息来很费劲，无法区分重要的和次要的事实，并且还有误听、分神、错将讽刺当赞美的倾向，但她做得还算不错，学期作业大部分拿到了及格，偶尔还会拿到良好。只要她按时吃药，她就能与那些宿醉的、懒散的、嗑药嗑糊涂的、无聊得无可救药的人一较高低。

尤兰达的咨询师无需提醒她停药后曾发生过什么。她并没有忘记。实际上，她对那件事的记忆饱含着深情，就好像在熬过了几个月风平浪静的日子后，大风突降，使她终于可以出海了。正经吃药时，尤兰达会觉得自己有如一艘在宽广湖面上停滞不前的船，可她周围的人却都在开开心心地四处航行。风打在他们的船帆上，发出了噼里啪啦的声响。她能听到他们的笑声，偶尔还能听到他们愉悦的谈话所传出的只言片语。湖的一面有风，另一面无风，这公平吗？

停药令她自己这艘小船的船帆像其他人的那样鼓了起来，使她得以加入享乐的队伍中，在其他狂欢者中间钻进钻出，感受着拂过自己的头发与衣襟的风。低沉的灰色天空变得高耸、湛蓝，空气也变得无比清透，令尤兰达几乎可以在高高的卷云之间看到上帝那张和蔼可亲的脸。她依旧只身一人，这是当然，但能够动起来已经令她激动万分了。附近船只上那些笑意相迎的人们冲她挥着手，他们的举动让她觉得自己受到了欢迎，尽管在如此的风力条件下，除了挥手与微笑之外，她是不可能再多做些什么的。

这就是停药那段日子里尤兰达的感受，这也是为什么她不会忘记咨询师的警告。她知道他说得没错。如果她停药太久，那么温暖的海风就会变得过于强烈，会撕碎她弱不禁风的船帆，载着她冲上赫福德健康诊所的礁岩，而这是尤兰达并不想看到的。可与重归药物诱发的那种令人畏惧的平静相比，与眼见其他小船开开心心地远航，与意识到其他狂欢者并不是在朝她招手，而是在朝彼此招手相比，就连这也并没有差到哪去。

托尼侃侃而谈时，我已经在脑海里创作出了这么多东西。这会儿，咖啡和整个餐厅都是我们的了。航船的比喻是我自己想出来的，全知视角的叙事只是为了练手而已。过去几年，我在创作方面所做的努力仅限于为《马后炮》撰写特稿，很少有机会放纵自己享受全知叙事，虽然我因职责的关系还在向我那些小说写手们传授这个技法，尽管我警告他们不要使用它。全知叙事要求将世俗经历与大胆放肆结合起来，这两者的比例需大致相当。如今，人近中年的我感受到了这个技法的魅力，也许是因为，正如我的妻子和女儿不厌其烦地提醒我的那样，面对真相我总是后知后觉，可我却喜欢装出自己一直都知道的样子。利用全知视角进行叙事时，我也许能向自己解释生命中的一些谜题，而这些谜题我用第一人称这种更为中规中矩的视角连皮毛都触及不到，就算你是小威廉·亨利·德弗罗也不行。

"所以说，这个姑娘爱上你了？"我问道。

"是迷恋我。"托尼纠正了我的说法，"她声称夜里能听到我的声音穿墙而出。她觉得我就是上帝。她说她怀了上帝的孩子。"

"主啊。"我说。这话脱口而出，我根本没有动脑子。"所以她是在说你们上过床？"

"特别带劲。"他的语气十分悲伤，只极为隐约地沾染着一点他惯常的自负,"从没有人体验过那样的性爱。完全是另一个境界的性爱。"

"我会觉得,她能听到你的声音穿墙而出这件事让她在这些事情上的证言变得不牢靠了。"

"某些人明显迫不及待想要把人往最坏的方向想。茱妮的性骚扰与性犯罪小组已经进入了全面调查模式。我怀疑整件事情明天就会登上报纸头条,除非你再宰一只鸭子。"

"说到大家迫不及待想要信点什么,"我说,"他们就不能监视一下那个姑娘吗?"

"我们就盼着这个呢。今天已经是这学期她第三次闹事了。有两次人们都得动用武力把她逐出校园。不过通常情况下,他们至多给她的心理医生打个电话,让她重新开始吃药,然后就放她走了。而且,赫福德必须空出床位,她才能再住进去。"

"谢天谢地,这个学期马上就要结束了。"

"这可以让她远离校园。"托尼承认道,"但现在她也会出现在我家。如果那天晚上你再多待二十分钟,那你就能见到她了。上一秒我和地方媒体还在独处,下一秒她就出现了,脱下衣服准备和我们一起泡澡。媒体自然吓得不轻。"

"休个长假吧。"我提议道,"暑假的时候把房子租给某个研究生,去别的地方待一阵。"

"也许卖了它一走了之会更好。这件事会直接把我送到迪基那张名单的最上方。生物系的所有人都有终身教职,可我听说我们中间得走一个。"

"你真的认为他们可以就这样开掉有终身教职的人吗？"

"我觉得他们认为自己可以。"

"我不太确定。"

"好吧，告诉你一件有意思的事。"他说，"记不记得去年夏天，他们给所有今年要过六十大寿的人都开了条件，鼓励大家早退休？"

我的确隐约记得这件事。如果我没记错的话，比利·奎格利还短暂地考虑过那个开价呢。

"这个吗，上周我给人事打了个电话，说我可能会感兴趣。猜我发现了什么？"

"开价取消了？"

他点了点头。

"所有符合条件的人都不行了吗？"

"不知道。但对我来说已经没得可谈了。"

"所以你觉得现在他们想动用更加省钱的手段？"

"我是这么认为的。而且，我不确定我能得到院长的无条件支持。很长一段时间以来，他一直希望我别给女人那么多东西。"

这令我不禁好奇，如果我是院长的话，托尼是否会得到我的无条件支持。"你认为你们系已经列好了名单？"

此时他直视着我的眼睛。"我觉得每个系都列好了名单。我觉得英语系也列好了名单。我知道英语系列好了名单是板上钉钉的事。"

"你听说这名单是我列的？"

"我听说名单已经列好了。"

我在收银台结了我和托尼的晚餐。他结了茱妮和泰迪的晚餐。我对他说我要去趟洗手间。他提出要等我，可他看上去筋疲力尽的，已经疲惫到了极点。鉴于我可能得磨蹭上一阵，所以我就让他先回家了。在这样的夜晚，我这样的人尚未知晓真相，就已经开始对真相忌惮不已。在今天下午那脱胎换骨的尿裤子经历之后，我又回到了滴水模式。我本以为一个能在下午五点把办公室的旋转座椅尿透的人，应该能在午夜时分合理地痛快一下才对。可我发现我又被堵住了，非常痛苦，怒火中烧。

外面下起了雪，和预报的一样。即便如此，这还是令人惊奇。

我走出餐厅时雪刚开始下，但下得很密，而且下得都是又湿又厚的雪花。托尼停车的地方已经变成了白花花的一片。如果雷尔顿的雪已经下成了这样，那么很可能阿勒格尼泉的雪下得更大，因为那里地势更高。

到达欢愉街的山脚下后，我将车停在了调车场门口的碎石路上，看着另一辆车往又长又陡的斜坡上开去。这是我离开餐厅后看到的唯一一辆车。刚开到一半，这辆车就失去了牵引力，车尾向一旁甩去，车轮也开始空转，但它还是爬上了第一个平台，并在那里停了下来，好像是想给自己打打气、坚定一下决心一样，它的刹车灯也闪起了令人焦急的红光。但它在那里停了太久，使得我开始怀疑驾车的司机和我是灵魂伴侣。"现在怎么办？"我说出了声。话音刚落，车子的左转灯就亮了起来。之后，这辆车拐入了十字路口，缓缓离开了，没有继续进行正面交锋。灵魂伴侣离开后，我将注意力转移到了黑漆漆的调车场里，那里的单调景致时不时地会被货车车厢的黑色轮廓打破。奇怪的是，这些车厢令我联想到了城市的天际线，只不过这就意味着整座城市都没入了地下，只有方方正正的楼顶冲出了积雪。从如此新奇的角度望去，世界倾倒了，随之一起倾倒的是我的胃。我闭上双眼，我母亲的话穿越了漫漫岁月，在我耳畔再度响起。"我们会忘记这件事的。"她向我保证。

不知怎的，我们，至少是我，成功地信守了这个诺言。父亲离开后，过了多久我便明白他不会回来了，即便那时我母亲还没回过神来？我印象中是一年左右，但实际可能比这短得多。我们还住在从学校那里租来的房子中，这就意味着当年的租约还没到期。所以，也许只用了几个月的时间。他走后，那栋房子被沉默吞噬了。这很奇怪，毕竟我父亲好读书、爱写作，因此房子总会因这些合理的事业追求而保持安静。我母亲也爱读书，但我一直觉得我们保持安静都是为了我父亲。可显然不是这样的，因为现在，当我们不用再去考虑老威廉·亨利·德弗罗这一号人物的时候，房子反而比以前更加寂静了，而且寂静得令人毛骨悚然。放学后，我成了阴暗潮湿的地下室的常客，我母亲总得喊我从那里出来吃晚饭。她想知道我在那下面干什么呢？我记得那时我不知道该如何对她解释。

那栋房子坐落在校园的外沿，最近刚刚被学校买下。那时学校正在收购周边的地产，以确保未来可以进行扩张。实际上，当时我们住的那栋房子，连同那个街区的其他所有房子，在我们搬走没几年后都被夷为平地，好为学校的附属医学院腾地方。那栋房子的上一任主人也是位教授，可他与老威廉·亨利·德弗罗明显不是同一个物种，因为他的地下室里全是工具。里面有一个巨大的工作台，工作台的一头配有一把沉甸甸的铸铁老虎钳，另一头则配了一台电锯，我还发现了启动这个电锯的方法。里面还有一台打磨机及若干台钻机，另有一个特制的锡铁盒里装着几十个钻头。整整一面墙上全是钩子，炫耀般地挂着锤子、刨刀、手锯与弓形锯，而且这些工具的把手都因经常使用而被磨得非常光滑。远处，灯光照不到的角落里堆着园艺用具：两三把耙子、一把雪铲、一个锄头、一把铁锹。我记得发现铁锹后我心想，父亲挖坑埋小红的时候根本不用去跟邻居借的。据我所知，我父亲从没有冒险进入过漆黑的地下室，所以他始终不知道有什么工具可供自己使用。炉子坏掉的时候，他会打电话找人来帮忙。维修工到了之后，我父亲会将他带到自己认知中的地下室门前，炉子就在那里面。他掌握的信息大概只有这么多。

关于房子归我们所属之前住在这里的上一任房客，他的工具差不多就是我对他的全部认知，还有就是他在这里住了很多年。我们听说他终身未婚，因此没有孩子。这在我看来非常可惜，因为当我把玩他的工具时，我总会将他想象成一个工作时不会介意有我这样的小男孩相伴左右的人。我还断定也许他会喜欢我的陪伴。

一天下午，我母亲蹑手蹑脚地走下了地下室的楼梯，而没有像往常一样喊我上去。那天下午，我拿着一卷绳子爬到了一把椅子上，然后在某根管道上打了个结。这根管道同其他管道一起沿地下室的天花板排布，形成了非常复杂的网格。转身看到她的前一刻，我正在对绳子进行测试。我用两只手紧紧地拽住绳子，想看看那个结是否会松开，以及管道是否禁得住我的重量。在另一个孩子看来，我似乎马上就要像人猿泰山一样，从一棵不存在的树荡到另一棵不存在的树上去了。可在我和母亲目光相汇的那一刻，我明白了这并不是她得出的结论。我爆发出了悲痛欲绝的哭喊，而在那一瞬以前，我根本不知道自己心里还憋着这样的情绪。

我是怎么从自己脚踩的那把椅子上跑到她怀里去的？我是怎么知道要往那个地方去，怎么知道她不会生气的？我无法向母亲解释我自己也没完全想明白的事——无法解释我并不想结束自己的生命，只是想知道如果日后我有这个需要、如果情况恶化、如果事情变得无法承受的话，那么这根管子能够禁得住我。

当她将我紧紧拥入怀中，当她的手指掐入年少的我凸起的肩胛骨下方时，她是怎么知道应该对我低声说些什么的？她是怎么知道要说我们——她和我——会忘记这件事的？她是怎么知道要语气坚定地低声说出这几个字，这样我除了相信她之外别无选择的？她有没有意识到她传递给我的信息很模糊？我们最终会忘记的是被他抛弃的痛苦吗？她指的是这个吗？还是指她进入地下室、发现我站在椅子上这件事？两者都有，对此我十分确定。我不知道的是，我们要怎样做成这件必要之事。我们要怎样忘记？把信心托付给时间吗？托付给上帝的恩典？托付给彼此？无所谓了。她的笃定才是唯一重要的。这件事就是能成。她向我保证过了。

我要做的就是相信她，而这一点我做到了。

等我睁开眼时，世界又倾倒了回来，车厢就是车厢，不再是某座被掩埋的失落之城的天际线了。就算我眯起眼睛望向它们，就算我模糊掉余光，也无法让它们变成别的什么。这很好。为一个被转瞬即逝的念头、被一闪而过的悲伤淹没的小男孩感时伤怀是个错误，对此我非常肯定。毕竟，在离我所坐之处不远的地方，一个与我同龄的人，一个名叫威廉·谢利的人，不久前刚刚交出自己的性命。他躺倒在铁轨上，任由某个比自己更庞大、更有力的东西将某些我永远都不会知道的痛苦带向了远方、带离了这个世界。我好奇的是：世界是否也在威廉·谢利面前倾倒了，一如刚刚它短暂地在我面前倾倒了一样？他是否忘记了世界是可以做出这种事的？在他离世前的那一瞬，可见的世界是否变得无比陌生了呢？还是说世界未能倾倒？是否直到最后，世界都保持着单调枯燥的模样，与他那长期经受着驯化的悲情期待保持了一致，以致在威廉·谢利目之所及的地方，车厢仅仅是车厢，全都在看似无穷无尽的铁轨上一字排列着？

我不想死。我觉得在理智允许的范围内，我对这件事的笃信已经到达了极点。明天与菲尔·沃森交谈的时候，我不想知道那个他自认在我的前列腺中摸到的不对称的东西是个肿瘤，然而，部分的我却迫不及待地想要听到这样的消息。情况为什么会是这样，我想象不出。我也不想让心爱的枕边人离我而去，可一想到她会这样做我就觉得十分心动，这是一起变老及心满意足、相濡以沫地走向死亡所无法做到的。想到莉莉找到了取代我的人，我的心里并不好受，可迫不及待地寻得新欢这种事——除了爱之外，还有什么能让世界变得更陌生呢？——我倒是半推半就地希望能发生在她身上。发生在我身上。

一半。我听到托尼·科尼利亚在我的耳边轻声说不许超过一半。

更为迫切的问题是，我从后视镜中看到的那位穿着制服、正踏雪而来的年轻警官会允许我做些什么。他巡逻车上的红蓝旋转警灯已经在后面闪了多久？警察敲了敲我的车窗，于是我摇下了窗户，将驾照递了过去。他借着手电筒的光看了看驾照，然后又把光打到了我的脸上，好看看我是不是证件上那个人。我是否介意下车？他好奇道。哎哟，我可不介意。我喝酒了吗？哎哟，喝了。我要去哪？好问题。我介不介意回答一下他的问题？阿勒格尼泉，我对他说。你只是以为你要去那，他回答道。实际我要去的是他那辆巡逻车的后座。他抓住我的臂肘用力一拉，帮了我一把。

在去警局的短短车程中，我发现他一直在透过后视镜端详我。"说实话。"驶入停车场后他冲我咧嘴一笑。有那么一瞬，我还以为他要谴责我刚刚在漆黑的调车场里琢磨自杀的事。"你是那个鸭男，对不对？"

到了打电话的时候，我试了一下托尼·科尼利亚的号码。他要为这个烂摊子负责，这就是我的逻辑。可托尼家没人接电话。不过，他醉得比我还厉害。如果他晕了过去的话，那光凭一台铃铃作响的电话是叫不醒他的。我考虑了一下打给泰迪。大半夜接我出狱这种任务会让他感兴趣的。他总在为自己的节目单寻找新的汉克故事。可这个故事他会讲得很糟，就像其他所有故事一样，而且我在餐厅里对他太刻薄了，现在没脸给他打电话。

"妻子不在家吗？"见我挂掉了电话，老警察扬起眉毛说道。我能读出他的心思：都快两点了，而这个可怜虫的妻子居然不在家，怪不得他要买醉呢。"告诉你吧，"他说，"我们这里的住宿条件还挺不错的。"

走到这一步，我已经无所谓了。"我可以打给很多人的。"我对押送我穿过长廊、朝醉汉拘留室走去的人说。我不想让他觉得我在这个世界上孤身一人，没有朋友也没有同事。我的意思是，妈的，我甚至可以打电话到几位教务长那里。只要我开口，他们会来接我的。我出现在这里的唯一原因，是我要让一个预言成真。

"周一晚上，你差不多算是包场了。"此话不假。牢房里放着六张床，只有一张上面躺着人。"你会喜欢你这位室友的。今天晚上进来的都是高端人士。"

真相是一切现实的根基。我相信这句话。通常来讲，可观测的现象背后会有好几种解释，它们的合理性不尽相同，可对现实的正确解释却总会因其所具有的美感与简约性而被一眼认出。托尼·科尼利亚没有接电话的原因很简单，因为他人不在家，接不了电话。他人不在家、接不了电话的原因是他不能同时出现在两个地方。如果他在这里的话，那么他就不能在那里。而他人在这里。我看见了。

我决定不去叫醒他、跟他打招呼，虽然我跃跃欲试。我之所以没有这样做，是因为我不想剥夺他明天早上的神秘一刻。当他醒来后发现我也在同一间牢房里时，他使出浑身解数也不会明白为什么我会出现在这里，不论他是否应用了奥卡姆剃刀定律。他会坐立不安，直到他了解了事情的来龙去脉，直到我们身处的这个世界不是我们已知的那个世界的诱人可能性被彻底排除，虽然我们渴望的正是这个不一样的世界。

　　我在牢房里正对着托尼的那张床上躺下，思考起了未来。在我这个年纪的时候，奥卡姆的威廉已经被逐出了教会，正在躲避——从宗教的角度而言——一个复仇心很强的教皇的魔掌，因为他在一连串渎神的小册子上不停地质疑着这位教皇的权威性。这些小册子有点像特稿，其发行量比雷尔顿的《马后炮》要小一些。当然了，那会儿还没有中产阶级这个目标读者群，而被逐出大学校园已久的威廉若来到了宾夕法尼亚中西部大学，那么他眼中的学术使命不论如何都会与我的大相径庭。也许，他会觉得老威廉·亨利·德弗罗更为亲切，毕竟后者总会想象自己是在与少数精英同事及研究生交谈，想象自己相当于现代社会的中世纪学者，是学识的传授者与现世品位的定夺人。在我这个年纪，五十岁，奥卡姆的威廉还有十四年可活，而在十四世纪那会，六十四岁可谓高龄了。最棒的是，他的生命并不是逐渐从他身体里流逝的，就像被扎了小孔的轮胎那样。他是因黑死病去世的，他从未料到自己会染病，直到这个病找上门来。这个病仿若肮脏、残忍、信奉民主的仇敌，用精确工整的三段论与威廉唇枪舌剑，击垮了这位哲学家的全部逻辑，并做到了生命永远无法做到的事，那便是用干脆利落的死亡统一理智与信仰这两个相互矛盾却定义了其一生的原动力。

对凌晨两点被关在宾州雷尔顿市一间牢房里的人来说，这些念头非常奇怪。如果写在上方天花板上的字代表了这间牢房的前房客们的平均智力水平，那么我就是唯一一个想过这些问题的人。盯着天花板看时，我意识到这是今天第二次有人建议我去吃屎。我闭上眼睛，数着车厢睡着了。

当我醒来时，托尼·科尼利亚正站在我的旁边。看上去，他似乎正在经历昨晚我已经预料到的那个超然瞬间。

"我让你来接我，不是来跟我凑热闹。"他希望我能明白。

"你说什么呢？"说着我用臂肘将自己撑了起来。

"昨晚我用唯一一个打电话的机会给你的答录机留了个言。"他解释说。

听到这里我忍不住嘴角上扬。"我也给你打了。"我承认道，"你也没在家。"我将自己一直放在林肯储物箱中的那瓶阿司匹林递给了他，昨晚我足够明智，把它随身带了进来。他若有所思地嚼了几粒。一番切磋后，我们发现我们是被同一个年轻警官抓进来的，但我们两个都没有被起诉。

"他想对我立案，可后来我告诉他我是个教授。"他说，"告诉他我叫汉克·德弗罗。"

"那他一定很惊讶自己半小时后居然又遇见一个。"

"你跟他说你父亲回到镇上来的事了吗？"托尼说，"因为这样就说得通了。"

我不记得我对托尼说过我父亲回来的事，但我一定说了，因为他已经知道了。今天我必须去看看德老头了，这个重任我一直在往后拖。"你觉得他们什么时候会放咱们出去？"说着我一个挺身站了起来。虽然今天注定不会比昨天更令人愉快，但不知怎的，我还是想继续过下去。

　　"你觉得他们这里的早饭几点开餐？"牢房里的另一位汉克·德弗罗想要知道。

第三十二章

从调车场取到车后，我跟着一辆新闻采访车向城外的阿勒格尼泉开去，这辆采访车上印着匹兹堡某家电台的台标。我问自己，什么样的故事才能把新闻团队从那么远的地方吸引到这条从雷尔顿通向阿勒格尼泉的双车道柏油路上来，可我并不喜欢自己得出的结论。当我到达阿勒格尼小区时，一个警察正在岔路口指挥交通，这令我更加不喜欢自己的结论了。我并没有左转进入一期，而是右转穿过摇摇欲坠的石柱进入了二期，沿着小路穿越了树丛，到达了保罗·洛克家。我驶入了车道，然后熄了火。第二任洛夫人脚上穿着毛拖鞋，身上穿着法兰绒睡袍，外面披了件冬季大衣；她正坐在露台椅上从一个高高的盒子里拿脆米花吃。现在的时间还早。差二十分钟八点。阳光明媚、气温渐长，但依旧寒冷。

"请求登船。"我抬头喊道。

她俯视着我。"哇。"她了无生趣地说，"我确实知道一些别人都不知道的东西。"

她丈夫的声音从房内的某处传来。"在日历上标一下今天。"

我爬上台阶，加入了她的行列。露台上有两把折叠椅，这意味着如果她丈夫不来凑热闹的话，那么我们两个就坐得下。她将那盒麦片递给了我，我从里面抓了一把。"脆米花人人夸。"我对她说。这句广告语穿越了几十年的时光，重新在我耳畔响起。如果我没判断错的话，那么正在与我交谈的这位女士也许是第一次听到它。"你知道什么大家都不知道的事？"我问道。

"你的去向。"说着她丈夫从推拉玻璃门里走了出来。他拿着两杯咖啡，并将其中的一杯递给了我。第二任洛夫人盯着她的丈夫，想看看另一杯会不会是给自己的。看到她丈夫直接喝了起来，她起身回到屋里去了。洛克坐到了那把腾出来的椅子上。他刚洗完澡，头发依旧亮闪闪、湿哒哒的。"我就知道你早晚会来我这一边。"说着他将脚搭在了围栏上。他们并没有好好保养他家的露台。木板已经干燥得开裂了，其中的两三块还变了形，部分固定其他木板用的钉子也已经拱了起来，非常危险。

"风景不错。"我对他说，"没有树叶遮挡视线。"

其实，马路这边的树也已经开始发芽了，至少一部分是这样。可在路的另一侧，叶子已经浓密到我们只能偶尔看到金属和玻璃反射的亮光了。尽管如此，我还是能清楚地看到蜿蜒穿过树丛的小路上停满了汽车和采访车，而如果我没看错的话，人们正在一辆卡车上装移动卫星信号器。

"胡乱猜一下。"我说，"又死了一只鸭子。"

"你刚好错过了地方台对卢·斯泰因梅茨的采访。他说他们已经掌握了行凶者的身份。"

"他用了行凶者这个词？"

洛克点了点头。"但他没有直接提你的名字。"

我意识到第二任洛夫人一直没拿着咖啡回来。我都做好让出自己这把椅子的准备了。洛克发现我往推拉门的方向瞥了一眼。

"别管她。"他说，"她去抽今天的第一根大麻了。"

"真的？"

"我们结婚以后她就没清醒过。"

"喔。"

他点了点头。"我可谓不戒不行了。我觉得我晕过去可能就是这东西导致的。"

"我一直不知道你还抽这东西呢。"

"不然你以为我是怎么阻止自己抄起棒球棒去收拾你的？"

"那你不应该戒。"我说。

他哼了一嗓。"帮我个忙，别告诉别人你来这里了。这几年我向各种人保证过，如果哪天你真的来了，那我就把你从这个露台上扔下去，看着你一路滚到马路上，就为图个乐子。"

我知道自己在这场戏里要扮演什么角色。我略微抬了抬身子，向一旁望去，好对他的幻想致以必要的敬意。而且这个高度挺可怕的。除非迎面撞到了某棵树上，否则一个正在往下滚的人是停不下来的，直到他滚上人行道为止。

"虽然你可能不感兴趣，但今天早上我接到了赫伯特那头蠢驴的电话。"洛克说，"工会想办法搞到了一份名单。"

开口之前我端详了他片刻。"我以为我告诉你没有名单的时候，你信我了呢。"

"不完全是这样。"他纠正着我，"你告诉我你没列名单。这句话我信了。"

"可现在你却说有名单。"

"每个系都有。"

"包括英语系？"

"包括英语系。"

我琢磨着这个消息。"我很感动，神父。"我对他说。这是实话，我真的很感动。

现在轮到他端详我了。"我的天，为什么啊？"

"你总是指责我不说实话。"

"你就是从不说实话。"

"可现在你却相信了我。"

他耸了耸肩。"就信这一次。"

我们沉默了一分钟。"我觉得你最好告诉我都有谁。我要去见雅各布了。"

"去他妈的雅各布。"

实际上，当我说出雅各布的名字时，我自己的脑海里也浮现出了一个肮脏的想法。

"给赫伯特打个电话吧，"洛克不耐烦地说，"让他告诉你。或者打给泰迪。我敢肯定那个小八婆这会儿已经知道了。毕竟这四个人里面有三个都是意料之中的人。"

"亦然？"

"一个。"

"菲尼？"

"两个。"

我深吸了一口气。"别告诉我有比利·奎格利？"

"你三中三了。"

"还有某个我猜不到的人？"

他端详着我，耸了耸肩。"你可能猜得到。我猜不到。"

这时玻璃推拉门开了，第二任洛夫人拿着第三把露台椅回到了屋外。她的脸憋得通红，发出了吸大麻的人憋不住气时才会发出的哼哼声。洛克面无表情地看着自己的妻子在露台的另一侧支起了椅子。"报应总会来的。"他说。你无需对他有多了解也可以知道他在想自己的第一任妻子，一个美丽可爱的非知识分子。那个人因为被他瞧不起而选择了离去，这样便为第二任洛夫人腾出了空间。我将露台椅向后蹭了蹭，站起身来。

"话说，你家那条狗跑出来了吗？"

"奥卡姆吗？没有。他在家里。"

"我以为早些时候我在莎琳家的花园里看见他了。附近肯定还有别人养白色牧羊犬。你到底是怎么从那些记者眼皮子底下溜走的？"

"你是了解我的，神父。"我对他说，"就在你以为我已经被逼到了墙角的时候……"

他点了点头，仿佛是在说他太清楚我有多狡猾了。"今天下午赫伯特要大家进行罢工投票。"

"在学期还有一周就要结束的时候？"

"就是为了妨碍高年级学生毕业。"他解释说，"这是我们能召集到的最接近政治影响力的东西。"

"赫伯特在他们系的名单上？"

"他是这么说的。"

我点了点头，斗胆扬起了嘴角。"听上去这名单不赖。"

此时我就站在围栏旁，身后就是可以直接滚到马路上的那段长长的斜坡，所以当洛克回我以微笑时，我还是很开心的。"我觉得那名单不错，从上到下都很不错。实际上，我几乎可以给它投上一票。"

第二任洛夫人又哼了一声。一缕细细的大麻烟从她所在的那个露台角落飘了起来。

下了台阶后，我又抬头喊了一句。"嘿？"从我站的地方，我只能看到我那位同事搭在围栏上的脚。"我觉得也许第四个人就在咱们两人之中？"

"我不会让自己太纠结这件事的。"我那位宿敌居高临下地说道，"你会有办法让自己交好运的。"

"什么事让你心情这么好？"我女儿想要知道。她刚准备出门上班，我就出现在了她家厨房门口。

"谁？"

"你啊。"她解释道，"你的嘴都合不拢了。"

"我被逐出教会了。教皇和他的梵蒂冈走狗们马上就要抓住我了。给我找匹快马来，上好马鞍。与此同时，我需要借你家的地盘洗个澡。"语毕我闭上了嘴，好仔细看看她，这个曾经尿布都是由我来换的孩子。看上去她好像度过了一个心事重重的夜晚，并以超预期的状态走出了这段经历。

"尽管洗。"她说，"钱是你付的。"

"我付的吗？"

朱莉难为情地点了点头。"就是你和妈妈借我们的那些钱，好让我们把厨房和主浴室装修完。别告诉我你忘了。"

"我不确定我知道过这件事。"

她心领神会地端详着我。如果她花了一晚上的时间想把事情想清楚，那么至少她成功地看穿了我。"这也是你编的一个很厉害的故事吧，对不对？说妈妈什么都不告诉你。这样你就可以假装背地里发生着一些什么，一些你并不赞同的事。"

"确实发生着一些我不赞同的事。"我对她说。

"没错。"她说，"比如我们需要钱的时候你不会借钱给我们。比如你太理智、太讲逻辑了。比如妈妈是心肠好的那个，你是脑子好的那个。这就是你对外人呈现的姿态。只不过大家都没有这么傻。还记得小时候我从自行车上摔下来的那次吗？还记得你哭成了什么样子吗？"

"你的意思是你哭成了什么样子。"

她摇了摇头。"这正是我要说的。为什么你不承认你哭了呢？你哭了，爸。"

"这个吗。"我承认道。

"伤口不疼了以后我就不哭了。"她提醒着我，"可你却根本停不下来，导致回家以后我都不敢看镜子。我觉得情况一定很可怕。我以为我的半边脸都没了。我不停地对着镜子看，想找找是什么让你哭成了那样。"

"你可是我的女儿啊。"我提醒着她。

"我知道。"她说,"我明白。只是……"

我等待着,希望能帮她把话说完,可实际上,此时的我非常无助,与她的后轮在石子路上打了滑,结果车轮被卡住,导致她从车把上方摔了出去那次一样无助。当我母亲出现在地下室的台阶上,当她将我拥入怀中、告诉我我们会忘记这件事的时候,她也有这样的感觉吗?可那时我的感觉却正好相反。此刻以前,我从未想过去想象一下我母亲的感受。

"昨天我给你留言了。"

"我收到了。"我对女儿说。我迎上了她的目光,虽然这并非易事。"但你留错人了。你知道吗,拉塞尔已经准备好了担下大部分责任。你为什么不跟他聊聊呢?"

"因为我和你太像了。我得维持一个对外的姿态。我换了门锁。现在我成了出不去的那个人。走到这步田地真是好笑啊,对不对?"

"也许别人可以去为他解释一下?"

"你能见到他吗?"

"也许能吧。"我还留着他给我的那个电话号码,虽然不知出于什么原因,我并没有把这件事告诉朱莉。

"所以你为什么要来这边洗澡?"她终于想到了这个问题,而我也忍不住冲她笑了笑。哪怕在她还小的时候,朱莉也没有展现出好奇的天性。就算你牵着一头食蚁兽进了家门,她也不会问什么,而我怀疑这种好奇心的缺失压倒了其他一切缘由,成了朱莉学习一向不好的原因。回答问题时，百分之九十的功力都在于预判别人会问哪些问题，要能感觉出什么重要，要对某件事足够感兴趣，好提前向自己发问。而朱莉呢，要我猜的话，她这辈子从没猜中过一道考试题。

我知道如果莉莉在场的话，她会说些什么。她会提醒我，朱莉是她自己的人生经历的产物。在我们呈现给她的那个世界中，她很有安全感，觉得自己受到了保护。她知道我们不会在问题里布下陷阱，也不会提出不合理的要求。她无需紧张兮兮地看看转角有什么，也不用不停地回头看看身后有什么。如果她母亲或我牵着食蚁兽进了门，那么她大可放心我们这样做是有原因的，而这份笃定也令解释变得毫无必要。我妻子会坚称朱莉是我们育儿有方的活生生的证明，毕竟不将世界视作处处危险、阴险狡诈之地的成年人太罕见了。她觉得自己会被爱，会因努力而获得嘉奖，会被别人慷慨以待。小时候她高枕无忧，如今长大成人了，她觉得情况还应该是这样的。在拉塞尔的事情发生以前，她一直很乐观。最近她的乐观受到了考验，因为他们的钱不够，也许还发生了别的什么，但直到最近她才意识到，有些事也许是没有好结果的。

"朱莉。"我对这个小姑娘，对这个新手成年人说道。

洗完澡后，我翻出了拉塞尔的一条内裤和几双袜子。我还顺走了他唯一的一件蓝色扣领正装牛津衫。这件衣服的上身有点肥大，袖子有点短，但套上我的粗花呢外衣后就不显了。我还找到了一把被遗忘在药柜角落里的全新一次性剃须刀，以及一瓶我当圣诞礼物送给他的须后水。我一向很喜欢拉塞尔，有时甚至会本能地理解他而非我女儿的意图。我们两个很像，我是这样想的，毕竟我穿着他的衣服。

我用他家厨房的电话拨通了他留给我、以防我需要联系上他的那个号码。接电话的是个女人，而当我认出她的声音后，我连招呼都没打就挂断了。这时我才想起她在我办公室里打的那个电话，想起了她语气中的亲密；她把我的行踪告诉了拉塞尔，所以拉塞尔才会在停车场里等我。我在电话本里找到了她的号码，与拉塞尔给我的那个号码进行了比对。为什么接电话的不能是梅格·奎格利呢？毕竟我刚刚拨的就是她家的号码啊。

我记下了她的住址。那个地方位于学生聚集区，街区里满是又大又旧的房子，这些房子全都被隔出了脏兮兮的单间。春季学期眼看就要结束了，所以即便工作日的清晨，人行道上也到处都是啤酒罐。隔三岔五地，倾塌的廊顶上就会出现一个满是凹痕的银盆，大到能装下一整桶啤酒。我的常青藤同事们告诉我，达特茅斯和普林斯顿的学生生活与这也没什么两样。

我将车停进了梅格住的那栋房子旁边的车道上，在那里干坐了几分钟，希望他们中的某一个或另一个能望向窗外，看到我在这里，然后到楼下来，这样我就不用上楼去了。可百叶窗拉着，窗户也一动不动，于是我知道这个计划注定会以失败告终。当梅格家旁边那栋房子的纱门打开时，一个穿着牛仔裤、戴着棒球帽、光着膀子的年轻人走了出来，这个人一边挠着肚皮一边打着哈欠。我认出这个人是综合课上的波仔。记不住波仔的真名也许不是件好事，这预示着我在其他方面或许也有失公允。我刚要判定情况一定就是这样，波仔便慢悠悠地走到了门廊的一旁，把棒球帽向后一转，将自己从前裆里掏了出来，尿出了一道颇为壮观的弧线。弧线越过了门廊的围栏，正中停在下方车道上的某辆车的车门，也就是我旁边的那辆。见我下车后，波仔赶忙往裤子里缩，而我欣喜地发现在这个过程中，他尿到了裤子上。

"德弗罗博士。"他紧张地说，"我没看见你坐在那。"

他真的被我的突然出现吓得措手不及，我看得出来。他抱住自己裸露的前胸，好像上一秒刚刚有人在他耳边低语，对他说外面很冷一样。他想知道的，以及他因宿醉得太过厉害而想不明白的，是在目前这个情境下，我有多大的能耐打压他。他知道在为他的作文打分这件事上我说了算，而且就算他反抗，这些分数也会维持原样。而且他哪说得准呢，没准我还有其他能耐。我能看出齿轮正在波仔迟钝的大脑里缓缓转动。光天化日之下，他手捧老二往别人的车上滋尿被我逮了个正着。可话说回来，毕竟我们没在学校里，这就意味着也许我并没有合法的管辖权。我究竟是来这里做什么的？他想弄明白这件事。他正在想办法问这个问题。

"我很好奇。"我对他说，因为我真的很好奇，"为什么非把帽子转到后面去你才能往前尿呢？"

波仔十分严肃地思考起了这个问题，好像我刚刚是要他解释为什么《李尔王》中的弄臣在第三幕结束后就消失了一样。"不是非得那样。"最终他解释道，可在我看来他的底气并不是很足。

"类似于一种防范措施？"这让他更加困惑了，虽然他同意一定就是这样的。"祝你今天过得开心，波仔。"我对他说。

"你也是，德弗罗博士。"

梅格的公寓位于二楼，我在楼梯上遇到了她。梅格的头发还是湿的，她身上的这种私密细节通常会让我觉得非常迷人，可今天，除了不安之外，她没有在我心里激起一丝涟漪。

"你就是十五分钟以前打电话过来结果直接挂断的那个懦夫？"她想要知道，而这也预示着我不是楼梯上唯一一个被不安折磨的人。

"我没想到会听到你的声音。"我解释道。

"我不敢相信他居然给了你我的号码。他肯定忘了咱们两个认识。"

"肯定是。"

我们两人同时意识到在幽暗走廊的过渡平台上交谈是多么尴尬的一件事。"听着。"说这话时她并没有看着我的眼睛，"我感觉他想留下来。但我真的需要他离开，好吗？"

"一小时之内他就会走人。"我向她保证。

"他人很好，但我也是朱莉的朋友。"

"好吧。"

"我的意思是，不是说跟他上床是多大一件事。"她解释说，"但欺骗别人让我觉得怪怪的。"

"我明白你为什么会这样想。"

"好吧，门没锁。"说着她转过身，沿楼梯向下走去。突然间她停住了，好像刚刚意识到了什么一样。"你真的生气了，是不是？"

"也许跟他上床这件事在我看来有点大。"我说。而我没有说出口的是，此刻我非常庆幸自己没有与她分享那个桃子。

她似乎无需我说出口便明白了这层含义。"你和我家老爷子一模一样。"她边说边摇着头向外走去，"只不过你是清醒的。"

梅格的公寓，至少她的客厅，有着典型的研究生式的时髦感，里面的装潢仿佛是在暗示她依旧没有想好自己到底是该喝酒还是该读书。到处都是燃烧了一半的蜡烛，五彩斑斓的蜡油正顺着红酒瓶和烈酒瓶的瓶颈往下滴。混凝土块上间隔码放着一些木板，木板上摞了大约两吨的书。快速浏览一下那些书的书脊就会发现，她喜欢的作家里，许多人同样没想好自己到底是该喝酒还是该写作。她的那本小威廉·亨利·德弗罗（这本书从书架映入我眼中的方式很好笑）被夹在了弗里德里克·埃克斯利和斯科特·菲茨杰拉德中间。

见拉塞尔在梅格乱糟糟的床单中间睡得正香，我用脚摇了摇床，一直摇到他睁眼为止。见到我之后，他比波仔还要吃惊。实际上，他吃惊到环顾了一下四周，好确认一下自己在哪。哪怕是在自己的床上醒来，看到岳父站在床边也够奇怪的，可在梅格的卧室里，躺在梅格的床上，我的出现就毫无任何头绪可言了。

"明白昨天晚上我是什么意思了吗？"我说，"没人会把一切和盘托出。"

现在我感觉到的绝对是愤怒了，而且我希望那是义愤，可若你正穿着这个人的内裤，那你是很难对他义愤填膺的。

"穿上衣服。"我说，"先洗个澡。"

尽管我的指令简单明了，可他并没有立刻照做的意思。"你走不走？"最终他开口问道，"你走了我才能动。"

难以置信。"怎么，你害羞了，拉塞尔？"

这时他坐了起来，把被子拽到了腰间。"什么事都没有，汉克。"他说，"梅格在我心里什么都不是。"

我点头以示理解。"至少你们两个的口径是一致的。刚才她也对我保证来着，说你在她心里同样什么都不是。"

听到这句话后，拉塞尔的表情有点受伤，但他很快就掩饰过去了。"只是……"

"这只是有点像互助体系。"我想起了朱莉是如何解释她周末时打的那些电话的，于是便说道，"心痛的时候你不该逞能当独行侠。"

这时他眯起眼睛看着我，不知道我这脱口秀般的新潮说辞算不算是在嘲讽他。"你的样子很好笑。"最终他开口说道。

"怎么个好笑法？"

"要动粗的那种好笑。"他紧张地坦承道，"好像你并不介意弄死谁，只要你确定他是活该。"

"穿上衣服，拉塞尔。"我再次对他说，"先洗澡。再穿衣服。然后打包你在亚特兰大待一周需要的所有东西。也许还要在那里待更久。"

我回到了客厅，好让他动起来。这间小公寓的墙很薄，所以我无奈听到了他云雨后排到马桶中的强劲水流。这样才公平吧，我猜。我嘲笑了他，所以现在他在嘲笑我。先是波仔，现在轮到了拉塞尔。

我看了看表，想估测一下从机场来回一趟需要多久。下午两点的研讨课开始前，我有很多事情要做。我打电话到办公室里，想让蕾切尔帮我约一下院长的时间，可我并没有接通蕾切尔，而是进到了她的语音信箱里。这让人难以置信，但她似乎严格执行了我的命令，今天并没有到岗报到。这就意味着我只能靠自己了。万幸的是，在我拨通院长的号码后，接电话的是玛乔丽，而不是雅各布。

"今天下午晚些时候我要见他。"我对玛乔丽说。

"我觉得他现在就想跟你沟通。"玛乔丽告诉我。

"是吗，可我不想跟他沟通。"我对她说。我听到她那边传来了一阵模糊不清的声响，之后雅各布接起了电话。

"你真该死，汉克。"他说这句话的时候我还没来得及挂掉电话。

为了打发时间，我数了数梅格的书架上有几本威廉·亨利·德弗罗的书。最终的数量是四——三本是我父亲的，刚才那一本是我的。听到热水器哐啷一声关闭后，我给玛乔丽回了电话。

"天呐，他气坏了。"玛乔丽对我说。

"很好。"我对她说，"一上午我都在想他干的缺德事。一件接一件。"

"他尽力了，汉克。"

于是我给她讲了神父雇老太太在礼拜上演奏风琴的笑话。周六早上九点的弥撒开始后，教堂里满满当当全是人。所有人都站起身来，准备吟唱进堂咏。风琴轰隆隆地响了起来，可它奏出的音符却完全是随机的。人们从未在教堂里听到过这样的东西。整个弥撒过程中，风琴一直是这个样子，好像哪个小孩子获得了准许，在拿这台乐器练手一样。弥撒结束后，神父气得不轻，因为显然老太太说自己知道怎么演奏风琴是在撒谎。怒不可遏的神父想知道对此老太太会作何解释。"你猜老太太是怎么回他的。"我问玛乔丽。

"我尽力了？"她猜道，而这也验证了我和其他人很长时间以来的猜想，那就是她才应该当院长，"今天下午三点半怎么样？"

我告诉她三点半完美极了。

"所以，"我们默不作声地往机场开去，开到一半时拉塞尔说，"你这是要，怎么说呢，把我撵出城去？"

"我觉得你应该了解一下亚特兰大的这个工作机会，拉塞尔。"我对他说。

他点了点头，他的头发刚刚打完摩丝，像刺一样。"我把你家老爷子忘得一干二净。"他对我说。见我皱着眉头望向了他，他继续说道，"朱莉对我说他就像是奥林匹斯山上那些通奸的神一样。他抛下了你和你母亲，跟一个研究生跑了，是不是？这样看的话，我觉得我就能明白你为什么这么生我的气了。"

"闭嘴吧，拉塞尔。"

他无视了这个发自内心的友好建议。"就算如此，我也很惊讶你竟然觉得自己这个样子就可以把我撵出城去。我的意思是，看看你的状态吧。"

"什么状态呢？"

他端详起我来。"你看上去糟透了。"他不情不愿地坦白道，"我轻而易举就能制服你。我可以从你手里把方向盘夺过来。我可以把你扔出去，晾在路边，然后抢了你的车。你知道我做得到。"

"制服？"我说，"夺方向盘？"这是什么话？

"我做得到。"他说，"可你想知道为什么我不这样做吗？"

"因为你觉得内疚、脸上无光，觉得自己在婚姻和生活中都很失败？"

"啊。"此刻他直勾勾地盯着前方，说，"你的确明白为什么。"

我明白一件不好的事正在萌芽，一件我可能已经预料到了的事。鉴于拉塞尔现在已经不在梅格·奎格利的床上了，所以我对他的好感全都快马加鞭地复归了原位。自我在篮球比赛中大获全胜那天起，我还没有这么喜欢过他；那天他狂野、笨拙、铤而走险地来了个勾手投篮，结果球落到了房顶上，夹在了篮板后方，导致我不得不爬上去够球，而他的新婚妻子，也就是我的女儿，一直在一旁看着。

"希望你不要认为我撺你出城意味着我不喜欢你，拉塞尔。"我对他说，"这只是权宜之计。我只是觉得如果你出城一段时间的话，一切都会好起来的。我知道我的感觉会好很多。"

"我只希望你别以为我有钱买去亚特兰大的机票。"

我瞥了他一眼，扬起了眉毛，好像在问他觉得我有那么傻吗。

"到那以后也没生活费。"他难为情地补充道。

"休想劝我收手，拉塞尔。"我警告他。

我们以破纪录的速度到达了机场。拉塞尔没有表现出一丁点反抗。他对岳父的不满只表现在了一件事上，那就是他的那两个行李包，他一个都不肯让我提。

　　"我讨厌短途航班。"在我为他订好去匹兹堡的短途机票后，他对我说道。到了匹兹堡后，他就能转机直飞亚特兰大了。我们没有订返程机票。我为他开了张支票，供日常开销使用。他满脸疑惑地打量着那张支票。"找个便宜的地方住。"我建议道，"入住以后给朱莉打个电话。"

　　"真的吗？"

　　"听我的劝吧。"我说，"告诉她这是你的主意。她会对你多一些好感的。"

　　"那你准备跟她说些什么？"

　　"我还没想好。"话虽如此，但其实我已经想好了。

　　拉塞尔发现他的航班已经开始登机了，于是便深吸了一口气。"我真的很怕坐这些小飞机。"他坦言，我看得出他不是在开玩笑。

　　"你不会死在这趟航班上的，拉塞尔。今早躺在床上的时候你离死更近，那会儿你甚至还没睡醒呢。"

　　"你知道我有多害怕，可你还是要逼我这样做吗？"

　　"没错。"

　　他耸了耸肩，似乎是在说他一点都不惊讶。"好吧，那就再见了。"

　　我们握了握手，就像两个可能再也不会见面的人一样。

　　"梅格跟我说她已经跟你打情骂俏了很久。"

　　"她还说过这种话呢。"

"她说你想上她。她看得出来。"

"是吗？"

"她说你想，特别想。"

"没想到那个份上。"

他点了点头。"这有点伤到她的感情了。我跟她讲了你父亲的事，这样她就能明白了。"

"这样她就不会把我的固执误当成美德了？"

"嘿，"他说，"我从没这样想过。"

"祝你在亚特兰大好运。"我嘴上这样说，心里也是这样祝福他的。我怀着孩童般决绝且坚定的热忱祝福着他，几乎是在为他祈祷。

他登上了飞机，乘务员收起舷梯后锁闭了舱门，这时我立刻就后悔了。和拉塞尔在一起一向让人很开心，我真希望回家的路上能有他作陪。

第三十三章

中午，当我在我母亲住所前的那条马路的一侧停下车时，她和普迪先生正开着卡车沿车道向外倒。这意味着我差点就能看到她爬上卡车的样子了，我确定那景象一定会让我振作起来的。

"嗨，普迪先生。"我与离我最近的人打了招呼，而且据我判断，这也是最乐意见到我的那个人，是无论什么情况下都最有可能对我客客气气的那个人。我母亲的冷漠表情传神且凝练地表达出了好几层意思：她受够我了；她非常沮丧；她一直在试图打通我的电话，家里和办公室的电话都打了，但只能转到答录机上，而她痛恨答录机。

"亨利。"普迪先生冷冰冰地说。我理解他的立场。见到一个在我母亲那里失了宠的人，他不能表现出太开心的样子。

"亨利"——我母亲从座位上倚过身来——"我想跟你说句话。"

"我就在这呢。"我对她说，毕竟我确实就在这里呢。但我知道她是什么意思。考虑到她要说的那些东西，她并不想隔着普迪先生把它们说出来。她想让我绕到她那边去。

"我失去了理智。"佩茜·克莱恩对我们三个人说，"因为爱你而失去了理智。"我绕到了我母亲坐的那一边。

"你知不知道昨天晚上我给你打了多少通电话？"

"对不起。"我对她说，"我不是故意要你担心的。"

她冲我皱了皱眉头。"我没担心。我需要你帮我个忙。"

我想问她的是，这么多年过去了，她还记不记得当初她承诺我们会忘掉的那件事是什么。若事实证明我母亲不能或不愿忆起那段往事，那么我千辛万苦将它从记忆里挖出来就会显得格外奇怪。这种信息我应该能从她的眼神中读到才对，但我并没有。她的沮丧之情和对我的厌烦倒是挺清楚的。

"拖车里塞不下的那些箱子已经到邮局了。我们要去取一下。"

"他在里面吗？"我问。

"谁？"她想知道，"你是在承认你还有个父亲吗？你真的要屈尊去看他了吗？"

"其实我没想屈尊。我只是顺路过来看一下。也许等这个学期结束以后，我会有时间屈尊的。"

这话她同样没有理会。"从昨天开始他就一直好奇你去哪了。"她对我说的这句话可能是真的，也可能不是。

"所以我来满足他的好奇了。"我说，"有近十年的时间我们都在好奇他去哪了，还是说你忘记了。"

这时我们目光相汇，十分严肃，这还是多年以来的第一次。没错，她的眼里的确有些什么。"我没有忘记。"她向我保证，"我只是忘怀了。你也应该这样。"

"这件事我们还要说多少次，母亲？"我问，"我对你说过了，我对那个人没有恶意。"

"但这跟忘怀不是一码事，对不对？"她给了我一个"意味深长"的眼神，暗示我最好仔细思考一会儿这两者的区别。

我叹了口气。"你到底想让我怎样？"

"就目前而言，我想把那些箱子存放在你家车库里。"她对我说，"这能得到你的允许吗？"

"没问题。"说着我向后退了退，远离了卡车，"不过这会儿我是不会往那个方向去的。房子已经被媒体包围了。"

我母亲缓缓地闭上了双眼，然后再次将它们睁开。"他会怎么看你？我很好奇。"她说。

我向普迪先生挥手道别，他为卡车挂上了挡。"查尔斯知道一个吃午饭的好地方。"趁车窗还没有完全摇起，我冲母亲喊道，"尝尝那里的玉米面肉饼。"

屋内，电视上正播着一档旧房改造节目。起初，我父亲似乎正目不转睛地盯着它看，可后来我发现他已经在我母亲的阅读椅上睡着了。他的睡姿露出了凶态，好像他觉得睡梦之中有人会从学术的角度对他的思路提出反对意见，所以他准备好了速战速决。

说实话，再次见到他令我感觉有一点吃惊。尤其是在这样的环境里。过去几年对他并不友善。面对时光的冲击，我父亲的贵族面容在很长一段时间里都未曾受到任何影响，可如今，一切似乎都同时攥了上来。只消粗略一瞥，你就能看出他已经吃不动嫩草了，而我也不禁好奇知晓这件事后他是否会感觉松了一口气。从六十年代末起他就蓄起了长发，亮丽的秀发如同飘逸的银丝一般，虽然现在他的头发有点泛黄了，就像粘有牙渍的牙齿一样。最让我惊讶的是我父亲的五官变得多么女性化，而这也令我好奇了起来，不知他在我母亲眼里是不是也有点像个老太太。

他在我毫无同情之意的凝视之下醒了过来。"亨利。"说着他缓缓站起了身，伸出了手。

"亨利。"我回答道。握手时，他的掌心干干的，而我的则湿湿的，虽然他好像并没有注意到这一点。

之后便是一阵沉默。两个威廉·亨利·德弗罗的这次会面是近十年来的首次，他垮掉后被送进医院并打了大量镇静剂的那次不算。这次会面与传说中乔伊斯和普鲁斯特相见的场景一定很像，那时两人都宣称自己对对方的作品一无所知，因此便也想不出有什么可说的了。我们两个都望向了电视，好像是想请它帮忙一样。

"早些时候他们在谈论你。"他这话说得很模糊，但无疑是在指某个早间新闻秀，"是关于……"他使劲摇晃着脑袋，好像只要这样搅和一下就能让他在找的东西浮到液态记忆的表面一样。那东西浮上来以后，他感觉难以置信。"关于鸭子的？"他说。他是在做梦吗？

我承认说他们聊的话题很可能就是鸭子，这似乎让他感到心满意足。至少他知道自己还没疯。"你介意呼吸点新鲜空气吗？"他边问边偷看了一眼我母亲前窗外的灿烂阳光。"她把这里面弄得太暗了。"说着他环视了一下我母亲的世界。

他找出了一件高领毛衣，之后我们来到了屋外的门廊上。"这个街区的治安好吗？"说着他将目光投向了宽阔的街道，将街道两侧全都上上下下打量了一遍。

"你现在在宾州的一个小镇里，爸。"我提醒着他。

他手握门廊的围栏，好让自己不至摔倒，然后顺着街道朝老游乐园的方向望去。摩天轮的顶恰好从树丛里钻了出来。"那是什么?"他挺直了身子问道。

"老游乐场。"我对他说。

"走吧。"他说。我还没来得及反对他就迈下了台阶,银色的长发在微风中飘拂着。我说不准他是想走到那边随便看看,还是想到了那边之后坐一坐摩天轮。对一个生过大病的人来讲,他的步伐依旧坚定得要命。我的步子通常会更大一些,但现在它变短了。在这里,在老威廉·亨利·德弗罗面前,不论有没有 X 光片,我都确信令它变短的是一颗珍珠大小、堵住了输尿管的结石。我竭尽了全力才跟上了他的步伐。我不停地想他会感觉到累的,但他并没有,五分钟的快步走也令我们接近了湖岸,或说到了一个曾经是湖,现在是臭烘烘的泥泞斜坡的地方。从这里,我们能看到曾经的游乐场的全貌:看到它的摩天轮,看到曾经设有旋转木马可现已荒废的建筑,还有杂草丛生的卡丁车赛道。再往前走几乎就没有意义了,可我父亲已经绕着湖动身出发了。

"那边有门拦着,爸。"我冲着他的背影喊道,好奇他的脑子里到底在盘算些什么。看他的样子,你敢发誓他是要去玩碰碰车。"都锁上了,以防小孩子进去。"

但我们还是绕着湖走了起来,走到铁丝网前面才停下脚步。我父亲径直朝那东西走去,将纤细的手指伸入铁丝扣中,然后将网朝自己的方向拉了拉。他看上去完全像是要往上爬的样子。"这太糟糕了。"他盯着空荡荡的旋转木马建筑说,"这样的东西不该被荒废掉。大家着了什么魔?"

"建游乐园以前，这里全是街心公园。"我对他说，"它们可有名了。人们会坐火车专程从纽约和费城赶来看它们。"

他端详着我的脸，想看看这会不会是真的，然后又望了望游乐场，也许是在将眼前的景致转化成花园。"我猜到处都有美女闲庭信步、锦衣华服的。小伙子们则在努力吸引着她们的注意。太妙了，简直太妙了。有关于这个话题的书吗？"

"关于所有这些吗？"说着我扫视了一下那个湖，还有游乐场，"不知道。"

"应该出一些的。"语毕他放开了铁丝网。之后他又说了一次，"太妙了。"

我看得出他突然感到了疲惫，所以当我建议回去之前先休息一下的时候，他乐意至极。附近正好有一把长椅。

"你母亲说你正在经历中年危机。"他说，"你的脸色一点都不好。"

"我好极了，爸。"我向他保证，"说实话，从没这么好过。"

他丝毫没有表现出听见了这句话的样子，更别提理解或相信我说的话了。"我在你这个年纪的时候也走到了人生的转折点。"他说，"如今看来，那真的是一场灵魂危机。"

他滔滔不绝地讲起了自己刚到哥伦比亚那年失声的故事，对此我一点都不惊讶。他承认了我正在经历某种值得他点评一番的危机，我猜他这样做是好意。也许，他之所以讲出了自己早年在哥伦比亚蒙羞的往事，是为了让身处困境的我感觉不那么孤单。"灵魂危机。"他想说明的是，对老和小威廉·亨利·德弗罗这样的人来说并不是稀罕事。可故事还没展开太多，他就跑题了；灵魂危机的故事里充斥了太多描述性的细节，把他讲这个故事的意图削弱了。他提醒我不要忘了他的薪水是十分可观的，在那时是闻所未闻的；不要忘了是他为如今这些学术巨星的薪酬铺平了道路，尽管他们完全就是次等人种。盛年时的他在如今的市场上会值多少钱呢？这个国家没有一个英语系雇得起他。最后，他的确回到了他的故事上，但当他讲到大获全胜的狄更斯讲座，讲到他对《荒凉山庄》毫不留情的抨击时，这不过变成了一个克服逆境的个人故事，变成了心灵战胜身体、心智战胜喉咙、学术战胜艺术的故事。一个关于自证清白、关于老威廉·亨利·德弗罗和他的薪水的故事。我只是有一搭没一搭地听他讲着所有这些事，所以当他的叙事出现了意想不到的转折时，我并没有完全做好心理准备。"你可能会觉得奇怪，"他说，"但最近我开始重读狄更斯了。"

很明显，他觉得自己在晚年重拾这位作家是对他的褒奖，毕竟自己在漫长的职业生涯中一直在嘲讽他的多愁善感。"当然，他的许多作品还是很差。差到家了。"在自己此前对这个话题的看法面前，我父亲卑躬屈膝，选择了让步，"也许是大部分作品很差。但那里面还是有点东西的，是不是。某种力量……某种"——他搜寻着适合用在这里的词——"超验的东西，真的。"

我发表自己的观点是没有任何意义的，我知道。这些他表面上说给我听的话实际上是说给他自己听的。事实是，我从不记得我们之间的哪场对话不是这样。

"我几乎觉得，"他说，"好像我亵渎了这个人一样。"

不得不说，这句表态令我感觉自己心中的强烈情感一触即发。这情感一定是某种混合体，毕竟黯然神伤和狂笑不止在这个情境下似乎同样合理。"爸，"找回自己的声音后我最终开口说道，"让你感到愧疚的是这件事？你为自己对待狄更斯的态度感到愧疚？"

他毫不犹豫地点了点头。"是啊。"语毕他又说了一遍，"是啊。"

我本以为他说这话时是在看我，直至我意识到他的目光聚焦在了我身后的某个地方，也许聚焦在了废弃的旋转木马上，也有可能他已经与皮普和乔·葛吉瑞[1]一起进了铁匠铺。这时，他的面孔起了一些变化。他的脸似乎马上就要散架了，之后泪水涌过了他的面颊，与普迪先生描述的一模一样。"我真希望……"他开了口，却无法继续说下去。他被悲伤吞噬了。

1　狄更斯小说《远大前程》中的人物。

第三十四章

　　我的小说写手们似乎还记得上一堂研讨课结束时那郁郁寡欢的沉默，并决定上次是怎么结束的这次就该怎么开始，尽管里奥的缺席让人有些惊讶。里奥不仅从不翘课，而且通常还会早到，到了之后就在走廊里来回踱步，希望能在课前与我说上几句。我挫败这个策略的办法就是在上课铃响一分钟后准时出现，然后指一指走廊尽头的钟面。在他创作的故事被研讨之后，他总会做好万全准备出现在下一堂课上。我以为今天会尤为如此，毕竟今天我们要讨论的是索兰奇写的故事。

　　也许里奥听取了海明威的建议。这个学期早些时候，他向我解释了一下为什么海明威不会赞同我们开设的这门研讨课。小海建议年轻作家多去生活。他觉得写作小组和讨论写作这样的想法非常可笑。他自然是不会认可当代的研讨课这个概念的。当里奥向我说明这一切时，我严肃地考虑了一下赞同他的说法，因为这就意味着他最好退掉这门课，带上老式打字机和几令纸搬到山间木屋里去。可我反而让里奥别忘了，当年轻的海明威还在巴黎生活时，他会用上午的时间写作，用下午的时间与格特鲁德·斯坦和舍伍德·安德森讨论写作，而那很可能就是世界上最早也是最好的研讨课。当然，纠正里奥的错误为我换来的奖赏就是又读了一个学期他写的杀人狂故事。

或许，与其说妨碍今天这堂研讨课正常进行的是里奥的缺席，不如说是我的出席。小威廉·亨利·德弗罗似乎从若干个层面都成了今天这堂研讨课的主角。我不仅坐在了桌子的首座，也跑到了桌子下面。昨天我还凌驾于一切之上，透过天花板的缝隙俯视着我的同事们，而今天，我真的低得不能再低了。我走进教室时，几个学生急急忙忙地合上了自己手中的校报，将它们扔到了地上，这样老师就可以从脚底下抬头凝望自己了。我的照片被印在了头版上，而如果我没有搞错的话，我的几位作家学徒正在用后脚跟碾磨我那张苦笑的脸，以此来应对教室里令人窒息的沉默。我突然意识到，我正在反向经历我父亲的课堂窘境。哑口无言的是我的学生。

　　在将哭哭啼啼的老威廉·亨利·德弗罗送回我母亲的公寓后，我赶到了学校，刚好有时间趁研讨课开始前在现代语言学大楼一层的男厕所隔间这个相对私密的空间里快速浏览一下报纸。由于昨天死了只鸭子，外加我的人气在不断攀升，所以细说托尼·科尼利亚课堂上那件事的文章被推到了第二页的下半折。万幸的是，上面并没有托尼的照片，也没有尤兰达·艾克尔斯的照片。不幸的是，报纸的确刊载了那个姑娘的声明，说自己与前老师是恋人关系，说自己坚信科尼利亚教授是上帝，说他会向自己托梦，还会通过高烧来与自己交流。作为性骚扰与职场行为委员会的主席，茱妮·巴恩斯向校报的记者保证事件的调查正在进行之中，尽管她提到事件涉及的这位年轻女性是有精神病史的。面对那个年轻女性的指控，茱妮作何感想呢？这个嘛，她与科尼利亚教授已经认识了二十年，因此可以确定他不是上帝。当人们引述刊载于茱妮编辑的校园杂志中的某篇评论文章，问她是否认为科尼利亚教授与文章中的那些教授一样，会将本科女生视作"潜在性伙伴备选"时，她说了句足以让他身败名裂的"无可奉告"。尽管如此，考虑到校报的标准，这已经算是相对来讲道德水准较高的报道了。

头版底部还有一个后加进来的故事，并特意用方框标出来突出了一下，宣布罢工投票将于今天下午晚些时候举行，敦促所有教职工参与投票。

我刚断定今天不会有人发言了，结果某个高年级学生就开口说道："我知道这个问题有点跑题了，但我们真的有可能毕不了业吗？"

"你真的因为宰鸭子被开除了吗？"另一位学生问道。这位学生似乎认为如果这堂课允许大家跑题的话，那么可谈的东西还是挺多的。光听她的语气，我无法完全判断出我因为宰鸭子被开除是好事还是坏事。

"听说驴上篮球赛取消了。"另一位学生说。欸，这个我还没听说。

突然，全班同学都一同开口了。我们活跃了起来，也动了起来，虽然方向错了。

"今天这堂研讨课的主题是索兰奇写的故事。"我提醒着他们，这让所有人都面露愠色，就连索兰奇也是。此时此刻，真实世界中的事件恰好正在戏剧般地徐徐展开，在我的新手作家们看来，这些事比胡编出来的蹩脚故事有意思多了。我想提醒他们事情并不是非要如此，想提醒他们我们之所以聚在一起，就是为了让他们学习如何编出比现实生活更令人信服的故事。或许与这篇虚构作品相比，还是现实显得更诱人一些，但这并不能证明生活本来就比艺术更具魅力。

索兰奇的故事名为《八月的云》，这个故事里的水蒸气含量与里奥故事的厌女程度不相上下。每当故事中有险情将要发生时，天空就会乌云密布，年轻的女主人公就会停下手头的事，开始观云。这些云朵变得越发阴沉与不祥，到了故事的结尾，它们干脆直接下起了深意。

"我挺喜欢这些云的。"有人发言了。如果我们必须谈论这个故事的话，那么这个起点再好不过了。"它们，就像是，一种隐喻。"

这句评论令索兰奇深感满意，大家都看得出来。

"它们就是一种隐喻。"我指出，"如果它们像是隐喻的话，那么它们，就会像是，一种明喻。"

"我也喜欢这些云。"其他人也发言了，"写得很好。"

"隐喻是好东西吗？"我问道。

"当然好了。"大家在这一点上达成了共识，"你自己说的。"

我决定换一个思路。"好吧，但这些云在遮什么呢？别告诉我是在遮天。"

"我不理解你的问题。"有人犯了个错，承认自己没有弄懂我的问题。

"这个故事里发生了什么呢？"我问这位同学，"给我概述一下情节。你还记得情节是什么吧。甲导致了乙导致了丙导致了丁。先说甲。"

紧锁的眉头不止出现在了被我问到问题的那个人脸上。他们渐渐发现，这个故事里没有乙。也许甚至连甲都没有。我给了他们一点时间，但没人能找出哪件事引起了另一件事。最后，我转向了索兰奇。"好吧，姑娘。"我对她说，"这个故事是你写的。告诉我们故事里发生了什么。按字面意义讲，别加那些隐喻。"

索兰奇用纤细、美丽的手指捋了一下自己挑染过的头发，然后将头发向后一甩。"她恋爱了。然后又失恋了。跟现实生活里一样。"

这时，其他同学全都扭过脸去望着索兰奇。这在他们看来显然是新鲜事。

"她爱上谁了？"有人想要知道。

"我可以回答吗？"索兰奇问道，因为通常来讲我并不赞同作者参与到研讨课的讨论当中，除非是为了明确一些要点。

"我洗耳恭听。"

"没有特定的对象。"她说，"爱不需要有对象。就像云一样。就像你从云层中穿过时一样。你就是被它们包围着，之后它们就不见了。"

就在我以为这堂课不会变得更糟的时候，我顺着开在地面位置的窗户向外张望了一下，看到了它还会如何变得更糟。垂头丧气的里奥正在横穿草坪，抄近道朝我们所在的这栋楼的楼门走来，一头红发像燃火了似的。

"这会是真的吗？"我问其他同学，"这与你们的恋爱经历相符吗？"

没有人想在这个话题上表态，谁怪得了他们呢？他们都担心自己的恋爱经历太狭隘、太有限，担心自己的表态会暴露这一点。爱情是令他们困惑的众多事情之一，而且他们说的可不是半推半就的爱情。可不是按托尼·科尼利亚的标尺衡量出来的六十一分或七十七分往上的爱情。

"写云朵的和写石头的，哪个更有可能成为好的虚构作品？"我问道。

"我还是喜欢这些云朵。"一个察觉出我的话锋正在往哪个方向转的学生坚持说。

"我们呼吸的空气和呼吸空气用的鼻子，哪个更有可能成为好的虚构作品？"我问道。

"什么？"

"上周我戴了一个有两个鼻子那么大的假鼻子。"我提醒他们，"我用它呼吸了空气。写故事的时候，你们更倾向于用哪个？"

"我已经用上你的鼻子了。"一个学生坦言，"在下一个故事里。"

"你用了我的鼻子？"

"不好意思。"那个学生耸了耸肩。

"大可不必。"我说。

里奥进入教学楼后，我看到一辆校园巡逻车停了下来。卢·斯泰因梅茨和一个我曾在学校里见过的警官快速下了车，快步穿过了草坪。哪个作为故事的开头会更好，我想问学生，一个懊恼沮丧、上了年纪的警察，还是人们对校园安全的需求？

里奥走进了教室。待他道了歉并坐好后，一切水落石出，我的心也随之沉了下去。他似乎知道全班同学都在看他，这个面色悲哀、满脸粉刺、一头红发的男孩躲避着所有人的目光，比你为描绘自尊心的低贱而创造出的任何讽喻角色都更加真实。

"我们正在讨论索兰奇的故事。"我对他说。

他花了一分钟的时间才在背包中找到那个故事，才喘上气来。"我很喜欢这些云。"翻出稿子后他说道。我发现他又从指甲皮上拔掉了一根倒刺，在标题页上留下了一串鲜红的血珠。见此情景，他迅速用手腕将血珠抹掉，然后用牛仔裤吸干了那根令人不悦的手指。"我觉得这种东西正是我的故事需要的。"

这就是里奥的结论。他需要遮住自己的恋尸癖。

面对别人抛出的橄榄枝，索兰奇不是那种会领情的人。她那缕挑染过的刻薄头发从鼻子前面垂下，她正在检查其中的几根长长的银色发丝，检查得都对眼了。"你需要的是心理疏导。"她说。

这时，教室的门开了，卢·斯泰因梅茨和那位穿着制服的警官出现在了我们面前。我发现另一位驻校警察已经在我们这间教室的窗外就位。"我正上课呢，卢。"我对他说。

"我只是需要跟你班上的一名学生谈谈，教授。"他说，"那边那位。"

里奥收拾起了自己的东西。

"但你可以等我们把课上完。"我说，"我很确定。"

卢·斯泰因梅茨显然听出了我语气中的警告，因为他默不作声地站了一会儿，算计着什么。他知道他无权闯入我的课堂，无权打开教室的门，甚至无权敲那个门，而他也确实没敲门。他的心态与所有坏警察一样。滥用职权，滥用到自己被质疑为止，然后收手、重整旗鼓，换个角度再次发起进攻。

"好吧，教授。"他说，"我想我们可以去外面走廊里等。不管怎样我们拿的钱都是一样的。介意我们拿几把椅子吗？"

"嗯，我介意。"

他点了点头。"谢谢你的配合。"

教室门再次关闭了，此时我意识到圈出地盘后，它对我就没有什么用了。就算现在我们有办法回到索兰奇的故事中，我也不知道这办法是什么。或许里奥觉察出了这一点，所以他继续收拾起了自己的东西。"我可以先走一步吗？"他想要知道。他似乎只在意自己的请求能够立即得到执行。

我应该说不行的。我应该讲原则，让他留在原地的。但里奥想完成一些未竟的事宜。我理解那种感受。我们全都注视着他将背包扛上了肩头，然后走到了门前。在故事里，他会在门前驻足，转过身来，留下一句令人难忘的话，一些真诚的评述，一些比他在这一整年里写的故事都更为真实的东西；可我们不在故事里，于是他默不作声、毫无戏剧性地离开了我们这群人。片刻之后我们又看见了他，此时他双手已经被铐在了身后，由人领着穿越草坪，朝待命的巡逻车走去。

"我们可以走了吗？"那个说已经用上了我的鼻子的学生问道。

"索兰奇？"我问，毕竟我们正在讨论的是她的故事。

"快走吧。"她的语气非常疲惫。

其他人鱼贯而出。索兰奇留在了最后，并在我的桌前停了下来。"我知道这些云朵狗屁不通。"她对我说，"我又不，怎么说呢，又不傻。"

"没人说你傻，索兰奇。"

"洛克教授说我应该忘掉写作，把精力放在文学研究上，"她说，"考博士学位。他说我人很聪明，也很刻薄。"

"我确定他这是在夸你。"

"不是我想要刻薄。"她耸了耸肩，"只是我很擅长这件事。我父亲总说人应该做自己擅长的事。他也很刻薄。"

"明天办公时间来找我吧。"我提议道，"今天的讨论缺斤短两了。"

"我什么都不配。"她说，"那故事就是一坨屎。"

"也许我们可以让你另起一个不是一坨屎的故事。"

"这个故事起初是关于一个男孩的？一个卑鄙、英俊、不可能跟我在一起的男孩。可之后我想，我凭什么要让他觉得痛快呢？"

"我猜你让他见识到了。"

"是啊，好吧。"说着她望向了窗外，此时警车刚刚从路边驶离，"他们会怎样处置他？"

"可能会开除他吧。"

"一整年他就干了这一件有意思的事，可他要因为这件事被踢出学校了。"

此时警车已经不见了踪影。

"你觉得他想证明什么？"我猜她想起了自己上周五叫他窝囊废来着，还质疑了他的男子气概。她想知道，这一切会是她造成的吗？

我半期待着卢·斯泰因梅茨会在教室外的走廊里等我，但他并没有。他已经抓到了他的罪犯。他已经恢复了秩序，让事情重回了正轨。如果他能对我做些什么的话，他会动手的，但他什么也做不了。

第三十五章

由于提早下了课，所以在见院长这个可以对我做些什么并且明显已经做了什么的人之前，我有半个小时的时间需要打发。我应该回办公室给菲尔·沃森打个电话，履行我的承诺。可英语系的走廊一定会被最新的政治新闻搅得鸡犬不宁，说实话，我现在既不想见友军，也不想见敌人。如果真如洛克所言，英语系的确有名单存在的话，那么一半的同事会迫不及待地想要痛斥我列了名单，而另一半则会希望我向他们解释一下如果名单不是我列的，那是谁列的。我可以去别处找个投币电话打，但我越琢磨越希望按照恰当的戏剧发展顺序来做这些事。如果我要被告知我长了恶性肿瘤，那么我希望能在自己被开除后，而不是被开除前，知道这件事。

今天是美得令人窒息的一天，太阳高悬在如知更鸟蛋般湛蓝的苍穹之中，于是我慢悠悠地朝院长办公室走去，找到了一把能看到后区停车场的公园长椅，脱下了外套，卷起了袖口，任由暖意如雨点般打在我裸露的小臂上。今天，我意识到，将为我这段肉眼可见的生命插曲画上终括号。今年冬天，当我试着爬上欢愉街的山坡，却失了控，最终如障碍滑雪一样从山顶滑到山脚时，我便不再相信因果一说。我担心自己会一辈子在单调乏味的"欢愉"中占有一席之地，认为这里不会发生任何戏剧性的好事或坏事，认为我在这里完全不会碰到任何灾难性的事件，并开始怀疑"不悦"或狂喜的力量是否还能触及我。留给小威廉·亨利·德弗罗的只剩下缓慢的天日，以及从左外野手到一垒手最终再到指定击球员的必然转变，而人们发明这个蹩脚的位置，就是为了让那些已经过气的人相信自己依旧宝刀未老的。今天是我知道自己错得有多离谱的一天。今天，我同那些生活在欢愉街上、抱怨着自己被移出了左外野的人一样，吃了一堑。那就是怨声载道的人连一垒都打不上。我想要后果？这就是后果。我还满意吗？这会给我好好上一课的。

问题在于，我不确定我吸取了教训。此时此刻，如果我没想错的话，那么卢·斯泰因梅茨正在对年轻的里奥解释他错在了哪里，解释他做的事情是多么可怕，他做这件事是多么愚蠢，以及他被抓捕归案是多么必然。有鉴于此，他会被学校开除，卢会这样解释，可这怪不得任何人，只能怪里奥自己。就让这件事给你上一课吧，校园安保主管会如此结束自己的发言。之后他会仔细地观察里奥，看看这一课他有没有听进去。他会大失所望的。我不止一次在里奥脸上看到过那个表情，它传递着里奥的信念，那就是他来到这个世界上不是为了让别人给自己上课的，而且这表情的传神是里奥用任何辞藻都表达不出来的。他会接受惩罚，因为他没得可选，但说教的东西还是算了吧，不过还是劳您费心了。只消看上卢·斯泰因梅茨一眼，里奥便会知道卢并不是上帝。问题在于，就算里奥有幸能够直视上帝的面庞，他大概也会得出同样的结论，而我怀疑在这一点上，他和我是一样的。如果我们吸取了教训，那么我们就会变得顺从。察觉到这一点后，我们就坚决地反对起了道德说教。

停车场中间停着一辆车体两侧均由板条组成的拖车，一长串拴着绳的驴正被人牵着沿临时搭建的坡道往下走。即便将戴了脖套的大鹅也算在内，这些驴也是我见过的最皮包骨、神情最悲伤的动物。它们没精打采的，非常温顺，从坡道上下来时仿佛瞎了一样，虽然这可能只是暂时的，毕竟它们刚从黑暗、舒适的拖车内转移到明亮的午后艳阳下。尽管它们看上去很可悲，但不妨这样想：它们的尊严还没有遭到践踏。今晚，它们的蹄子会被绑上布料和泡沫海绵，后腿及臀部会被套上尿不湿，以防女子体育馆的地板被它们破坏掉。（它们是永远都不会被允许靠近男子体育馆的。）我无法想象在目前的政治环境下，谁会想让教员和行政比试一番，即便这手段十分幽默，可如果今晚的比赛取消了，那么并没有人将此事告诉负责这些温顺牲口的人。

"每次见到你的时候，你的样子都更糟了一些。"见我一瘸一拐地进了屋，玛乔丽说道。

"我应该多来几次。"我对她说，"这样我的落魄就不会这么明显了。"

"看见这个了吗？"说着她指了指大大的桌面日历。她将四月翻了过去，好让我看到五月。十五日被用非常显眼的红色圈了出来。十六日那一栏有一行玛乔丽亲手写的秀气小字："快乐的日子又来了。"

"你要退休了？"

"急流勇退。多亏了雅各布，学校给我开了很好的条件。我和哈罗德正在教堂山那一带看公寓呢。"

"哈罗德真的很喜欢打高尔夫，是不是？"

"胜过上床。这是我们的共性之一。我对高尔夫的喜爱也胜过了上床。"与此同时她一直在端详我。我突然好奇玛乔丽是不是在用这种方式暗示，我被开掉以后生活也可能真的会有所改善。就算我对高尔夫的喜爱没有胜过上床，那也肯定胜过了学术吧。

"这些烂事你已经知道很久了，是不是？"

她内疚的表情让我后悔用这样的方式将她逼到了墙角。"去年秋天雅各布被开除的时候我就知道了。"

"这就是为什么你想回英语系。"

"这个提前退休配高尔夫的套餐更好。"

这时门开了，雅各布·罗斯出现在了我的面前，让我惊讶的是同他一起出现的竟是学校的顾问泰伦斯·沃特斯。沃特斯面无表情，与上周我见他从迪基·波普的办公室里走出来时一样。相较之下，就连亨利·基辛格都可谓表情丰富了。他在和雅各布·罗斯聊什么，我想象不出。

"你认识汉克·德弗罗吗？"雅各布问道。

泰伦斯·沃特斯被迫微微点了点头，好像是在暗示后面他也许有必要否认自己认识我。到了明天，这次会面也许根本就没发生过。也许他有必要派人来除掉玛乔丽，毕竟她也是目击证人。目前一切尚早，还说不准。

"好了，进来把裤子脱了吧。"泰伦斯·沃特斯离开后，雅各布对我说，"玛乔丽，把鞭子拿来。"

我们进了雅各布的办公室。他将门在我们身后关闭。

"坐这。"他命令道，"把手放在我看得见的地方。"

他的心情真不错。我死活想不明白为什么，可我需要弄明白。一个好心情的文学院院长可是个潜在的危险人物。这代表着一个我们一无所知的世界，一个任何烂事都有可能发生的世界。而现下的局面恰恰让人有了这样的感觉。我的意思是，雅各布·罗斯的心情真的很不错。不止是在一个人同时拿到了几份工作邀约，向女方求婚时对方也一口同意这些情况下会有的好心情。是真的很棒的那种好心情。他就像一个不仅对自己人性本善，而且对邪不压正深信不疑的人。换言之，他一点都不像个文学院院长，尤其是一个刚刚列出了四个人名、准备将他们一锅端的院长，更何况这四个人里面还有一个是他的伴郎。

"咱们从小事说起，怎么样？"雅各布提议道，"为什么你要在课堂上恐吓我的外甥女？"

"你的外甥女？"

"布莱尔。"他解释道，"我是他舅舅。"

"是吗？我根本不知情。"

"她不想被特殊对待。"

"她不肯出面维护自己的信仰。"我解释道，"在此之前我都没意识到原来这是遗传问题。否则我是不会对她那么苛刻的。"

我这句嘲讽直击要害，可雅各布连退缩的意思都没有。他只是窃笑了起来。"天呐，你可真是个自负的混球。你还记得咱们刚

- 486 -

来这里的时候吗?"

"一九七一年的黑色九月? 当然记得。"

"还记得老鲁迪·拜尔斯吗? 即便二十年前也有人说你是个自负的浑球。鲁迪说,别担心,他会长大的。小狗崽本来就会随地大小便。用报纸卷打他屁股几次他就明白了。"

"那才叫院长。"我怀念道。

"问题在于,现在你比那会儿还差劲,而你还以为自己只是在闹着玩。五十岁了你还在地毯上大便,还觉得自己很机灵。"

"这个吗,"我说,"至少咱们两个人里面有一个被驯服了。别人说'跟上来'你就跟上来。别人让你列名单你就列名单。"

我仔细观察着他,因为如果他要否认的话,那么他听到这里就要开始否认了。见他没有开口,我想我还是很惊讶的。我和雅各布认识有年头了,而年头会让你觉得你对人心是有所了解的。可雅各布看上去一点都不愧疚,反而更加自以为是了。

"另一份工作邀约是这里发出的,是不是?"我说,"这就是为什么你不用担心格蕾茜会怎么看待州的事。"

"我觉得她会和我一起去的。"雅各布说。

"所以现在,你终于上场了。"我说,"你需要做的就是写下四个名字而已。"

"又错了。"他说,"我要做的不止这些。这是我要做的所有事情里面最容易的一件。"

"这是你说的第一句我不买账的话。"我对他说,"我拒绝相信写下那些名字是件容易的事。"我没有告诉他的是我知道那件事有多难，因为我曾经动过那个心思。

他将双手举起，像是要投降一样。"对你来说难上加难，对我来说轻而易举。"他还在咧嘴笑。

"雅各布。"我说。

"亦然比较倒霉。"他坦言，"但我们会给他一年的时间找别的工作。他正准备发表那个垃圾一样的流行文化理论，而且他很会溜须拍马。会有人愿意雇他的。"

"我心里想的不是亦然。"我对他说。

"那是谁？菲尼吗？"雅各布说，"我们会给菲尼付半薪，让他休一年的假，用这个时间去完成宾大的毕业论文。他是完成不了的，但这是他的问题。休假结束后，如果他愿意的话，我们会让他以外聘教员的身份继续教综合课。这待遇他根本就不配。"

"比利·奎格利呢？"

"学校出版部那边的沃尔特要退休了。我们会把他的工作交给比利。他可以成天偷偷小酌。我知道他觊觎沃尔特的职位已经很久了。"这会儿，雅各布使出了浑身解数，好控制住自己的情绪。我有点期望他能蹦到桌子上去，来一段爱尔兰吉格舞。他脸上那纯粹的喜悦之情令他看上去就像个犹太矮妖精一样。"这样就剩小威廉·亨利·德弗罗一个了。要怎么处置那个浑蛋才好呢？"

在此之前，我一直觉得自己与雅各布势均力敌，虽然他有留一手的优势，而我的牌差不多都明着摆在桌上。可此时，我的心却沉了下去：雅各布知道我败局已定，我手上握着什么牌对他来说并不重要。当我意识到他要掀开哪张牌时，一阵纯粹的恶心如巨浪般从我全身涌过，我感觉被堵住的尿液正狠狠地压迫着我的下身。

"你错了。"我的语气有些不管不顾，"不止剩我一个。还有你呢。"我刚要问他拿到了什么价码，刚要问迪基拿着什么样的诱惑在雅各布面前晃来晃去才能让他乖乖就范，一切便水落石出：泰伦斯·沃特斯是不会浪费时间与文学院院长沟通的。

"我的天。"我说，"迪基出局了，是不是？"

雅各布哈哈大笑了起来。"滔天巨浪来了，把他冲跑了。"

"你晋级了。恭喜。"

"谢谢。"说到这里他的笑容才消失。毫无疑问，此时此刻，他希望我能为他感到开心。也许我的确为他感到了开心。

"这是你想要的吗，雅各布？"

"是。"他承认道，但在我看来他的语气有些悲伤。也许他想起了刚刚入职时，我们两个都是烫手山芋。这一步棋走完之后，事情便有了官方定论：革命者已经成立了新政权。"我不指望你理解……"

但我当然理解了，或说我觉得我理解。雅各布是个正直的人，有着经过了深思熟虑的靠谱做人准则，在教学上也发挥着价值，可在职业生涯的大部分时间里，他一直在对不如自己的人卑躬屈膝。他想趁自己还能做事的时候，看看自己到底有多大本事。他等不到别的机会了，而我也并不怪他把握住了这次机遇。

"听着。"说着我站起了身，"很抱歉。自从进了这间屋子，我就一直在想办法伤害你的感情。我真的不知道这是为什么。"

他大手一挥，让这件事过去了。"别放在心上。我已经认识你二十年了。我知道你不明白你为什么要做自己做的那些事。"

"我确定你会是个称职的校园执行官的。"

"嘿。"他咧嘴笑了起来，"我也确定你会是个称职的文学院院长的。"

我走到了窗边，如果我愿意的话，这可以是我的窗边。此时我刚巧看到最后一头拴着绳子的驴被人牵着走上了斜坡，进入了女子体育馆。实话实说？我很心动。我脑海中的想法无疑也曾浮现在雅各布的脑海中。想想看我们两个掌权会是什么样吧。我们会有多少乐子啊。而且，对我这种让整个英语系恼羞成怒并无比乐在其中的人而言，升职就意味着我会有更大的发挥空间。没错，不论从棋盘的哪个位置上我都能搞出乱子来，这也一直令我引以为傲，可从这个位置上……

我在这个幻想中沉浸了很久，之后便将它抛在了脑后。就算我想要这个职位，我也不能让雅各布来做这件事，更何况我并不想要这份工作。在他的所有动作之中，任命我为院长是唯一一个会让他付出代价的，而且这代价他承担不起。没有人会想念亦然。没有人会否认在菲尼的问题上，他的裁决公平合理，也许只有菲尼自己不会这样认为。为比利·奎格利调岗也会被视作善意之举。可任命我为院长却会被视作自负与挑衅的表现，会被认为他将肥差交到了自己的朋友手上。除非他决定任命格蕾茜，否则他做不出比这更糟的事来了。

"当然，没有什么是免费的。"雅各布说。他显然从我的迟疑中读出了我的心动。"这会让你丢了秘书。玛乔丽要去打高尔夫了，可我需要一个能让我看上去貌似称职的人。鉴于蕾切尔几乎能让你显得称职，所以我只好把她偷走了。我想的是咱们鼓动系里的同事选保罗·洛克当系主任，然后咱们两个轮流虐他。你怎么说？"

小威廉·亨利·德弗罗是怎么说的？许久什么都没说，然后："听着，雅各布。还是很谢谢你。"

有那么几秒钟的工夫，雅各布只是盯着我，然后他爆发了。"我就知道。"这会儿他已经从桌旁站起了身，在桌子后面踱起步来，"我就知道你会干出这种事。你到底有什么毛病？"他想知道，而且他并不是唯一一个想知道的。另一阵恶心的感觉如巨浪般向我袭来。我使出了浑身解数才没有弯下腰去。"什么样的人会一辈子都当别人粥里的老鼠屎，还觉得心满意足？这能给你带去什么快感？你多大了？"

所有这些问题都与我的恶心感混合在了一起，危险一触即发。我必须坐下，因为我确定如果我不坐下的话，我就要晕过去了。我试图回想这辈子我有没有这么难受过。我的指尖一阵阵刺痛，视线的边缘也开始模糊。雅各布对我的苦难似乎一无所知，无知真是一种福气。

"你知道我可怜谁吗？"他说，"你妻子。女人们总对我说我无法从女性的视角看待任何问题。但我告诉你，任何一个不得不跟你这种蠢蛋过一辈子的女人都会让我的心滴他妈的血——更别提莉莉这么聪明善良的女人了。"

听到莉莉的名字，我浑身冒起了冷汗。我能感觉出四道汗水正沿我的躯干向下滚动，浸入了我内裤的束腰带中。一阵阵恶心感如痉挛般在我全身翻涌起来。同雅各布一样——同我们这个年龄的所有男性一样——我也遭到过责难，说我无法从女性的视角想象任何问题。可坐在此处、因某种很像恐惧的东西而动弹不得的我却感觉自己刚刚进入了分娩的最后环节。过渡期！——这个环节的名字突然重新回到了我的脑海中。我感觉自己已经完全扩张开了，好像现在我可以用力了一样。可这不是用力的地方。我知道那地方在哪。那地方就在院长办公室外，沿走廊走一两个门就是。用时？全速冲刺，如果我能冲起来的话，十秒钟就能到。就我目前浑身抽搐的状态而言，拖着虚弱的身子一瘸一拐、抓着椅背和门框往前挪，用时至少要翻三倍。待一次严重的痉挛渐渐平息下去后，我挣扎着站起了身。

"你知道你是什么吗？"雅各布问我。他义愤填膺、斗志正旺，这让我非常嫉妒。他说着碍于交情已经憋了二十年的心里话，而这姗姗来迟的释放也让他如高潮了一般酣畅淋漓。让他住口无异于让他自拔。"你就是悖谬论的肉体化身。"他想让我明白，"假装向左，实际向右。假装向右，实际向左。吊着所有人的胃口，对吧？汉克要做什么？如果你要干翻自己才能惊到他们的话，那就干吧。"

不知怎的，我出了雅各布的办公室，来到了玛乔丽这里。喜欢高尔夫胜过上床的玛乔丽并没有像雅各布那样身陷猛烈的口头高潮之中无法自拔，她看我的眼神是那样警觉，显然她看出了我现在很痛苦。我有对她说我要生了的冲动，想对她说宫缩正一个接一个地来。可我反而用杀气腾腾的目光死死盯住了她，说："让他离我远点！"

但这反而让雅各布更起劲了。"看吧，玛乔丽。"雅各布对她说，"汉克·德弗罗。那个干翻了自己，还口口声声说自己从没这么爽过的人。"

"雅各布。"玛乔丽厉声说道，"我觉得汉克病了。"

我已经走到了通往办公室外间的那扇门前，那些来向院长请愿的学生都被要求在这里等待。他们见到我后也都露出了警觉的神情。

"他没比他们好到哪去。"雅各布附和道。

我的掌心被汗液浸湿了，根本握不住不锈钢的门把手。它不停地往下滑。我将手掌在粗花呢外套上蹭了蹭，然后又试了一次。

"走之前再回答我一个问题就好。"说这话时雅各布倚在了门上，这样门就打不开了，"我会问你我所知道的最简单的问题，但我敢打赌这个问题会把你难倒。"

我努力想要将目光聚焦在他身上，但我做不到。我对天发誓，但凡我有一把左轮手枪，我都会把他崩到房间那头去，让他永无天日。

"你只要回答我就好。"他不肯罢休，显然没有意识到此时我已是汗如雨下。一滴冰凉的汗珠就在我的鼻尖上。"就是一个非常简单的问题。你的妻子、孩子和所有朋友都希望你能回答一下这个问题。"他已经近到可以轻声低语了，于是他便轻声说了起来。

那是一个非常简短的好问题，但他每说几个字就会停顿一下，以示强调。"你……他妈的……想干……什么？"

他想用这个问题难倒小威廉·亨利·德弗罗？就连正在打电话的玛乔丽似乎也能替我回答这个问题。可我束手无策，只能，用大家的话说，挺起腰板，使出仅剩的力气，抓住院长的翻领，将他高高举起并将他拽到我的面前。我就是这样做的。

"我想。"我用自己能想到的最严肃的方式对他说，因为我不希望这句话被误认为是讽刺或其他任何一种修辞手法，"尿尿。"

某些东西——我严肃的行为，或简单的只言片语——让雅各布恍然大悟。"好吧，我错了。"他耸了耸肩，好让我把他放下来，"你的确知道你想要什么。"

我来到门外、进入了走廊，然后一瘸一拐、全速朝写着"男"的那扇门奔去。我边走边解开了拉链，好节省时间。过了一分钟左右，雅各布追了上来，他要么是被玛乔丽派来侦查我的状况的，要么就是被我的笑声招来的。他看着我，脸上的表情既尴尬，又充满了担忧，又不失困惑。我死活止不住笑，我当然也不指望他能理解他正在见证的这个场景意味着什么。但事实却是，没有哪个在凉飕飕的卧室里睡了十个小时，醒来后便光脚踩上了冰凉刺骨的地板砖的小年轻能像我一样，如此强劲、自信、心怀感激地对着马桶排尿。真是人间天堂。"老天爷呀。"不知是谁呻吟了一声。也许是我吧。这是我能记起的最后一件事。

第三十六章

　　睡梦中，我成了驴上篮球赛的明星。我从未如此轻盈优雅，从未如此不被重力或年龄困束。我的投篮，我投出的每一个球，都会带着完美的回旋离开我的指尖，并沿抛物线向篮筐靠近。我精准的投篮带着纯粹的诗意，篮网那甜美的撕裂声便是这首诗的叠句。而且别忘了：这一切我都是骑在驴背上完成的。我选了一头优秀的牲口——诚实、聪慧、大度、善良——让他载着我在球场上跑来跑去，而我们彼此之间也建立了深深的共鸣。我在他的耳畔低语，告诉他比赛结束后我是不会放弃他的，他会获得自由，而这则消息——他再也不用卖身给那个总让他穿纸尿裤的愚蠢主人的消息——让他重新当回了一头年轻气盛的倔驴。赎回自由身的前景令他自尊心大涨，使他在自己的最后一场比赛中看到了荣誉加身的机会。我们共同拦截着球，一有机会便发起快攻。现场座无虚席，我们伴着全场观众的热烈欢呼在球场上纵横驰骋着。我爱死这场比赛了。

　　"我也爱你。"莉莉向我保证。

　　莉莉？她是怎么到这里来的？

　　我的结论非常唯我独尊，那就是她同往常一样，我一睁眼她就到了。

　　"我刚才做梦了。"我对妻子说，边说边环视了一下随她一同出现的这间病房。我似乎正躺在这间病房的病床上，虽然缘何如此对我来说是个谜。我妻子啊，她可真是个大美人，见到她我非常开心，只是她来的时机不太凑巧。我刚才马上就要摘得桂冠了，如今我再也摘不到了。我觉得有人将蛋糕放在了屋外淋雨，我的梦被润滑过的托盘载着渐行渐远，那个配方我永远不会复得了[1]。我总担心有一天我会明白这句歌词的含义，此刻，那一天显然已经来临了。

"你感觉怎么样？"莉莉想要知道。

"好极了。"我说，"就是有点困。"

病房的门开了。门外的走廊里坐着一个块头很大的男人，他正望着屋里的我们。他的脸不太对劲。上面被分成了好几块，就像牛肉分切图一样，就是屠户们挂在超市里的那种图，告诉你不同种类的牛肉都是从哪个部位来的。除了这一点之外，他看上去还是挺面熟的。

"菲尔说你会感觉很不错。他们给你打了不少止疼药。"

"我的头有点疼。"我边说边端详着门外走廊里的那个大块头男人，他一动也没有动。我好奇他会不会是个寓言式的人物。也许如果我看看莉莉，然后再回去看他的话，他就会变成另一副样子，而这其中的深意需要我去破解。

"你晕倒的时候磕到了脑袋。"说着她握住了我的手，"你这几天真够忙的。"

1　歌曲 *MacArthur Park* 中的歌词。

"让你的预言全都成真可没那么容易。"我对她说，"进局子是小菜一碟，但怎么进医院难住我了。"

那个脸像图表一样的大块头男人还在那里，一动不动。

"我觉得你马上又要睡着了。"莉莉说。

我觉得她是对的，一如既往。我能感觉出我的眼睛已经快要闭上了。也许我会与我那头驴重聚，打完那场比赛，兑现帮这个可怜虫赎回自由身的诺言，虽然这些貌似都没有刚才那么诱人了。醒来后，梦里曾让我感觉无比强烈的那种情感变得太像我父亲的感伤之情了，一想到自己曾错怪了查尔斯·狄更斯，这情绪就会涌上他的心头。说到父亲，我示意让莉莉靠近一些，好跟她说些悄悄话。"外面那个人是安吉洛吗？"

她悲哀地点了点头。"要有客人在咱们家里住上一阵了。"

"没关系。"我悄声说，"别把这个放在心上。欢迎回家。"

我不知不觉又沉入了梦乡，此时我不禁想到对世界做出了正确的判断是多么美妙的一件事。权衡那些总是不充分的证据，然后凭直觉精准地感知整体，从一粒沙中一窥整个世界，去发现它的美、它的简约与它的真相。这是我们这一世离上帝最近的时刻，我们也会沐浴在这种一闪而过的顿悟所带来的喜悦之中。偶尔，在两或三秒的时间里，我们会处于完全清醒的状态，与自己的存在握手言和。之后，我们便会再次陷入沉睡之中。

"所以，我想知道他为什么要派他的兄弟来。"安吉洛解释道，

"好像我应该知道眼前这个两米一的黑鬼就是拉希德的兄弟？安吉洛，读起心来顶呱呱是吗。我的意思是，我面前的这个小伙子貌似也就能读懂他正在送的这份报纸的大标题——可我呢？——我得能读懂他的心才行。我应该知道这个两米一的黑鬼和他那两个两米四的哥们对我并没有恶意。他们站在我家门廊上，用那种眼神看着我，啊？我以前从没见过他们，分不清他们跟那些浑球有什么区别，但我还是很客气的。我解释说不给陌生人钱是我的做人准则，不论他们是不是大黑鬼。我对他们说我的报童叫拉希德，至于他有没有兄弟，我他妈的毫无头绪。还是那句话，我又不会读心术。我对他们说如果拉希德真的像他们说的那样得了单核细胞增多症，那我很抱歉。我很喜欢拉希德。他是个很和善、讲礼貌的小黑鬼。这样的人并不多。他不会到处去用那种眼神盯着白人看。等他身体好些以后，他随时都可以来我家，我会把欠他的钱全都补上。但我不会把钱给自己从没见过的大黑鬼，这没什么可商量的。这很残酷，但情况就是这样。我并不关心他们是不是恰好拿着拉希德的记账本。要我说，这很可能是他们从他身上抢下来的。受欺负的总是那些既和善又礼貌的小黑鬼。不信的话你就去看新闻吧。看他们穿着正装从教堂里鱼贯而出，好奇为什么某个小黑鬼过了个马路就被开枪打死了，而他不过就是个在教堂唱诗班里唱歌的优等生而已。就好像我们余下这些人应该解释得了为什么这种事会发生在这些人头上一样。但他们说得没错，每次受欺负的都是那些讲礼貌的人。这我还是知道的。这我已经看透了。"

现在是早上八点半。我睡了一整晚，所以菲尔·沃森信誓旦旦的预测成真了。与刚刚在驴上篮球赛中大获全胜及刚刚得知血象检查什么都没查出来的时候相比，我现在的心情差多了。我没长肿瘤。注射进我体内的止疼药已经过了劲，虽然我的外衣口袋里装着医院给我开的泰诺。在医院的时候我没有吃，现在我后悔了，只能听安吉洛解释为什么他被关进了监狱里，以及为什么我妻子要把他保释出来，而我妻子正开车载着我们三人朝城外的阿勒格尼泉驶去。回到家后我得立刻吃上一片，然后去找走丢的奥卡姆。保罗·洛克说他在一个邻居的花园里看见了我的狗，那时我应该相信他的，但我没有。奥卡姆是怎么从房子里跑出去的，这是个谜，但我的猜测是，某个媒体记者不信我不在家，于是便在发现一扇没上锁的门之后将脑袋伸了进来，喊了我的名字。我真心希望这个人被狠狠地拱了一通。

　　另一个谜团是，为什么保释安吉洛要用我们的钱。我怀疑他是可以自己交保释金的，但他太固执了，不愿意把钱花在这种事情上。他在家里很孤单，可住在法院里就有人陪他聊天了。他从警局退役已经快十年了，可他依旧认识半个费城的警察。他很可能在监狱里搞起了联欢会。目前看来，他貌似会一直住在我们这里，直到夏末开庭为止。莉莉已经让他认识到了我们的乡下生活与他在费城习以为常的日子会非常不同。很少会有人来敲我们在阿勒格尼泉的门，而且没有必要冲他们开枪。冲他们中的任何人开枪。

　　"但他们还是没完没了，啊？"安吉洛继续说道，"拉希德已经来了几次，可我要么在这，要么在那，所以就有了一些拖延，付款方面的拖延。把钱给我们就他妈完事了，他们说，而这让我觉得我是对的，这个两米一的黑鬼肯定不是拉希德的兄弟，拉希德总是很讲礼貌，我前面已经说过了。所以我对他们说，好吧，你们在这里等一小会儿，好像我要去拿钱一样。我的确拿了点东西，但不是钱。我拿的是我那把泵动式霰弹枪。我把它放在客厅的壁橱里就是为了应对这种难以预见的情况。我离开了大概五秒钟，回来的时候我让他们看了看我带了什么东西过来。我又对他们解释了一遍我这辈子一直秉持的做人准则，语气还是很客气，让他们知道我不会把钱，不论是大钱还是小钱，交给我从没见过的两米一黑鬼。这一次，那两个之前没搞清楚状况的两米四黑鬼似乎明白了过来，但那个自称跟拉希德是兄弟的人，他还在用那种眼神看我，好像他没注意到我手上端着什么似的。他想知道我用这样的东西指着他准备怎么脱罪，毕竟他只是想要讨回我欠的钱。我心想，这该死的小鬼头生下来居然没耳朵。也许我应该可怜可怜他，毕竟他得聋一辈子呢。可是吧，为了保证他没误会我的意思，我把那些话又重复了一遍，只是声音更大了一些，以确保他能听到。

"我对他说我手上之所以端着这把泵动式霰弹枪，是因为如今在我住的地方，这东西已经成了必需品，虽然承认这一点让我感到很心碎。我甚至花时间给他讲了讲这个现状的由来。我解释了一下为什么在我女儿还小的时候，我们会允许她骑着自行车满街乱窜，因为那会儿的环境很安全。那会儿，你没见过的两米一黑鬼不会出现在你家门廊上要钱。那会儿，不是每个街角都站着卖淫的和贩毒的，也不是隔三岔五就有一辆玻璃全黑的皮条车停在路边。我对他们说我之所以会花时间给他们讲所有这些东西，是因为那会儿他们太小了，还不记事。那时候，我是十个街区半径范围内唯一一个家里放着枪的人，而我有枪的唯一原因是我是个警察。现在呢，这个街区里的每个人都开始全副武装了。我对他们说虽然不关我的事，但如果我是他们的话，我是不会再往别人家的门廊上走的。我描述了一下藏在某几扇门后面的高级武器，这几扇门从我家的门廊望过去就能看到。"

"那两个身高两米四的黑鬼，他们正在沿着门廊慢慢往下退。他们一看到枪就开始后退了，所以说他们至少还有点脑子。可拉希德的兄弟呢，他还坚守在原地。他说只要我放下枪他就走，好像他在跟白痴说话一样。放下枪他就走才怪。但他真正想跟我说的是这个：如果我不放下枪的话，那他就哪也不去。他说这话的样子就好像他正拿枪指着我一样。但我他妈才不吃这一套呢。我心想，这个天杀的可怜虫大黑鬼不仅生下来就没耳朵，而且脑子也不好使。他分不清指着他腹部的枪和挂在壁炉上方墙壁上的枪有什么区别，但他马上就要领教到了。我对他说我会数到三，而且我会客客气气地大声数，谁叫他生下来就没耳朵呢。我知道大家都明白这个状况，因为那两个身高两米四的黑鬼已经退到了台阶下，出了大门，他们正冲自己的这位伙伴大声呼喊，让他趁我还没做我要做的那件事之前赶紧过去。他们不停地对他高喊，哪怕我已经开始数数了。快过来，黑鬼蛋子——他们互相之间都这么叫，但我自己的女儿却不允许我当着她的面说这个词——你有什么毛病？他们想要知道。这个疯老头子会把你崩成两半的。"

"要知道，通常来讲我不喜欢大黑鬼叫我疯老头子，但在这个情况下我心想，无所谓了。至少那两个身高两米四的正视了现实，而且反正我也对他们说了一些难听的话，所以我们扯平了。做人得讲公道，而且他们只是想要帮忙，不是吗？我数数的时候他们一直在喊这个身高两米一的，嘴里说着快过来，哥们，这个疯老头子怎样怎样的。他们喊着他的名字，又是一个像拉希德那样的怪名字，我花了好长时间才记住。他们管他叫勒什么。你知道他们是怎么干的吗？他们会选一个真实存在的名字，然后在前面加上勒？勒罗恩。勒比尔。勒鲍勃。勒布鲁斯。这种混账东西。拉方索。这是我最喜欢的一个。阿方索，这个名字已经存在了，但是他们不想掺和进去。拉方索。这个名字更好一些，啊？可我心想，那是他们的名字。就算管他叫勒泡鸡我也无所谓。就我个人而言，我觉得给孩子起拉方索这样的名字不太厚道。就好像如果叫他哈利的话，他这辈子遇到的问题会不够多，啊？不行，咱们还是叫他勒哈利吧。总之，我刚搞明白拉希德，结果又来了个勒大哥。"

我瞄了一眼莉莉，我看得出她恨不得当场掏钱让这个故事快点结束。这个故事她以前听过。听了多少次，我不得而知。我将手伸了过去，捏了捏她的手。我尽量不让自己表现出对这一切沾沾自喜的样子，虽然我知道安吉洛的存在对我而言是件好事。每当我妻子与她父亲共处的时候，她对我的好感度都会提升。我不愿意去想他整个夏天都要住在我家这件事，但等他离开的时候，莉莉会觉得我这个人相当不错。再过短短几日，我妻子就会将脸埋进我的肩头，强忍住懊恼、愧疚与极致的爱意令她泛起的泪花。

我很同情她，但我也希望小说写作课上的学生们能够在场。安吉洛可以让他们对悬疑的本质略知一二。他扳起这把叙事之枪的枪栓、关闭它的扳机锁已经很久了，可他讲起故事来非常耐得住性子。他让时间慢了下来，而且，虽然我们从故事伊始就知道他会扣下扳机，但我们还在等着，看看他到底会不会扣。而真实世界的时间正在飞速流逝。通往阿勒格尼泉的归家之路我们已经走了一半，宾州的乡间景致优雅地从我们身边一闪而过，完全没有进入安吉洛的叙事视野内。

"所以我终于数到了三，而且我数得很大声，就连没长耳朵的两米一黑鬼也能听见。但你看看那个勒大哥吧。他一动都他妈没动。于是我心想，这小子有什么毛病？他是他妈的想死吗？因为如果是的话，那他来对地方了。可我心里也在想，你不得不佩服这小子的胆量，虽然他的脑子不太好使。而且，我越看越觉得他和拉希德的确很像，所以我想没准他和那个小子真的是兄弟。我的意思是，他可以是，对吧？我不知道拉希德有没有兄弟，但他可以有，而如果他真的有兄弟的话，那这小子很可能就是。这小子很可能就是个奇高无比、不讲礼貌、人傻耳聋的黑鬼大哥。我怎么能知道呢？这一刻，我几乎希望自己手里没有拿着这把枪，因为我有一种奇怪的感觉，觉得是枪在端我，而不是我在端它。这很蠢，我知道，但我就是这个感觉。"

"我猜也是。"我之所以开口，是因为他的声音小了一些，似乎是在邀请别人点评一番。

可我说这话的语气惹恼了安吉洛。安吉洛一见到我就会微微有些恼火，这种状况已经持续了大约二十五年，所以我一点都不意外。他不太喜欢任何一类受过教育的专业人士，我这一类更是会勾起安吉洛内心最深处的不安。在他的不安指数表上，我的排位和身高两米一的黑鬼是一样高的。

"你猜也是。"他重复道，"我告诉你，小伙子。你要是住在我住的那个地方，那么十次里有九次你都会庆幸自己备了枪。你只有一次机会后悔自己没备枪。从那以后，你就再也不会后悔了。因为你已经悔完了最后一次。"

莉莉把方向盘握得更紧了。从她泛白的指关节中，我看到了长久以来我一直心知肚明的一个真相——那就是世界是由两派小孩组成的，一派希望自己长大后能成为父母那样的人；另一派则像我们一样，希望自己长大后绝不要成为父母那样的人。从没有哪一派成功过。

"我说到哪了？"安吉洛想要知道。

"数到三了。"我提醒他说。

"对。"他继续说，"所以勒大哥在，我也在，我们两个谁都没有后退一步。我当警察的时候学到了一点。如果你不准备开枪的话，那就不要把它拿出来。如果你没准备用它，那它就比没用还糟糕。我没有那么傻，但我和这个身高两米一的黑鬼已经僵在这里了。实话吗？"说到这里安吉洛停了下来，好像是在暗示他马上就要揭露自己干的一些不光彩的事了。他勉强才把话挤出来。"我不想开枪打这个小子。我不知道他为什么还要站在那里，但他就在那，真真切切，而且我已经数到了三。这时候，那两个身高两米四的已经趴在了人行道上，用手捂着耳朵，大声祈祷着。棒球季忏悔结束后我说'万福玛利亚'这个字的工夫，他们就从'把钱给我们你这个疯老头子'变成了'愿主保佑愿主保佑愿主保佑'。我心想，有两件事我做不得。我不能把这个既顽固又糊涂的勒大哥崩成两半。别问为什么。我就是不能。如果我不开枪的话，我就要对自己的性命负责了，但我想，随他去吧。我的意思是，就算世界上少了一个黑鬼大小伙子，地球也还是照样转，可话说回来，我也看不出如果安吉洛·卡普里斯突然停止了呼吸，它能慢下来多少。情况于我、于他都是一样的，区别在于明年我就七十三岁了，而这小子——有多大？——二十？我的意思是，如果我再年轻个二三十岁，那么我看这件事的角度可能会不一样，对吧？哪怕我已经五十了，大把的好日子也还在前头等着我。五十岁那会儿，我身上还别着左轮手枪，早上还会出门，如果幸运的话晚上还能回家。但我已经七十三了，如果我还觉得自己有用的话，那就是在自欺欺人了。大多数时候，起床以后我连胡子都不会刮。莉莉的母亲会觉得这很羞耻，但我想，谁他妈看得见呢？如果我出门的话，我就刮胡子，如果不出的话，去他妈的。"

"赶紧把故事讲完，爸。"莉莉平静地说，"咱们快到家了，别让这个故事进屋，好吗？"

"你说什么就是什么，小姑娘。"安吉洛附和道，"法官说我得乖乖听话，不然就回牢里去，所以你就对你家老头子颐指气使吧，随你便。放马过来，只是别太过分，好吗？牢饭也没那么难吃。总而言之。一方面，我不能对这个小子开枪；另一方面，我也知道我不能不开这个枪。我说了我会开枪，我回屋里取了它一趟，我把它拿到了屋外、展示给了他们看，还强调了一下这把枪的重要性。不开枪已经不是一个选择了。如果你告诉别人你会数到三，那么等你数到三的时候，你最好已经做好了准备，要做一些跟你放的狠话非常类似的事情，不然下次你说你会数到三的时候，你他妈会很难让别人拿你的话当回事。所以说，这种情况下我已经没有太多回旋的余地了。也许我根本就不该数到三的。我说不好。可既然我人在这，既然我已经数到了三，那么我就已经没有你所谓的各种各样的选择了。也没有太多时间去琢磨我手头已有的选择，因为数到三之后，你只有一秒的时间，不多也不少，你从二数到三的时间就是你现在拥有的时间。数完三之后你听到的不应该是四，而应该是砰。如果你没听到砰，那就世事难料了。"

这时我们已经到了阿勒格尼小区，莉莉转弯拐上了我们那一面的山坡。没有警察在指挥交通，没有交通需要指挥，媒体也不见了踪影。鸭子杀手的真实身份已经揭晓，小威廉·亨利·德弗罗的故事已经过气了。"慢点开。"我对莉莉说。有几位邻居刚刚在自家后院的花园里完成春种。也许我会发现奥卡姆正在其中的某一个花园里刨土玩。

"所以，"说这话时安吉洛的故事已经接近了尾声，"我用仅有的时间想出了一个不完美的解决方案。"

“哦，天呐。”我听到莉莉说。起初，我以为这是她听到自己的父亲将失心疯一样的妥协方案描述成“不完美”之后的反应——他抬高了枪口，对着门廊的顶开了一枪，令整片年久失修的结构体都砸到了自己和勒大哥身上，导致邻居们不得不把他们两个从废墟下面挖出来。可后来我发现我家露台的台阶上坐了一个男人，而且他似乎在哭。我没有立马认出这个人是菲尼，因为他穿着简简单单的宽腿裤和扣领衬衫，没有穿他平时常穿的那套白西服。

我的第一反应是，菲尼一定是在为自己的学术命运哭泣。今天早上莉莉告诉我，据《马后炮》的报道，教职工在得知迪基·波普被炒了鱿鱼，而他们认识并敬重多年的雅各布·罗斯将会成为新的校园执行官时，他们以压倒性的优势投票决定不再举行罢工。这一决定挫败了他们自己的工会敦促他们采取的立场，更别提同菲尼一样会因明年的经费削减而直接受到影响的那些教职工的利益了。在这个背景下，见到菲尼正在等待宿敌的归来，我一点都不惊讶。无疑，职业学者的幼稚脑回路令他断定风向的改变会导致大家重新结盟，认为如今我们两个成了盟友，毕竟我们的命运都遭遇了逆转。可随后我却发现菲尼脚边放着一捆白色的东西，像是一袋脏衣服一样，只是比脏衣服扁一些。走近后我发现那是一张白色的床单，上面有一些暗色的污点。

“总之。”安吉洛的声音传来，“简而言之——”

但我已经下了车，莉莉也是。走到台阶底部后，我掀开了床单，虽然我已经知道了我会看到什么。

“我一直没有看到他。”说着菲尼费力地站起了身，像个年迈的老人一样，他的眼睛又红又肿，眼神痛苦不堪。"他直接冲到了我面前。"

真相，一如既往，都在细节之中。我看到奥卡姆的腿上都是干了的泥，说明他在几公里开外的湖边度过了自由自在的一夜，回来时恰好赶上了菲尼的车。

"我是来看玛丽的。"菲尼解释道。玛丽是他的前妻，这个人还住在山脚下。"床单是她给我的。"

我松手让床单落了回去。莉莉没有看，而是将头扭向了别处。安吉洛将她揽入了怀中，她没有反抗。从情感上来讲，此情此景让我直接飙上了九十的高分，都因这个被我想当然了太久的美妙女人。很多年以前泰迪就提醒过我，我太想当然了。

"你可能会觉得我是故意的……"菲尼用沙哑的声音说道。

"别犯傻了。"我对他说。因为实话来讲，我从未如此刻这般坚定地相信因果，相信接连发生的事件自有其后果，而这便是命运。整件事从扬言要宰鸭子这句玩笑话开始，此刻在我脚边终结。菲尼并不知情，但他只不过是在为偶然之神跑腿，是这场大戏中的一位无名侍从。"换一个人可能会直接开车走人。我可能会直接开车走人，菲尼。"我忍不住加了这样一句。

因为事实是，我们对自己从来不是十拿九稳的。机会来了我们会和谁上床，时机对了我们会对谁背信弃义，谁的忠贞与爱意我们会用同样的东西加以回报。安吉洛不知道自己的故事意味着什么，正如他不知道自己会做出什么，直到他做出了那件事为止。他怎么会知道在自己守卫了如此之久的那个家的门廊上，这样一种奇怪的情感会涌上他的心头呢？他怎么能预料到这件事的后果呢？那天下午，当我那可怜的母亲走进地下室，看到自己的儿子正踩在椅子上的时候，她怎么会知道紧紧地抱住我、救下自己的儿子这一举动会令我们两个开始彼此疏离呢，因为若同能感受到那份痛苦的我们不保持距离，那么我们怎么能忘记那个瞬间呢？只有在做了某件事之后，我们才能知道自己会怎样做，而到了那时，我们的所作所为与清晰的意义之间已经开始割裂了，至少对做事的人而言是这样。

这就是为什么我们需要伴侣、孩子、父母、同事及伙伴，因为总得有人比我们更了解自己。我们需要他们告诉我们一些事情。我们需要他们说："我了解你，阿尔。你这种人不会。"

后　记

每个复杂的问题都有

简单的解法。而且这解法永远都是错的。

——H. L. 门肯

　　八月第三周，我发现在阿勒格尼泉这条马路无可救药的那一侧，树叶开始变色了。为了避开夏日最炎热的高温，我和莉莉心照不宣地改为清晨跑步。有时我们会往雷尔顿的方向跑，其他时候则会朝城外的阿勒格尼镇跑去，虽然到了长老会教堂后我们会避免右转，因为那条路会将我们带向朱莉和拉塞尔曾经住过的那栋房子。上周，有一家人搬了进去，先租后买。对所有相关方来说，这都是一种灵活的处理方式。上个月，朱莉和拉塞尔在亚特兰大团聚了。据非常靠谱的权威人士称，他们过得很不错。朱莉找到了工作，拉塞尔已经升了职，而且我听说他们正在考虑买房。他们准备用什么冒充钱花，我不得而知。从莉莉的只言片语中，我得知她和朱莉几乎每天都会通话。她不允许我看家里的话费账单。

　　可那些树叶。昨天晨跑回来后，我们遇到了保罗·洛克。他正开车从阿勒格尼二期摇摇欲坠的石柱间穿过，准备去一趟学校，那里正在为秋季学期做准备。被任命为院长后，洛克总在加班，可据他所言，就目前的情况来讲这并不碍事。他和妻子分居了，

- 510 -

第二任洛夫人同前辈一样消失得无影无踪，除了身上穿的那件衣服以外几乎什么都没带走。雷尔顿离异男学者组成的庞大代表团很想知道洛克是怎么每次都能做到这一点的。有人开玩笑说应该趁哪天晚上他不在的时候派人溜进去，在地下室里翻一翻。从个人角度来讲，我并不觉得第二任洛夫人的消失有什么可神秘的。文学院院长的夫人没有什么公务要做，但在某些场合，她是不能飘飘欲仙、光着脚丫出现的。而我猜，第二任洛夫人偏偏喜欢飘飘欲仙、光着脚丫。她喜欢穿牛仔裤，喜欢不穿内衣、只套一件厚厚的运动衫。她喜欢抽上一卷大麻，然后屏住呼吸，边扭脚趾头边盯着它们看，可在招待校监的时候，这些事你一件都不能干。

不管怎样，他家的房子，连同两个阿勒格尼小区的半数房子，都已经是待售状态了，虽然我听说洛克已经把房子租了出去，租了一个学年，而他自己则准备在劳工节的时候搬进雅各布·罗斯位于西雷尔顿的连栋别墅里。婚礼结束后，这栋房子也变成了待售状态。雅各布和格蕾茜已经开始在我五月时卖给他们的那块地皮上盖房子了。他们的房子起得很快，有时，当我和莉莉在露台上闲坐的时候，我会闻到格蕾茜那股甜得发腻的香水味乘着微风飘荡了上来。当然，莉莉坚称这是我的心理作用。

我原本还有些担心，怕将自己拒绝卖给保罗·洛克的那块地卖给雅各布就是在给我那位宿敌火上浇油，可我显然已经不在他的黑名单上了，虽然这很奇怪。雅各布说这是因为工作永远会造就人格。当雅各布自己做出在我看来非常懦弱的事情的时候，我经常会对他说这句话。据雅各布所言，洛克就是突然意识到作为院长自己不能心存私人恩怨，所以他只好放弃了我。我个人的感觉是——而且我一直坚持这个看法——大多数人刻薄起来是有限度的，六月的时候洛克把他的刻薄劲都在我身上耗尽了。那时，我们一群人（雅各布、泰迪、洛克、几个生物系的人，还有我）又开始在周日下午约着打篮球了。也许是我提议这样做的。对我这种又高又修长的人来说，篮球是一项美丽的运动。可有时，我会过于沉浸在它的美感之中，导致自己与现实脱了节。当我的投篮命中，当我穿越罚球区、退到边线以外准备跳投时，我会忘记自己的年龄和在生活中的地位。我感觉我仿若梦中驴上篮球赛里的自己，而当这种感觉势头正劲的时候，我容易干出一些蠢事。六月下旬某个周日的下午，在某次投篮未命中后，我错误地去抢了篮板，结果正好撞上了保罗·洛克正在发力的宽大臂肘。此举导致的颧骨碎裂和眼眶青肿似乎让我的宿敌觉得心满意足。而且，重新开回那辆科迈罗似乎也让他士气大涨。不用再吸第二任洛夫人的二手烟后，他就再也没有晕倒过了。不管怎样，昨天我和莉莉跑完步回来遇见他时，我抬手指了指他那一侧病恹恹的黄叶，而他只是摇下了车窗，心领神会地冲我点了点头，然后用近乎深情的语气说道："幸运汉克。"

当然，他说得没错，我的确很幸运。那一连串先是让我进了监狱、后又让我进了医院的事件导致的结果就是，我听取了我母亲的严肃建议，进行了反思，列出了可能会让我这种人心存感激的事情，如果我有这个心的话。这些事情如下：

一、我拥有健康的身体。我的老二（更准确地说是我的前列腺和整个尿道）都经历了颇具讽喻的折磨，菲尔·沃森则称之为全面检查。实际上，如果我同意的话，他恨不得给我通上电检查一下。我和老二都没问题，知道这件事让我觉得非常安心。我当然没长肿瘤。接下来，若干只训练有素、充分润滑的食指在我的直肠里进行了一番摸索，它们既没有发现不对称的地方，也没有发现我的前列腺有任何肿大。更重要的是，至少对我而言更重要的是，我又能自由自在地定期尿尿了，而且不会有任何不适。在所有与阴茎有关的方面，我和其他男人都是一样的。于是谜团只剩下了一个，那就是我为什么会短暂地遭受病痛的折磨。据菲尔所言，我最有可能得了一种名为前列腺癔症的病。至少在我这样的人这里，这个词本身就是故意要引人发癔症。我怀疑这个病可能是沃森编出来逗我的，用以解释我那些用其他方法都解释不通的症状。据他所言，这种半生理半心理的情况很罕见。这种情况是由压力引起的，之后又得到了抗组胺药的推波助澜，因为为了缓解过敏和伤风，我一整个春天都在过量服用这种药。

　　总之，这个说法解释了我这次犯病的所有已知事实。在菲尔·沃森将诊断结果告诉我时，我断定这个结果缺少的是诗意。正因如此，我告诉了他为什么当雅各布·罗斯追着我进入男厕所后，他会发现我正像个疯子一样在小便池前哈哈大笑。因为尿液刚一冲击到马桶上，我就明白无误地听到了"叮当"一声，就像小小的鹅卵石砸到了瓷器上一样。在我看来，这便证明我一直都是对的。我刚刚把结石排了出去。沃森这个不会轻易被诗意蒙蔽双眼的人只是笑了笑，然后提醒我这根本就是不可能的，大到能发出"叮当"声的结石是不可能顺着人类的输尿管排出体外的。而且，大到这个程度的结石会在排石之前、之中及之后引起大出血，可这种情况我却一次都没有经历过。不过他心里的确还是怀有足够诗意的，能够承认从象征的意义上来讲，我拒绝院长的职位并放弃学校的终身教职也许就相当于排了石，可他依旧坚称象征与物质、意义与现实的世界是没有交集的。一个每周末早上都会伸出舌头，吃下基督的肉、喝下基督的血的天主教徒，竟会说出这种话。

二、我还没有离婚。在这件事上我必须谨慎一点。不好意思。你可能认为一个愿意开诚布公地谈论自己尿道秘事的人已经没有了谨言的权利，但我还是要捍卫这个权利。除了事实之外，我什么都不会说。首先，我的妻子与我的朋友缠绵的那些臆想画面已经不再纠缠我了。从情感上来讲，我发现我对莉莉的感情一直在九十多的高分段盘旋。虽然安吉洛的存在也许是一个因素，但我相信她已经很久没像这个夏天一样这么喜欢我了，尽管她拒绝用分数的形式表达她对我的感情。去年四月，关于她不在家时我会过成什么样，我妻子曾做出了可怖的预言。我明显感觉除了成功地让她的预言全部成真之外，我还通过了某种考验，虽然我不知道我是怎么通过的，对此她也守口如瓶。也许，没有任何一个男人应当拥有打开妻子情感大门的钥匙，知晓是什么让自己在她眼里有了价值并维系着这个价值。因为这会像是未经授权便获得了上帝的恩典一样。我们是不会明智地运用这种知识的。

我们到底想从女人身上得到什么？得到她们的理解吗？这话

我听别的男人提起过——我自己甚至也有可能说过——但我是存疑的。莉莉带着安吉洛回家后不久便拿了一些衣服去干洗店，其中就有我那件粗花呢外套。她在其中的一个口袋里发现了托尼拍的那张宝丽来相片，相片中的我和美茜·布莱洛克正在他家的热水浴缸里泡澡，而这张相片我早就忘在了脑后。她把相片拿到了我的面前，要我给个解释，谁怪得了她呢？只是与其说她很苦恼，不如说她很困惑为什么自己的丈夫会和一个一丝不挂的女人一起泡在热水浴缸里，而且还被拍了下来。"这不是《奇人你先知》里的那个姑娘吗？"她想要知道。

三、我有朋友和心爱的人。实际上，夏日的大部分时间里，我家都是满员或住不下人的状态。安吉洛在这里住了两个多月，八月初回到了费城去上庭，这场庭审也不出所料地以他的定罪告终，虽然目前看来他还是有可能被判缓刑的，只要他同意卖掉房子并搬出那个街区就行，因为法官似乎认为那个街区对他的处事能力有直接的影响。他还要支付勒大哥的合理医疗开销。

朱莉在房子租出去后搬到我们这里小住了一阵，然后才去亚特兰大找拉塞尔，在此期间拉塞尔来看了她两次。我家女儿凯伦也来看了我们一次，不仅带来了一个年轻的音乐教授，还带来了她会在圣诞前后产子的消息。他们希望开春后结婚。（"是你希望吧。"她父亲说道。）阵亡将士纪念日那个周末，我们要动用两台威焙炭烤炉为一群人做烧烤，这群人里有我母亲，我父亲，普迪先生，安吉洛，朱莉和拉塞尔，凯伦和她的小年轻音乐教授，托尼·科尼利亚和他以前教过的一个学生，这个人现在已经快四十岁了，（吵了架的）雅各布和格蕾茜，还有（刚刚坐完游轮回来的）泰迪和茱妮。茱妮喝多了，她跟着我出了屋，来到了屋后那两台炭烤炉旁，那里是我的根据地。她对我吐露心声，说她不确定自己还能坚持多久，还能与泰迪维持婚姻关系多久，能任由光明从自己的生活中流逝多久。如今她明白了，她与亦然那个"小浑蛋球子"之间的龌龊情事不过说明她的绝望已经累积到了什么程度。好消息是，他们的娘炮研究（这名字是我起的，不是她起的）开始有了起色。研究艾米丽·迪金森的文章已经被一家优质的学术期刊接纳并得到了发表，研究弗吉尼亚·伍尔夫的文章已经进入了一家更棒的学术期刊的三审环节。如果这篇文章也能被接纳，如果我愿意为她写一封推荐信的话，那么到了秋天她可能会去别处求职。一周后，我与泰迪小酌了一把，庆祝他历经两轮投票后以一票的优势获胜，当选了为期三年的系主任。虽然他明显很得意，但关于选举他还是很轻描淡写，提醒我别忘了他的任期会比我的棘手很多。他要与保罗·洛克这个心怀敌意的院长打交道，而且，与我当院长那会相比（我是以三票的优势获胜的），这次选举并没有那么明确地赋予他统治的权利。最好的消息是，他觉得自己的婚姻重回了正轨。游轮花掉了不少钱，他坦言，但系主任的薪水会填补上那部分开支的。他还宣布自己打算放弃对莉莉的迷恋，因为他渐渐发现这不健康，虽然他也承认他可能永远都会对她心存一点爱意。泪水涌上了他的眼眶。

但如今，夏天马上就要结束了，那一群人也差不多都离开了。晚上，当天气太热、令人无法入睡时，我和莉莉经常会被吸引到露台上去。我们会在那里仰望夜空，聆听远处邻居们在夜晚发出的声响。不是言语，只是声响。老夫老妻。老夫新妻。老妻新夫。他们生活的声响传入我们耳畔的时候只剩下了音调与织体，已经没有了意义，可在盛夏的漫漫一日即将终结的时候，传来的声响大多情意绵绵的，虽然我并不知道这些情意的分数有多高。

四、我的钱够花。

我不知道这怎么可能，但莉莉承诺会向我解释一下。鉴于在钱的事情上我没必要小心谨慎，所以我会把自己知道的为数不多的事情全都分享出来。首先，由于安吉洛回到了费城受审，所以莉莉为她父亲交的保释金全都退了回来。我们借给朱莉和拉塞尔的钱，用莉莉的话说，不是小数，可她坚称那笔钱并没有比她透露给我的金额高太多，而且肯定没有我们花在凯伦身上的学费高。要知道，我们的证券投资也没有亏损。这是好消息。我是指我们竟然还做了证券投资。

我也并没有像最初预想的那样切断与学校的一切关联。没错，我向雅各布·罗斯递交了辞呈，但那封信不翼而飞了。现在，我发现自己有半年类似假期的东西可以休，我忘了这是在我同意接下代理系主任这个职位的时候学校欠我的。秋季学期开学后我会继续教课，春季学期开学后就去休假。我比系里其他人带的学生都多，今年秋天布莱尔和波仔也会加入这些人的阵营，他们两人一起来找了我，宣布了他们要成为英专生的决定。波仔的真名叫约翰，令人难以置信的是他居然拿着一本加西亚·马尔克斯的小说，而且在这本书大概一半的位置，一个页角还被折了下去。我对他解释说"英专生"并不是一个军务头衔[1]，但他并没有动摇。自那以后，我又在学校里看到了他们一两次。波仔温柔地牵着她的手，摩挲着她苍白手腕上的青筋。曾经，我自己也经常对这些青筋赞赏有加。里奥没有出现在我带的学生里，但学期结束几周后，我收到了一封他的来信。他决定听从小海的建议，孤身奋战。不过，他倒也不是完全孤身一人。随信一起寄来的是他搬进山中小屋后开始创作的一本新小说的前一百页。这个故事貌似是关于一个年轻小说家的，他在大学里经历了灾难般的一个学期，之后便搬进了山里。学校里，没人理解他的作品多么惊天动地，就连他的写作课老师也不懂。

与此同时，雅各布·罗斯翻了翻他的档案，挖出了我和莉莉在将近十年前起草的一份奖学金提案，之后未经我们的允许就将它呈给了校监。提案的想法是我们对雷尔顿市内及周边地区那些成绩优异但家庭条件不好的高中生进行随访，从高二开始，只要他们能保持住好成绩，我们就承诺免除他们在雷尔顿校区念书的学费及书本费。鉴于莉莉已经被提拔为高中校长，所以这个提案就更有意义了，别人是这样对我们说的。洛克听说了这件事的前因后果，包括项目试行期间我会有一部分时间在大学里教课（课程的数量还有待商榷），另一部分时间在高中教课（同前），于是毫不迟疑地称它为典型的德弗罗式无用功，但他似乎并没有兴趣反对这个提案。

---

1 英专生 English Major 中的 major 一词也有少校的意思，这里是双关。

更好的是，以前曾是我的经纪人、后来成了蕾切尔的经纪人的温迪现在又做回了我的经纪人，她成功地利用我在媒体上的十五分钟热度卖出了一本书的版权。今年秋天晚些时候，我为《马后炮》写的那些"大学之魂"讽刺文章会被一家大众出版商结集出版，出版商会以《大鹅杀手》的名字将这些文章呈现在毫无防备的公众面前。我将（大鹅而非人类）菲尼抬离地面、在镜头前挥舞的那一幕将会被用作封面，我还会为这本书撰写前言，解释一下那件事的始末，并会附上一篇关于老威廉·亨利·德弗罗的传记小文。这篇文章我已经写了一部分，温迪声称这是有史以来她见我写过的最好的作品。这是书中唯一一篇非讽刺性质的文章，唯一一篇据我所知没有一句笑话的文章，虽然我确信它出现在这部文集中是合适的。毫无疑问，老威廉·亨利·德弗罗的生平及作品代表了我们这个日益消沉的职业的精气神。这就让我来到了——

五、我，作为最后一位在世的威廉·亨利·德弗罗，终于成了自己的主人，虽然我必须承认七月中旬父亲过世这件事对我的影响比我想象中要大。老威廉·亨利·德弗罗走得非常平静，没有痛苦。他在自己最喜欢的阅读椅上坐直了身子，穿着粗花呢外套、灯芯绒休闲裤和扣领牛津衫，好像要去开教职工大会一样；他正在读《我们共同的朋友》，结果下巴点在了胸膛上。我母亲以为他睡着了，于是便轻手轻脚地忙活起了自己的事，不想打扰到他。她永远都不可能打扰到他了，即便曾经他真的有被打扰到。

在他去世前，我们两个，也就是我和我父亲之间已经没什么话可说了。去老游乐场那天他对我吐露了心声——说他担心自己可能一度冤枉了狄更斯——那是我们离亲密关系最近的一次，我并不能肯定如果他活得再久一点，我们是否能比那一刻更进一步。那天下午我明白了一件事，学富五车的终极目标之一就是让我们与最令人不安的个人真相及最令人痛苦的恐惧保持距离。那个随我母亲和普迪先生一起回到雷尔顿的老威廉·亨利·德弗罗依旧保有全部的人类情感，但在经历了一辈子高深奥妙的操控之后，它们已经与任何真实存在的东西都切断了关联。它们毫无章法，会冷不丁地冒出来，像新生儿的强烈情感一样急不可耐，但缺少来龙去脉，或像我父亲的情况一样，缺少恰如其分的来龙去脉。

我怀疑我母亲也得了类似的病，虽然她的程度要轻一些，因为我父亲回来后这么快就撒手人寰这件事并没有如我料想的那样令她错愕。从某个层面上来讲，她一定觉得自己不仅受到了欺骗，而且还成了巨大的笑柄。可是，她并没有因为再度失去他而伤心欲绝，反而好像因为他的过世而近乎从某种沉甸甸的包袱中解脱了出来。好像曾在亲朋好友面前承诺"直到死亡将我们分离"的她，如今可以问心无愧地说自己信守了诺言。葬礼结束后不久，她说她开始整理我父亲的论文了。她的语气几乎可以用激动来形容，而我猜这多多少少是讲得通的。与在生活中相比，我父亲在纸页上或许更风趣、更鲜活、更像她认识的那个男人，整理他的笔记一定相当于某种小小的补偿，弥补了他们在现实生活中错失的所有对话良机。她一直声称她才是我父亲的理想伴侣，声称我父亲背叛她就是背叛了最好的自己，而通读我父亲的草稿、研究笔记及与著名同事的信件往来一定让她觉得自己的信念得到了证实。

着手这项工作几天后，她给我打了个电话，兴高采烈的，说她找到了一本小说的手稿，一共二百页，是将近二十五年前写的。"是不是很惊喜？"她想要知道，而我没有勇气告诉她如果这本二百页的小说不存在的话，那才会让人惊喜很多。他可是个英文教授啊。她在想什么？这个吗，她以为她读完这本小说以后，我也会迫不及待地想要读一读。我婉拒了，并对她解释说这个故事我已经读过了，好几位英语系的同事都把同样的故事塞进过我的手里。我知道这伤了她的心。"你竟然拿威廉·奎格利那种货色跟你父亲比？"她想要知道。今年早些时候，她在某场聚会上见到了比利。"我才没有。"我诚心诚意地向她保证。我宁可读二百页比利写的书。

游乐场事件后，我和父亲只进行了一场有趣的对话。那场对话发生在我的脑海里，就在我出院后同莉莉和安吉洛一起回到家中的那天。我们终于说服了菲尼，让他知道没人会将奥卡姆的死怪罪到他头上，我还愚蠢地承诺在他写完论文后我会读一读。之后，我用床单裹住奥卡姆，抬着他绕到了屋后，走到了树林的边缘，在那里为这家伙挖了一个坟。我花了一个小时左右的时间才挖好，还报废了一双乐福鞋和我最爱的那条卡其裤。我站在深及大腿根的土坑中，结果一抬头看到老威廉·亨利·德弗罗正使劲倚着后院露台的围栏，看着我干活。莉莉、（想要帮忙的）安吉洛和我母亲也在场，但他们还不如不在。这个小插曲明显是为两个威廉·亨利·德弗罗预备的。

我们中间隔着四十多米，他离我太远了，是不可能看清我的；而在那么远的距离开外，在他日益衰老的目光之中，我一定令我父亲想起了四十年前埋葬我家第一条狗的那个男人。实际上，前面我已经承认过了，我和我父亲已经变得极其神似，而此时此刻，我这双柔嫩的教授之手也像很久之前他的手一样起满了水疱。他不可能没有留意到这两件事的相似性，也不可能误读了它们的深意。我曾经非常努力地想要变得与他不同，可看看我现在的模样吧。"这是我儿子。"我听到这句话在我父亲的脑海中响起。他会高估自己在任何一件事中的重要性，这是他的一贯风格，"我对他非常满意"。

好吧，让心里的想法顺着斜坡往下滑是很容易的事。他人在露台上，占着高处的有利地形，而我则在低处的树林边缘，站在及臀深的土坑里，眼睛被汗盐刺得沙疼。所以我只得加倍努力地整理出一个想法，用力将它推上了带有坡度的草坪。"哦是吗？"我回答道，"哼，我可不用去借铁锹，老家伙。"

可真正心怀感恩的人并不会将自己感恩的事情列出来，正如幸福的人也不会将令自己感到幸福的事物一一列出。幸福的人只要幸福着，就有的可忙了。

有人曾说，变老这件事不是给胆小鬼预备的，可年龄不是问题，衰老才是。这个夏日为小威廉·亨利·德弗罗呈上了两座运动里程碑（我没有把那场篮球赛算进来）。动身前往亚特兰大之前，朱莉在网球比赛上把自己的父亲打得溃不成军。这场失利是不可避免的，只不过我用障眼法将它推迟了近十年。在一个阳光明媚、气温舒适的周日午后，我们进行了一场两盘定胜负的网球比赛，这场比赛差点就打够了一个小时。这场比赛中，朱莉让自己年已五十的父亲在两条边线之间、在球网与底线之间跑来跑去，手段之残忍与高效完全不是她的风格。意识到她并没有在听我说话之后，我就知道我的败局已定。以前她总会提醒自己不要听我说话，但这次与以前的情况完全不同。十年来，我一直能靠提醒她不要双发失误而引她失误，可那天下午，球场上的她却找到了对我充耳不闻的办法，与以前她把我在饭桌上推荐的书都当耳旁风一样奏效。只有在比赛结束后，在完成了此前她不敢想象自己能够办成的事情之后，她才终于绽出了那种故意要让当父亲的人心碎的灿烂笑容。"你对拉塞尔做的那件事算是还清了。"回家的路上她冲我咧嘴一笑。有那么一瞬，我以为她说的是我在梅格·奎格利家找到了拉塞尔，然后把他撺出了城那件事，直到我想起了那场他本想勾手投篮，结果把球投到了篮板后方房顶上的比赛。

比失败更糟的是让步。为了保住我的左外野手位置，我跑了一春天的步。可今年夏天，我还是自愿打起了一垒。这位置我驾驭起来毫不费力，导致菲尔·沃森对自己的谬论更加深信不疑了，认为我天生就是打这个位置的料。我才不是。与一垒有关的哲学问题是能力、可靠、耐心与信念，可是哎呀，这位置没有什么诗意。将一记暴传从土里挖出来会让人收获满足感，可当击球手面对来球时一个转身，将球击得足够高、足够远，令我这样的人也心生敬意、赞叹不已的时候，我的心却并不会为之一动。沃森的侄子在我的左外野手位置上已经表现得足够优秀了。赛季开始时，他的速度比我快一倍，可判断力却只有我的一半，这意味着球队的实力并没有得到什么提升。可沃森说得没错，他侄子的判断力会随经验的累积而提升，但我却别想快起来了。

某天夜深后，莉莉已经道了晚安。露台上，一瓶上好的爱尔兰威士忌摆在了我和托尼·科尼利亚中间。他是来道别的，之后他会去匹茨堡待上一年，以此来代替休假。他试图用他独有的、连珠炮似的长篇大论向我解释这一切，可我今天就是想找碴吵架。"我们已经进入了，"他说，"要承蒙老天开恩的季节。"

"想想贝奥武夫吧。"他继续说道，"每个武士在一生中都会迎来一个时刻，意识到自己已经风光不再了。他以为自己还是那个轻轻松松便能除掉格伦德尔的人，但他已经不是了。如果他诚实一些的话，他就不得不承认在一对一的情况下，他连格伦德尔的母亲都打不过。"

"贝奥武夫确实打败了格伦德尔的母亲。"我忍不住提醒他，"而且她可不是个好惹的婆娘。"

"嚯。"托尼说，"贝奥武夫打败了格伦德尔的母亲吗？"

"我印象中胜负分明呢。"

"啊！"这会他想起来了。他边说边用手指指着我，好像他记错了全怪我似的。"他没打过的是那条龙。"

不幸的是，我自己关于贝奥武夫的记忆并没有比他好到哪里去。"我觉得他把龙也杀了,虽然他受了致命伤。"

"我的重点就在这。"说着托尼眯起了眼睛,紧盯着我,"我的重点就在龙身上。贝奥武夫去斗龙太傻了。那时候他已经是个年迈的武士了。"

"不对。"我信誓旦旦地对他说,"重点似乎在于他去斗龙是英雄所为。"

此刻他对我怒目而视。我们似乎真的有可能因为贝奥武夫恶语相向。"但他的能力已经大不如前了。干实事的阶段已经过去了。他已经进入了要承蒙老天开恩的季节,却没有风度承认这件事。"

"他像个武士一样战死了。这就是他的风度。"

托尼拿起酒瓶喝了一大口,思忖着我倔驴一样的观点。"好吧,去他妈的贝奥武夫。反正世界上也没有武士了。"

这个观点我可以苟同。"也没有格伦德尔了。"我说,"咱们这个年龄的男性甚至连个像样的给格伦德尔当妈的人都找不到。天知道到了寻龙的年纪,咱们会做出些什么来。"

"我可不想跟龙扯上关系。"托尼说,"我已经进入了要承蒙老天开恩的季节。"

"你和雅各布都是。"我点了点头。

"他只是进入了格蕾茜而已。这两个不是一码事。"说完这话后,他又变得哲学了起来,"不,年轻的时候才是干实事的季节。年轻人问的问题是:我是谁?而到了要承蒙老天开恩的季节,我们会问:我变成了什么?"

"所以咱们变成了什么?"

"我变得烂醉如泥了。"

"那就别开车回家了。"我坚持道,"在这里过夜吧。早上再回去。"

"我接受你的邀请,但原因有且只有一个。你知道这个原因是什么吗?"

"因为现在是要承蒙老天开恩的季节?"

他醉醺醺地冲我咧嘴一笑。"你一直都是我最得意的门生。"

于是我得出了一个结论。若小威廉·亨利·德弗罗并没有感到兴高采烈,对赐福者给予自己的众多恩泽也并没有表现出应有的感激的话,那一定是因为他还没有完全接受自己那位好朋友的邀请,没有与这位朋友、诺兰·莱恩[1]、J博士[2]、纳迪亚·科马内奇[3]和其他所有已经风光不再的人一起,迈入要承蒙老天开恩的季节。

不过,我已经相对平和地接受了自己成了谁及变成了什么,这都有赖五月时发生的一连串事件。在一个阴雨蒙蒙的周日清晨,尤兰达·艾克尔斯,托尼·科尼利亚之前教过的那位学生,企图钻到车前结束自己的性命,这件事就发生在托尼家所在的那座陡峭山坡的山脚处。那个司机的车与托尼的车颜色一样,型号也一致,而且他一定异常警觉,在她从树后迈步出来时就看到了她。他

1　美国著名橄榄球运动员。

2　美国著名篮球运动员,原名朱利叶斯·欧文。

3　罗马尼亚传奇体操运动员。

猛地踩下了刹车，可即便如此，他还是把她撞到了交叉路口的另一侧。事后，他向警察描述起她如何冷静地走到了街上，转过身来迎上了自己的车；她的脸上挂着一抹安详的微笑，张开的双臂似乎是要拥抱他一样。她撞上对面的路缘后才终于停了下来，身子扭曲得非常不自然，可在自己看来，刚刚那个场景比这一幕还要可怕。每个目睹了那场事故的人都说她没死简直就是奇迹。目击证人说在某个时刻她还坐起来笑了笑，然后又晕了过去。到了医院后，人们检查出她脚踝骨折、锁骨断裂并患有严重的脑震荡，身上还有多处撕裂伤。可她受的伤都不足以致命。

不过，当天上午晚些时候，托尼·科尼利亚却因房颤发作而被送入了同一家医院。由于他有心脏病史，所以他在医院留观了一晚。第二天下午，他带着医院开给他的一种非常温和的镇静剂回到了家中，还有夏天不能再和我打回力球的医嘱。当天晚上，雅各布·罗斯给我打了个电话，提议我陪他一起去看看托尼。也许他还会再叫上一两个跟托尼交情不错的人。我们可以一起去给他宽宽心。鉴于那个周末拉塞尔恰好也在，所以我就邀请他跟我们一起去了。我突然想到，也许他能把托尼的电脑修好。

我们到的时候，托尼家已经挤满了人，气氛之热烈堪比过节，实在是太不妥了。东道主雅各布手拿威士忌在门口迎接了我们。"我记着我让你带比萨过来的。"他说。

"我可以去买点。"拉塞尔主动请缨。

雅各布抬起头来看着我。"我不知道这小子是谁，但我喜欢他。"之后他转向拉塞尔，伸出了手，"今天我大部分时间在和理事会的人交谈，你是第一个拿我说的话当回事的人。比萨的事我是开玩笑的，但你怎么会知道呢？"

进屋后，我介绍拉塞尔与大家认识了一下。在场的有几个与托尼同系的人，心理系和化学系各来了一个人，还有几个英语系的人。在房间的另一头，我目睹了自己已经很多年没有见过的场面——泰迪·巴恩斯和保罗·洛克似乎正在愉快地交谈。就算他们交谈得并不愉快，至少也没有敌意。麦克·罗也在场，他看上去闷闷不乐的，但并没有比他和格蕾茜还没分家那会更为阴郁。

没有女性在场，这很好。我可不想让这个欢乐的场景被捅出去。如果我没理解错的话，我们是来给我们的朋友兼同事宽心的，让他知道尤兰达·艾克尔斯的遭遇不是他的错。如果我们一个一个地来，或者哪怕聚会的规模小一点，我们都有可能做成这件事。可当男性以如此大的规模蜂拥而至，又没有女性在场能让他们变得文雅一些的时候，一旦他们发现了威士忌，他们就无法维系任何场合的严肃性了，这是基因的问题。看着我们的样子，你敢发誓我们丝毫不关心尤兰达·艾克尔斯那个可怜虫的遭遇。看上去我们好像在自己人周围紧密团结了起来，也许我们的确是这样做的，虽然我怀疑这并不是我们的初衷。我看得出拉塞尔对眼前的欢腾景象感到一头雾水。他怀疑在这件事上我对他有所保留，虽然他不太确定自己这个时候该不该挑我的刺。整个周末，与赢回朱莉的好感相比，拉塞尔似乎更加坚定地想赢回我的好感，这也是我带他一起来的另一个原因，想让他看到我对他并没有心存芥蒂。重归于好后，他和朱莉似乎都松了好大一口气。

发现我们后，托尼走了过来。我将拉塞尔介绍给了他，并告诉他我这位女婿是搞电脑的。我提议让拉塞尔去看看托尼的系统，我则去给大家找点喝的来。十五分钟后我将头伸进了客房，发现拉塞尔正在桌子下面摆弄电脑的后面板，一头盖骨的短毛刚好从被拆了上盖的机器上方露了出来。托尼我是在屋外的后院露台上找到的，他只身一人坐在安安静静的热水浴缸的边缘。

"我在考虑回布鲁克林去。"说着他举起了酒杯，好跟我碰杯，"问题在于，我想回的那个布鲁克林已经不存在了。"

"你能喝酒吗？"我好奇地问道。

"这是凉茶。"他坦言，"你有没有想过回中西部去，回到你出生的那个可怕地方？"

"从没有过。"我对他讲出了这个既简单又诚恳的事实。而且我对那个地方当然也没什么印象。我两岁时我们就搬走了，我三岁时我们又搬家了。

"大多数人都是非此即彼。"托尼说，"他们要么想直面过去，要么想逃避它。"

我能感觉到托尼冗长的科学专题演讲要来了，而且里面会满是冷漠无情的观察与胡编乱造的数据，于是我狠狠地喝了一大口波本酒，然后坐定下来。

"我真想再见见那个女人。"他对我说，"我跟你提起过她吗？"

"她还没来得及脱下胸罩你就高潮了。"

他悲伤地点了点头。"但她一定触动了我。"他说，"我不记得她碰过我，但我觉得这种最低限度的肢体接触一定是必要的。"

"如果你不记得——"我开口说，虽然他并没有真的在听。

"我觉得我肯定调戏过尤兰达·艾克尔斯。"说着他望向了自家房子后方的那片黑暗丛林，"我不记得我做过这样的事，但你可能已经发现了，我就是爱调戏别人。我甚至还时不时地调戏过你的妻子。"

"你竟然还记得自己干过这种事。"语毕我又加了一句，"我也记得。"

"好吧。"他让步了，"也许吧。但我忍不住会想，那个年轻姑娘的遭遇也许是我一手造成的。"

"我了解你。"我尽最大可能鼓足信念对他说，"如果你调戏了尤兰达·艾克尔斯，那你这样做一定是为了让她好受一些。"

"你觉得是这样吗？"他说，"你觉得我这样做是为了让她好受一些？不是为了让我自己好受一些？"

"我确定。"我对他说。我了解你，阿尔。你这种人不会。

我们直视着彼此的眼睛，然后同时耸了耸肩。"我觉得那女人肯定对我手拿把攥了。"托尼说，"这玩意受得住推敲。"

生活中永远令你拿不准的事情之一是开玩笑是否合适。有时哪怕话已出口也是如此。我只能说托尼指代不明被我当场抓包这件事太令我开心了，我克制不住自己。"我确定那玩意受得住。"我对我这位朋友说，"但受的肯定不是推和敲。"

屋内，客厅里已经没有人了。我们发现大家全都挤进了客房里。拉塞尔正盯着字母条在托尼的电脑上滚动。键盘上的字母在屏幕下方出现，把屏幕挤得满满当当；它们一行接一行地向上移动，然后消失在了屏幕上方。你几乎会以为这些字母条会完好无损地出现在监视器上空，以为它们会沿着墙面继续滚到天花板上去。

小小的房间里挤满了人，大家都在盯着这奇怪的场景看，仿佛有人在变魔术一样。又有几位托尼的朋友到了，客厅里的我们能够听到门铃响了起来。我看到比利·奎格利也在场，他把自己的新院长逼到了墙角，正在给他下醉鬼的最后通牒。我无意间听到了无德坏鸟这个词，我一直以为这个叫法是比利专门为我预备的。

在小威廉·亨利·德弗罗看来，整个场景都渲染上了一种超现实的质感。据说梦里全是隐含义，所以我不禁想到眼前的场景也是这样，是某种被集中到了一起的深意。我觉得，如果我的注意力也能集中一下的话，那么也许我能将这深意解开。我认识这些人。我与他们中的大多数已经认识了二十年。刚见面的时候，我们都有家室。我们中的一小部分人依旧如此。更多的人已经离婚了。还有更多的人已经再婚，准备再给婚姻一次机会。我们中有一部分人背叛了非常好的女人，有一部分人经历了别人的背叛。可我们都在这里，至少今晚都在，因某种需要而聚在了一起，好像我们在等待某种显灵一样。而我也是他们之中的一员。

拉塞尔将椅子向后一撤，坦言道："我不明白。"

突然，我们全都窃笑了起来，也许是在笑随他这句话一同出现的搞笑场景，因为满满当当的电脑屏幕里还在滚字母条。

"不是，我的意思是它应该好了才对。"拉塞尔解释道，可能他以为大家是在笑他。

"也许它已经好了。"雅各布·罗斯说,"我觉得你可能黑进了上帝的主机里。这是一个单子,列的是我们手头现有的选择。我们只要把它破译了就可以了。"

也许是因为我们笑得太猛了,因为这么多一头雾水的中年男人把如此之小的一个房间里的氧气全都耗尽了,可我们似乎同时意识到了那间屋子有多挤,于是突然间大家全都想要出去。当我们转身朝出口的方向走去时,我们才意识到自己的困境。卧室的门是向内开的,向着我们这一侧,但我们离它太近了。没有空间了。

"困住了。"一个古怪的声音传来,"像老鼠一样。"

"大家往后退。"另一个声音说道,但后排那些人要么就是没有听到这句请求,要么就是没有明白它的必要。每个人都知道门在哪里,于是便不停地朝着门和自己想象中的自由涌去。突然,所有人都开始讲话、大笑,并用惊恐、绝望、半开玩笑的语气高喊起一些下流话来。"救命啊!"房间中央的某个人喊道,也许是在开玩笑吧。

通常情况下,当时弥漫在屋里的那种莫名的幽闭恐惧也会对我产生影响,但那一刻,我恰好迎上了房间另一头的保罗·洛克的目光。见我咧嘴一笑,他强忍起自己的笑意来。二十年来,他始终坚定不移地认为我觉得好笑的事情一定不好笑,但我看得出他感觉自己坚持了二十年的决心正在瓦解。我看得出他卸下了包袱,那张刻薄的大脸绽出了你能想象到的最灿烂的笑容,肩膀也开始上下抖动。

很明显，唯一的解决办法就是我们所有人都向后退一步，这样我们才能将门拉开。到了这个阶段，任何一群管道工、瓦匠、站街女、大猩猩应该都已经想明白了这件事。可不幸的是，这间屋子里装的是一群学者，我们就是不敢相信自己遭遇了什么样的事。